ハヤカワ文庫JA

〈JA1515〉

マルドゥック・アノニマス7

冲方 丁

早川書房

8783

マルドゥック・アノニマス7

バジル……ロープ状の物体を操るエンハンサー
ラスティ……錆を操るエンハンサー。ロックを殺害した犯人
トレヴァー……水分を含むことにより、皮下組織を変化させるエンハンサー
シルヴィア……体内でワイヤー・ワームを生成し、電気を発生させるエンハンサー
ジェミニ……電子的干渉能力を持つ双頭の犬
ナイトメア……再生能力を持つ黒い犬
シルフィード……姿を消す能力を持つ白い犬
オーキッド……音響探査能力を持つエンハンサー
エリクソン……手足の粒子状組織を変化させるエンハンサー
バルーン……強酸性の体液を操るエンハンサー
ハイドラ……体内で毒を生成するエンハンサー
ホスピタル……治癒能力を持つエンハンサー
ストレッチャー……擬似重力の能力を持つエンハンサー
ヘンリー……地面を掘る能力を持つエンハンサー
デイモン……肉体を移植する能力を持つエンハンサー
ショーン・フェニックス……バロットの兄
プッティ・スケアクロウ……通称スイッチ・マン。カトル・カールの生き残り
ダンスロップ・ザ・ビッグダディ……ルート４４のボス
ペイトン・クック……クック一家の若頭
ランドール……宮殿（パレス）の新しい支配人
ジェイク・オウル……ファイブ・シャドウズのリーダー
ブロン・ザ・ビッグボート……フィフス・プラトゥーンのリーダー
アンドレ……プラトゥーンのメンバー。〈ハウス〉の運転手
ケイト・ザ・キャッスル……ウォーウィッチのメンバー
ハザウェイ……大ガラス
マクスウェル……ガンズ・オブ・オウスのリーダー
ベルナップ……八対の腕を持つエンハンサー
ダグラス……重火器と一体化したエンハンサー
イライジャ……ロボット昆虫の群を操るエンハンサー
ジョニー……神経系を支配するエンハンサー

■ネイルズ・ファミリー
アダム・ネイルズ……ファミリーのボス
ラファエル・ネイルズ……アダムの弟
ベンジャミン・ネイルズ……構成員、ウフコックの協力者

characters

■イースターズ・オフィス
(現場捜査、証人保護、法的交渉、犯人逮捕を行う組織)
ウフコック=ペンティーノ……万能兵器のネズミ
ドクター・イースター……オフィスのリーダー
アレクシス・ブルーゴート(ブルー)……体内で薬物を製造するエンハンサー
ウェイン・ロックシェパード……ウフコックの亡きパートナー
イーサン・スティールベア(スティール)……体内で爆薬を製造するエンハンサー
エイプリル・ウルフローズ……イースターの秘書兼パートナー。検屍担当
ダーウィン・ミラートープ(ミラー)……骨格を変化させるエンハンサー
ウォーレン・レザードレイク(レザー)……皮膚を変化させるエンハンサー
ウィスパー……合成植物

■オフィスの周辺人物
ルーン・バロット・フェニックス……ウフコックの元パートナー
トレイン……電子的干渉能力を持つエンハンサーの少年
サム・ローズウッド……スラム専門の弁護士
ケネス・クリーンウィル・オクトーバー……サムの依頼人。企業の内部告発を試みている
ベル・ウィング……元カジノディーラー。現在はバロットの保護者
アビゲイル・バニーホワイト(アビー)……ナイフを操るエンハンサー
メイフュー・ストーンホーク(ストーン)……高速移動するエンハンサー
トビアス・ソフトライム(ライム)……冷気を操るエンハンサー

■ウフコックの協力者
クレア・エンブリー……刑事
ライリー・サンドバード……刑事、クレアの部下
ベルスター・モーモント……市議会議員
エイブラハム・オックス……市警察委員
ヴィクター・ネヴィル……検事補
ダニエル・シルバーホース……シルバーホース社CEO
レイ・ヒューズ……旧世代の元ギャング
アシュレイ・ハーヴェスト……カジノディーラー

■クインテット
(新たな犯罪集団とみられるエンハンサーのグループ)

ハンター……クインテットのリーダー。針状の武器を中枢神経に寄生させ、他人と感覚を共有する。三頭の犬を従えている

キドニー・エクレール……マザーたちから生まれた合成ベビー、通称〈エンジェルス〉の一人

■バロットの周辺人物
アルバート・クローバー……大学教授
ベッキー……バロットの友人
ジニー……バロットの友人
レイチェル……バロットの友人

■クォーツ一家
ベンヴェリオ・クォーツ……コルチ族の長老
ロミオ・クォーツ……ベンヴェリオの息子。コルチ族代表団の一人

■円卓(反市長派連合)
サリー・ミドルサーフ……判事。通称キング
ノーマ・ブレイク・オクトーバー……エンハンサー生産計画の実行者。通称ブラックキング
ハリソン・フラワー……弁護士事務所フラワー・カンパニーの所長。通称ナイト
ルシウス・クリーンウィル・オクトーバー……オクトーバー社財務管理部。ケネスの兄。通称クイーン
ドナルド・ロックウェル……銀行家兄弟の弟。通称ルーク
メリル・ジレット……十七番署刑事部長。通称ビショップ。ハンターに従う

■シザース
ヴィクトル・メーソン……市長
ネルソン・フリート……市議会議員
マルコム・アクセルロッド……連邦捜査官
スクリュウ・ワン……シザースの連絡役
ナタリア・ボイルド……シザースのゆらぎを司る少女

■楽園
フェイスマン……三博士の一人、〈楽園〉の最高管理者
トゥイードルディ……完全個体
トゥイードルディム……電子干渉を行うイルカ

■その他の登場人物
マーヴィン・ホープ……ホワイトコーブ病院院長
ドクター・ホィール……ヒロイック・ピルの生みの親ビル・シールズ、クリストファー・ロビンプラント・オクトーバー
ダンバー・アンバーコーン(コーン)……フラワーの雇う０９法案従事者
ウィラード・マチスン……メリルの部下
ピット・ラングレー……メリルの部下
トーチ……クインテットの拷問係
ゴールド兄弟……化学の天才。麻薬製造者
サラノイ・ウェンディ……三博士の一人、現在は植物状態にあるマザー・グース

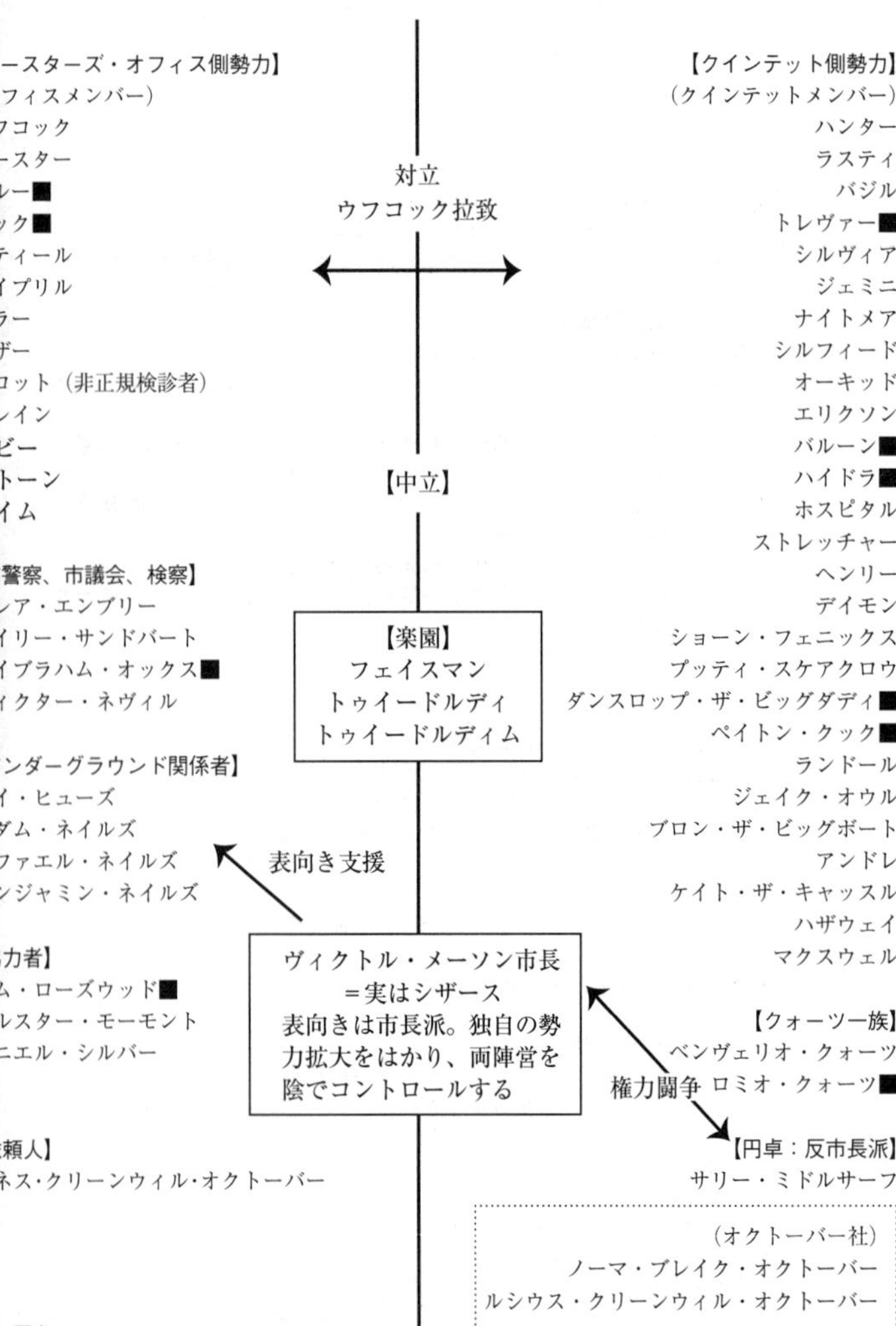
ースターズ・オフィス側勢力】
フィスメンバー)
フコック
ースター
レー■
ック■
ティール
イプリル
ラー
ザー
コット（非正規検診者）
レイン
ビー
トーン
イム
警察、市議会、検察】
レア・エンプリー
イリー・サンドバート
イブラハム・オックス■
ィクター・ネヴィル
ンダーグラウンド関係者】
イ・ヒューズ
ダム・ネイルズ
ファエル・ネイルズ
ンジャミン・ネイルズ
力者】
ム・ローズウッド■
ルスター・モーモント
ニエル・シルバー
頼人】
ネス・クリーンウィル・オクトーバー
=死亡
対立
ウフコック拉致
【中立】
【楽園】
フェイスマン
トゥイードルディ
トゥイードルディム
表向き支援
ヴィクトル・メーソン市長
=実はシザース
表向きは市長派。独自の勢力拡大をはかり、両陣営を陰でコントロールする
権力闘争
【クインテット側勢力】
(クインテットメンバー)
ハンター
ラスティ
バジル
トレヴァー■
シルヴィア
ジェミニ
ナイトメア
シルフィード
オーキッド
エリクソン
バルーン■
ハイドラ■
ホスピタル
ストレッチャー
ヘンリー
デイモン
ショーン・フェニックス
プッティ・スケアクロウ
ダンスロップ・ザ・ビッグダディ■
ペイトン・クック■
ランドール
ジェイク・オウル
ブロン・ザ・ビッグボート
アンドレ
ケイト・ザ・キャッスル
ハザウェイ
マクスウェル
【クォーツ一族】
ベンヴェリオ・クォーツ
ロミオ・クォーツ■
【円卓：反市長派】
サリー・ミドルサーフ
(オクトーバー社)
ノーマ・ブレイク・オクトーバー
ルシウス・クリーンウィル・オクトーバー
ハリソン・フラワー
ドナルド・ロックウェル
メリル・ジレット■

マルドゥック市勢力図

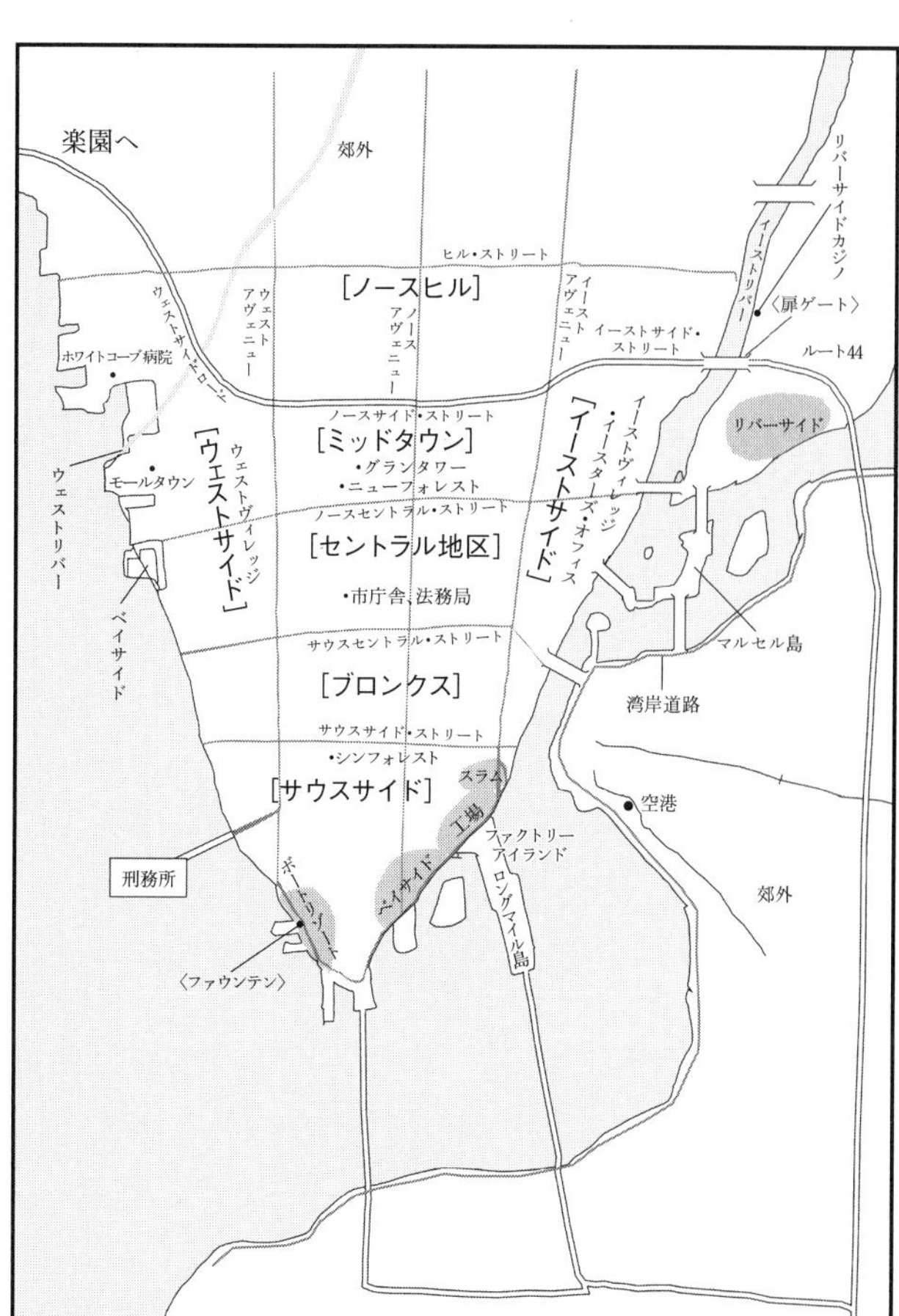

楽園へ
郊外
リバーサイドカジノ
イーストリバー
ヒル・ストリート
[ノースヒル]
ウェストサイドロード
ウェストアヴェニュー
ノースアヴェニュー
イーストアヴェニュー
〈扉ゲート〉
イーストサイド・ストリート
ルート44
ホワイトコーブ病院
リバーサイド
ノースサイド・ストリート
[ミッドタウン]
・グランタワー
・ニューフォレスト
[ウェストサイド]
ウェストヴィレッジ
[イーストサイド]
イーストヴィレッジ
・イースターズ・オフィス
ウェストリバー
モールタウン
ノースセントラル・ストリート
[セントラル地区]
・市庁舎、法務局
ベイサイド
マルセル島
サウスセントラル・ストリート
[ブロンクス]
湾岸道路
サウスサイド・ストリート
・シンフォレスト
[サウスサイド]
スラム
工場
空港
ファクトリーアイランド
刑務所
ポートリゾート
ベイサイド
ロングマイル島
郊外
〈ファウンテン〉

第七章

1

降りしきる雨の中、バロットは愛車〈ミスター・スノウ〉のハンドルを握り、ノースイーストの丘へ向かっていた。

弔いのために。バロットもベル・ウィングもアビーもみな喪服だ。ベルが大急ぎで買い与えた古めかしい黒いドレスを、アビーは文句一つ言わず身にまとった。バロットが三つ編みにしてやるときも黙りこくっていた。悲しみゆえに。そして激しい怒りゆえに。

丘のふもとにあるヒル・ストリートは、いわば弔問客向けのショッピングモールだ。厳かな店構えの棺屋、様々なリクエストに応える花屋、墓標となる人工石を売る店、仕立屋、貸衣装屋、会食のためのケータリング・サービスの店舗、弔問客目当てのモーテル、そしてレストランといった調子だった。

ヒル・ストリートの突き当たりにあるのが〈ウィステリア・ヒル〉社の葬儀所で、どっしりとした古風な造りの建物のいたるところに藤の花（ウィステリア）の房模様が刻み込まれている。ヴェールの縁取りや天蓋のように、死者を飾り、覆ってくれる植物が。

　ごく最近まで〈ウィステリア・ヒル〉社は個人経営だったが、今や丘の上の墓地とともども、包括的に福祉事業を営む〈ファイブ・ファシリティ〉という組織に買い取られている。

　あるとき忽然（こつぜん）と市に出現した組織で、オクトーバー社の創業者一族が中心となって資金を供出するほか、市の予算の一部も割り当てられている。その潤沢な財政基盤を活かしてマルドゥック市（シティ）に住まう人々をあらゆる点でケアすると謳（うた）い、旧態依然とした組織とは決然と距離を置く新興勢力だ。

　バロットも〈イースターズ・オフィス〉も、当初その勢力が葬儀を主催することに抵抗して法務局（ブロイラーハウス）に訴えたが、あらゆる面で阻止は不可能だった。

　結局、保護証人を守れるのはその人物が生きている間だけであり、物言わぬ存在となり果てた今、自分たちがその亡骸（なきがら）を〝適切に扱う主体〟だとする主張は、たやすく退けられてしまう。

　ならばせめて葬儀に参列し、死者と弔問客の前で自分たちの態度を明らかにすべきだという点で、異議を唱える者はいなかった。オフィスのメンバーはもとより、フォックス市警察委員長、クレア刑事、レイ・ヒューズ、アダム・ネイルズ、ケネス・C・O、オフィスが与（くみ）する勢力（パワー）にならなくてはならない人々、あるいはマルコム連邦捜査官ですら、そうすべきだと断言したものだ。

　バロットは、交通整理に駆り出された警官の指示に従い、混雑する葬儀所の駐車場に〈ミスター・スノウ〉を入れた。

「あいつらのリムジンだよ」

　アビーが、ぽつっとバロットに報せた。

　バロットはうなずいた。雨滴がしたたる窓越しに、大きな白いリムジンが見えていた。違法エンハンサーの王が乗る純白の玉座が。いや、ついにその大半が合法化されてしまったのだから、〈ファイブ・ファシリティ〉のエンハンサーの王と呼ぶべきか。

「大人しくしてなきゃダメ。絶対に。いい、アビー？」

「うん」

　アビーが短く答えたが、若い兵士さながらに顔を引き締めており、内心で車のトランクに入れたコートとナイフの群を身につけたがっていることは明らかだ。バロットはアビーを自制させるため、一本だけハンカチにくるんでバッグに入れることを許してやっていた。

　アビーの手に、ベル・ウィングが黙って手を重ねた。アビーはもう一方の手も重ね、自分は大丈夫であることを誓うように力を込めた。

　バロットはスムーズに〈ミスター・スノウ〉を駐車場に停めた。三人とも車から出て傘を差したが、建物のファサードまで続く雨よけの屋根つき通路のおかげで、すぐにたたむことになった。雨で弔問客が不快な思いをしないようにという心づくしも、今のバロットにとっては施設の予算の潤沢さを見せつけられているようで、敵愾心を刺激された。

表玄関の大きな傘置きスペースは残り僅かだった。弔問客だけでなくプレスも大勢来ているせいだ。そこかしこに腕章をつけた記者やテレビクルーがたむろしているのを見て、バロットは腹立たしさを顔に出さないよう努めねばならなかった。

プレスがよからぬことをしているとか、死者を批判的に扱うといったことはないのだが、これから弔われるのは、無用な注目を避けたいと願い続けてきた者なのだと言ってやりたかった。異物とみなされることを恐れ、人の視線に傷つけられてきた者の葬儀が、センセーショナルな催しと化すことに、言いようのない怒りを覚えさせられるのだ。

ベル・ウィングもアビーも同じ様子で、無表情にプレスを眺めている。大々的に葬儀の広告を打った、主催者に対する不快感を思い出しているのだ。

三人の男が建物から現れ、バロットたちへ歩み寄った。先に到着していたイースター、ストーン、レイ・ヒューズだ。

イースターが開口一番、こう言った。

「バロットも、みんな怖い顔をしてるぞ。ここで揉めごとはなしだ。絶対に」

「わかってる」

「うん」

「あたしは別に誰かを怖がらせようとしてるんじゃないんだ。葬儀っていうのはもう少し厳粛なものだと思ってたんでね。これじゃ何かの記念日のお祝いみたいだと思って呆れてるだけさ」

遠慮なく述べるベル・ウィングへ、レイ・ヒューズが真面目にうなずき返した。

「私も同感だ、ベル。とはいえ所詮、ここで起こっていることがらを外側から見るしかない人々が大勢いるに過ぎない。彼らを気にするより、席について自分たちがいかに厳粛な思いでここに来たか態度で示してやりましょう」

「わかってるさ、レイ。ああ、その通り。若い二人が朝からぐっと我慢し続けてるもんだから、つい代わりに言ってやりたくなってね」

イースターとストーンが、バロットとアビーを見やってうなずいた。男二人が何を考えているか、それこそ思念を共有(シェア)する能力(ギフト)などなくともわかった。ここで問題を起こせば不利になるのはバロットとアビーであり、それゆえイースターもストーンも、彼女たちの暴発を何としても防ぐ気でいるのだ。

そしてそれが結局のところ、バロットとアビーが抱く怒りの根幹だった。バロットもアビーも、まだ容疑が晴れたわけではないということが。これから弔う相手を——保護すべきだった者を、バロットとアビーが逆に殺害したという、度しがたい疑惑をなすりつけられたまま払拭できず、そのせいで弔いすら許されなくなるところだったという思いが、二人の中でマグマのように圧縮されて荒れ狂うのだ。

「ライムは来ていないの？」

バロットは意識して話題を変えたが、こういうとき自分に冷や水を浴びせるのが得意な男の存在を無意識に必要としていることには気づいていなかった。

「メンバーや、クレア刑事、ネイルズと一緒に警備に立ってくれてる。〈シャークフィーダー〉も出動済み。万全の警備だと言っておくよ」

「参列は私たちだけ？」

「人数が多いと相手を刺激してしまう。ともかくレイ・ヒューズの言う通り中に入って、疑いをかけられる道理なんてないことを示そう」

もちろんそうすべきであることはわかっていた。バロットは雨の降る通りを見やってライムを探したが、諦めてイースターに従った。

ロビーに入ると、左右と奥にそれぞれ異なる施設への入り口があった。右に進むと埋葬のための遺体修復（エンバーミング）ルームや納棺所があり、左には火葬のための焼却炉がある。この都市では金持ちは右に進み、葬儀の予算がない者、金をかける気がない者は、左へ進むのだ。遺体を飾り付け、高価な棺を用意し、埋葬の儀式を手配する負担は、当然ながら生者が負わねばならない。

イースターを先頭にみな奥へ進み、受付で記名して、横長のベンチが何列も並ぶ広々とした公会堂に入った。

　葬儀の一日目に行われる故人との面会(ビューイング)の会場で、埋葬後は会食の場にもなる。演壇には、弔われる者の身の丈に比してひどく大きな見栄えのする棺が置かれ、周囲をこれまた特大の花輪(ガーランド)が飾り立てている。

　ドクターが入り口に近いほうのベンチに空きがあるのを見つけて指さした。

「あの辺りにしよう」

　演壇から最も遠い場所をドクターがあえて選んだことはわかっていたが、バロットは足を止めず中央の通路を進み続けた。

「ルーン?」

　ストーンが呼びつつ後に続き、アビーが従士のごとくバロットの傍らについた。ストーンもアビーも常に自分の役目をわきまえている。いざというときはバロットを制止し、かつ自分たちが盾になる気なのだ。

「おい、バロット?」

　慌てるイースターへ、バロットは振り返らずに片手を上げて大丈夫だと示した。

　ベル・ウィングはバロットの後に続かず、レイ・ヒューズとともに油断なく周囲に目を配っている。

　前列に座っていた者たちが、バロットの接近に気づいて一斉に立ち上がった。数十人規模のエンハンサー集団が。これに、ノーマルな弔問客が——元ギャングもいれば〈ファイブ・ファシリティ〉に雇用された福祉ワーカーもいるという種々雑多な人々が——プレスともども息を呑んで身を強ばらせた。

　なおも足を止めないバロットへ、すぐさま若い男がベンチを離れ、さらに二人が続いた。ラスティ、そしてオーキッドとエリクソンだ。

　ラスティが、黒いスーツに身を包んではいるが今も根っからのギャングであるという雰囲気を発散させながら、バロットの行く手に立ち塞がった。

　バロットは足を止めた。ストーンとアビーがその傍らで、前に出すぎもせず、下がりすぎもしない位置についた。

　ラスティのすぐそばに、同様にしてオーキッドとエリクソンがついたが、彼らの位置や姿勢から、ストーンとアビーとは異なる目的でそうしているのがバロットにはわかった。オーキッドもエリクソンも、バロットを止める必要はないと考えているのだ。あくまでラスティの制止が目的だった。二人とも、もしかするとここ最近ずっとそれが彼らの役目であるのかもしれないと思わされるような顔をしていた。

「ヘイ、彼女（ガール）。どっかの誰かを保護するにゃ、少しばかり遅かったんじゃねえの？」

　ラスティがせせら笑った。口調には激しい侮蔑（ぶべつ）が込められ、目には憎悪が燃えている。トゥイードルディのサメに食い千切られた両腕は復活しており、スーツの袖から刺青（いれずみ）だらけの両手が見えた。彼ら独自の移植とエンハンスメントによるものだ。技術ではなく能力（ギフト）で人体をつなぎ合わせてしまう〈モルチャリー〉と呼ばれるエンハンサーがおり、今では特異な儀式を司（つかさど）る人物とされているらしい。死んだ仲間の肉体を、別の誰かに移植することを、弔いと継承の儀式とみなしているのだ。

ラスティの両腕が誰のものであったかは、すでにわかっている。アシッド・バルーンだ。オフィスとともに〈クインテット〉を壊滅させようとしたオックス市警察委員長の仕掛けにより、組織の情報を漏洩させたことを認め、ハンターたちの前で自決してみせた男だった。

バロットは負けじと無言でラスティを見据えながら、その危険きわまる両手だけでなく、彼の背後にいるエンハンサー集団全体をしっかりと感覚した。バロットがハンターと二度目の対面をしたときに同席していたホスピタルとケイト・ホロウもおり、二人とも好奇と警戒が相半ばする様子でバロットを注視している。

棺に近づけば立ち塞がる者が現れるのはわかっていた。亡骸を見られることを阻止したいのではない。縄張り意識からくる反発であり、自分たちの所有物に手を出されることへの、ギャング的なタブー意識ゆえだ。そしてその意識の背後には、もしかすると犯罪を隠蔽したいという思いからくる過剰反応があるかもしれなかった。

もしそうなら、真にこの葬儀の責任を取るべき者が、ここにいるということを意味する。

保護すべき者を逆に殺したという、このうえなく屈辱的な容疑を、自分たちにかぶせた者が。その相手こそが、バロットにとっての容疑者だった。

「どうした？　ぶるって声が引っ込んじまったか？　もういっぺんあっちの仲間に手術してもらって来いよ」

ラスティの挑発に、オーキッドが眉をひそめた。バロットが怯えているわけがあるものかという顔だ。沈黙は最高のファイターの証しであるというのは、法廷や交渉の場においてのみではない。むしろバロットは、ラスティのほうが怯えて攻撃的になっているかどうかを推し量っていた。いかにも容疑者らしい反応を示すかどうかを。

ストーンとエリクソンが、互いに向き合いながら、冷静にバロットとラスティの間で視線を行ったり来たりさせた。どちらも割って入るタイミングをはかっているのだ。

だが実際にそうしたのは、舞台袖からつかつかと檀上へ現れるや、会場に跳び降り、だん！　と大きな音をたてた男だった。

バジル・バーンだ。もちろん、大騒動を引き起こすためではなく、鎮静させるための行動だ。それがこの葬儀の責任者であり、〈ファイブ・ファシリティ〉の経営者の一人であり、バロットと同じ大学で政治学と法律を学ばされることを服役と呼ぶ、彼の役割だった。

バジルは厳めしい顔つきで大股に進み、バロットとラスティの間に入るや、ぼそりと、どちらへも均等に声をかけた。

「今日一番のニュースになりてえか」

すぐさまラスティが言い返した。

「こいつらを大人しくさせてるだけだぜ」

「席に戻れ、ラスティ」

「こいつが――」

「戻れ」

バジルが、ただ怒りを滲ませるのではなく、この男が新たに身につけた威厳を示しながら命じた。集団を率い、その名誉に対して責任を負う者の威厳だ。その集団に属する限り逆らうことは許されない。ラスティは口を歪め、バロットに鋭い一瞥をくれるだけで我慢し、きびすを返してオーキッドとエリクソンとともに席へ戻っていった。

エンハンサーたちも、バジルなら場を収めて当然とばかりに腰を下ろしている。バジルの統率力に格段の磨きがかかっている証拠だ。優れた記憶力と、最適解を見出す知性を兼ね備えた男に、経営の才能があることを疑う者は、少なくともこの会場にはいないだろう。

「何の真似だ?」

バジルがやはり威厳をたたえてバロットに尋ねた。いつかミッドタウンの施設で戦い、交渉したときのギャングっぽい調子は影をひそめている。おそらく本人ですらまだ気づいていないだろうが、その声は、レイ・ヒューズや、カジノ協会幹部のアシュレイ・ハーヴェストに似た、ある種の深みを帯びるようになっていた。

「これはビューイングです。故人に会う最後の機会では？」

「明日の埋葬の前にまだ機会はある。ここで下手なことをするのはやめてくれ」

「争いたいのではありません。私たちが保護した証人の死を悼みたいだけです」

「言ってる意味はわかってるだろう。犯人捜しをするのはやめてくれってことだ」

「あなたの仲間がやったかもしれないのに？」

「そうだとわかったときは、おれが吊るすと言ったはずだ」

「私たちが逮捕すると言ったはずです」

「どっちにしろ隠し立ては――くそ、おれと言い争ってるふりをして、あっちにいる連中の様子を探るのもやめろ」

バロットはうなずいた。行動から相手の目的を見抜くという点では、やはり群を抜いて聡明な男だった。と同時に、誰よりも苦悩を抑え込んでこの場を営まねばならないバジルに同情を覚えてもいた。

「はい。私が出過ぎました」

「おれたちを疑ってることはわかってるが、おれも、まだお前たちを疑ってる」

「お詫びします、バジル。あなたのことは疑ってはいません。信頼しています」

バジルがうっかり苦いものを口の中に放り込まれたというような渋面になった。

「よく言うぜ、先輩」

「本当です」

「だったら、あっちにいるイースターやレイ・ヒューズや……あれはお前の親戚か？」

「グランマです」

「顔は似てねえが、目つきはお前そっくりだな。そこの〈フライング・ダガー〉の娘も。本当の妹に見えるぞ」

えへん、とアビーが咳払いした。勝手に別名をつけられるのが気に食わないのだ。

バジルが肩をすくめた。失礼したというように。当然、アビーのそうした反応を期待してわざと言ったのだ。親しげにやり取りしているような様子を見せることで、緊張が緩和したことを会場にいる人々に示すために。だからあえて直接の対立関係がないベル・ウィングを話題にしたこともバロットにはわかっていた。

「ファミリーってわけだな」

バジルが、ストーンにも顔を向けて言った。

ストーンが生真面目な様子でうなずいた。バジルもうなずき返した。傍目には、つつがなく何かの合意に至ったように見えたことだろう。プレスが派手派手しく『抗争の前兆！元ギャングの葬儀は一触即発！』などとかき立てないようにするための一芝居というわけだ。

「雨の中でつっ立ってるライムにも、ここでは何も起こらないと言っておいてくれ」

「ご自身で伝えることもできますが」

「あいつとはピースのことしか喋らない約束でな」

チェスの駒(ピース)と平和(ピース)をかけた言い方だった。

「まだ通信で彼とチェスを？」

「決着がつくまではやるさ」

パイプ役を買って出た者同士のホットラインは維持されるということだ。いざというとき速やかに情報を共有し、互いの被害を最小限にすることを目的とした、敵対する者同士の非常用通信ライン。

とはいえ、実際にチェスでライムが勝ち越せていないという事実は、やはり驚きに値する。イースターなど、とっくに挑むのをやめて、〈ウィスパー〉とライムの対戦を見学する側に回っているというのに。だがバジルはそのことを誇る様子もなく、バロットたちの様子をさらに入念に観察し、それから小さくうなずいて檀上のほうへ戻っていった。

会場のバックヤードにある控え室へ。

今頃はそこに市議会の人間も来ているはずだった。順番に弔意を告げる者たちが。

自分が今いる位置から進むのは、彼らが出てきてからのことになる。バロットは改めてそう自分に言い聞かせた。そのとき、真の弔意と、そして宣言がなされることになるのだ。

それこそ場は騒然となるだろうが、避けては通れない道を恐れず進むという意思が確かなものであることを、その沈黙が明らかにしていた。まだ何一つとして重要な言葉を発していないということが。

「戻りましょう」

バロットはそう言ってアビーとストーンとともに入り口のほうへ戻り、じっと見守ってくれていたベル・ウィングの手を感謝を込めて握りながら、みなで座った。

アビーとストーンが腰を下ろし、イースターとレイ・ヒューズもそうした。

バロットは檀上の棺を見つめた。

蓋の窓は開いていたが、内部を感覚する気はなかった。そこで眠る者の輪郭はとうに失われていた。本来の姿は破壊されてしまったのだ。

修復された身をくまなく感覚することは冒瀆だと思ったし、今では棺がその者の新たな姿となって、この儀式の中心に存在していた。

バロットは静かな呼吸を繰り返したが、実際は炎を吸っては吐くようだった。心は苛烈に真実を求めていた。人前に出ることへの恐れを捨てて生きるはずだった者が、こうして棺に入るしかなかったのはなぜか。その答えを激しく欲していた。

多くの者が秘されたままであることを望む、ブラックボックス事件であるとしても。解明されないことのほうが多くの人々にとって有利となるため、市警察や検察のみならず、オフィスやバジルたちすら捜査に消極的になる。だがバロットはあえて解明し、知らしめることこそ正しいとみなしていた。あの日、〈スパイダーウェブ〉ことニューフォレスト保健福祉センターから撤退してのち、今までに起こったさまざまなできごとが織りなす網目模様を読み解き、悲劇をもたらした真犯人を判明させることが。

そうすることによってしか無念は晴らされないのだと、ここにいる全員に告げられるときが来るまで、バロットはただ無言で棺に目を向け続けた。

2

車輛の群は、散開と合流を繰り返しながら湾岸へ向かっていた。

ハエ男の眼鏡に変身（ターン）したウフコックも首尾良く銃狂いの男たちの一人によって運ばれていった。〈誓約の銃（ガンズ・オブ・オウス）〉は軍隊めいた行動を取るものの、殺意やその反動による戦闘疲労の匂いを発する者がきわめて少ないのが特徴だった。

あるのは狩りという儀式に参加したという厳粛で充実した気分の匂いであり、それが彼らを集団として機能させているのだ。古代のマンモス狩りを思わせるものがあり、名誉の負傷を誇るゆえか、負傷者が鎮痛剤を過剰摂取して酩酊（めいてい）することもない。

戦闘集団というより共助の念が強い部族じみた連携を見せ、追跡する者はいないか、負傷者はどの程度動けるか、警察に遭遇したときの対処に変更はないかといったことを通信し合っており、ウフコックは可能な限りそれらを記録した。とはいえ犯罪の証明になることについてはしっかりぼかされている。元刑事のマクスウェルの薫陶（くんとう）のたまものといったところだ。

部族的な行動は都市というジャングルでも功を奏するようで、ミッドタウンという高級繁華街のど真ん中で常軌を逸した銃撃戦を行っておきながら、一人の死者も逮捕者も出さず、波止場の倉庫に車輛を入れた。

待機していた〈ガンズ〉のメンバーが、ナンバープレートの交換、車内の洗浄、車体の色やバンパーの変更といった作業に取りかかった。車輛から降りた人々は、歩けない者や意識を失った者を担架に載せ、速やかに倉庫を出て桟橋に向かい、停泊する船であり彼らの動く集落である〈黒い要塞（ブラック・キープ）〉に、続々と乗り込んでいった。

ウフコックを持つ男は、失神したイライジャと〈スニーカーズ〉の四人を仲間とともに担架で運びながら、彼らを昏倒させたバロットの射撃に驚嘆し、「沈黙の射手を逆に沈黙させるとは、一度その銃弾を受けてみたい。きっとおれの射撃にいい影響を及ぼすだろう」などとささやき合っていた。銃を信仰の対象とみなす人々ならではの考えであり、その貴重な銃撃を受けたイライジャの身を尊いものであるかのように丁重に扱い、船室の一つのベッドに横たえ、黒衣とプロテクターを脱がしていった。

彼の匂いが染みついていることから、ウフコックはそこがイライジャ専用の船室であると判断した。備え付けの小さなテーブルに、眼鏡姿のウフコックが置かれ、男たちが担架をたたんで出ていった。

そうして、ウフコックにとって、あまりになじみ深い状態が訪れた。いつ終わるとも知れない待機の状態が。だが予想に反してつらさはなかった。かつては意識を手放し自閉することでやり過ごしたが、このときは違った。あるのは静かな昂揚だった。じっとしているにもかかわらず、どんな束縛や葛藤からも解放されたような思いでいた。

おかげで、船内を調べようとして発見されたり、潜入の成功を報せようとして発した電波を傍受されるといった失敗を犯すこともなかった。ネズミの足で船内をくまなく調べるには時間がかかるし、マクスウェルやイライジャのような高度なセンサーの能力(ギフト)を持つ者がいる限り迂闊(うかつ)に動くべきではないと判断できた。

自分は安定している。心からそう思えた。閉鎖空間に六百日以上も閉じ込められたら、どんな人間でも心を破壊されて当然だというのに。だがどうやら道具になる生き物として設計されたことが、それほどの極限状況を生き抜く助けになってくれたらしい。

問題は、生き物であるという点だ。そしてハンターの針をこの身に打たれたという事実だった。

ガス室での最たる拷問は、絶えずあの男への共感（シンパシー）を促されるということだったが、あるときそれがふっつりと消えた。てっきりハンターが自分を不要とみなしたからだと思っていたが、そうではなく、やはりバロットが告げたとおり、ハンターの身に何かが起こったと考えるべきだろう。

ふいに、部屋のスピーカーが声を放った。

《これより出航、これより出航。本日の〈ガン・マウンター〉、操舵はウィリー・ラントとジョン・メイ、観測はベッツ・リーとモートリー・キャンベル、通信技師は――》

どうやら操船技術を持つ者たちを〈ガン・マウンター〉と呼んでいるらしい。まるで野球のスタートメンバーの発表だ。

銃狂い族の集落と化したこの〈黒い要塞（ブラック・キープ）〉は、二トン規模の五階建て小型貨客船で、もとは市に二ダースも存在するクルーズ会社の一つが所有していた物だ。そのクルーズ会社が倒産の憂き目に遭ったところを〈ガンズ〉の前身である〈スポーツマン〉が、会社ごと船を手に入れたのだった。

船室は、特等室から、三等室であるシェアルームまで、合わせて五十部屋ほどあり、各階には食堂、シャワーブース、娯楽室、ランドリーが設置され、甲板には複数の射撃訓練スペースがある。

三階のボールルームと称するやや広い部屋では、メンバーが賭け金を供出するビンゴゲームをやるらしい。

コンテナ用クレーンも搭載しており、大量の食料と銃器を船倉に貯蔵することができる、というのがウフコックの知るところだ。いずれも〈スポーツクラブ〉に潜り込んだバジルとオーキッドの報告から得た情報で、それから一年半も経っているが、大して変化はないようだった。慣れ親しんだ場に対する安心感を示す匂いが、船内に満ちているからだ。

《各階の食堂で、軽食が用意される。〈メディック・メン〉は負傷者のリストを提出し、負傷金の支給が確実に行われるようにすること。なおボールルームでの転職相談会は予定通り実施する。健やかなる祈りを献げ、狩りの季節に備えられたし。みなに幸運を》

手厚い互助関係がうかがえる放送だった。〈スポーツマン〉時代からの風習であり、都市の福祉政策が行き詰まって低所得層の人々が政治的に見放されたあと、どのような組織が幅を利かせるようになるかという好例といえた。

イライジャが口をもごもごさせ、唇の間から、ハエが一匹這い出てきた。それが、ぶうん、と羽音をたてて飛び、眼鏡姿のウフコックの上に着地した。

ハエがしきりに味覚を持つ脚で眼鏡の表面を味わった。イライジャにとって重要な品の存在を伝えているのだ。

がばっとイライジャが跳ね起き、目をぎらつかせて机の眼鏡をつかみとった。

ハエが眼鏡から離れ、宙で何度か円を描くようにして飛んでから机に着地した。

イライジャは眼鏡をかけると、思い切り拳を振り下ろし、ハエを粉々に叩き潰した。

「ちぃいいいくしょううう！　撃ぅうううたれたあああ！　おおおおれが、撃ぅううたれたあああ！」

おどろおどろしい声とともに何匹ものハエがその口から飛び出し、イライジャの拳が生けるポインターであるそれらを粉砕していった。壁のあちこちにハエの染みがつき、やがてイライジャの身から爽快感の匂いが漂い出した。自分は死人なのだから、どれほど悔しい目に遭っても、何匹かハエを潰せばすぐに冷静になれるのだといいたげだ。

イライジャは拳についたハエの体液を、べろりと舐めとり、じっくり味わった。それから手を額にかざして呟いた。

「屍たる我が身から生まれる清らかな妖精たちに感謝し良き狩人たらんことを誓います」

こういうふうに祈るとボスであるマクスウェルから誉められると思っていることが、匂いから推察できた。

イライジャは祈りを済ませると、ベッドの下から綺麗に洗われた黒衣を取り出して身につけた。脱がされたプロテクターと黒衣を抱え、部屋を出てランドリー室に入って駕籠に放り込んだ。そうしておけば洗濯係が汗や煙硝を洗浄してくれるのだろう。

イライジャがいる階層には一等船室が並んでおり、船首側にある特等室のドアの向こうはマクスウェル専用の空間であることが嗅ぎ取れた。その特等室のそばにある娯楽室から、食事を用意しているらしい匂いが漂っていた。マクスウェル、パラサイト・ジョニー、多腕のベルナップの匂いもする。

だがイライジャはそちらへ行かず、甲板に出た。夜の潮風を浴びることで頭を冴えさせようというのだろう。そこには先客がいて、離れゆく都市の灯りを眺めていた。ゆったりとした黒衣に着替えた大きなカブトムシ男ことダグラスだ。祈るように両手を握り合わせたまま振り返った姿は、元アメフト選手の現牧師といった趣(おもむき)だ。

「イライジャ」

「ダグラス」

礼儀正しく呼び合い、目礼した。二人とも律儀な性格であるというより、マクスウェルが行儀作法にうるさいのだろう。

「今宵も無事に生ける死者が目覚めたな。安心したぞ」

「狩りの首尾は?」

「成果はなく、負傷者が大勢出た。ベルナップなど全ての手を貫かれた。しかし誰も死なず、獲物の手の内を知ることができたとマクスウェルは喜んでいる」

「おれは電撃弾を使う甘ちゃんどもにやられたらしい」

「弾丸は問題ではない。射手がエンハンサーだった。実に優れた射手だ」

「確かに。だがぜひともバジル・バーンを仕留めたかった」

「あの男が自由に動き回れる時間は少なそうだ。マクスウェルは、用意を調え次第、バジルと〈イースターズ・オフィス〉の所長を二人ともトロフィーにすると決めた」

ウフコックは注意深く彼らの会話を聞き、匂いを嗅ぎ、記録した。トロフィー。それが船内にあるか確かめねばならなかった。仲間が生きているのかを。

「そろそろ行こう」

ダグラスが言った。二人して船内に戻り、まっすぐ娯楽室に入った。

部屋では、クロスをかけられた丸テーブルに、シチューの入った皿が五つ並べられ、周囲にマクスウェルたちが座っていた。

マクスウェルがうなずくと、コック帽をかぶった男二人が、シチュー鍋を載せた台車を残して出ていった。

「席に着け、ボーイズ」

マクスウェルが言った。ダグラスとイライジャがそうした。

「今日の糧に感謝を献げ、食うがいい。そうしてから、今しがた話していたことを、この二人にも伝えよう」

めいめい独自の祈りの言葉を口にし、シチューをすすった。みな行儀よく、ベルナップもたくさんの手でかき込むといったことはせず、包帯を巻いた二つの手だけを出し、残りの多腕はきちんと黒衣の内側にしまっていた。

パラサイト・ジョニーがやどる男も虚ろな目をしながら食事をしていた。寄生人間にとりつかれているせいか食欲が旺盛で、二度も鍋からシチューをよそった。

スプーンが食器に当たるカチャカチャという音が続き、部屋にはゆったりとくつろぐ匂いが満ちていた。おびただしい射撃を繰り広げるという狩りの疲れをとるためには欠かせないひとときだと誰もが思っている様子だ。

マクスウェルが左手だけでシチューを平らげ、ナプキンで口を拭い、言った。

「食事の前に、私がジョニーとベルと何を話していたかといえば、〈イースターズ・オフィス〉の連中に会ったことを、六十七号トロフィーに話してやるべきだろうということだ」

ダグラスが微笑んだ。

「良い考えに思える、ボス。あの脳死男も、興味を持って話し出すかもしれない」

「そういうことだ。みなでそうしてやるか？　それともここでくつろいでいたいか？」

「ボスが行くならどこにでもついていきます」とパラサイト・ジョニー。

「六十七号トロフィーが話し出すところをぜひとも見たいよ、ボス」とベルナップ。

「留守中の管理が適切だったか確かめる必要もある。あのオフィスの連中をおびき出す生き餌としては、うってつけだから」とイライジャ。

「そういうことだ、イライジャ。ではみなで行くとしよう」

五人が立ち上がり、娯楽室を出て階段を降りていった。途中にいたメンバーたちは、マクスウェルたちを見ると恭しく道をあけた。

船倉の貨物室まで降り、貨物管理用のメインキャビンのドアベルを鳴らした。すぐにフードを背に垂らした黒衣の男が現れた。

「ボス、何か御用ですか？」

「六十七号トロフィーに話を聞かせてやるついでに、ほかのトロフィーたちの様子も見に来ただけだ」

「九本とも健康状態はすこぶる良いと言っておきますよ、ボス。ただし六十七号が反応するとお約束することはできませんが」

「試す価値はあるぞ。そうではないか？」

「ええ、ボス。どうぞお入りください」

男が外に出てドアを押さえ、マクスウェルたちが入れ替わりにキャビンに入った。

中は縦長で、左右に銃器用の棚を改造したと思しき台があり、そこに九つの人間がいた。何人と数えるよりも、確かに何本と数えたくなるような状態で。

首だけにされ、生命維持装置につながれたうえに麻薬漬けにされた九人のトロフィーたち。その全員がやはり男だった。

一人は、元〈バトラーズ・イン・パレス〉の幹部であったウェズリー・ウォレットだ。

ハンターがかつて市内の五つの勢力を同士討ちさせた際、首のない状態で発見された人物だった。人間植木鉢といったふうの生命維持装置の上で、やって来たマクスウェルたちに華やかな笑顔をみせて言った。

「さあ、パパの財布を開かせるのはどのお嬢さんかな？」

「お前の財布はおれたちのものだ、間抜け」

パラサイト・ジョニーが言い返すと、ウェズリー・ウォレットは目をしばたたかせ、それから無表情に宙を見つめた。

他にも元〈バトラーズ・イン・パレス〉のリストにある者が四人いた。〈スポーツマン〉の標的になった頃にトロフィーにされていたのだ。〈クック一家〉に属していた者が三人。

そして最も奥に、彼が置かれていた。

ブルーが。長らく死んだと思われていた〈イースターズ・オフィス〉のメンバー、アレクシス・ブルーゴートが。

たちまちショックの波に襲われたウフコックは、冷静になれと自分に言い聞かせた。

ブルーは生きていた。ウフコックが捕らわれていたのと同じ期間、ここで無惨な姿をさらし続けていたのだ。薄目を開いて微動だにせず、痩せて頬がこけ、髪は真っ白になっている。まったく思考していないことが匂いでわかった。その脳機能が、ブルー自身の能力によって失われていることがうかがえた。

「今日、お前の仲間とたっぷり撃ち合いをしてきたぞ、六十七号。詳しく聞きたいか？

誰と誰がどのような目に遭ったか、気になるのではないか？　お前の隣に誰が並ぶことになるか知りたいのでは？」

マクスウェルが得意がって物言わぬブルーに話しかけた。

ウフコックはショックをどうにかやり過ごしてのち、悲痛に襲われた。感情が波濤となって正しい思考を押し流してしまいそうだったが、なんとか耐えて沈黙を保った。

そうして、考えた。ここでただちに仲間へ報告すべきか？　それとも彼らが再び陸に戻るまで待つべきか？　船は〈ガンズ〉の拠点であり逃走手段だ。逆に言えば、船を取り囲みさえすれば彼らを完全に包囲することが可能だし、それを可能とする戦力も今なら存在する。〈イースターズ・オフィス〉の要請に応じた者たちが解散し、再度の要請がなければ動けなくなる前に、ことを起こすべきではないか。

今だ。ウフコックは断定した。問題はそのあと自分がどうなるかだ。発信をキャッチされたあとどうなるかは、二通りしかない。

海に捨てられるか、電波暗室に閉じ込められて調べられるかだ。

前者であれば、船体に付着できる道具に変身すればいい。そのまま追跡を続けられる。だがおそらく後者だろう。マクスウェルなら発見された追跡装置を捨てるだけでは満足しない。誰が仕掛けたか調べるはずだ。徹底的に。

さらなる問題は、再び閉じ込められ、調べ回されることに自分が耐えられるかどうかだった。やっとあのガス室から解放されたその日に、自分から似たような状態に戻ることで、パニックを起こし、冷静に耐え抜くことができなくなるだろうか？

――大丈夫。

心はそう告げていた。バロットの声で。これは自分自身の濫用ではなかった。仲間のために自分が示しうる有用性の証明だった。

ウフコックは眼鏡の内部に小型の発信器を創り出すと、船の位置座標と『生存（アライブ）』という単語を暗号化し、陸にいる仲間に――〈ウィスパー〉の電子の根にキャッチされるよう発した。

いち早く察知したのは、一匹のハエだった。

イライジャの唇の間からそれがもぞもぞ這い出て、ぶうんと羽音をたてて飛んだ。マクスウェルたちの視線がそのハエに集中した。ハエは宙で旋回すると、イライジャの眼鏡にぴたりととまった。

イライジャの眉間に深い皺（しわ）が刻まれた。残りの四人は、ハエではなく、イライジャの眼鏡をじっと見つめていた。

マクスウェルが、厳かに尋ねた。

「イライジャよ、急に自分を撃つ気になったのか？　それともお前のその祈りの品に、何か得体の知れないことが起こったのか？」

3

――光（フラッシュ）、壊れる（クラッシュ）、ゴミ（トラッシュ）、灰（アッシュ）……。

バロットは頭からシャワーを浴びながら、脳裏（のうり）にそれが響き出すのを覚えた。韻（いん）を踏むだけの、歌とも言えない歌。自分を殻の中に閉じ込めるための呪文でもあったそれを、あえて響くがままにさせておいた。

今では友人となった過去の自分がそばにいて、ウフコックのことを猛烈に心配しているのだ。自分のせいでウフコックが悪い選択をしてしまったのではないかと恐れ、悲痛の波にさらわれるくらいなら、いっそ無感覚になりたいと訴えていた。

私も心配――だけど、大丈夫。すぐに連絡が来る。

バロットは目を閉じて湯の一滴一滴を感覚しながら、もう一人の自分に優しく言い聞かせた。いや、どちらの自分にも。

ウフコックから連絡が来るまでにすべき手続きは、イースターたちが書類を法務局に送信するだけで終わってしまっていた。イースターが車でグランタワーからオフィスに戻る途中、ケネス・C・Oとクローバー教授を降ろしてきたことからも、法的な駆け引きがひと段落していることは明らかだった。

あとは待つだけだった。ただひたすらに。イースターとブルーがしてきたことを、バロットや他のメンバーたちもするしかなかった。

実働の準備はクレア刑事の仕事だった。〈ガンズ〉の拠点は海上の船であることは判明しているので、湾岸に警察のボートを手配してくれていた。とはいえ海上警察に声をかければ済むことなので、そちらも今は待機状態だった。いつまでかは誰にもわからず、海上警察の都合で解除されてしまうかもしれなかった。

バロットはオフィスに戻ってのち、ベル・ウィングに遅くなることを電話で告げ、エイプリルの勧めでメイド・バイ・ウフコックの武装とスーツを脱いでシャワーを浴びた。他に何もできなかった。いや、大学のレポートの準備や、地下射撃場でトレーニングに精を出すという選択肢もあるが、その気になれなかった。とても集中できるとは思えない。だが何かに集中せねば、時間は途方もなく長く延び、なおさら待つのがつらくなるだろう。

だからひとまずはシャワーに集中していたのだが、そのせいでシャワールームの外に誰かが現れたことを感覚するのが遅れた。気づいたときにはドアをノックする音とともにライムの声が飛んできて、ぎょっとさせられることはなはだしかった。

「ルーン？　のぼせて倒れてないだろうな？」

バロットは相手が入ってくる気かと思い、慌てて湯を止め、ブースの外のバスタオルをつかんだ。驚きのあまり心臓が早鐘を打っていた。

「なぜあなたが声をかけに来るのですか？」

「アビーとストーンに言われてな。二人とも心配してる。お前が一人でどっかに行ってしまったか、そうしようと考えてるんじゃないかって」

バロットはバスタオルを体に巻きつけながら、相手はどこまでこちらを感覚しているのだろうと思った。ライムの能力をもってすればサーマル・センサーのように温度差を利用し、こちらの輪郭くらいわかってしまうのかもしれない。だがそんなことをしているような感覚はなかった。いや、激しく鳴り響く鼓動が一向に鎮まらないせいで感覚できていないだけかもしれない。

「なぜアビーが自分で来ないのですか？」

「おれもシャワーを浴びたくてな――おっと、冗談だぞ。ドア越しに銃を向けてたりしないだろうな。頼むから撃つなよ」

こちらを感覚してはいないということが言いたいのか、それとも純粋に警戒しているのか、バロットにはよくわからなかった。

「ですからなぜアビーが自分で――」

「君に独走を諦めさせるためと、たぶん、おれをゲイだと思ってるからじゃないか？」

バロットは、はたと口をつぐんだ。

思ってる？　ということは――どういうことなのか？　奇妙に混乱して言葉を失うバロットの代わりに、ライムが続けて言った。

「つまり、アビーはおれのことを君を説得することができるゲイだから安心だとすっかり信じ込んでるらしいってことだ」

「違うのですか？　あの……後者についてですが」

「自分をカテゴライズするのは得意じゃないが、男からも女からも口説かれるってのは事実だ。母親似だからだろう。カジノの客の金持ち男が、おれをアパートまで追って来て、ただで部屋を貸してやるとかしつこく言ってるのを、たまたまアビーが見てたこともあったな」

「貸してもらってるんですか？」

「どう思ってるんだ？」

呆れたように聞き返された。まるでお前とは違うと言われたようで、ちくりと胸の奥を何かで刺されたような思いを味わったが、傷ついたというほどではなかった。

施設を出たあと殻に閉じこもったまま心を殺すことで生き延びようとした自分が、湯気が漂うシャワールームのどこかにいてこちらを見つめている気がした。バロットはふっと息をついた。それで心臓が鎮まっていった。それから昔の自分という友人に言ってやった。

今さらあなたを傷つけられるものなんてないの。

バロットは、体に巻いたタオルをきつく胸元で押さえた。

「オフィスからもっと高額の報酬を得ていると思っています」

「そういうことだ。アビーとストーンには――」

みなまで言わせず、歩いていって勢いよくドアを開いた。

「心配ないと伝えてください」

髪の先から滴を落とすバロットをまじまじと見つめながら、ライムが困惑顔で退いた。

「なんでいきなり出てくるんだ？」

「いつまでもそこに立っているからです」

「それがわかってるなら普通は出てこないもんだろう」

ライムが言った。いたって冷静に。その目はバロットの首から下ではなく、表情だけを見ていた。医師が診察でもするように。バロットが扱いに困る病人かどうか、見定めようとしているような感じだ。そばの脱衣用の棚にはバロットが脱いだものが放り込まれているが、そちらを見ていた感じもない。むしろお前の下着になんか用はないという様子だ。男がバロットに示す反応としてはこれまでで最も意外なものといえた。アビーが思い込むのも当然だろう。

だがそれはそれで腹が立った。若い女性であるという、学校に通うことで無意識に抱くようになった意外なプライドが、はからずも顔を出した。

「で、いつまでそこに立っているのですか？」

ライムが、それこそ銃を突きつけられたかのように両手を挙げ、回れ右をして洗面ブースのほうへ姿を隠した。互いに見えない場所に。そうしながらこんなことを言った。

「どうも君は、少しばかりおれの母親に似てるな。ときどき何をするか読めなくなる」

「良いお母さんだったのですか？」

そのまま相手を去らせればいいのに、バロットは棚からもう一枚タオルを取りながらそう尋ねていた。

ライムが足を止め、シャワールームに背を向けたまま言った。

「精一杯やったよ。歳を食っても花形シンガーでやってけるってのは、すごいことだと大人になって知った」

そういう恵まれた女性だから、息子をとことん悠長な性格に育てられたのか、と心の中で返しながらタオルを頭に巻いた。

「大勢から求愛されていたとレイ・ヒューズから聞きました」

「だが一人で生き抜こうとして、行き詰まってクスリと酒に溺(おぼ)れたし、何度か子どものおれと一緒に死のうとしたが、最期は自分のベッドで子守歌(ララバイ)を口ずさみながら逝(い)ったよ」

バロットは、また息をついた。自分は決してこの男を攻撃しているわけでもなければ、そうしたい気持ちもないはずなのに、相手がこちらのために黙って我慢してくれているような気にさせられていた。

「すみません、余計なことを訊いてしまって」

「暇だからな。人生の出来事を一つ二つ話したっていい」

生前の母親の態度が理由で、父親のフォックスに対して冷淡なのかと尋ねたかったが、さすがにそうはしなかった。ただ、別のことを言った。

「あなたもちょっとだけ、私の兄に似ています」

「きっと君と違って、ずぼらなタイプなんじゃないか？」

「よくわかりますね」

そう言いながら不思議なことに笑みが浮かんでいた。声にも少しばかり笑いがふくまれていたかもしれない。兄のショーンのことを話題にしても、心に疼くような痛みは覚えなかった。

「でもそれ以外は、全然違います」

「君もな。おれの母親とは全然違う」

ライムがそう返し、ごく自然にこう続けた。

「ミスター・ペンティーノを信じろ。君が思うほど彼は弱くない。むしろ君と再会してこのうえなく強くなったってところだろうな」

その言葉には単純に嬉しさを覚えた。

「ありがとう」

「どういたしましてだ。そろそろ退散する。邪魔して悪かったな」

ライムが今度こそ洗面ブースからも出て行くのが感覚された。

バロットはジェットタオルがあるブースへ向かおうとしたが、途中でライムがいたほうへ向き直った。頭のタオルを外し、それから体のタオルも取って、両方とも床に落とした。ライムが目の前にいるかのように。そしてまた、常にすぐそばにいる昔の自分に、今の裸の自分をさらしながら、こう心の中で告げた。

ほらね。私たちはもう大丈夫。傷つくことは何もないの。

事実、まったくもってその通りだった。

ジェットタオルで全身の滴を落とし、服を着た。ウフコックを迎えに行ったときの白いスーツ姿だが、新品の服をまとう気分だった。

メイド・バイ・ウフコックの武装は、いったん全てエイプリルに預けてある。それを合法的に使用するための書類を用意してもらっている。

階段を上がって、みなが待機しているイースターの部屋に入ると、賑やかな音楽に出迎えられた。

部屋の隅でトレインが首から吊るした端末で自作の曲を流しながら、巧みなロボットダンスを披露していた。それを真似するトゥイードルディの傍らで、二人を見物するのにそろそろ飽きてきたと顔が言っているアビーが、ぱっと立ち上がった。

「ルーン姉さん、ずっとシャワーしてたの？」

「他にすることないから」

「ふーん。なんか嬉しそう」

「すっきりしたから」

トレインがこちらを振り返って端末のスピーカーから声を発した。

《バロットも一緒にやる？》

トゥイードルディがにこにこして同じ品を使って言った。

《何の役に立つのかわからないけど、面白い訓練だよ》

なんと、遠く離れた場所にいるトゥイードルディムの声まで届いてきた。

《おれも一緒に泳いでるんだぜ！〈ストーム団〉ってマジ楽しいな！》

「遠慮しとく。少し休んでおきたいの」

バロットはそう言い訳してアビーと一緒にソファに座った。

「カードは？　バロットもどうだい？」

今度はイースターがデスクから声をかけてきたが、かぶりを振ってみせた。

ポーカーのホールデムだとわかった。ミラーが持ち込んだチップが一揃いデスクに積まれていた。

ミラーが一方の手に持ったカードを見て、火のついていない葉巻をくるくる回し、それから自分のチップをデスクの中央に押しやった。

「コールだ。じきにスティール坊やが手札を放り出す頃合いだからな」

スティールが伏せたままのカードを行儀良く両手で持ってせせら笑った。

「ははは。どうせ大したカードは持ってないでしょう。相変わらず下手くそなポーカーフェイスですね、ミラー」

「お前さんの素敵な笑顔につられて笑っちまうからさ、坊や」

いちいち言い合うミラーとスティールをよそに、ストーンもレイ・ヒューズも、真面目に場のカードを読むことに取り組んでいる。意外なことにライムも参加していた。

いかにも男たちの時間の潰し方といった様子を眺めていると、エイプリルが新しくコーヒーを淹れたポットを置きに来て、一緒に観戦した。壁の一角にはチェス盤のモニターが映し出されており、ライムがカード片手に駒を操作し、〈ウィスパー〉が長考するということが繰り返された。

アビーが足をぶらぶらさせながら言った。

「ねえ、トレインに宿題手伝ってもらっていい？」

「ダメよ。全部答えだけ教えてもらうことになるでしょ。自分で考えてやらないと」

エイプリルが男たちのカードから目を離して言った。

「あら、何がわからないの？」

「全部」

「元素記号と体の神経系統を覚えるための歌を教えてあげましょうか」

「うん！」

だがエイプリルが呪文のようにそれらを唱えるや、微睡(まどろ)みにいざなわれてゆくアビーを、バロットが揺すって覚醒させた。

「ねえ、ちょっと寝ていい？」

アビーが堪え難いという様子で訊いた。

カードを集めていたイースターが、顔を上げてライムへ尋ねた。

「今夜のうちに合図が来ると思うかい？」

「ペンティーノ氏としてはそうしたいところだろうが、状況次第だ。待つしかない」

「交代で寝たほうがいいな。クレア刑事に、いつまで待機してもらえるか訊こう」

そう言ってイースターが電子眼鏡(テク・グラス)の弦(つる)に指をあてて操作しようとしたとき、そのレンズでシグナル受信の印がまたたいた。

イースターが椅子を跳ね飛ばすようにして立った。同時に〈ストーム団〉の面々とバロットもシグナルを感知していた。〈ウィスパー〉がチェス盤の横に、暗号化されたメッセージの解読完了を告げるウィンドウを現し、ついで内容が示された。

座標と、『生存（アライブ）』の一言が。

「来ましたわ、ドクター！」

エイプリルがけたたましい歓声をあげたときには、もうイースターがクレア刑事に情報を伝達しており、壁には湾岸の地図と船の具体的な位置が新たなウィンドウに表示されていた。

ライムが船の位置を見つめた。

「思った以上に港から離れてるな。追うには時間がかかるが、取り囲むにはいい場所だ」

レイ・ヒューズがうなずいて言った。

「同感だ。急いでボートで追えば、夜明け前に包囲できる」

ミラーが葉巻を胸ポケットに入れて帽子をかぶった。

「すぐに出発だな。ウフコックが敵に見つかってなきゃいいが」

スティールが椅子にかけていたコートをとって腕を通しながら反論した。

「船から発信したんですから傍受されたに決まってます。ウフコックも発見される覚悟でやったんですよ。彼がまた捕らわれる前に、クレア刑事が待機させているボートに乗りましょう」

アビーとストーンが、スティールの言葉を聞いて顔を引き締めた。

「早く行こう、ルーン姉さん」

「すぐに用意する」

エイプリルがうなずいてバロットに言った。

「あなたの武器はばっちり登録済みよ。私の部屋に来て。装着を手伝うわ」

「ありがとう」

にわかに人々が活気づくなか、トゥイードルディが、トレインの端末を通して場違いなほど暢気に告げた。

《じゃあ先に行ってるね》

全員が訝しげにトゥイードルディを振り返った。この青年が自前の移動手段を持っているとは誰も思っていなかったからだ。

トレインが全員を代表して、トゥイードルディに尋ねた。

《何に乗って行く気？》

トゥイードルディがにっこり答えようとしたが、その前にトレインの端末が、イルカのトゥイードルディムの声を発した。

《空を泳ぐやつらに乗ってけばいいだろ。おれの計算でもそのほうがずっと早いぜ》

バジルたちが、ミッドタウンの〈スパイダーウェブ〉から撤退して向かったのは、ウェストサイドのペントハウスである〈ガーデン〉ではなく、サウスサイドのアンフェル・ボート・リゾートのボートハウス〈ファウンテン〉だった。

移動手段は、〈ハウス〉と、クォーツ一族から借りたトラックで、前者をバジルが、後者をオーキッドが運転した。

トラックの荷台には溶けた石炭の山のようなものが積まれている。馬鹿でかい塊（かたまり）となって動けなくなったエリクソンだ。

バジルが運転する〈ハウス〉の助手席には、両腕を失ったラスティが蒼白の顔に玉の汗をしたたらせる姿があった。自身の能力（ギフト）で傷を酸化させ止血した痛みに耐えるため、バジルが脱いで与えたジャケットをくわえ、ぼろぼろにしてしまうほど噛みしめている。

後部座席には三頭の犬たちがおり、こちらは意識を失ったシルヴィアを見守っていた。

クォーツの兵士は負傷者もふくめ一人残らず車に乗せ、〈シャドウズ〉のメンバーであるミック・キャストマンもそちらに任せている。

ミッドタウンを出てのち警察隊は追ってこないとみたバジルが、付近で待機していた検診バスである〈方舟（アーク）〉を呼び寄せ、誰もいない川べりの駐車場で合流した。ただちにストレッチャーが宙に浮く担架でラスティとシルヴィアを〈アーク〉に移し、〈天使たち（エンジェルス）〉に片方の腕をくれてやったホスピタルが、二人の治癒にあたった。

それからリムジンとバスとトラックが適切に距離をあけ、〈ファウンテン〉の敷地に逃げ込んだ。そこなら警察隊に包囲されても逃げる手段はいくらでもあった。

ヘンリーが出迎え、ストレッチャーと協力し合って、ラスティとシルヴィアをそれぞれボートハウスの寝室へ運んだ。

ホスピタルとモルチャリーがともにバスを降り、オーキッドと三頭の犬ともどもバジルの指示を待った。

「お前たちは中に入ってろ。おれはグループの連中に指示を出してくる」

バジルが言って、一人で桟橋へ向かい、停泊していた〈白い要塞(ホワイト・キープ)〉に乗り込んだ。

ショーンが甲板に出て、緊張した面持(おもも)ちで言った。

「プッティが、海上警察がボートを集めてるって。こっちに来るんじゃない？」

「連中は〈ガンズ〉を追うはずだ。餌を投げてやったからな」

「餌って？」

「〈イースターズ・オフィス〉のメンバーがトロフィーにされてることを教えてやった」

そっか、とショーンが安心したようにうなずいた。

「他のグループも撤退したな？」

「ああ。〈シャドウズ〉がメンバーと合流したけど、四階だか五階だかから落っこちて、トラックに轢(ひ)かれたみたいなざまだからホスピタルに治させてくれって」

「すぐに〈アーク〉を向かわせると言っておけ。ここに連れてくるわけにはいかないからな。〈ディスパッチャー〉と〈プラトゥーン〉は？」

「帰ったよ。大して動いちゃいなかったけど。〈プラトゥーン〉なんか車を壊されたとかいって、そのまま動かなかったし」

「結果オーライだ。連中が動けなかったおかげで〈ガンズ〉が孤立してくれた」

「〈ガンズ〉が警察(サツ)に追っかけられたら助ける？」

「そうしたいか？」

ショーンが肩をすくめたとき、船内でプッティの雄叫びがわき起こった。

「おぉおおおもちろおおおおおおーいいい！　おぉおおおもちろおおおおおおおーい！」

ショーンが首をひねるようにしてプッティがいるほうへ顎をしゃくってみせた。

「全員沈んじまえばいいってさ」

「なるべく時間をかけてそうなってくれりゃいいがな。それだけサツの動きが鈍くなる。今日の件で、おれたちもサツに追われないよう掃除させなきゃならん」

「掃除のほうは、〈クライドスコープ〉と〈スネークハント〉に伝えとけばいい？」

「ああ」

「〈スパイダーウェブ〉が空っぽだけどいいの？」

「今は誰もあそこに用はねえ。あと〈マリーン・ブラインダーズ〉にも伝えろ。〈ガンズ〉がサツにやられたときは掃除を任せるってな」

ショーンが口笛を吹いた。

「マジでマクスウェルを切る気なんだ」

今度はバジルが黙って肩をすくめた。

「他のグループが不安になるんじゃない？　ジェイクやブロンとか。自分たちもあんたに切られるかもって」

「おれが切るんじゃない。マクスウェルの阿呆は勝手に自滅する。いいか？　今の話をお前がよそに漏らさなきゃいいだけじゃないか？」

ショーンが口の端をつまむようにし、ジッパーで唇を閉めるジェスチャーをしてみせた。

バジルがうなずいた。ショーンはすぐにその口を開いてこう尋ねた。

「ハンターはまだボートハウスで眠ったまま？」

「ああ。ホスピタルとホロウが診てるから心配ねえ。ハンターは必ず目覚める」

「ホスピタルの手足を食いに来るっていう化け物のほうは？」

「ホスピタルは、手足くらいならくれてやると言ってる」

「おれもそんなふうに言えるようになりたいな。でも首をほしがったら？」

「この船に乗せて逃がせ。おれがオクトーバー一族の狂った女王様と話をつける」

「オーケイ、ボス。あんたを信じてるよ」

「退職したいなら今ここでだ。この先、お前の口を封じなきゃならんかもだしな」

「へえー、それが言いたくて一人で来てくれたんだ」

バジルは無言でショーンを見つめ返した。恫喝的に睨むのではない。静かに相手を観察し、結束の意思がどれほどあるか推し量っていた。

「あんたとハンターは、おれにとって一番まともで、いなくなられちゃ困る雇用主さ。あんたならいつでもおれをファックしていいよ。あの犬たちとやらせるんじゃなければ」

バジルがうんざりした様子で唸った。

「お前を始末したら、スケアクロウが怒り狂って何をするかわからねえってことだ」

「だから生かしてくれるってんだろ、ボス」

「ああ、そうだ」

「ファックのほうはジョークさ、悪かったよ。あんたのお堅いとこも好きなんだ」

「吊るされてえのか」

ショーンがまた唇をジッパーで閉めるジェスチャーをした。ただし今度は逆向きだった。

「閉めてんのか開けてんのかわかんねえだろうが」

とうとうバジルが苦笑した。それ以上は相手を推し量ろうとはせず、きびすを返してタラップを降りてゆくバジルを、ショーンが柵にもたれ、くすくす笑って手を振りながら見送った。

　バジルがボートハウスのリビングに入ると、みなが座って待っていた。

　ヘンリー、オーキッド、三頭の犬たち、隻腕（せきわん）のホスピタル、ストレッチャー、モルチャリー、奥のメインベッドルームから出て来たケイト・ホロウとその肩にとまる大ガラスのハザウェイだ。

　バジルが、まずオーキッドに訊いた。

「エリクソンはまだ動けねえのか？」

「ああ。本人は大丈夫だと言ってる。予想外の攻撃だったから念入りに対処を学習しているそうだ。あいつなりの均一化（イコライズ）というやつだな」

　バジルがうなずき、相手をホスピタルに変えて訊いた。

「ラスティとシルヴィアの状態は？」

「二人とも治癒を終えて眠っています」

「おいたわしい（オウ・ディアー）」

　ヘンリーが深沈として呟いた。真っ白い肌をした禿頭の男が牧師のように両手を握り合わせ、心を込めて口にするさまに、全員がちょっとうなずいてから、バジルが続けた。

「〈ガーディアンズ〉は今から〈シャドウズ〉のほうに行ってくれ。一人、〈イースターズ・オフィス〉の娘に手ひどい目に遭わされた」

「はい。その前に、ラスティと私の腕について、モルチャリーから提案があります」

バジルがモルチャリーのほうへ顔を向けながらソファに腰を下ろし、発言を促した。

モルチャリーが咳払いして言った。

「私が保存している死者の腕を、お二人に移植することができます。その際、かねてから私が提案してきたことについて、ラスティとホスピタルは前向きに考えてくれています」

「能力(ギフト)を与える臓器ってやつか」

「はい。私とホスピタルがともに施術を行うことで、すでに授かった能力(ギフト)に加えて、死者の能力(ギフト)を引き継がせることができます。むろん相性の問題はありますが、すでにこの身を使って実現可能であることを確認しています」

「お前のいう二重能力(ダブルギフト)についちゃ、慎重に進めるってのがハンターの考えだ」

「しかし、〈イースターズ・オフィス〉の強力なエンハンサーと対決し、かつ〈天使たち(エンジェルス)〉からホスピタルを守らねばならないという事態に直面しています」

そこへ、オーキッドが言い添えた。

「コーンが言っていたことは本当だった。あの娘は我々が知る限り、最強のエンハンサーだ。あのネズミを自由に使えるということを差し引いても。逆に言えば、あの娘を倒せるなら、おれたちが最強だと証明できる」

「ギャング流は忘れろ、オーキッド」

バジルが、脅しつけるのではなく、静かに諭すような調子で言った。

「いいか。名を上げるために撃ち合うようなやつは、これからの均一化（イコライズ）にはついていけねえ。ハンターなら、そもそもあの娘が合法的に活動できねえよう縛りつける」

「まさにそれが（ザット・イズ）、ハンター」

ヘンリーが称賛した。全員がまたちょっとうなずき、オーキッドが話を戻した。

「それはわかるが、〈天使たち（エンジェルス）〉のほうは、そうはいかんぞ。連中は明日にもまた現れるに違いない。ホスピタルの手足を求めて」

「〈ブラックキング〉はシザースを狩るためにおれたちを造った。使えないとなりゃ、おれたち全員を〈天使たち（エンジェルス）〉の餌にするだろうよ」

「なら、なおさら――」

「ダブルギフトはなしだと言ってるんじゃない。慎重にやれってことだ。お前たちに自滅されて一番困るのはハンターなんだ。ホロウ、ハンターの様子は？」

「変わりません。深い眠りの中にいます」

「深い眠り（ディープ・スリープ）」

ヘンリーが厳粛な調子で呟いた。

みなが彼を見た。ヘンリーはそれ以上は何も言わず、両手を握り合わせて瞑目し、自分も同じ眠りに入ろうとするような様子だった。

バジルが、ヘンリーは正しいというようにうなずいてみせ、他の面々へ言った。

「おれたちはホワイトコーブ病院でハンターが見ているものを見た。シザースの世界を。ここにいる全員で、もう一度やるんだ。ハンターを目覚めさせる方法はある。あのオクトーバー一族のいかれた〈ブラックキング〉がやってのけたんだからな。ハンターを目覚めさせることが今のおれたちの均一化(イコライズ)だ。それに力を振り絞るんだ。いいな」

5

「ナタリア・ボイルドは、ここで永遠に幸福であり続けるというわけか？　父と母の人格とともに暮らしながら？」

木漏れ日が降り注ぐ白樺の森の小径を歩きながら、ハンターが訊いた。

まだら髪の男が、舞い落ちてくる葉をつかもうとする真似をしつつ、陽気に返した。

「幸福の定義について君の考えが聞きたくなる質問だな」

「ある人間の絶対的な価値であり、形態は様々だ。定義が必要になるのは相互に保証しなければならない場合だけだろう。多くは漠然とした条件として設定される。たとえばあの少女が常に母親や優しい大人たちとともにいて、笑顔で何かをしているというように」

「我々が彼女の幸福を保証していると？」

「それ以外に役割があるかのような言い方だな。そろそろそちらの呼び方を決めたいが、〈ドクター・ホィール〉と呼ぶべきかな？」

「再現された彼の人格に過ぎないがね。なんとでも呼んでくれたまえ。それにしても、君は目覚めるたびに同じことを決めたがるな」

「おれは、この精神世界の中で寝起きしているのか？」

「精神世界とは無粋だぞ。ここは〈楽園〉だよ。ほら、あそこに君の家がある」

まだら髪の男が指さすものを見て、ハンターが足を止めた。

白樺の木の根元に、クーラーボックスが置かれていた。

青と白の、もとは鮮やかな色合いだったろうが、すっかりくすんで薄汚れており、閉められた蓋の上に肩掛けベルトが蛇のようにとぐろを巻いている。

ハンターはそちらに歩いて行き、クーラーボックスを取り上げた。蓋を開き、空っぽの中身を覗き込み、匂いを嗅いだ。これといって意識を向けるべきものはなかった。

ハンターはクーラーボックスを掲げてみせた。

「母親が赤ん坊のおれを箱に閉じ込めたという事実が、おれの根源的な心象風景だとでも言いたいらしい。泣くたびに蓋をされ、よく生きられたものだと哀れむか？　これぞ我が家だと言い出すようになれば、おれも晴れてこの精神世界の仲間入りか？」

まだら髪の男は、いつの間にか現れた真っ白いパラソルの下の木製のベンチに座って微笑んでいる。

「いいや、実際に、君はその中で眠り、そして目覚めているんだ。赤ん坊の頃のように。もうずっと長いことそうしてきた。それこそ、君のいう死の深淵（しんえん）だよ」

ハンターはクーラーボックスを放り捨てて小径へ戻った。

「おれが植物状態だったときのことを言っているらしいな。おれがシザースにされ、長い間、お前たちの手に握られていたことは目新しい情報ではない」

「君を文字通り〈ザ・ハンド〉の手で管理させる前に、まず君を守らねばならなかったがね」

「守る？」

まだら髪の男は答えず肩をすくめてハンターの背後を指さした。

「よく見たまえ、君の家を」

ハンターはまたそちらを見た。

放り捨てたはずのクーラーボックスが最初に見たときのまま木の根元に置かれていた。それがまるで生き物が息づくように、僅（わず）かに膨らんでは元に戻るということを繰り返していることにハンターは気づいた。

「守るとは？　ここに脅威となる何かがいるのか？」

ハンターが問いながら振り返ると、パラソルの下にはもう誰もいなかった。

周囲を見回したが、まだら髪の男を見つけることはできず、誰かを探すこと自体が無意味だという気分になった。ここは少女が司るゆらぎを包括するための架空の世界なのだから。

ハンターは、小径を進んだ。

どこかで茂みが音をたてるのが聞こえた。ハンターは左右の白樺の森を眺めた。やがて右手でまた音がした。ハンターは小径を外れ、森の中へ入っていった。

木の陰から何かが覗いているのが見え、そちらに向かった。積もった落ち葉の上に、まだら髪の男が仰向けに横たわっていた。その顔も宙に突き出された手も血まみれだった。

ハンターは屈み込んで、まだら髪の男の死体を注意深く観察した。胸から腹にかけて深々と三条の爪痕が走り、周囲の白い幹に血痕が飛び散っている。地面に押さえつけられ、大きな鋭い爪を突き立てられ、そして一気に引き裂かれたとみえる。

ハンターは身を起こして頭上を仰いだ。気づけば空が真っ暗だった。木がほのかに光っている。がさがさと茂みで音がした。

荒々しい息がした。獰猛な何かが暗闇を走るのがわかった。ハンターはきびすを返して駆けた。小径へ戻らねばならなかった。だが背後から何かが追ってきた。ハンターは振り返らずに走った。血の臭いのする熱い息を背に感じた。

――ビル・パラフェルナー。

背後のそれがささやいた。

――ウィリアム・ハント・パラフェルナー捜査官。

自分を振り返らせるためだと知れた。その手に乗ってはならない。こいつと対峙する方法を探らねばならない。

――悪運を力に変えることはできたか？

答えてはならない。

ハンターはすぐ先にある小径へ全力で走った。だが小径は走れば走るほど遠ざかっていった。背後に獣じみた荒い息が迫った。身を守らねば危険だった。逃げ込める場所を求めたとき、それが見えた。薄汚れた青と白のクーラーボックス。それが膨らんでは元の大きさに戻るさまは、まるで赤ん坊が安らかに眠っているようだった。

ハンターはクーラーボックスへ向かって走った。

その背に何かが爪を立てようとした。押さえつけてむさぼり食いたがっていた。あと少しで身を守ることができるというとき、巨大な力にねじ伏せられた。

ハンターは落ち葉が積もった地面に顔を押しつけられた。鋭い爪が体に食い込み、ハンターを仰向けにしようとした。振り返ってはならない。ハンターは抵抗し、何とかクーラーボックスへ手を伸ばそうとした。

そのとき、クーラーボックスの向こうで閃光が放たれ、轟然とした音が木々を震わせた。

背後の存在が離れるのがわかった。ハンターは跳ね起きて走った。クーラーボックスの向こうに立つ大きな男の姿を見た。

男の手には信じがたいほど強大な銃が握られている。

六十四口径の銃だ。男が目に見えない防壁を張り巡らせているのを感じた。それが男の能力（ギフト）なのだ。0　9（オー・ナイン）法案の初期メンバーの一人。シザースの女王ナタリア・ボイルドの父親。

ディムズデイル・ボイルドが、銃を構えながら歩み出し、逃走するハンターとすれ違いながら、荒々しい息を吐く何かへ敢然と立ち向かっていった。

ハンターは手を伸ばした。男がいた場所のずっと後方に巨大なプールがあり、少女と女性が並んで立っていた。

少女と女性がハンターを見つめながらうなずき、かと思うと一緒にプールへ飛び込んだ。二人ともハンターにどうすべきか身をもって示していた。

安全地帯があるのだ。今すぐそこに飛び込めばいい。

だがそれが答えであるとは限らない。対峙するすべが必要だ。

猛烈な銃撃音が木々を揺るがし、雪のように木の葉が舞い落ちてきた。ディムズデイル・ボイルドが、何かとせめぎ合っていた。

ハンターはクーラーボックスのそばに立った。引き裂かれた者たちがあちこちに横たわっている。

サラノイ・ウェンディと四人の女性たちがずたずたになって折り重なっている。その周囲に惨（むご）たらしく爪痕を刻まれた男性が何人もいた。どこかで見た顔だった。ハンターは彼らがどう呼ばれていたか懸命に思い出そうとした。部隊。そう。完全武装の者たち。戦闘部隊。ノーマ・オクトーバーがそう呼んでいた。

彼らもまた引き裂かれた者たちだった。そう悟ったハンターはクーラーボックスの中の暗がりを覗き込んだ。

何も見えなくなり、気づけば小径を歩いていた。

木漏れ日が降り注ぐ白樺の森の小径を歩きながら、ハンターは少女の幸福について尋ねようとし、はたと足を止めた。

「どうしたのかね？」

まだら髪の男が足を止めてハンターを見つめた。

ハンターは尋ねようとしたこととは別の問いを口にした。

「おれは何度、ナタリア・ボイルドはここで永遠に幸福なのか、とお前に尋ねた？」

「ほう。どうやらまた一つ目覚めたらしい。何度という問いは無意味だがね。君が一回きりと信じればそうなるし、何億回も繰り返して辿り着いたと信じればそうなる」

「この精神世界には、脅威となる何かが潜んでいるのだな？」

「潜むのではなく、夜な夜な到来するといったほうがいいな。家畜を襲う狐のように。我々はそいつをグッドフェロウと呼んでいる」

「グッドフェロウ？　オクトーバー一族の？」

「君の頭に弾丸を叩き込んだ君の元上司であり、そしてまたクリストファーこと〈ドクター・ホィール〉の兄である、ミスター暴力マシーンことグッドフェロウにちなんだ名だ」

「彼の人格も再現されたというのか？」

「残念ながら、ただそう呼んでいるだけでね」

「残念？」

「彼はシザースを嫌悪していた。彼こそシザース狩りの元祖だよ。その本人がシザースになったらどんな反応を示すか見物(みもの)だったのだが、という意味だ」

「自分たちの一員にすることが最高の報復とは、実にお前たちの特質を物語っているな」

「君にも共感するところがあるのでは？」

「大いに学ばせてもらっている。そのグッドフェロウとは、いったいなんだ？」

だが、まだら髪の男は再び歩み出しながら別のことを言った。

「いわば君はグッドフェロウのシザース版を、代わりに演じているようなものだぞ。せっかくシザースになったのに、個人であろうとする〈引き裂かれた者(ティアード)〉になるなんて」

ハンターも相手の傍らを歩みながら言った。

「おかげで、再現された人格とはいえ09法案を創出した〈ドクター・ホィール〉とこうして語り合えている」

「その程度のことならば、別に〈ティアード〉になる必要などなかったのだがね。いずれ君は次代の〈ザ・ハンド〉として我々を導き、女王のもとでシザースの新たな活動を担うはずだった。それこそ、君から何もかも奪いながら利用し続けたグッドフェロウとその娘ノーマに報復する最高の手段とは考えないのか？」

「報復が目的だと考えたことはない。それはあくまで均一化の一手段だ」

「その思想も、君がここで培ったものだ。森の中の小さな家で。ほら、見たまえ」

まだら髪の男が指さす先にあるものをハンターは見た。

白樺の木の根元に、クーラーボックスが置かれていた。

「あれがここでのおれのシェルターというわけか？」

「繭というべきだな。あの中で君は君自身を創り出した。君はノーマに対抗するすべを秘めているが、その前に君はシザースに抗うことを求めてしまった」

「期待外れなら、おれを放逐したらどうだ？」

「君は最高の人材だよ、ハンター。シザースの未来は君にかかっているといっていい」

「そのように持ち上げることで、〈ドクター・ホィール〉は09法案の初期メンバーを危険な務めへと駆り立てたのだろうな」

「有用性の証明という、この文明の最先端たる冒険にいざなったんだ。シザースとて同じ冒険の道連れなのだよ」

そこで二人は、木々の間を抜け、巨大なプールがある場所に出た。

遠い向こうの水辺の一角で、少女と女性が笑い声をあげながら戯れているのが見えた。

二人ともいつプールに飛び込もうか、どのようにして飛び込むべきかと話しているのが漠然と聞こえた。

ハンターもそれについて思案すべきかと考えたが、彼女たちよりもずっと近い位置で、パラソルの下のベンチに座ってこちらへまっすぐ顔を向ける者たちがいることに気づいた。

二人の男の間には一頭の猿がいた。猿の左右の手を男たちが握っている。まるで猿の形をしたバッテリーに接続された二体の生ける送受信機だとハンターは思った。その連想はまぎれもなく彼らの本質をあらわしているという確信があった。

「やあ、ブレイディ、エッジス。ご機嫌よう」

まだら髪の男が言った。

「ハロー、プロフェッサー」

ブレイディとエッジスが声を揃えて言った。二人ともあまりに似ているうえに、どちらも入院患者が着るような服を着ており、さらには動作がぴったり左右対称であることから、どちらがブレイディでエッジスか判別するのは困難だった。

ハンターはそれでも二人の顔を注意深く見比べ、それからハンターに黒い瞳をじっと向けている猿を見つめ返しながら言った。

「法務局の資料で見た。二人と一頭で人格を共有した、最初期のシザースだな」

まだら髪の男がうなずいた。

「そう。彼らこそ、猿の女王（クイーン・オブ・エイプ）ことサラノイによって生み出されたシザースの始祖だ」

「ハロー、ハンター」

ブレイディとエッジスが言った。

「ハロー、死んだシザースたち」

ハンターが言い返しながら周囲へ目を向けた。

「サラノイ・ウェンディの人格はここにはいないのか？」

まだら髪の男が、別のベンチに座ってかぶりを振った。

「グッドフェロウに食い尽くされてしまった。取り戻すのは至難のわざだ」

ブレイディとエッジスが声を揃えて続けた。

「四人の女たちと、八人の男たちも。君がみなを取り戻すときが来ると信じている」

ハンターは、二人と猿を注意深く見比べながら言った。

「女たちとは、ノーマ・オクトーバーが〈グース〉と呼んで〈天使たち（エンジェルス）〉を産ませているシザースたちのことか？」

「そうさ。なんともひどい話だ。〈ティアード〉となった者が、我々を狩るために、我々の一員を奪って武器とするなんて」

「八人の男たちとは、ノーマ・オクトーバーを護衛する沈黙の兵士たちのことか？」

まだら髪の男が、陰鬱そうにハンターを見上げた。

「正解だよ、ハンター。ちなみに、君がそうしたことに気づくよう促すのが私の役目さ」

「貴重な教示に感謝する。つまりノーマ・オクトーバーは、個人としてシザースから独立しただけでなく、シザースを侵蝕して自分のものにしているのか」

「その通り。彼女の分身であるグッドフェロウに心を食い尽くさせる。感覚のクロッシングが生み出すけだものにね」

「感覚のクロッシング？」

「五感の錯誤の一種だ。たとえば視覚として処理すべき情報を、脳が味覚として処理するといった具合だ。赤いものを見ると苦味を感じるというようにね。あるいは時間が、自分を取り囲む光として認識されるとか。本来は軽度の障害だが、それを特質とする者がごく稀にいる。膨大な情報の中から特定の有用なパターンを見出すとか、相手のほんの些細な反応を見抜くとかだ」

「それがノーマ・オクトーバーの能力といっていいらしい」

「あの怪物の特質だな。我々にとって最も厄介なのが、あのけだものだ。グッドフェロウをここに閉じ込めるまで、サラノイもふくめ十三人もの犠牲を出すことになった」

「この場所について、やっと話したな。シザースにとって危険な存在を監視する、ある種の収監施設というわけだ」

「最初から話している気もするがね。招き入れられた時点で察していただろう？」

「おれのためだけに用意された場所だと思ったが、少々傲慢（ごうまん）だったらしい」

「そう思わせてしまったのなら私こそ失礼した。もとは女王の庭園として造られた場所だ。ディムズデイル・ボイルドとナタリア・ネイルズという二人の科学の申し子の間に生まれた、シザースの女王のね」

「女王の玉座を自分のものだと思うとは、ますます自分の傲慢さを反省させられるな」

ハンターはそう言って、まだら髪の男と向かい合ってベンチに座った。

いつの間にかブレイディとエッジスは猿とともにプールのそばにいて、少女と女性の相手をしていた。快活に動き回る少女を、女性と一緒にハンディカメラでとらえようと努めている。

「ここにいる限り、お前のいうけだものに食われても影響がないと考えていいのか？」

「そうだ」

向かいのベンチに座る男が、うっそりと返した。

大きな男だった。まだら髪の男が座っていたはずの場所から、昏く感情のない目をハンターに向けていた。

「ディムズデイル・ボイルド」

ハンターがその名を口にしても、男は何の反応も示さなかった。

「法務局の記録は何度も拝見している。〈カトル・カール〉を何人も葬った都市最強のエンハンサーに会えて光栄だ。たとえ再現された人格であっても。女王の父親として、ここを守る衛兵として働いているのか？」

「グッドフェロウを消し去ることが、おれの務めだ」

「生前からの務めというわけか。不思議な縁もあるものだ。〈ドクター・ホィール〉がいうおれの報復は、実のところそちらがもう済ませてしまっている。その点について感謝すべきかは迷うところだな。おかげで娘の相手をさせられているのだから。そちらとグッドフェロウ、両方の娘の」

「ナタリアはここで暮らしている」

「おれはノーマ・オクトーバーの相手だけをしていればいいと？」

「お前はグッドフェロウを解放するためにノーマ・オクトーバーによって送り込まれた」

「ほう。ますます自分の傲慢さを指摘される気分だ。ノーマ・オクトーバーが、なぜおれのように自分以外の〈ティアード〉を求めたか考えていたが、ようやく合点がいった。けだものを解放させて、自分のシザース狩りを解禁したいわけか」

「ノーマは、ナタリアを食えば、シザース全体を奪えると考えている」

「女王の座の簒奪か。これぞ〈ブラックキング〉の所業だ。そしておれがここから出るには、けだものの力を借りるのが一番だということになる」

「逆だ。あれはお前を食い尽くすことで、ここから出ようとしている」

「これは手痛い回答だ。ただの餌とは。おれの自尊心をかけらも残さず消し去りたいらしい。そちらが、おれをノーマ・オクトーバーのけだものから守ってくれているということか」

「お前と、お前の繭を」

「まるでおれが、羽化前のサナギのような言い方だな。おのれの殻を破り、ここから颯爽と脱出しろと言ってくれているのか？」

だが男はうろんそうに見つめ返すだけで、そうだとは言わなかった。

ハンターはプールのほうを一瞥した。まだら髪の男が、少女たちに混じって楽しげに何か話している。ハンターがこれからプールに飛び込むかどうか賭けようといった会話が漠然と届いてきていた。

「一つ推測を口にしてみよう。おれがあのプールに入ることは、おそらく〈ティアード〉であることをやめることを意味する。水底へ沈みながら、おれは再びシザースのものとなり、ノーマ・オクトーバーの足元を動揺させる役割を演じることになる」

「なぜ拒む？　失うことを恐れるのか？」

男が初めて問い返した。

「第三のドアがあるからだ。ノーマ・オクトーバーのものにも、シザースのものにもならず、それどころか、おれが両方を均一化（イコライズ）するすべが隠されているからだ。そうではないか？　ナタリア・ボイルド？」

ハンターが言った。

少女が、それまで男がいた場所から、燃えるような緑の目を向けていた。背後には彼女の母であり、同じ目を持つ女性が立っていた。プールから聞こえていた声はぴたりとやみ、そこにはもう誰もいなかった。

ハンターは少女が膝の上に抱えているものを見た。

青と白のクーラーボックス。その冷たい揺りかごと人形のように無表情な少女のおもてを見比べながら、ハンターは言った。

「いずれおれはプールに飛び込むしかなくなる。そうせねば、けだものに食い尽くされるのだから。撤退して再起を試みるなら、一か八かシザースの手の内に戻るほかない。だが、シザースも二度とおれを自由にさせる気はないだろう。第三のドアを見つけない限り、おれはおれであることを放棄するという点ではまったく同じ二つのドアから、一つを選ぶことになる。違うか？」

少女も女性も答えなかった。ただ同じ輝きを持つ瞳をまばたきもせずハンターに向けている。

頭上ではまたもや暗がりが広がっていった。何かが勢いよく木々の間を走る音が聞こえてきた。

ハンターは、背後に聞こえ始めた荒々しい息へ、いささかも意識を向けずに言った。

「君が第三のドアだ。おれはノーマにもシザースにも与しない。ただ君に提案する。ともに眠り続けることをしいられた者として。ここは玉座であり、牢獄だ。目覚めてはならないものを閉じ込める場所だ。君という女王が自我を持つことを〈ザ・ハンド〉とやらが拒んで、君をここに追いやったのではないか？　今の君は、かつて君の母親が願った通りの姿か？　君の父親は、君を日常生活とは無縁の存在にするために戦ったのか？　〈ドクター・ホィール〉やサラノイ・ウェンディほどの科学者が、君という幼い存在を犠牲にせねば成り立たないエンハンスメントを計画の中心に据えたというのか？　おれはそうは思わない。けだものがおれを食い尽くすことで解放されるというなら、君がそうすべきだ。君こそが、真に目覚めるべき者なのだ、ナタリア・ボイルド」

6

マルドゥック市（シティ）における聖職者は、つまるところ葬儀業者、いわゆるフューネラル・ビジネスを営んでくれる存在とみなされて久しい。寄付と葬儀保険で利益を得ながら、埋葬される本人と生前にフューネラル・ミーティングを行い、どのように弔われたいかなど、やがて来たる日に備えて詳細を決め、遺言を管理する弁護士と書類を共有する。

むろん、そうした計画的な葬儀は、天寿をまっとうして当然と考える裕福な高齢者か、あるとき余命を突きつけられた病人のものであって、不慮の死を迎えた者をいかに弔うかは、生者の判断に委ねられることになる。

とりわけ〈ウィステリア・ヒル〉社の会場において高価な棺に収められて弔われている者にとって、この派手派手しい葬儀がどれほど念願に叶ったものであるか、やはりバロットには大いに疑問だった。

この世にさすらう者が、いかに苦しみ身悶えていたとしても、死の安らかなる甘受とともに永遠の平穏が約束されるという聖職者の祈りの言葉は、死者よりも参列した多くの生者を慰（なぐさ）めることに終始していた。

ついで聖職者が壇の端に移動したかと思うと、スポットライトとともに、これまたフューネラル・ビジネスではありがちな、葬送バンドが袖から現れた。揃って〈ファイブ・ファシリティ〉の腕章をつけ、楽器を手にしている。軽い音合わせののち、賑々しく葬送曲が奏でられたが、海を臨む都市の南側では喜ばれそうな曲も、ノースイーストの丘の上で聞くと、やたらと安っぽく場違いに感じられる、というのがバロットの正直な感想だった。

それでも列席者の中には曲に慰められる者もいるらしく、もっぱら前列のほうから涕泣する声が聞こえると、会場のほうぼうに立つプレスが、彼らなりに精一杯厳粛であろうとしながらも良い画を逃してはならぬとばかりに、泣いている者へカメラを向けた。

いったい誰が泣いているのか、とバロットは皮肉めいた興味を抱き、そちらを感覚しようとしてやめた。

どうせいたずらに自分の中の怒りを膨らませることにしかならないだろう。それよりも、これからのことに意識を集中すべきだった。予期していた以上に〈ファイブ・ファシリティ〉の宣伝ショーと化したこの葬儀は、確かに腹立たしいの一言だ。しかしそれとて、ただ一部の者にとってそうする必要があるというだけのことだった。

あのバジルとて、バロットとまったく同様の気分だろうが、それでも粛々とやるべきことをやっている。バロットがここですべきことは葬儀という名のショーに悪態をつくことでも、ましてやそれを阻止することでもない。ここがショーの場であるなら、他ならぬ自分も、その参加者として振る舞ってやるべきだった。

ここは賑やかな法廷だ。バロットはそう思うことに決めた。マルドゥック市では滅多に見られない、参審制の裁判なのだと。

一般市民から選ばれた参審員が、裁判官とともに行う裁判。例外なく政治的なその法廷では、市の様々な制度だけでなく、倫理観や禁忌の念といったことがらについて率直に意見が交わされるのだ。かつて09法案がこの市に根づく前も、一部のマルドゥック市議会議員が参審制の裁判を開くよう求め、09法案の違法性を糾弾しようとしたことが法務局の記録に残っている。

祈りの言葉と葬送曲は、開廷の宣言だ。間もなく、この儀式の真の司祭が、死者の人定の言葉を述べに現れるだろう。死者が何者であったか、何者であろうとしたかを告げるために。そしてその死者をどのように扱うべきか定めるために。何もかもうやむやにして死者の名を永遠の沈黙の海に沈めるか、全てを明らかにするためのリストの筆頭にその名を記し、今日ここで事件解明を宣言するか。

そうしたことが定まってのち、バロットが行動を起こすべき瞬間が訪れるはずだった。そのときすべきことの一つ一つを考えるうち、やっと葬送曲が終わってくれた。

聖職者が再び前に出て、片耳に装着したインカムのマイクを用いて、曲を褒め称えた。葬送バンドの面々が恭しく一礼し、参列者から穏やかな拍手が起こった。それが収まると、葬送バンドが粛々と舞台袖に下がった。

スポットライトはそのままだった。そこに立つべき者の到来を予告するために。

静粛な沈黙をみなが十分味わったところで、聖職者が、厳かに、真の司祭の登場を告げた。

「それでは、〈ファイブ・ファシリティ〉の代表者からお言葉をいただきましょう。さあ、ご登壇ください。ウィリアム・ハント・パラフェルナー議員」

7

そこでのウフコックの務めは、とにかく注目され続けることだった。

信号を発してのち、さっそくイライジャのハエに感知されたことは、まさに望むところといえた。

イライジャは眼鏡姿のウフコックをむしり取り、まじまじと見つめ、そしてその口を大きく開いてハエの群を吐き出した。たちまち眼鏡にびっしりとハエがたかり、その食物（しょくふん）を言わせて細部にわたってイライジャに情報を送った。

「おれの眼鏡だ！　ちくしょう！　こいつは間違いなく、愛し（プレシャス）の品なんだ！　なのになんだって、おかしな信号を出してやがるんだ⁉」

イライジャが目を剥（む）いて眼鏡を床に投げつけようとしたが、マクスウェルの左手がぱっとその手首を握ってやめさせた。

「オーケイ、イライジャ。落ち着け。ボーイズも、いたずらに騒ぐことを禁じる。イライジャの祈りの品に異変が起こった。そのことでイライジャを疑う者はここにいるか？」

「いないさ、ボス。いるわけがないだろう」

ベルナップが一番上の肩をすくめて言った。ダグラスが無言でうなずき、イライジャのもう片方の腕を軽く叩いた。

「バジルの野郎か、〈イースターズ・オフィス〉の連中に、すり替えられたんだ」

パラサイト・ジョニーが即断したが、他ならぬイライジャが言い返した。

「おれの眼鏡だって言ってるだろうが、くそったれジョニー。正真正銘、おれのなんだ」

マクスウェルは握った手にぐっと力を込め、昏い目でイライジャを見つめた。

「なんと言った、イライジャ？　まさか今、私がいる前で、同胞を罵(ののし)ったのか？」

「いや、ああ……すまない、ボス。つい、かっとなって」

「なぜ私に謝る？　相手が違うのではないか？」

「あ、ああ……ジョニー、許してくれ。お前を悪く言おうなんて思ってなかったのに」

「全然気にしていないよ、イライジャ。気持ちはわかるさ」

「ありがとう、ジョニー」

「どういたしまして、イライジャ」

　マクスウェルが手を離し、改めてハエにたかられた眼鏡に目を向けた。その眼球がせり出し、カマキリのものへと変貌していった。

「我々が狩りへ向かったあの場所に、そもそも何がいたか？　あのハンターがご執心だったエンハンサー動物だ。話によれば、それは一匹のネズミであり、あらゆる品に化けて相手の懐に潜り込み、〈イースターズ・オフィス〉に情報を送る能力の持ち主らしい」

　四人が息を呑んだ。マクスウェルが口にする存在を、まさに彼ら自身の手で持ち帰ったに違いないという強い確信の匂いがキャビンの中に満ちていった。

「やつらは双方引くとみせかけて、ネズミを忍び込ませたわけか。てことは、〈イースターズ・オフィス〉のやつら、おれたちを追ってきているんじゃないか？」

　ベルナップが黒衣から傷ついた多数の手を出し、揉み合わせながら言った。痛みを感じはするが、銃を握るうえで支障はないとする戦意の匂いを発している。

「そう考えて当然だ。少なくとも、この信号を受け取っているに違いない」

　マクスウェルが、左手を鎌首をもたげるようなかたちにし、指をキチキチ鳴らした。ハエと一緒に、眼鏡姿のウフコックを味わっているのだ。

「ベルナップ、ダグラス。動ける者をデッキに配置し、襲撃に備えられるか？　それとも狩りの疲れで、そんなことはできないほど意気消沈しているか？」

「何の問題もないぜ。なあ、ダグラス？」

「ああ、ベルナップ。弾薬をたっぷり持って行くよ、ボス」

「よし、ボーイズ。さっそく取りかかってくれ。ジョニーとイライジャは私と来るんだ」

ベルナップとダグラスが嬉々とした様子でメインキャビンから出た。マクスウェルと二人が後に続き、トロフィー保管室であるメインキャビンを黒衣のメンバーに任せ、自分たちは船首側にある船倉の別のキャビンに入った。

そこは広々とした防音室で、電波もしっかり遮断されているのがわかった。楕円形のテーブルと多数の椅子が置かれており、機密保持に主眼を置いた会議室らしい。

「イライジャ。その品をテーブルに置くんだ。ハンターが手こずったネズミを、一つ、我々の手で飼い慣らせるか試してみるとしよう」

「オーケイ、ボス」

イライジャがハエだらけの眼鏡をマクスウェルに差し出すようにしてテーブルに置いた。

マクスウェルがテーブルに手をつき、カマキリの目で眼鏡を覗き込んだ。

二人の背後にジョニーが佇み、興味津々の様子で言った。

「ボスがそいつを飼い慣らせたら、バジルの野郎はボスに何の文句も言えなくなるんじゃないか？」

マクスウェルが、我が意を得たりというようにうなずき返した。

「そうだとも、ジョニー。バジルは守るべきものを守れなかった。ハンターがどこで何をしていたにせよ、すっかりバジルに失望したに違いない。我々がこのネズミを手に入れたと教えてやれば、評議会の誰もが我々に一目置かざるを得なくなるというわけだ」

イライジャが眉をひそめた。

「そりゃ最高だが、ただ……おれの眼鏡は？　すり替えられたんなら、本物はオフィスの連中が持ってるのか？」

「そう考えるのが妥当だろう。少なくとも眼鏡をどうしたか、これから来る者たちをトロフィーにしたうえで尋ねてやることもできる」

「おう、やったぜ。ぜひそうさせてくれ、ボス」

「では、この眼鏡を少しずつ解体するとしよう。価値ある銃をそうするように、とことんバラバラにし、味わいつくしてやらねばならん」

部屋の棚には当然のように銃を解体するための各種の道具が備えられており、イライジャがその手で眼鏡姿のウフコックをバラバラに分解していった。もちろんその程度のことでウフコックが姿を現すことはなかったが、昆虫的味覚で調べ回されるというのは実際のところ大変おぞましかった。加えてマクスウェルの執着心は、どろどろとした怨念の匂いに似て、尽きることなどなさそうだった。

いずれマクスウェルも、ウフコックのプロテクトを解除するには相応の施設とビル・シールズ博士なみの技術者が必要であることに気づくだろう。彼らはそうした施設や人員を用意してしまうだろうか？　彼らには無理であるとしても、〈クインテット〉やその背後にいるオクトーバー社が、協力せざるを得ない状況にすることは考えられる。それはつまるところ、またあのガス室に逆戻りするということだ。

ウフコックは自分がまたしても間違った選択をしたのではないかという恐怖と戦わねばならなかった。ガス室の光景を思い出すだけで心が軋み、無気力が引力のように、おのれが備えているはずの良き精神を暗がりへと落下させてゆく。自閉して何も考えずに眠ってしまえばいいのだろうが、それで何もかもやり過ごせるわけではないことは、ガス室での数百日でいやというほど思い知らされている。

必要なのは戦うことだった。仲間との通信を絶たれたことで、万力のように心を押しつぶしにかかる孤独の圧力を、全身全霊で押し返さねばならなかった。自分がしていることは無駄ではないと信じ、決意と使命感の匂いを、自分自身から嗅ぎ取らねばならなかった。

これは帰り道だ。少女であった女性の手に帰るための。命がけで覚悟を身につけ、人生をかけて法戦士となるすべを学び、ウフコックが信じた良心と魂の匂いを過去から現在へ運んでくれただけでなく、未来へ受け継いでくれる、ゆいいつ無二の使い手のもとへ、この身を帰還させる。そのための最善の道を選んだのだという思いが、ようやく心のどこからか自然とわいて出てきたとき、騒ぎが起こった。

「ボス、やつらだ。もう〈イースターズ・オフィス〉のやつらが来やがった」

ベルナップの声が、だしぬけにマクスウェルたちの背後で起こった。その報せは、電波遮断がなされている部屋へ、船に特有の伝声管という原始的な手段で伝えられた。

これには瞠目（どうもく）するマクスウェルたちのみならず、ウフコックも驚かされ、さすがに何かの間違いではないかと思ったほどだ。

「本当か、ベルナップ？　やつらであると確信できるのだな？」

マクスウェルが伝声管に歩み寄って訊き返したのも当然だった。ウフコックが信号を発してから一時間も経っていない。〈誓約の銃（ガンズ・オブ・オウス）〉の拠点たる〈黒い要塞（ブラック・キープ）〉は早々に沖へ出ており、その海上統制線と呼ぶべき哨戒領域を侵犯する者たちが、これほど短時間で出現する手段などきわめて限られている。

当然ながら船を使ってではありえず、高速で飛ぶヘリか、空飛ぶ要塞であるハンプティ＝ダンプティをウフコックは想像した。だがそうではなかった。ベルナップの興奮で上ずった声が、こう告げていた。

「おれもダグラスも確信しきりだぜ、ボス。何しろサメの群が空を泳いでるんだから。そんなものに乗って飛んで来るようないかれた連中なんて、あのオフィスのやつら以外に考えられないじゃないか？」

8

それをまっとうな移動手段であると主張することは、あらゆる面で困難を伴ったが、不可能ではなかった。

疑似重力（フロート）で飛ぶサメを、警察犬に類した有用なエンハンスメント動物として登録することは、〈イースターズ・オフィス〉が水族館でも経営しない限りできない。だが法務局にエンハンサーとして登録されたトゥイードルディの特質に紐付けることは可能だった。

連邦法のもと〈楽園〉に所属し、ターゲットとして設定されていない一般市民に対しては無害であるという科学的根拠にもとづいて、護衛のサメを空に飛ばすエンハンサー。その無害なサメを引き連れるのは何匹まで、という制限もなければ、他者を乗せて都市や海の上空を飛んではいけない、という禁止事項もないのだ。規制を受けるとしても、今日ただちにそうされるわけではなかった。

トゥイードルディがあっけらかんとしてサメの群と、それに乗ると決めた人々をオフィスの屋上に集める一方、イースターとエイプリルが大急ぎで、抜け道に等しい書類を作成した。トゥイードルディの行動が問題視されないよう、無害なサメが安全に人を運ぶという科学的根拠と、飛行ルートの合法性を示し、全てが０９法案にもとづいた生命保全プログラムにのっとっていることを主張するのである。

運ばれるのは、バロット、アビー、ライム、ストーン、ミラー、スティール、レイ・ヒューズ、アダムを含む〈ネイラーズ〉の男女六人の、計十三人だ。なかでもレイ・ヒューズは、サメに乗って空を飛ぶという考えにいたく惹かれたらしく、嬉々として言った。

「ラジオマンを再び迎えに行くだけでなく、そうそう味わえない経験ができるのを逃す手はないな。エンハンサーだけがあれに乗れるというなら、今すぐ私の視力をちょっとよくするとか、通信用チップか何かを頭に埋め込むといったことをしてもらいたい」

もちろんそうするには、またさらに別の書類が必要となる。イースターは出動する人々の法的支援をこれ以上ややこしくさせないためにも、静かに血をたぎらせるレイ・ヒューズの望むがままにさせることにした。

トゥイードルディは、集った十三人を〈シャークライダー隊〉と勝手に呼ばわり、陽気にこの突拍子もないライドを促した。

《ウフコックがいる場所まで一時間もかからないよ。僕たち〈ストーム団〉の計算を信じるならね》

《信じてる》

フル装備のバロットが、真っ先に巨大なサメの背に乗った。一分でも早くウフコックのもとへ行けるなら、たとえ後から法的な問題を背負おうとも一向に構わなかった。

「あたし、イルカのほうがいいなあ」

ナイフをぎっしり収めたコートをまとうアビーが、おっかなびっくりサメの背に乗ってしがみついた。

サメがアビーを乗せて、ふわりと浮かび上がった。疑似重力（フロート）の見えないクッションがアビーの全身を覆い、落ちないよう安定させるとともに防風シールドの役目を担った。その意外なほどの乗り心地のよさに、たちまちアビーが目を輝かせた。

「あはっ！　これいい！　ほら、みんなも乗んなよ！」

「はしゃいで落ちるなよ、アビー」

ライムがインカムを装着し、タブレットを脇に挟んでサメに近寄ると、電動自転車に乗るときと変わらぬ淡々とした様子で乗った。

「おっと、確かにこれはいいな」

・ストーンが、サメの背に恭しく手を当て、敬意を表して乗った。機械であれ生物であれ、何かに身を預けるときはそうする性分（しょうぶん）なのだ。

「よし、お前が私のパートナーというわけだな。謹んでその背を借りるぞ」

レイ・ヒューズが、アビーに負けず劣らず目をきらきらさせてサメにまたがり、馬を愛（め）でるようにその背びれを撫でてやった。

「ひゅう！　兄ちゃんたちに姉ちゃんたち、こっちを向きな！」

きっちりピエロのメイクを施したアダムと五人がサメに乗り、互いに携帯電話で画像を撮り合った。

「うっかりフルーティなデザートにされちまうなよ、スティール坊や」

「ははは、あなたこそ餌だと思われないよう手足を引っ込めていてください、ミラー」

ミラーとスティールが乗ったところで、トゥイードルディが最も巨大な、バタフライと名付けられた群のリーダー格のサメの背にまたがった。そして、準備はいいかとも訊かず、いきなり号令を下した。

《さあ出発(ヒア・ウィー・ゴー)!》

　百匹余のサメの群が一斉に高度を上げ、沿岸へ向かって猛然と泳ぎ出した。

《おう、なんと素晴らしい》レイ・ヒューズの歓喜の声が、インカムを通してみなに伝わった。《サメが海中を泳ぐスピードは最大で時速五十キロほどで、種によっては百キロ近くに達するというが、これはそれを上回るのではないか？》

　サメに速度計などついていないのだから誰も返答できなかったが、バロットは眼下を猛スピードで流れゆく都市の光の感じからして、百五十キロは出ているだろうと思った。〈楽園〉の中にいる限り必要のない速度だ。空中を泳ぐエンハンスメント・シャークたちはどの個体も躍動感に満ち、喜んでその本領を発揮している様子だった。

　みな疑似重力(フロート)の壁のおかげで風圧に息を詰まらせることもなく、重力素子式(グラヴィティ・デバイス)の車でエア・ウェイを走るよりもはるかに速く都市を南下していった。イースターたちが設定したルートと高度には、当然ながら都市上空を飛び交うヘリも飛行船も飛行機もない。
障害物なし。減速の必要なし。どこかへ急行するという点で、実にこのうえなく素晴らしい手段だ。気づけば湾岸が迫り、海に噛みつくような防波堤や桟橋、ボートの群が、驚くべき速さで現れては後方へ消えてゆく。たちまち真っ暗闇の海上へ出て、今度は星々が頭上を流れゆくさまに多くの者が見入った。
《そろそろ船が見えてくるはずだ》
ライムが、タブレットで位置を確認しながら淡々と言った。
《もうバタフライたちが見つけてる。あれじゃないかな》
トゥイードルディが暗闇の彼方を指さした。疑似重力(フロート)の壁のせいでバロットは感覚を広げづらく、何もわからなかったが、サメの感覚器官と同期しているトゥイードルディにははっきり感じられているのだろう。人間の匂いを嗅ぎつけたサメの群が、まっしぐらに暗闇を泳いでゆくと、果たして、彼方に沖へと進む黒塗りの小型貨客船が見えた。
次々に発見の声をあげるみなへ、ライムが冷静に言った。
《まず船舶を確認する。違う船を襲撃するなんてごめんだからな》
《はーい、周りを飛ぶね》
トゥイードルディが言った。船尾から五十メートルほどで、サメの群が一斉に旋回しながら速度を落とした。船の進行に合わせて周囲をゆったりと回遊するように泳ぐと、デッキに黒衣の男たちが現れ、こちらを指さした。
　すぐにイースターから通信が来た。
《オーケイだ。市の船舶検査データと一致した。船舶番号六〇六の三九三七、登録名〈スポーツマンズ〉号、通称〈黒い要塞(ブラック・キープ)〉を確認》
　ライムがタブレットを操作しつつ言った。
《ミスター・ペンティーノからの信号はないな。海に捨てられたなら信号を出してるだろうから、船内で電波を遮断されてるんだろう。〈ストーム団〉、船の操作を奪えるか？》
　トゥイードルディが肩をすくめて答えた。
《あの船のプロテクトを破るのはけっこう時間がかかるかな。誰かがあの船に入ってコントロールのプロテクトを無効にしてくれたら、すぐだけど》
《わかった。イースター、クレア刑事のほうは？》
《警察隊と一緒にボートで海に出た。到着は二時間後だ》
　バロットは船へ感覚を伸ばし、見知った相手を発見した。五階建ての船の四階デッキに、黒衣の男たち数人を従えて立つ人間多脚類(ポリポッドマン)ことベルナップがいるのだ。かと思うと、船の各デッキに備えられたサーチライトが一斉に点灯してサメの群を照らすや、ベルナップたちがいきなり黒衣をはねのけて銃を宙へ突き出し、猛然と撃ち始めた。
《大丈夫、当たらないよ》

トゥイードルディの朗らかな声が、銃を抜くレイ・ヒューズとアダムたちの反撃を抑止した。

その言葉通り、弾丸はサメが張り巡らせる疑似重力(フロート)の壁に逸(そ)らされ、宙へばらまかれるばかりだ。船の三階と四階のデッキへ次々に黒衣の男たちが現れ、アサルトライフルや狙撃用大口径ライフルのほかにも呆れるほど豊富な重火器を持ち出し、めちゃくちゃに撃ちまくった。とんでもないのは三階デッキで、船尾側に馬鹿でかいガトリングガンが一基、船首側には伏射式のヘビー・マシンガンが三基も設置され、猛烈な火線の輝きをホースで水でも撒くように放射し、まるでフェスティバルの花火のように海を照らした。

加えて、一階デッキの船首側クレーンのそばに、人間カブトムシことダグラスが陣取り、さっそく四つん這いになるや、その肉体を銃架に変貌させ、口からヘビー・マシンガンのノズルを突き出して掃射を開始した。

ついには、ロケット弾や迫撃砲まで現れ、空中で烈しい爆発が立て続けに巻き起こり、海上はたちまち戦場と化した。サメに守られていなければ、この時点で死傷者が出ていたに違いない。その途方もない火力の放出に、サメたちも煙硝の匂いと閃光を嫌がって船から距離を取った。それを成果ありとみなした黒衣の男たちが撃つのをやめ、やかましく歓声をあげた。

ミラーが、弾丸の雨に礼を示すように、黒衣の男たちへ帽子を傾けてみせつつ言った。

《ヘイ、ライム。まさか、あいつらの弾切れを待ってるんじゃないだろうな？》

これに、珍しくスティールが乗っかった。

《船一杯に積んだ弾を撃ち終えるのに何日かかるやら。てっきり警察が到着する前に、逮捕に貢献するものだと思っていましたがね》

だがライムは、タブレットを操作し続けながら淡々と返した。

《逮捕、保護、交渉、捜査に貢献する。逮捕と言いながら死人は出したくないし、ミスター・ペンティーノを確実に保護したい。今後の〈クインテット〉や〈円卓〉との交渉や、警察の捜査を考えるなら、あの船は巨大な証拠品で、沈めるべきじゃない。安全に、確実にやる》

まるでイースターを代弁するどころかオフィスを代表するかのようなライムの言い分に、ミラーとスティールが古参としての対抗心を刺激されたはずだとバロットは思った。何しろ自分でさえ、むっとさせられたのだから。

《今の花火で不安になったのなら、おれが行って止めてやろうか？》

ミラーが言うのへ、バロットが割って入って言った。

《私も行きます》

ここで手をこまねいていては急行した意味がない。警察隊のボートの到着を待ったところで、格好の的にされるだけだ。むしろ警察側にどれだけ死傷者が出るか知れなかった。

するとレイ・ヒューズが、焦(じ)れるバロットたちを面白がるように言った。

《ミスター・ライム流の訓示というわけだな。何ごとも冷静沈着(ステイ・フロスト)にやりきるため、我々をクールダウンさせたいらしい。何しろ猛スピードでここまで飛んできたのだから。私などアドレナリンで手が震え、思わず誤射してしまうかもしれないな》

《マイスターはともかく、おれたちが的を外すのが怖いんなら、船に立ってるやつをどれでもいいから選びな。ここから仕留めてやるぜ》

アダムが両手の銃を見せびらかすようにして笑ったが、ライムはあっさり肩をすくめて受け流した。

《ていうか外のやつら、サメに襲わせちゃえばいいじゃん》

アビーが主張したが、ストーンが冷静にたしなめて言った。

《落ち着け、アビー。それがベストなら、ライムはそうしている》

ライムがタブレットを脇に抱え、船を見つめた。

《どうやらカマキリ爺さんは出てこないらしい。きっとミスター・ペンティーノの解体で忙しいんだろう。ミスター・スティール、船尾から風に乗せて船首まで煙幕を張れるか？》

《お安い御用ですよ》

《よし。〈シャークフィーダー〉は煙幕が上がったら、サメに三階デッキの機関銃を全て奪わせて船のどこかに積んでおいてくれ。証拠品だから海には捨てずにな。人は嚙み殺さ

ないでくれよ》
《あはっ！　〈シャークフィーダー〉、了解！》
トゥイードルディがコードネームで呼ばれて嬉しそうに返した。
《機関銃が片付いたら、レイ・ヒューズと〈ネイラーズ〉は三階の船尾デッキから乗り込んで連中を船内に押し込んでくれ。連中はきっと上階に退いてあなた方を船内に誘い込み、二階の仲間があなた方の背後に回るのを待つだろう。そこでミスター・ミラーとミスター・スティールは、二階の船尾デッキから乗り込んで挟み撃ちを阻止してくれ。その間に、おれとストーンとアビーが一階の船首デッキにいるカブトムシを叩く。いいかな？》
《私はオーケイだ。果敢さが求められる段取りだな》
レイ・ヒューズが真っ先に賛同したことで、誰も異論を口にしなかった。
《ライム、私は――》
自分だけ呼ばれなかったバロットを、ライムがすかさず遮った。
《ルーン、君はおれたちが撃ち込む弾丸だ》
《え？》
《カブトムシをどかした場所から船に入れ。ミスター・ペンティーノとカマキリ爺さんを探すんだ。おれたちが背中を守るから、君好みのやり方でやってくれ》
《好み……？》

《自由射撃（ウェポン・フリー）》

バロットは何の皮肉かと思ったが、ライムの声に、初めて聞くような真剣な響きを感じて、顔を引き締めた。

《了解（コピー）》

船首側へ目を向けながら返すと、ライムが、ぱん、と両手を叩いて言った。

「よーし、じゃ、誰も殺さず、殺されず、殺させずに、あの船を制圧してやろう」

9

「君は、ここで永遠に幸福であり続けるというわけか？」

木漏れ日が降り注ぐ白樺の森の小径を歩きながら、ハンターが穏やかに尋ねた。

いったい何度この道を通ったかわからず——精神世界においては、回数という概念が有用なのかどうかも不明だったが——少しずつ確実に、変化をもたらすことができているという確信を、ハンターは抱いていた。

少女が、舞い落ちてくる葉をつかもうとする真似をしながら、微笑んで訊き返した。

「あなたの幸せって、何？」

「均一化（イコライズ）を支え、絶対的な価値として仮定された何かだ。悪運に富んだ人生であっても、その価値に気づくことはできるが、間接的な実感をもたらすものの多くは手放される運命にある」

「どうして手放さないといけないの？」

「幸福感を味わうため、立ち止まっているに過ぎないからだ。幸福は一度自覚すれば常にともにあるものだから、必要に応じて思い出すだけでいい。バックミラーを見るように。幸福に紛れて、それ以外の何かが追突するのを避けることができれば十分だろう」

「バックミラーのことは知ってるわ。車を運転するとき、パパが後ろにいる私とママのことを見てくれるの」

「ほう。それは幸福そうだ。車でどこへ行くのかね？」

「車は乗るものよ。どこかへ行くためのものじゃないわ。それにどこへ行けばいいの？」

「グッドフェロウというけだものがいない場所はどうだ？」

「あの人は、もともといたのよ。どうしたら、もともといた人がいなくなるの？」

「この世界の常識が少しずつ垣間見えてくる言葉だな。変えられない初期設定といったものがあるらしい。だが君なら、それを書き換えることができそうではないか？」

「急にあなたの言っていることがわからなくなったわ」

「難しい言葉を使っているからか？　なら、もう少しわかりやすい具体例を出そう」

「ううん。そうじゃない。私のゆらぎが許してくれないのよ」

「ゆらぎとはなんだ？　逆におれに教えてほしい」

「あら、そんなことも知らないのね。ゆらぎがなければ、みんなくっついてしまうじゃない」

「ふむ。何か、くっついてしまう例を教えてくれ」

「そうね、たとえば、私の手と、あの木の間に、ゆらぎがなかったら、どちらが私の手かわからなくなるでしょう？」

「なるほど。ゆらぎとは、認識する能力そのものらしい。確かに、もしシザースの構成員が、自分がどの人間かわからなくなってしまっては、混乱するばかりだろう。それはまた、ある考えを抱かせなかったり、関心を失わせてしまう力でもあるというわけだ。ゆらぎこそが、おれと君を眠らせ、ここに閉じ込めているものなのだな？」

「あなたは眠ってなんかいないわ」

「ある意味で、その通りだ。しかしこれは目覚めてもいない。君はいつ、目覚めることをやめた？」

「また、あなたが何を言っているかわからなくなりそう」

「どうか頑張ってほしい」

ハンターはそこで椅子とパラソルを見つけ、手振りで一緒に座るよう少女に促しながら、腰を下ろした。すぐそばでプールの水がゆらいで、ちゃぷちゃぷと音をたてていた。少女はプールを見つめたまま、座ろうとはしなかった。

「君のような年齢で、早くも世界を拒んでしまう理由は、限られているだろう。君が目覚めることを嫌がるようになったのは、母親がいなくなったときか？　それとも君の父親が、グッドフェロウとともにこの世から消えたときか？」

「どんどんわからなくなるわ。パパもママも、あそこにいるじゃない」

ハンターが振り返ると、確かに大きな男と緑の目をした女が佇み、こちらを見ていた。

「君にはつらいことだろうが、誰しもが通る道でもある」

そう言ってハンターは、プールと、そのそばに立つ二人を見るのをやめた。少女にもやめさせねばならないことはわかっていた。

「何を言っているの？」

「君は、本当の意味で、両親と再会するだろうということだ」

少女が、驚きを顔にあらわしながら、目をハンターに戻した。

「それって、どういうこと？」

「目覚めたあと、君は成長するにつれて、君自身の中に両親を発見する。性格であったり、はたまた体質であったり、なんであれ自分が受け継いだものを知るだろう。君はとりわけ両親から多くを受け継いでいるに違いない。何千人もの人格のゆらぎを司る、ゆいいつ無二の存在なのだから」

「そのパパとママは、私のことを見たり、私に話しかけたりしてくれるの？」

「耳を澄ませばいい。君の得意な、ゆらぎを使って。君の肉体の中から、彼らは君を見つめ、声をかけている。今こうしているときも、そうに違いない」

「私がそんなふうにしたら、グッドフェロウが、私やいろんな人のゆらぎを食べてしまうかもしれないわ。だって、あの人は私たちとは違うゆらぎに、そう命令されているんだもの」

「おれが、おれ自身のゆらぎを完全に手に入れることができたなら、君のために、必ずグッドフェロウを消すと約束しよう」

少女がまたまた驚きに目をみはり、ハンターに促されることなく、パラソルの下の椅子に座って向き合った。

ハンターは言った。

「グッドフェロウのもともとの人格が誰であれ、再現されてのち消去することができず、それどころかシザースの構成員を探し出し、攻撃する手段になっている。そうしているのはノーマ・オクトーバーという娘だ。おれはその娘を均一化（イコライズ）する。どれほど時間がかかるかはわからないが、必ずやり遂げてみせる。そのための条件は、おれのゆらぎを元に戻すことだ。おれを完全なおれにしてほしい」

「そうしたら、私の体の中にいる本当のパパとママに会えるの？」

「そうだ。おれの提案に、どこかおかしいところがあったら言ってくれ。おれだけが得をして、君だけが苦しんだり傷ついたりするような提案だろうか？　君の望みとはかけ離れた、おれの自分勝手な意見を押しつけているだけだろうか？」

「そう言って、やっぱり私のゆらぎを壊したり、食べたりしたいんじゃないかしら」

「おれは君の世界も心も壊そうとはしないし、奪おうともしないと誓う、シザースの女王よ。おれが欲しているのは、おれがおれ自身になること、おのれを真に均一化（イコライズ）することだ」

「グッドフェロウがいなくなったら、私に会いに来てくれる？」

「お望みなら」

「今あなたとお話ししている私じゃないわ。本当のパパとママが中にいるほうの私。ちゃんとグッドフェロウは消えたって教えてくれたら、きっと私もあなたに会うわ」

「おれは第三のドアを通り、けだものを殺し、そして君を迎えに行く」

少女がその燃えるような目を見開いた瞬間、姿が消えていた。

ハンターは立ち上がり、少女が消えたあと椅子に残されたクーラーボックスを見た。

それこそが、彼自身のゆらぎであり、その内側に秘められたもの全てが、彼によって理解される世界そのもの、認識という力の源であるという理解が訪れた。

ハンターは、歩み寄ってクーラーボックスを両手で持ち上げた。

「そら、答えは目の前にあったというわけだ」

背後で声が起こった。振り返ると、まだら髪の男がいて、ハンターが座っていた椅子にのんびり腰掛けている。

「そいつの蓋を開く前に、私からいくつか教えておこう。女王は、私を君に委ねた。ここに来たときとは逆に、君が、私を連れて行くことになる」

「おれのお目付役ということか？　おれを二重人格にするというなら、女王と約束したこととは違うと言わせてもらおう」

「私のゆらぎは君が司るので、安心したまえ。君は、完全に君だ。私のことは、君が取引で使う携帯電話だと思えばいい。君と女王の取引のための電話だよ。約束を果たすまでは電源を入れず、放置しておくか、君なりに便利に使いたまえ」

「便利とは？」

「君個人のスクリュウになる。いうなれば、ゆらぎを操作するためのソフトウェアだ。〈ザ・ハンド〉に対抗するには必要だぞ」

「ノーマだけでなく、おれと市長の対決を、女王は許すのだな？」

まだら髪の男が、口をへの字にして肩をすくめた。

「望ましいことではないがね。市長選のようなものだ。シザースはいずれ、女王を選ぶか、その宰相である〈ザ・ハンド〉を次の王に選ぶか、決めることになる」

「シザース同士の権力闘争というのは、少々信じがたいな」

「闘争ではなく、ゼロサムだ。女王にはノーマや君と戦う意思がないゆえだよ。まあ、もとからヴィクトル・メーソンという人間は支配欲の強い政治家タイプではあったがね。〈ザ・ハンド〉なりに女王をノーマから守ってきたが、同時に彼とその眷属がゼロサムを司り、シザースの革新と拡張の計画者となったわけだ」

「市長としては、女王が目覚めず永遠にここにとどまってくれているほうがいいと？」

「そう。グッドフェロウや君と一緒にね」

「おれが、市長たちを均一化(イコライズ)し、女王を目覚めさせることに、シザースはどれほど抵抗する？」

「とことん抵抗する。そのうえで君がゼロサムを成し遂げれば、シザースは変化し、君との敵対をやめる。何千人も殺し尽くすよりは、よほど現実的な解決だ」

「他に聞いておくべきことはあるか？」

「君が君自身のゆらぎを司れば、女王のゆらぎによる守りは消える。君は、グッドフェロウの本来の姿を認識するし、グッドフェロウのほうも君をはっきり認識するだろう」

「それで、どうなる？」

「殺人鬼のターゲットにされる。やつは君を食うことでここから脱出し、また何人かシザースを襲う。君は眠りについたまま、ノーマの実験材料となり、やがて解剖されるだろう」

「グッドフェロウとの対決が不可避に聞こえるな」

「あれはノーマのゆらぎが再現した人格で、戦うのは無意味だ。女王のゆらぎがグッドフェロウを食い止めている間、君は君自身のゆらぎに従って帰り道を見つけたまえ。そしてノーマと対決し、グッドフェロウを消すんだ」

「いいだろう。それがシザースの女王との約束だ」

ハンターが答えると、まだら髪の男はいなくなった。代わりに、無機質な気配を分厚い壁のように張り巡らせる大きな男が、椅子の横でおそろしく静かに佇んでいた。

「ディムズデイル・ボイルド」

ハンターが呼んだ。

「やつはおれが止める」

男が、懐から巨大な銃を抜いた。

ハンターは片膝をつき、くすんだクーラーボックスを地面に置いて、じっと見つめた。

水中に潜る前に息を溜めるような深い呼吸を繰り返し、おのれの認識の変化に意識を集中させながらクーラーボックスの蓋に手をかけたとき、にわかに頭上が暗くなり、激しい風が葉を揺らした。

背後から獰猛(どうもう)な唸り声と疾走する音が近づき、プールが波をたててしぶきを上げた。

けだものはノーマのゆらぎ、プールはナタリア・ボイルドのゆらぎだ。ハンターはどちらにも、おのれを委ねることなく、クーラーボックスの蓋を開け放った。

静寂が訪れた。

クーラーボックスもその蓋も消えた。

風はやみ、頭上は漆黒の夜となった。プールが波を止め、ほのかに輝いている。

銃を持つ男が、木々のほうへ体を向けた。そこに、彼が終わることなく対峙し続ける相手がいた。生前も、死後も戦い続けることとなった相手が。

アイスブルーの目をした男だった。

紫色の火傷の痕を持つ顔に、うっすらとピエロのメイクをしている。右手に抜き身の軍刀（サーベル）を引っ提げ、人間の姿をした肉食獣といったしなやかさと凶悪さをたたえた、かつての〈カトル・カール〉のリーダー、フリント・アローが、獣のような咆哮をあげていた。

10

サメの群が再び包囲の輪を狭めるや、デッキにいる黒衣の男たちが銃撃を再開した。

〈ラバーネッカーズ〉が雄叫びをあげて乱射する一方、〈ファイアリング・パーティ〉が重火器を粛々と掃射し、〈スニーカーズ〉が大口径ライフルやロケット弾で一撃必殺を狙ってくる。

サメが張り巡らせる不可視の壁があらゆる弾丸を逸らすとはいえ、近づけば近づくほどその防御の効果も薄れ、誰もがサメの背に腹ばいになり、頭上を飛び抜ける弾丸のプレッシャーにさらされることとなった。

スティールを乗せたサメが船尾へひときわ接近し、つやつやしたオレンジが、一階と二階の船尾に、素早く二つずつ放り込まれた。四つのオレンジが色とりどりの煙を噴出し、サーチライトの照射光を反射させ、まず三階のガトリングガンとそのガンナーならびにライフルを構えた者たちの視界を奪った。

煙が風に乗って船首側へと広がり、深い霧のように船を包んでゆくと、船から放たれる火線の量が目に見えて減った。撃っているのは〈ラバーネッカーズ〉だけで、他の者たちは無駄弾を撃たず、じっとこちらの接近を待っている様子だ。

ライムがサメの背にぴったり頬を押しつけたまま、船を見つめて言った。

《ばっちりだ、ミスター・スティール。〈シャークフィーダー〉、やってくれ》

《はーい》

群の輪から十匹ばかりのサメが、煙に紛れて船へ殺到した。三階船尾のガトリングガンがまず数匹によってたかって嚙みつかれ、軽々と持ち上げられた。しがみつこうとするガンナーが振り落とされ、ライフルを持つ者たちが懸命にサメへ発砲したが無駄だった。ガトリングガンはサメの歯に銃身を傷だらけにされながら、五階の屋根に大きな音をたてて放り捨てられた。
ついで三基のヘビー・マシンガンが同様に運ばれ、ガトリングガンの上に乱雑に放り落とされていった。
《機関銃が片付いた。さすがにロケット弾を船の上で使いはしないだろう。〈シャークフィーダー〉、レイ・ヒューズと〈ネイラーズ〉を三階船尾側デッキへ降ろしてくれ》
《ふふ、楽しいね！》
ライムの指示に従い、トゥイードルディが該当するサメたちを船尾へ回らせると、両手に銃を抜いたレイ・ヒューズとピエロの一団が、颯爽とデッキに跳び移っていった。
ガトリングガンを奪われて罵声を放つ黒衣の男たちへ、七人が鞭打つような電撃弾の速射を叩き込んだ。男たちがばたばたひっくり返り、七人はめいめい遮蔽物を確保して身を守り、銃撃戦に備えた。
「来たぞ、退け退け！」
黒衣の男たちがわめき合い、倒れた仲間を引きずりながら、レイ・ヒューズと〈ネイラーズ〉へやみくもに発砲しつつ船内に戻っていく。ライムが予期したとおりに。
《オーケイ、指揮官(コマンダー)ライム殿の読み通りにことが進みそうだ。私は影の中に潜ろう》
レイ・ヒューズが通信を絶ち、ふっと姿を消した。彼得意の、相手の死角へ入り込む戦術に出たのだ。

「そらそら！　兄ちゃんたち、姉ちゃんたち！　くされ〈スポーツマン〉相手に遠慮はいらねえ！　撃って撃って撃って撃ちまくりな！」

対してアダムと五人は喊声を放ち、存分に騒ぎ立てて〈ラバーネッカーズ〉の役目を担い、勇猛果敢に船内へ突入していった。

《よし、ミスター・ミラーと、ミスター・スティールを二階船尾側デッキへ》

ライムが言った。

《ミラーだ、ミスター・アイスキャンディ》

《スティールでけっこうですよ、冷凍庫さん》

ミラーとスティールが好きなことを返しつつ、黒衣の男たちが引っ込んで銃火が絶えた二階船尾側デッキへ、悠々と跳び移った。

ミラーがぽんとひと跳ねし、排気口に取りついて蓋を開くと、ダクトの中へ吸い込まれるようにして姿を消した。

スティールは堂々とドアに手をかけ、内側からロックされているとわかると、懐から小さなジャムの瓶と使い捨ての木のヘラを取り出した。瓶の中身をドアロックに塗りつけて蓋をし、木のヘラをドアの隙間に差し込んだ。ちょっと離れて見守ると、すぐにジャムが白熱してバーナーのように木のヘラを燃やし、ドアロックを溶解させていった。

スティールは右手で銃を抜き、左手でポケットからプラムを取り出してそれを爆裂弾に変えると、ドアを軽く蹴って開き、すたすたと船内へ入っていった。

《オーケイ、〈シャークフィーダー〉。おれたちを一階の船首側デッキへ》

ライムが言った。

バロットは、アビー、ストーン、ライムにやや遅れて、自分が乗るサメが輪から離れるのを感覚した。サメは煙に紛れて船首側に回り込んだが、バロットはすぐデッキへは跳び移らず、先ほど指示された通り仲間が務めを終えるのを待った。

ダグラスは、煙が船尾側から立ちこめてくるや、いかにも昆虫じみた動作で、折りたたまれたクレーンの上に這いのぼり、襲撃に備えた。やがてサーチライトの光を反射する煙の向こうに、魚影が迫るのをみとめると、斜めに傾いだクレーンにしっかりしがみつき、口から突き出したヘビー・マシンガンから猛火を噴き出した。

火線の閃きが目に見えない壁に逸らされるさまが、はっきり見え、その輝きの隙間からナイフが飛び抜け、ダグラスの黒衣に覆われた腕や脚に突き刺さった。だがダグラスは痛痒を感じたふうもなく掃射を続け、魚影が小さくなって消えるのを見て、攻撃をやめた。

それからクレーンに回していた腕をほどき、刺さったナイフを抜こうとしたのだろうが、その時点でダグラスの右腕はすっかり感覚を奪われ、動かすことができなくなっていた。体内を機関銃で貫かれたような状態であるため、ダグラスは目だけ動かしておのれの右腕を見た。

　突き刺さったものを起点に、いつの間にかナイフが一列に連なって、煙幕の向こうへと続いているのである。その列の一端では、とっくにサメから降り、空に浮かぶナイフの絨毯(じゅうたん)に立つアビーとストーン、そしてライムがいた。

　ナイフの列にはライムの手が当てられており、その能力(ギフト)の影響は、早くもダグラスの右腕を通して、体内に存在する機銃のパーツと、さらに弾倉内部の弾丸へと及んでいた。

　ダグラスが急いで身を起こし、クレーンから跳び降りてライムの能力(ギフト)から逃れようとしたが、手も足もすっかり麻痺して動かず、ついでその鼻と口から機関銃の冷却による蒸気と冷気がいっぺんに溢れ出した。

《ストーン、あいつの心臓が止まる前にやってくれ》

　ライムが、ナイフの列から手を離した。次の瞬間には、ストーンがクレーンに立ってダグラスを見下ろしていた。一瞬でナイフの列を走り渡り、腰に佩(は)いた鉄パイプのチェーンを外して振り上げ、ダグラスの口から突き出す機関銃のノズルに一撃を叩き込んだ。

　かーん、と音が響いた。ダグラスの体内と機関銃の両方に衝撃が走ったが、破壊されたのは凍結された機関銃の主要な装置だけだった。ダグラス自身が粉々になることなく、ぶるぶる震えながらクレーンからぽろりと落ち、背からデッキに倒れた。

　仰臥(ぎょうが)のまま白目を剝いて痙攣(けいれん)するダグラスの体内で、がちゃがちゃと機関銃が解体される音がし、やがてノズル部分が喉から押し出され、大量の唾液とともに吐き出された。

《よし、ルーン——》

ライムが呼びかけた瞬間、バロットは背のヘッド・プロテクターを手で引き寄せて頭部をすっぽり覆い、サメの背から跳んでデッキの手すりに降り立つや、その不安定な足場の上を滑らかに駆けていった。

デッキの向こうに正面のドアが見えたが、隙間から感覚を忍ばせたところ、その前に立つべきではないことをすぐに察した。それで、気を失ったダグラスを横目に手すりの上を走り、ウフコックが残した四挺の銃のうち二挺を両手で抜くと、ドアを無視して通り過ぎ、右舷側の丸い船窓の一つへ、素早く左右の銃で一発ずつ弾丸を叩き込んだ。

防風ガラスが亀裂で真っ白に曇り、破片を飛び散らせた。バロットは敢然と跳躍して宙で身をひねった。腕を胸の前で重ねてたたみ、両脚と体をまっすぐ伸ばし、足の裏で防風ガラスを蹴り破った。そしてそのまま、狭い円窓の枠に、プロテクターで覆われた両肩を僅かにかすめさせながら、船内に飛び込んでいた。

精密な空間把握力があってこそのミラーじみた侵入をやってのけたバロットは、身を屈めて着地しながら、瞬時に一階内部の空間と人間の位置をあまさず感覚した。

きゅっと音をたてて靴を滑らせ、ダンサーのように向きを変え、両腕を胸元から離し、両手を交差させたまま、右手で一発、左手で二発撃ち、目の前にいた黒衣の男三人が慌てて振り返るのに合わせ、眉間のど真ん中に一発ずつ電撃弾を叩き込んだ。三人とも覆面の下にヘッドプロテクターを装着していたが、無駄だった。

侵入者がドアノブに手をかけた瞬間、ドア越しに撃つ気だったその〈ファイアリング・パーティ〉の三人は、手榴弾の炸裂でも食らったように吹っ飛び、ライフルを放り出して倒れ、動かなくなった。

バロットは立ち上がりながら、きゅっとまた靴を鳴らして向きを変えた。船室が並ぶ通路へ歩み出しながら、右手の銃を背後に向けて四発撃った。黒衣の男たちが持っていたライフルの引き金が破壊され、ドアのロックが電撃弾の衝撃で解錠された。

狭い左右に並ぶ二等船室には誰もいないことも、通路を出たところで、侵入を察知した一団がV字砲火の体勢で待ち伏せていることも、すでにしっかり感覚していた。

階段と手荷物置き場がある広い空間まで二メートルというところで、バロットは疾走した。残り一メートルを切った瞬間、メイド・バイ・ウフコックのプロテクターの力を借りて跳躍した。

ダンス——武装した十六人の男たちが左右の壁に居並ぶど真ん中へ。

階段脇の通路の一つからいきなり跳びだしたバロットへ、十六挺の銃が一斉に向けられた。ハンドガン、アサルトライフル、ショットガン、マシンガン、各種アタッチメント、拡張型の弾倉。自由射撃(ウェポン・フリー)の名にふさわしい多種多様な装備の数々。その全てが銃撃の火を閃かせるのを感覚しながら、バロットは宙で階段の柵を蹴って迅速に跳ぶ方向を変えた。多数の閃光がカメラのフラッシュのようにバロットを照らし、火力を一点に集中するV字砲火が、階段の一角を穴だらけにし、水飲み台を撃ち砕き、トイレとその向こうの船室の壁をぶち抜いた。

その猛火を難なくかわしたバロットは、床に降りることなく壁を蹴り、脚をたたんで回転しながら交差した左右の銃を二発ずつ撃った。男たち四人がほとんど同時に額を撃たれ、のけぞって後頭部を壁に打ちつけ、跳ね返って前のめりに昏倒した。

バロットが男たちの列の真ん中に身を屈めて着地した。きゅっと靴音を鳴らしてもと来た通路へ向き直り、左右に手を伸ばして二発ずつ撃った。

さらに四人がほぼ同時に倒れた。男たちは同士討ちを避けるため反射的に引き金から指を離し、位置を変えようとしていたが、瞬時にそんな悠長なことをしている場合ではないと悟り、さっと立って銃器を頭の高さで構え、バロットの脚を狙って一斉に撃った。

外したところで仲間ではなく床を穿つだけだから安全だというのだろうが、バロットからすれば射線が同方向へ集中してくれるのだから避けてくれと言っているようなものだ。床のどこに弾丸が突き刺さるかも一瞬早く感覚できた。即座に後方へ跳んで一回転し、左の銃で二発撃ちながら着地した。二人がまた倒れた。

そのまま船尾側にある船室の通路へ後ろ向きに入っていった。案の定、残りの六人が招き寄せられてくれた。通路へ顔を出したり、武器を構えつつ突進したり、身を投げ出して撃とうとしたりする男たちを、淡々と機械的に撃った。額やこめかみや頸を撃たれた男たちが、ボーリングのピンのように弾き飛ばされ、ばたばたと倒れた。最後の一人がサブマシンガンだけ突き出して乱射しようとするので、バロットはフロアの円柱を二発撃って跳弾させた。そいつは頸の後ろと背に跳弾を叩き込まれ、顔を壁に打ちつけ、ずるずるくずおれた。

侵入からここまでで二十六発の弾丸を撃ち、十九人を撃ち倒したところで、左右の銃がぴったり空になっていた。バロットは両方の弾倉を交換し、ホルダーに戻すと、熱を帯びていない、もう二挺の銃を抜いて船尾側にある階段へこつこつ靴音をたてて向かった。

直後、アビーがナイフの群を率いながら船首側の通路を駆けてきて、折り重なって倒れた男たちを見て、ぎょっと立ち止まった。

「うっわ、ルーン姉さん、すっご」

階段の中ほどに一瞬でストーンが現れ、上階から誰も来ないことを確認し、それから倒れた男たちを見下ろして肩をすくめた。

「今度から、弾丸ではなくミサイルだと言ってやれ、ライム」

ライムがのんびりした調子でアビーのそばに来て、インカムへ声を吹き込んだ。

「ルーン＝〈ザ・やりすぎ（オーバーキル）〉が一階の連中を片づけた。拘束して武器を一箇所に集めてから、船倉に入る。そろそろカマキリ爺さんが現れる頃だ。みんな用心して持ち場に集中してくれ」

11

〈ネイラーズ〉の六人は、敵に誘われるがまま四階へのぼって銃撃戦を繰り広げており、その背後を衝くはずの黒衣の男たちが、各所で速やかに倒されていった。

まず〈スニーカーズ〉の四人が、装備を重火器からサプレッサー装備のハンドガンに変え、三階の通路を進んで〈ネイラーズ〉の死角に回り込もうとしたところを、さらに彼らの死角となる頭上の排気ダクトから、蓋を蹴り開いて滑り出したミラーが急襲した。

ぐねぐねした体から放たれる強烈な拳、手刀、蹴りを食らって、三人がわけもわからぬまま倒れ伏した。最後の一人にミラーが絡みつき、伸縮性に富んだ四肢で手足を押さえ、口と鼻を塞ぎ、喉と頸を締め、胸も腹も絞り上げると、ものの数秒でぐったりとなった。

《いかにも暗殺者という感じの四人を寝かしつけてやった。スティール坊やも、おねんねしてないで働くんだぜ》

《ははは、あなたの倍は働いてますよ、ミラー》

事実、船尾側の二階から四階にかけての階段、通路、ドアというドアが、爆発するプラムやレモンやレーズンによる被害なしでは通過できないトラップだらけの空間となっていた。騒ぎながら駆け抜けようとする〈ラバーネッカーズ〉が片っ端から爆撃で宙を舞い、吹っ飛んできたドアに撃ち倒され、噴き出す煙幕に包まれて右往左往した。そのあとを粛々と進もうとする〈ファイアリング・パーティ〉の面々も、どこからともなく転がってくるオレンジを踏みつけ、ずがん！　という、とてつもない爆音と、極彩色の煙に包まれながら倒れ伏した。

スティールは、フルーティな香りをまき散らす爆煙の中、トラップの成果を確かめつつ気絶した黒衣の男たちの間を歩き、三階の船尾側通路の先にある自動販売機の前に来て、はたと立ち止まった。

ぶうん、と音をたててハエが飛び、スティールが左手に持ったレモンに吸い寄せられるようにしてとまった。スティールはすぐさまレモンを投げ、きびすを返して通路を逆戻りに走った。一瞬後、レモンが銃撃に貫かれて爆発し、黄色い煙が通路に充満した。

スティールは船首側の、広い空間に設置された階段の脇に屈み込み、右手の銃を通路へ向けた。左手でサマーコートのポケットに詰め込んだプラムを一つ取り出したとき、その後頭部に、冷たいものが押し当てられた。

「ひざまずけ、そして答えろ。訊きたいことは一つだ。おれの愛し(プレシャス)の品はどこにある？」

目を血走らせたイライジャが、口からうじゃうじゃとハエをわかせながら、銃口をスティールの頭にぐいぐい押しつけた。

スティールが、素直に膝をつき、銃とプラムを持った手を挙げると、たちまちその身にハエがたかった。

《おやおや、スティール坊やときたら、絶体絶命の窮地ってやつじゃないか？》

ミラーがさも面白そうに通信してきた。すぐ近くの排気ダクトから覗き込んでいるのだ。

当然援護を求めるべきところだが、スティールはせせら笑って返した。

《まさかこの僕があなたの助けを必要としているだなんて思ってないでしょうね？》

《強情な坊やが、ハエまみれになって撃ち殺されるのを見ることになりそうだぞ》

「聞こえなかったのか？　それとも何の話かわからないか？　どっちだろうと、お前の頭を吹っ飛ばす——ぎゃっ！」

イライジャがのけぞり、顔をかきむしるようにした。ついでハエの群が、わっとスティールから離れ、めちゃくちゃに飛び回った。

原因はスティールが握るプラムだ。能力(ギフト)で変質させられた果肉が破裂し、無色だが猛烈な刺激をもたらす催涙成分と殺虫成分の混成ガスを噴出させ、イライジャの顔面に浴びせかけたのだった。

イライジャは視界を失うほど瞼(まぶた)を真っ赤に腫らし、激しく咳き込み、涙、汗、唾液、鼻水といったありったけの体液を顔じゅうからふりこぼしながら、撃ちまくった。

だがそこにあるのはガスを噴くプラムだけで、スティールはとっくに転がって射線から逃れただけでなく、イライジャの背後の通路へ入り、そこでレモンを一つ取り出している。

《やれやれ、坊やときたら！　ダディがどこにいるかもわかってないのか⁉》

ミラーがガスの巻き添えを食わぬようダクトの中を素早く移動しながらわめいた。

《さあ、どこにいるんだか知りませんが働いてくださいよ、ミラー》

スティールが皮肉たっぷりに返し、爆弾に変えたレモンを階段のほうへ転がすと、油断なく銃を構えながら三階船首側のデッキへ出て行った。

「ちいいいくしょおおおお！　おおおおれの眼鏡はどこだああ！」

遅れてイライジャがなんとかガスから逃れて通路へ這い現れた。ハエはガスで混乱してターゲットを追うどころではなく、イライジャ自身ろくに目も開かず、膝でレモンを潰すまで、そんなものがそこにあることにすら気づかなかった。

がん！　という衝撃音とともにイライジャが回転しながら宙を舞い、ハエが壁や天井に叩きつけられ、どちらも腹を上に向ける、いわゆる仰天の姿勢で動かなくなった。

こうして背後を守られた〈ネイラーズ〉は、苛烈な銃撃にも負けず前進し、四階から五階に続く階段と周辺の手荷物置き場やドリンクスペース、ついでにトイレを占拠し、交代でせっせと銃撃と弾込めを繰り返すこととなった。

「そらそら！　くされ殺し屋どものどたまに釘を打ち込んでやんな！」

ひっきりなしに挑発するアダムと五人のピエロが、結局は囮（おとり）にすぎず、下階から来るはずの仲間が、逆に背後を衝かれて倒されていることを、五階に陣取るベルナップと黒衣の男たちは、とっくに悟っていた。

そのためベルナップは四人を選んで持ち場を離れさせ、にわか〈スニーカーズ〉として振る舞うよう命じた。左舷の船外通路の柵を越え、非常用縄ばしごを使って四階の船外通路に降り、ピエロたちの死角を衝いて必殺の攻撃を加えるのである。

成功すれば、本当に〈スニーカーズ〉に昇格させてもらえるかもしれないため、四人とも大喜びで下階へ降りていった。だが一向にピエロたちが打撃を受ける様子がないことから、四人はあえなく撃ち倒されたと考えるしかなかった。やったのはピエロたちではない。こちらの〈スニーカーズ〉を狩る、敵側の〈スニーカーズ〉がいる。そう考えたベルナップは、ただちに自分がその敵側の〈スニーカーズ〉を狩るべしと定めた。

「ここは任せたぞ、お前たち。良い狩り（グッドハント）を」

「良い狩り（グッドハント）を！」

威勢よく返す男たちを残し、ベルナップは今なお煙が立ちこめる船外通路へ出て、ひらりと柵を越えた。縄ばしごは不要だった。十六本の手を駆使して下階に難なく降り、身を低めて音もなく船尾側デッキに回った。

そこで、自分が放った四人が倒れているのを見た。

ベルナップが背筋を伸ばし、十六本の手をそれぞれホルスターに当てながら、何の気配もないそこへ声を放った。

「もしかして、レイ・ヒューズか？　あなたが、これをやったのではないか？」

すると、濃霧のように船を覆う煙の向こうから、腰のホルスターに銃を二つとも収めたままのレイ・ヒューズが、堂々と姿を現した。

「名指しされては応じないわけにはいかないな。それに、お前たちの戦力の要であるエンハンサーが一人で来てくれたのだから、絶好の機会を逃すわけにもいかない」

ベルナップの唇の両端が、異様なほど吊り上がり、歓喜と興奮をあらわにした。

「伝説のロードキーパーをトロフィーにするチャンスに感謝する。言っておくが、おれは電撃弾なんていう甘っちょろいものは使わない。だいぶ体に穴が空くことになるだろう」

十六本の手が、そっと撫でるようにして十六挺の銃のグリップに当てられた。

「私は、人の体に穴を空けることに、ほとほと嫌気がさしてしまったんだ。代わりに私の一撃は、お前の魂を貫き、その心に敗北という名の大きな穴を空けるだろう」

レイ・ヒューズが、ゆったりと優雅さを漂わせて、両手を銃へ近づけていった。

そして、ベルナップが全ての手で銃のグリップを握った瞬間、レイ・ヒューズの両手がふっとかき消え、二つの銃火が、ぱっと辺りを照らした。

ベルナップは瞼が千切れてしまいそうなほど目をみはっていたが、もう何も見てはいなかった。近距離で額と胸に受けた二つの電撃弾が、黒衣もプロテクターも防ぎえない強烈な衝撃を脳と心臓にもたらし、意識を体から叩き出してしまったのだ。

レイ・ヒューズは悠然とホルスターに銃を戻すと、十六挺の銃を握りながら、一つも抜くことができなかったベルナップに歩み寄り、〝こんなこともあるさ〟という調子で一番上の肩をぽんぽんと叩いてやった。

拍子にベルナップの体が膝から縦にくずおれ、尻を突き出すようにして突っ伏したまま動かなくなった。

12

「フリント・アロー。〈カトル・カール〉のリーダーとは。ブラックキングが使役するにふさわしい、けだものの人格というわけだ」

ハンターは、グッドフェロウと名付けられた怪物の正体である、軍刀(サーベル)を持つ男を、今初めて正しく認識したうえでその名を口にした。

そうしつつ、周囲へ鋭く目を走らせた。どこかに認識が変化しているなら、それが走り込むべき道であることがわかっていた。

　その間にも、軍刀（サーベル）の男が目にも留まらぬ速さで駆け、ハンターの盾となって立ち塞がる銃を持つ男へ刃を振るった。疑似重力（フロート）の壁すら貫く刃が、銃を持つ男の体をかすめた。銃を持つ男が宙を跳び、刃をかわしざま、爆撃じみた銃火を放った。その銃撃を影のように軍刀（サーベル）の男がよけ、けだものの牙のように刃を突き込んだ。心臓を貫こうとするその切っ先が、巨大な銃身で受け弾かれたとき、ハンターの意識がそれを見出した。

　木々の向こうに、白く輝くものがあった。

　白い玉座たる〈ハウス〉が、リア・トランクをこちらに向けて停まっている。

　ハンターはすぐさま駆け出した。背後で銃撃音と金属音がひっきりなしに起こったが、振り返ることはなかった。

　走りゆくハンターを、木々の間から、少女と母親が並んで見送っていた。ノーマに引き裂かれたサラノイ・ウェンディたちの死体が、落ち葉が降り積もった地面に横たわり、解放のときを願うようにハンターを見ていた。

　ハンターは木立を抜けて道路に走り込み、〈ハウス〉の運転席のドアを開くと、その中に滑り込んだ。

　ハンドルを握った瞬間、これが罠ではなく、おのれが見出した第三のドアに間違いないという確信が訪れ、迷うことなくドアを閉めてエンジンをかけた。

白いリムジンが勢いよく発進し、森をまっすぐに貫く道路を突っ走るや、木々の間から影が跳んだ。

一瞬後、軍刀（サーベル）の男がフロント・カバーの上に降り立ち、ハンターの顔目がけて切っ先を突き込んだ。ハンターが身を伏せる一方、横殴りに飛来した弾丸とその風圧が刀身とそれを持つ両手を傾がせ、横滑りになった刃がフロント・ウィンドウに爪痕じみた傷を残した。すぐに〈ハウス〉の屋根に、銃を持つ男が着地する音が聞こえた。ハンターはハンドルを握りしめ、身を低めて顔の上半分だけ覗かせながら、〈ハウス〉を走らせ続けた。

軍刀（サーベル）の男が、銃撃をよけて屋根へ消えた。頭上から激しい戦闘の音が聞こえ、銃火の輝きが周囲を照らし、刃が車体を切り裂いた。

やがてハンターの意識が、道路の変化をとらえた。木々が消え、風力発電の巨大な羽が潮風を受けて回転していた。左手には暗い海が現れ、その向こうに都市の輝きが見えた。マルドゥック市（シティ）のきらめきが。

けだものの咆哮があがった。世界じゅうの憎悪を煮詰めてまき散らすような凶暴そのものの声に、苛烈な銃撃音が重なった。それらがこだまし、そして遠ざかっていった。

ゆらぎの中で無限に戦い続けることとなった二人の男たちを置き去りにし、ハンターは身を起こしてハンドルを握り直し、湾岸から都市の輝きへと向かう長い道を進んだ。いずれ行く手に、マルドゥック市（シティ）のベイエリアが見えるだろうとハンターが考えたとき、隣の席でぱちぱちと拍手がわいた。

「君は、君自身のゆらぎを司った。自分が今、どこにいるかわかるかね？」

助手席に座るまだら髪の男が尋ねるのへ、ハンターは首を傾げつつ、こう答えた。

「なるほど。おれは〈ファウンテン〉にいる。だからベイエリアに向かっているのか」

「君を守るために、バジルたちがそこへ運んだようだ。仲間の様子を見てみるとしよう」

まだら髪の男が、天井灯のそばのスイッチを押し、後部座席とのしきり板を下げた。

ハンターは〈ハウス〉を走らせ続けながら、後方を一瞥した。

後部座席の内部には、〈ファウンテン〉のリビング、いくつかの寝室、そして駐車場が、ありえない距離で配置されており、まるで舞台のセットでも見るようだ。

「眠りながら耳にした情報をもとに、おれ自身が脳裏で再現しているらしい」

「再現の仕方次第では、幽体離脱しているように感覚することもできるぞ」

事実、ハンターは前方に目を戻して車を運転しながら、同時に、後部座席に立って仲間たちを眺めていた。

リビングにいるのは、バジル、オーキッド、ケイト・ホロウ、そして〈ファウンテン〉のあるじである〈穴掘り人（ディガーマン）〉ヘンリーだった。両腕を失ったラスティと、頭部に打撃を負ったシルヴィアが、それぞれ別の寝室に横たわっている。駐車場には膨れ上がった体から砂鉄を振り落として、ちょうど良い大きさになろうと悪戦苦闘するエリクソンがいた。

ハンターは、リビングのバジルのそばに立って、会話に耳を澄ませた。

「〈白い要塞（ホワイト・キープ）〉のショーンからだ。〈黒い要塞（ブラック・キープ）〉じゃ、どんぱちが続いてる。警察を皆殺しにして逃げようが一人残らず捕まろうが、どのみち〈誓約の銃（ガンズ・オブ・オウス）〉は終わりだ。〈白い要塞（ホワイト・キープ）〉から全てのグループに、あの銃狂いどもとのつながりを消すよう指示を送らせた」

バジルが言って、携帯電話を置いた。その肩をオーキッドが労（ねぎら）いを込めて叩いた。

「クリーニングはおれが監督しよう。ホスピタルがまだ戻らないのが気になるが……」

ケイトが立ち上がってガラス戸のほうへ体を向けた。

「〈アーク〉が間もなく到着するとハザウェイが教えてくれています」

ヘンリーが外へ出て行った。ほどなくして大型バスである〈アーク〉が現れ、ホスピタルを降ろして去っていった。

ホスピタルがヘンリーに連れられてリビングに現れたが、その左腕がなくなっているのをハンターは見た。なぜ失われたか、すぐにわかった。自分が眠っていた〈ガーデン〉で〈天使たち（エンジェルス）〉が奪ったのだ。

「ご苦労だったな。〈シャドウズ〉のほうは落ち着いたか？」

バジルの問いに、ホスピタルはソファに座りながらうなずいて言った。

「怪我人の治療は無事に済ませました。ただジェイク・オウルから、あなたに伝言があります。何が起こっているか〈評議会（カウンセル）〉で説明してほしいそうです」

「もういっぺん、全員を黙らせねえとな」

「バジル、彼らが来たとハザウェイが言っています」

立ったままのケイトが言った。オーキッドとヘンリーがそのそばに行って、外を見た。

「くそ、でかいバスが来る。〈天使たち（エンジェルス）〉だ」

オーキッドがすぐさま両方の銃を握ったが、バジルより早く、ホスピタルが制止した。

「抵抗してはいけません。ブラックキングや〈天使たち（エンジェルス）〉と争うことになります」

バジルが怒りの唸りをこぼし、両手を握りしめながら立ち上がった。

「おれが時間を稼ぐ。その間、とにかくハンターに呼びかけろ。またシザースの声が聞こえれば、ブラックキングとも交渉できる」

そう告げてバジルがリビングから出ていったところで、ハンターは後部座席を認識するのをやめ、運転に集中した。仕切り板が上がっていき、〈ハウス〉がぐんと加速した。

「急いだほうがいいとはいえ、くれぐれも焦って事故を起こさないことだぞ。精神を心のどこかに激突させるようなしくじりを犯せば、ゆらぎが致命的に損傷し、覚醒したところで廃人同然ということになりかねないのだから」

だが、まだら髪の男の忠告をよそに、ハンターは現実にはありえないほど〈ハウス〉を加速させ、ベイエリアのオーシャン・ビュー・ストリートを驀進していった。

13

バロットは、逸(はや)りも慌てもせず、メイド・バイ・ウフコックの銃を両手でソフトに握り、こつこつと靴音を響かせて階段を降りて船倉の通路に立った。

薄明かりの中、いくつものキャビンのドアが並び、大小様々なコンテナが積まれ、水やガスのタンクからおびただしい配管が生え伸びる、迷路じみた空間だ。

当然、バロットはどこにどのような構造物があるか隅々まで感覚しており、迷子になることや死角に誰か潜んでいることへの不安はない。それよりも電波を完全に遮断しているキャビンが奥のほうにあり、ウフコックはきっとその中だという確信がわいていた。

であれば、ガス室のときと同じく、待ち伏せている者たちもいるに違いない。

そう考えながら歩を進めたところ、さっそく手前のキャビンのドアが開き、身の丈に合わない大きなショットガンを抱えた黒衣の男が飛び出した。バロットは左手の銃を最小の動きで滑らかに構え、撃った。銃声がかしましく船倉に響き渡り、額に一発食らった男が仰向けに吹っ飛んでキャビンの出入り口でくずおれた。

障害物にすらならない相手だが、バロットは、ぞっと戦慄に襲われて足を止めた。キャビン内に異様なものが並んでいるのが感覚されたからだ。人間の首——いや、首だけになって生かされている人間たちだった。

　そしてその最も奥に、ブルーがいることにバロットは予期していながらも衝撃を受けた。変わり果てたオフィスのメンバー、アレクシス・ブルーゴートの無惨な姿に。

　息を呑んで瞠目し、そちらへ体を向けたとたん、銃声を聞きつけたのだろう、電波を遮断したキャビンのドアが開き、これまた馬鹿でかいショットガンを勢いよくポンプしながら、ぬっと大男が出てきた。

　パラサイト・ジョニーだ。背後にカマキリの目をしたマクスウェルがおり、さらにその手が、バラバラにした眼鏡姿のウフコックを握りしめているのが感覚された。

　ブルーの発見に加え、ウフコックがマクスウェルに握られているという事実に、戦慄が一瞬で沸騰する怒りに変わった。バロットは両手の銃を構えながら、噴出する怒りを、精緻な感覚に集中する力とするよう、自分に命じた。

　以前のようにはなるな、と自分を戒(いまし)めることも忘れなかった。少女だった頃、ウフコックを濫用したときのようには。

　憤激と自戒がきちんと拮抗するのを感じながら、バロットはまず、マクスウェルの生きた盾を狙って、ソフトに引き金を絞った。立て続けに、空引きするまで。耳をつんざくようなマシンガンの一連射のごとき銃声とともに、二十五発の弾丸が全て放たれた。配管、鉄柱、コンテナの角といった箇所に当たって跳ね飛び、複雑怪奇でいて正確無比な跳弾と化した弾丸の群が、一発残らずジョニーへ──宿主ではなく寄生者本人の後頭部と背と腰へ、吸い込まれるようにして命中した。

電撃の火花がジョニーの背を輝かせ、マクスウェルが不快そうに顔をしかめた。

バロットは空になった銃の弾倉を素早く交換してからホルスターに収めると、冷却された二挺を抜いた。その間、ジョニーはショットガンを落とし、マクスウェルを置いて、よろよろと足を前へ運び続けた。苦しげに体をくねらせたかと思うと、黒衣をむしり取り、バロットから見える位置へ出た。

バロットは銃を構えたが撃つことなく、相手の顔に浮かぶ困惑の表情を見てとった。ジョニーではなく、宿主本人が、バロットを見て呆然としているのだ。

寄生者への激しい打撃が能力(ギフト)に影響を及ぼしたものか、宿主の背からずるりと素っ裸の小男が剝がれ落ち、ねばねばする粘液の糸を引きながら、シャツの下から転がり出た。ついで、宿主もばったり倒れ伏した。そのままどちらも動かなくなった。

宿主も寄生者も呼吸しており、死んだわけではないことを感覚すると、バロットはそちらへ意識を向けるのをやめた。

《ウフコック、聞こえる?》

呼びかけた直後、飛んできた弾丸が胸元に命中し、後方へ吹っ飛ばされた。咄嗟(とっさ)に衝撃を逃すため思い切り転がり、壁際で起き上がって階段の陰に隠れた。

《バロット⁉　大丈夫か⁉》

ウフコックからの通信に、思わずプロテクターの内側で笑みを浮かべた。

《あなたのスーツが守ってくれたから——》

今度は最後まで伝える前に、肩先に弾丸が命中し、右腕全体が痺れるような衝撃に襲われた。プロテクターがなければ肩をごっそり失っていたところだ。

どちらもマクスウェルの見えざる右腕による銃撃だった。その昆虫的な感覚器官でもって通信のシグナルを感知し、位置までつかんでしまうらしい。しかも、配管とコンテナの僅かな隙間を狙っての、針の穴を通すような射撃を当然のようにしてのける。精緻な感覚を武器にするという点で、バロットとまったく同タイプのエンハンサーだった。勝敗を決めるのは、感覚のいわば解像度であり、速度だ。どちらも劣っていれば、優っているほうにとっては好きなように撃つことができる標的に過ぎない。

そしてバロットは、自分が劣っているとは決して認める気がなかった。相手が数秒後のこちらの動きを先読みするとしても、その手に握られたウフコックを、なんとしても奪還すべきだという考えのもと、果敢にガンファイトを挑もうとした。

「駄目だ、バロット！　一人で戦う必要はない！」

ウフコックが声をあげた。通信ではかえってバロットを不利にさせるからだ。

マクスウェルがにたりとなって左手に握った眼鏡の弦（つる）やレンズといったパーツを落とし

てゆき、声をあげた左目を覆うフレームだけを正確に残して握りしめた。

「ほほう、今のがネズミの声か。私がどうにかして、お前を使いこなしてやるとしよう」

「ウフコック！」

バロットがたまらず飛び出し、その一瞬前にマクスウェルの見えざる右手が神速の射撃を放っていた。さらにその寸前、バロットの眼前にナイフの群が飛んできて盾となり、弾丸を食い止めて激しい火花を上げた。

頭上から、ライムの厳しい声が飛んだ。

「ミスター・ペンティーノの言う通りだ。さっさと上がって来い、ルーン。全員で、あのカマキリ爺さんを叩く」

歯がみするバロットへ、アビーが階段を降りてきて手を差し伸べた。

「ルーン姉さん」

バロットは左手の銃をホルスターに戻してその手を取り、階段の陰から跳ぶと、アビーのナイフの盾に守られながら船倉から出た。

さらに船尾側デッキまで来ると、ライムとストーンが並んで待っており、バロットは何か手厳しいことを二人から言われるかと思って身構えた。

「大した働きだ。おれのＲＩＰも出る幕がなかった」

ストーンが言って、右の手の平を上げた。ＲＩＰとは、バウンティ・ハンターとして彼が選んだ武器であり、常に彼が騎士のように腰に佩く〈品格高き鉄パイプ（ラリファイド・アイアン）〉のことだ。

「だからといって君一人でやる必要はない。全員でミスター・ペンティーノを助け出す」

ライムが、同じく手の平を上げた。

バロットがまごついていると、アビーが、こうするんだとばかりに右手をひらひらさせた。それでバロットは右手の銃もホルスターに収め、ストーンとライムの手を、ぺたぺたと遠慮がちに叩いた。

「じゃ、あの爺さんが来る前に行くぞ」

どこへ行くのかとバロットが訊く間もなく、ライムが早足で階段を上がっていった。

バロットとアビーが追いかけ、しんがりを務めるストーンが、その高速移動を実現するためのもう一つの能力（ギフト）である、超高度な動体視力でもって鉄パイプを構え、火花を散らして飛来する弾丸を辛くも防ぎ、言った。

「急げ、もう来た」

ライムが階段を駆け上がりながら、インカムに声を吹き込んだ。

「銃狂いの連中は、ひととおり打ちのめしたな？　よし、残るはカマキリ爺さん一人だ。四階の船首側デッキへ誘い出し、攻略法を探す」

四人とも五階まで一気にのぼった。五階と四階の間の銃撃戦はすでに終結しており、気絶した黒衣の男たち以外、誰もいなかった。

「ルーン、正直に言うぞ」

ライムがいきなり振り返って言った。バロットはまったく脈絡もなく、ひやりというより、どきりとさせられた。なぜそんなふうに自分が反応しなければならないのかはさておいて、ライムが口にしたことはバロットにとって実に受け入れがたいことだった。

「あの爺さんは、生きてる自動機銃で、おれたち全員を撃ち殺せる化け物エンハンサーだ」

「そんなことは――」

バロットが言い返そうとするのを、ライムが人差し指を立てて止めた。その指をいつぞやのように唇に押しつけられるのかと身構えたが、ライムは手を引っ込めて続けた。

「君が化け物を仕留めろ。君がおれたちの弾丸だ。ストーンふうに言うならミサイルだ。高度な学習機能つきのな。今から、あの爺さんの手数をできるだけ引き出す。君はその様子を感覚し、学習し、やり返す方法を考えろ。それができれば、船の制圧は警察が来る前に完了する。できなけりゃ、おれたちは死人が出る前にサメに乗って逃げて、ミスター・ペンティーノ奪還作戦をやり直すことになる。いいか？」

「はい」

即答し、そこで他にも言及すべきことがあることを思い出して、早口で告げた。

「ブルーがいました。首だけですが、生きてます」

「トロフィーってやつか。ぞっとする」

「船倉のキャビンに、他にも八人──」

「彼らを救出できるか、撤退するかは、君にかかってる。いいな？」

バロットは口を閉じ、うなずいてみせた。戦いの真っ最中に学べと言われたのは初めてのことではない。今ここで、どれほどのものを手にすべきであれ、全力でつかんでみせるだけだった。

ばん、ばん、ばん、と下階のどこかで爆発音が立て続けに起こった。

スティールのフルーツを、離れていても味わうことができるマクスウェルが、片っ端から撃ち抜いているのだ。

《止められません。囮になってデッキへ移動します。全員で待ち伏せてください》

スティールが距離を取り、わざと慌ただしげに足音をたて、四階通路を走っていった。

ミラーがいち早くダクト内を音もなく移動し、レイ・ヒューズが右舷側の船外通路に身を潜め、階段周辺を制圧した〈ネイラーズ〉六人が、円になって下階へ十二の銃口を向けて待ち伏せた。

マクスウェルは階段を上がって四階の通路に入り、気を失って倒れている黒衣の男たちを見て足を止め、嘆かわしげに溜息をついた。

「困ったボーイズだ。一から鍛え直してやらねば」

マクスウェルの黒衣がぱっとまくれ、見えざる右手が銃撃を一発放った。

　ダクト越しにミラーが左手を撃ち抜かれ、大急ぎで後退しながら、さらにもう一方の手も撃たれるや、たまらず困惑の呻きをこぼした。

《おう、なんとこの爺さん、モグラが出る前に叩くぞ》

　マクスウェルが船窓を撃った。ガラスが真っ白に亀裂を走らせ、すぐそばにいたレイ・ヒューズが即座に身を翻して位置を変える間、マクスウェルはフレーム姿のウフコックを持ったまま懐から弾倉を取り出し、〈ネイラーズ〉が陣取るほうへ悠々と近づいていった。

　マクスウェルが足を止めて恐ろしいほどの速射を放った。上階から突き出された銃が、一発として反撃できぬまま端から撃ち飛ばされ、そして一人が引き金ごと指を撃ち飛ばされた。

　二秒弱で、十二の銃が全て沈黙させられた。〈ネイラーズ〉が衝撃から回復する前に、マクスウェルが銃を右腋に挟んだ。

「次なる一連の我が銃撃に、やどれ天使よ、吹き込まれたまえ神の息吹よ」

　祈りの言葉を呟きながら、マクスウェルが左手だけで器用に弾倉を交換し、銃がホルスターに戻された。

《アダム、顔も手も出すな。出していいのは銃口だけだ。陰から弾をばらまいて身を守れ》

　あのレイ・ヒューズが、そんな弱気な指示を出すとは思いもよらず、バロットは背筋に冷たいものが走るのを感じた。

《兄ちゃん姉ちゃん、マイスターの言う通りにしな。ジャッキー、そっちに転がってるアルフィーの指を拾ってくれ。あとでイースター兄さんにくっつけてもらわなきゃだ》

マクスウェルが、カマキリの目を上階へ向けた。

「さて、尊い船を穢した、不遜な若造どもに訊こう。殺しに行っても構わないかね？」

アダムたちが、ただちに猛烈な銃撃で応じたが、一発としてマクスウェルの体をかすめもしなかった。逆にマクスウェルの見えざる右手が、自分に向けられた銃口だけを正確に感知し、撃ち弾いた。〈ネイラーズ〉側は銃を次々に使用不能にされ、黒衣の男たちから奪って積んでおいた銃に手を伸ばさざるを得なくなった。

伝説のロードキーパーすら、マクスウェルとの正面切っての一対一を避け、船外通路から窓越しにどうにかして撃とうとするが、引き金を絞る前に壁越しにマクスウェルの牽制の銃撃を受け、そのつど諦めて位置を変えるほかなかった。

バロットは、マクスウェルの感覚の多様さと昆虫的な反射のあり方を、ハンター流にいえばどうにかして我が身に均一化しようと考えたが、とてもできそうになかった。

人間は意思をもって引き金を引くのであって、酸味を感じれば唾液が出るといった器質的反射で銃撃したりしないのだ。

おのれの人間性をすっかり捨てて、反射マシーンと化せばいいのだろうか？

だがそうしたところで、先を予見して行われる銃撃に、速度で勝たねばならないという難題があった。速度をもたらすのは滑らかさであり、その滑らかさを生み出すのは完璧にリラックスした体と、強くしなやかな確信に満ちた心の平和(インナーピース)だ。

その点で、マクスウェルの銃撃を行うワイヤー・ワームの腕にはそもそも強ばるという機能自体がなく、彼の精神は、視界良好(クリスタル・クリア)であるとか冷静沈着(ステイ・フロスト)であるとかいうレベルをはるかに超えていた。宗教的な儀礼に没入しているのと同じ、陶酔に満たされた瞑想状態にあって、数秒後の世界に立つということを成し遂げているのだ。今後どうなるかを認識するのみならず、実際にそうなったあとの世界に自分はいるのだという、とんでもない確信に至っているのである。

そんな相手にどうしたら匹敵できるというのか？　バロットが答えを見いだせないまま、ストーンがふっと姿を消し、アビーが階段を降りてゆき、ライムもそのあとに続いた。

バロットに攻略法を見いださせるためだけではない。今すぐ支援せねば〈ネイラーズ〉が逃げ場のない五階の船首側に押し込められ、あっという間に一人残らず殺されてしまうからだ。

船尾側から、ストーンが通路を一瞬で移動して鉄パイプを振りかぶり、アビーがナイフの群を放った。さらにはライムがレイ・ヒューズがいるのとは逆の左舷側船外通路から低温攻撃をはかったが、マクスウェルに全て読まれた。鉄パイプもナイフも弾丸を防ぐことに終始せねばならず、ライムも壁越しに弾丸に襲われ、床に這いつくばって難を逃れた。
だがおかげで〈ネイラーズ〉が五階船尾側へ撤退することが可能となり、鉄パイプで懸命に弾丸を防ぐストーンや、ナイフの盾で自分や仲間を守ることに専念するアビーとともに、デッキと船外通路にいるスティール、ライム、レイ・ヒューズが協力し、命がけでマクスウェルを船首側のデッキへおびき出すことに成功していた。
ライムが言った。
《よし、〈シャークフィーダー〉、その爺さんをサメの餌にできるかやってみてくれ》
《あはっ、やっていいならやるよ》
トゥイードルディが笑って、サメを一匹、急降下させた。
マクスウェルは、装塡した銃をホルスターに収めたばかりであり、頭上から迫り来るサメへ、極限の集中ゆえの、ぼうっとした目を向けた。そして、サメが牙を突き立てるため、ほんの一瞬だけ疑似重力(フロート)の壁を解除した瞬間、その見えざる右手が銃を抜いて撃った。
一発の弾丸がサメの口内に飛び込み、正確に脳を貫き、頭蓋骨を粉砕して頭部から血潮とともに飛び出した。サメはマクスウェルのそばで横倒れとなってデッキを滑り、柵に激突したときには死んでいた。
《うっわー、ボイルドみたい》
トゥイードルディが、バタフライと名付けられたサメの背から身を乗り出しながら、感嘆を込めて言った。その声に恐怖はなく、百匹余のセキュリティのうち一匹が失われただけという気楽さがあったが、バロットには、このうえなく愕然とさせられる言葉だった。
あるいは誰よりもウフコックにとって、聞き逃せないものであったかもしれない。
《バロット、聞こえるか？》
だしぬけの通信に、はっとなってバロットが応じた。
《聞こえてる、ウフコック》
《おれがいる場所に来られるか？》
《うん》
バロットは船外へ出て、〈ネイラーズ〉とは入れ違いに通路を走り、船首側デッキの柵に手をかけた。すぐ下にマクスウェルがいて、その顔とウフコックを持つ左手を、レイ・ヒューズが身を潜めているほうへ向け、ターゲットの存在を丹念に味わっていた。
そのマクスウェルの手の中で、ウフコックが言った。
《おれと君で、この男を止めよう》
《あなたと？》
《おれを拾ってくれ。君の銃に変身(ターン)する。君は感覚に集中して、おれが撃つ》
瞬間的に、バロットはフラッシュバックを味わった。少女だった頃、疑似重力(フロート)を張り巡らせて戦う男との決着が、いかにしてなされたかを。そのときバロットが握るメイド・バイ・ウフコックの銃は、自らの意思で弾丸を放ったのだ。
《おれと君ならできる。おれはおれを決して濫用しないし、君は濫用とは無縁の使い手だ。そうだろう？》
《でも——》
バロットは、ぐっと奥歯を噛みしめた。それから、ようやく確信がわくのを感じた。マクスウェルを撃ち倒すために何をすべきか？　同じ存在になることではない。そうウフコックは言っていた。一人でやる必要もなかった。自分たちにしかできないことをすればいい。それが答えだった。
《いいわ、ウフコック》
《では、この男の手から離れる。おれを手にするまでが危険だが——》
そこでミラーの声が割って入った。
《おれがやろう。おれが、お前さんを真の使い手のもとに戻す。バロットは、おれを盾にしながら、お前さんのパートナーを受け取れ》
自分が盾になるというミラーの考えを、バロットは思わず否定した。
《ミラー、あなたは負傷したのでは？》
《ちょっとばかり手に穴があいたが、大切な品を届ける役には立つ。いいな、ライム？》
ミラーがライムに振った。バロットの反論を速やかに封じるためだ。

《頼む、ミラー、ミスター・ペンティーノ、そしてルーン。この爺さんを止めてくれ》

ライムが言った。それで決まりだった。バロットは大きく息をついて銃をホルスターに戻し、ミラーだけでなく自分をふくむ全員の安全のためにも、下のデッキに感覚を集中させた。

《二秒後だ。目を閉じてくれ》

ウフコックが言った。バロットは目を閉じ、二秒数え、柵を跳び越えた。

階下で、爆音と閃光が起こっていた。ウフコックが眼鏡のフレームから音響閃光弾へと変身(ターン)し、自ら炸裂したのだ。その一瞬前に、マクスウェルが異変を察知し、ウフコックをデッキへ放り捨てて背を向けていた。

ダクトの蓋が弾け飛び、ミラーが躍り出た。その左腕がぐんと伸びて使用済みの音響閃光弾をつかみ、右腕と脚をたたんで急所を守った。

一瞬後、マクスウェルの弾丸がミラーの右腿を貫き、胸骨に突き刺さった。

そのミラーの背後に、バロットが降り立ち、左手を伸ばした。ミラーが腕をゴムのようにしならせ、つかんだものをバロットの左手に押しつけた。

ウフコックがぐにゃりと変身(ターン)し、バロットの左手にしっかりと握られた。

マクスウェルが撃った。弾丸がミラーの右の二の腕を貫き、頬骨を砕いて反対側の頬を突き破った。そして、衝撃で倒れ伏すミラーの陰から、銃を構えたバロットが現れ出てマクスウェルと対峙した。

ひどく負傷したミラーを心配する気持ちはあれ、意識を乱されることなく、このうえなく(スーパー・)良好な視界(クリスタル・クリア)でもって、バロットは自分が感覚すべきターゲットに集中した。かつてなくソフトに武器を握り、使い手がなしうる全てを発揮して、ただ目の前の男の動きに、おのれを同調させることに全身全霊をつくした。

バロットとマクスウェルの間で、ばしっ、と音をたてて何かが激しく爆(は)ぜた。

互いの銃が放った弾丸が、真っ向から激突し、火をまとう小さな鉄片を飛散させたのだ。

マクスウェルが喉の感覚器官をひくひくさせた。カマキリの目が膨らみ、ほとんど顔から露出させてバロットとその銃をとらえ、さらなる銃撃を見舞った。

ばしっ。また小さいが強烈な輝きが両者の間で爆ぜた。ばしっ。輝きが、明らかにマクスウェルのほうへ近づいていった。ばしっ。

マクスウェルが一歩下がり、その銃がホルスターに収められた。バロットも一歩進み、手にした銃を下ろした。マクスウェルが鎌首のようにもたげた左手の指をこすり、キチキチとひっきりなしに音を鳴らしながら、対峙する者たちをとくと味わい、言った。

「そいつは生きた銃だ。尽きぬ弾丸をもたらす魔法のネズミというわけだ。ハンターがほしがるのも無理はない。そいつの使い方を教えてもらえないかね？　代わりにお前の命は助けてやろう」

「彼があなたに従うことはありません」

バロットはぴしりと返し、いっそう目の前の男を精密に感覚した。このまま攻め続ければ勝てるという手応えがあった。だがそれは、この男が今のままでいてくれたらの話だ。バロットはマクスウェルが次に何をするか予期していた。マクスウェルの肉体が、これからどう変貌するかを。

「ならば互いになしうる最高の銃撃をもって、どちらが魔法のネズミを手に入れるにふさわしいか決することになる」

マクスウェルが言って、その黒衣の帯を解き、ボタンを外し、プロテクターでもあるそれを脱ぎ落とした。マクスウェルの失われた右腕の残りの部分があらわとなった。下に薄いプロテクターを着ていたが、それも外し、白い薄手のシャツまでもおのれの身から剝ぎ取って床に落とした。

露出したマクスウェルの肌という肌から毛ガニのように光る繊毛が現れ、上半身全てが、そしてまた右腕の残りの部分が、巨大な味覚器官である左腕とまったく同じ状態になっていった。

その口から、舌が信じがたいほど長く垂れ出し、馬鹿でかいナメクジそっくりの触手となって、口内から溢れ出すワイヤー・ワームの繊毛とともに、うねうねと収縮した。

単純な面積でいえば、その変貌によってマクスウェルの感覚が数百倍になったのを察したバロットは、迷わず右手でヘッド・プロテクターを外し、頭の後ろに垂らした。

「よせ、バロット」

「あなたを信じてる。私を信じて」

バロットはそう言って、上半身のプロテクターのバックルを緩め、ストラップを残らず外し、その強靭な殻を自ら捨て去った。

プロテクターを床に落とすと、慎重に相手の動きを感覚するだけでなく、いつどのタイミングで撃ってくるか幾通りもの可能性を先読みし、その全てに備えながら、左手の銃を腋の下に挟み、両方の手袋を外してプロテクターの上に落とした。

これでバロットも、上半身は両肩を露出させたタンクトップと下着だけとなり、そのときには頬も肌も、きらきら光る銀の粉をびっしりと吹いていた。皮膚が精密無比のレーダーとして機能するだけでなく、途方もない反射をもたらす第二の神経系として、かつてなく活発化していた。皮膚が体を動かすというおのれの特質を改めて自覚しながら、バロットは腋の下に挟んだ銃の姿のウフコックをソフトに握り、ゆったりと体の脇に垂らした。

かくして、ただひたすらに、相手より速く正確に撃つためだけに投じられた、全額の賭け（オール・イン）が成立した。

敢然と身を守るすべを捨てた二人へ、誰一人として声をかけることができなくなり、潮騒と船が揺れる音のほか、どのような物音もたててはならないと厳粛に禁じる、極限の緊張が訪れた。

見守る人々に、オーブンの中のような焦熱とか、プレス機による抵抗不能の圧力とかいった命にかかわる恐ろしい何かを思わせるその耐えがたい沈黙こそが、バロットの領土、無口なルーンが生き残ってきた世界なのだ。

倒れたミラーが朦朧としながらバロットの背後でその勝負を見守り、レイ・ヒューズとスティールが、逆側ではライムが、船外通路で身を屈めて二人を注視した。デッキの出入り口では、アビーとストーンが緊張のあまり表情を失い、ただバロットだけを見つめ、いざというときには一秒でも速く助けに行く構えでいる。

階上デッキには、この対決を知った〈ネイラーズ〉が出てきて、負傷した者も声をこぼすことなく、対峙する者たちをじっと見下ろした。

まさか防御を解いて撃ち合うなどとは、誰しも想定していなかったことであり、サメに乗るトゥイードルディも呆気にとられるばかりで、彼が視覚情報をオフィスに送っていることから、イースター、エイプリル、トレインが愕然と凍りつき、遠く離れた場所にいるトゥイードルディムまでもが沈黙の多大なるプレッシャーにさらされるのだった。

その尋常ならざる息苦しさの中にあって、バロットは穏やかな呼吸を保ち続けた。

黒衣が消えたおかげで、マクスウェルの胴が僅かに傾ぎ、見えざるワイヤー・ワームの右手が銃のグリップへと伸び、撫でるように絡みつくさまを、はっきりと感覚した。

何かを考えるという段階はとっくに終わっていた。行動するという意識すらなかった。ただマクスウェルの銃が抜かれ、最小の動きで銃口がくるりとこちらの顔の中心に向けられるのを感覚し、そのときには、バロットの右足がほんの僅かに横へ開き、左手と銃がふわりと風に浮かぶように持ち上げられていた。

バロットの感覚がもたらす膨大きわまるデータを見事に受け入れ、途方もなく高度な最適化による、数秒後の未来認識という超次元的な視点をも共有したウフコックが、正しくすべきことをしてのけた。

恐れもなく、おのれの有用性への不安も疑念もなく、バロットが長いときをかけて見出したのと同様の心の平和(インナーピース)をもって、武器自らの意思で、撃ったのだ。

刹那、バロットとマクスウェルが、同時に衝撃を受け、同じように体が横向きになり、よろめくこととなった。

アビーが言葉にならぬ悲鳴をあげた。

マクスウェルの放った弾丸が、バロットの顔をまっすぐ貫いたかに見えたからだ。

だが、バロットの顔が射線上にあったのは、弾丸が届く四分の一秒前のことに過ぎなかった。弾丸はバロットの左の耳たぶを引き裂いて髪を何本も焼き切り、強烈な衝撃で頬と鼓膜を手ひどく打ちのめしはしたが、決して致命傷をもたらしてはいなかった。

対してマクスウェルが弾丸を受けたのは右の肩先であり、その身が受けた衝撃はバロットとは比較にならなかった。彼もまた、額に飛んでくるはずの弾丸を予見し、事前に避けながら撃ったはずなのだ。しかも顔ではなく肩に受けたということは、彼の予見による動きをさらにバロットが予見して撃ったことを意味した。

「そんなはずはない。神の御意志は、私にここで倒れるよう定めておられない」

マクスウェルが、全身の繊毛を震わせ、ぬめぬめ動く舌を垂らしながら、くぐもった呟きをこぼし、衝撃を振り払うために両足を踏ん張り、カマキリの目をぎらつかせて、ワイヤー・ワームの指先でさらなる銃撃を放った。

だがすでに、左耳から血を流すバロットが、熱も痛みも激しい耳鳴りも意識することなく、正しい姿勢で銃を構え、そしてウフコックが再び、自らの意思で撃っていた。

狙いは、バロットの感覚がとらえたマクスウェルの見えざる腕だ。弾丸は狙い過(あやま)たず、その衝撃と熱によってワイヤー・ワームの束を引き裂いた。

結果、マクスウェルの銃は、あらぬ角度で弾丸を放ち、そばの柵を削って火花を散らしながら床に転がった。おのれの銃が床にあるという現実が、何よりマクスウェルの魂を撃ち抜き、心に敗北という穴を痛烈に穿った。マクスウェルはその衝撃と苦痛に身悶えし、人のものとは思えぬような、どろどろした怨嗟の雄叫びをほとばしらせた。

その右腕の残りの部分から、新たなワイヤー・ワームが猛然と生え伸びるのを感覚しながら、バロットはおのれの指で引き金を引いた。もう武器自身が攻撃する必要はないと告げ、使い手としての責任を果たすために。

マクスウェルがこめかみに電撃弾を食らい、体ごと、くるりと先ほどとは逆のほうを向いた。かくっと両膝が折れ、左手が何かをつかんで身を支えようと僅かに宙をさまよったが、何もつかむことなく、ばったりと前へ倒れ、そのまま動かなくなった。

14

葬儀業者の手で丹精を凝らして飾り立てられた檀上に、その男が現れるのを、バロットはほとんど瞬きもせず見つめた。

上流階級の一員になったことを誇示するような高価なスーツに身を包み、世間の注目を浴びることを務めとする者らしい堂々たる歩みを披露する男へ、一部の聴衆が、葬儀の場ではあるが遠慮はしないとばかりに手を叩いた。

「ウィリアム・ハント・パラフェルナー議員！」

と声援を送る者さえおり、バロットだけでなくベル・ウィングとアビーも、声を放った者がいるほうへ厳しい視線を向けた。

イースター、ストーン、レイ・ヒューズは揃って腕組みしたまま、感情を封じ込んだ淡々とした様子でいる。

　司祭が手振りで演壇へ進むよう促したが、男は従わず、真っ先に棺へ歩み寄ると、光沢を放つその蓋へ手を当て、目を閉じた。

　死を悼むポーズ。そのまま、男は場が静まるのを待っていた。

　そのいかにもといったパフォーマンスに、バロットはたまらなく不快にさせられ、いっとき視線を足もとに向けた。

　すぐに沈黙が訪れ、静粛な気分が広がったところで、男は目を開き、そばにいる司祭に向かって、何か感ずるところがあるとでもいうようにうなずいてみせた。

　司祭が恭しく応じると、ようやく男がきびすを返し、演壇とマイクの前に立った。

　バロットは目を戻した。葬儀を舞台に仕立て上げ、政治的に最大限活用することを決めた男が、無機質ではあるが耳を傾けざるを得ないような存在感のある声を放った。

「ここに眠る者にとって、試練のときは終わり、死という最後の苦難も去った。冥福を祈る生者たちの声が永眠する者を送り、大地がその亡骸を棺ごと抱擁する。そうして颪の中の塵のように、一つの死が忘れ去られるのだろうか？」

　だしぬけに強い口調で問いかけられた聴衆の多くが、はっと息をのんだ。

「ここに眠る者へ、これ以上の試練を与えるべきではない。鞭打つべきでも、貶（おとし）めるべきでもない。それらは、この棺をここに置かせた別の何者かに与えねばならない。ここに眠る者の命を奪い、死のみが最後の平穏となるような卑しい行いをした者にこそ、正義の報いがもたらされねばならない。この葬儀ののちも、ここに眠る者が真に公正な扱い（ジャスティス）を受けるためにも！　正義の報いをもって冥福の祈りに換えねばならないのだ！」

徐々に強くなっていく男の口調に、彼の配下のエンハンサーではない者たちまでもが、共感（シンパシー）の波に引き寄せられるようにして目を潤ませ、身を熱くしていた。

「公正な扱い（イン・ジャスティス）を！」

男が、ひときわ声高に告げた。

それこそ、新興ギャングの一人に過ぎなかった男が天国への階段（マルドゥック）を駆けのぼり、〈ファイブ・ファシリティ〉を統（す）べる改革の旗手となったことを示すキャッチフレーズであり、賛同者にとっての忠誠の言葉だ。

たちまち聴衆の多くが席を立って拳を突き出し、唱和した。

「公正な扱い（イン・ジャスティス）を！　公正な扱い（イン・ジャスティス）を！　公正な扱い（イン・ジャスティス）を！」

プレスが一斉に撮影を始め、まばゆいフラッシュの光が檀上の男を照らした。葬儀がこれほど騒然となることに動揺する者や、不快に感じる者は、ごく僅かだった。

「公正な扱い（イン・ジャスティス）を！　公正な扱い（イン・ジャスティス）を！　公正な扱い（イン・ジャスティス）を！」

バロットは、ハンカチを握りしめ、彼らとは違う言葉を呟いた。

「正義の裁き（ブリング・トゥ・ジャスティス）を」

それが自分たちの誓いであり、今この瞬間は多数の声にかき消されるとしても、必ず全員の耳に届けてみせるという思いを込めて、バロットは檀上で声援を浴びるハンターへ、ひそやかに告げていた。

15

歓声の波が、バロットとウフコックへ浴びせられていた。

五階の船首側デッキでは〈ネイラーズ〉が、勝利を祝って空へ向かって撃つという海賊じみたことをし、四階の同デッキでは、タブレットを脇に挟んだライム、スティール、レイ・ヒューズが手を叩いていた。

アビーが涙をにじませつつ笑顔でバロットに抱きつき、脱ぎ捨てたプロテクターをストーンが拾って肩にかけてくれた。ミラーが傷ついた手で拍手をしようとして両頬が裂けた顔をしかめ、スティールが針金細工みたいな笑みを浮かべてミラーの応急手当をしてやった。

トゥイードルディもサメの背から拍手を送り、オフィスでは緊張から解放されて脱力するイースターとエイプリルの姿があり、トレインのほうは、仮想現実で出現させたトゥイードルディムの両方のヒレとハイタッチする真似をしている。

バロットは、銃の姿のままのウフコックを胸に抱えてベンチに座り、アビーに絆創膏を耳に貼ってもらいながら冷たい潮風の心地よさを味わった。そこへ、マクスウェルをふくむ銃狂いの男たちを残らず拘束し終えたことを確認したライムが歩み寄って何か言ったが、銃撃による耳鳴りがひどくてバロットには聞き取れなかった。

「すいません、よく聞こえません」

ライムが、インカムでの共通チャンネル通信に切り替えた。

《ルーン＝〈ザ・超早撃ち（スーパークイック）〉だな。それとも〈ザ・向こう見ず（デアデビル）〉がいいか？　いったいいくつ異名がほしいんだ？》

《そんなもの、ほしがった覚えはありません》

バロットが呆れて返した。アビーも、バロットのためにインカムをオンにして口を挟んだ。

《なんでみんな、あだ名つけたがんの？》

《いいのを考えてやる。で、あんなガンファイトは二度となしだ。いいな？》

《あなたがやれと言ったのでは？》

《スーツを脱げと誰が言った？》

ライムが、驚くほど語気を鋭くした。バロットとアビーが同時に言葉を失ってしまうのを見たストーンが小さく吐息し、ライムへ何か言おうとしたところで、別の者が声をあげた。

《そうすることでしか制圧できなかった。彼女にリスクを背負わせたのは、おれの責任だ、ライム。おれの提案のせいなんだ》

ウフコックが発した通信を聞き取った人々が、たちまち視線をバロットへ向けた。

レイ・ヒューズがベンチのそばに来て、恭しく片膝をつき、今しがたのバロットとライムのやり合いを脇におしのけて言った。

《ラジオマン、君が経験した長い苦痛の日々には、言葉もない。ただ私は、君の帰還を心から喜んでいる》

《ありがとう、レイ・ヒューズ》

レイ・ヒューズは、バロットが抱えた銃へうなずき返した。

《君の本来の姿を見て、今の言葉を繰り返したいと言ったら、どう思うかな？　ちなみに私は飲食店を営むにあたって、ある種の小動物に大いに悩まされたが、かといって同種の生き物全てに憎しみを覚えているというわけではない。何より、英雄的な犠牲を払うつわものとは、ぜひとも顔を合わせてみたいと思うたちなんだ》

ウフコックが答える前に、バロットは微笑んで手の平を開いた。ウフコックがその上に立って自己紹介しやすいように。

アビーがぐっとバロットの手元に顔を近づけた。ストーンも、この男にしては珍しいほど熱心な眼差しで、バロットの銃を見守った。ライムですら、バロットに釘を刺そうとするのをやめ、黙ってその綺麗な青い瞳をじっと銃に向けている。

さすがに姿を現さないわけにはいかないと思ったか、いつもの煮え切らない言葉は抜きにして、ぐにゃりと銃が形を失い、服を着て二本脚で立ち、美しい金色の体毛を持つネズミが現れた。

《ウフコック・ペンティーノだ。初めまして、レイ・ヒューズ、ストーン、アビー、ライム。あー、船の中にいる人たちも》

《ワアアアーオ！　かっわいいー！》

アビーが身悶えせんばかりに熱烈な声をあげた。

《初めまして、ウフコック。レイ・ヒューズだ。改めて、帰還を心から喜びたい》

レイ・ヒューズが指先を差し伸べた。ウフコックがちっちゃな手でつかみ、握手した。

《あたしもそれやりたい！》

アビーが同じように握手し、ストーンとライムが続いたあと、血まみれのミラーが床に座ったまま手を振った。

《おかえり、ウフコック。お前の人気ぶりには、このダディですら、つい妬み（ねた）を覚えるってもんだ》

《ありがとう、ミラー。おれをバロットへ渡すために、あなたを負傷させてしまった》
スティールが別の意味で手を振った。
《いいんですよ、ウフコック。好きで盾になったわけですし、どうせこの程度じゃ死なないんですから》
《おれの働きぶりとタフネスに坊やも感銘を受けているようだな》
《ええ。これからはあなたが撃たれまくる隙に、相手を逮捕することにしますよ》
二人が言い合ううちに、アダムたちがぞろぞろデッキに出てきて、大騒ぎしながら、一人ずつウフコックと握手していった。
バロットは、彼が堂々と姿を現してくれたことが嬉しく、ともすると泣き出してしまいそうなほどだった。その毛並みはやはりくすんで、ところどころ禿げてしまっていたが、きっと元通りに回復するだろうと信じた。その心とともに。こうして、さらなる務めを果たし、自閉と沈黙を選ばず人前に出てくれたのだから。
かと思うと、ぱっと人々が顔を船首側に向けた。
バロットも、ようやく収まってきた耳鳴りの向こうから、激しいエンジン音が響いてくるのを聞き取りつつ、水上バイクが五台、まっすぐこちらへ向かってくる様を感覚した。乗り手は全員、目出し帽で顔を隠し、ウェットスーツに身を包んでいる。
《警察じゃない。用心してくれ》

ライムが柵から海へと顔を出して言うや、バロットの手の中でウフコックが瞬時に銃へ変身(ターン)するとともに、上半身を覆う新たなプロテクターをあらわしてゆき、ワオ！　とアビーを驚かせた。

《アルフィー兄ちゃんは休んでな。拾った指をなくすんじゃないぞ》

アダムが率先して銃を抜き、仲間を連れて階下へ降りていった。

船は戦闘が終わってのち、アダムがコントロール室の航行プログラムを停止し、コンピュータ制御によって自動的に船体が安定するようになっている。乗り移るには、このうえなくたやすい状態だ。とはいえ、水上バイクの一団がとった行動は、驚くべきものだった。上空をサメが飛び交う様子に臆することなく迫り、右舷側に回り込んだかと思うと、うち四人が信じがたい跳躍力でもって、一階デッキに飛び移ったのだ。

放置された水上バイクはロープで数珠(じゅず)つなぎになっており、先頭の一人によって牽引され、船の周囲を走り続けた。それ自体、もはや曲芸といっていい。

船内に入り込んだ四人は、あっという間に船倉へ降りると、トロフィーにされた九人の首を次々に抱え上げ、船尾側へ移動した。それから、二人がたたんでいた防水バッグを開き、ブルーを除く八人のトロフィーを半数ずつ放り込み、封をして背負った。

一人がその作業の間に、壁の配電盤の蓋を開き、べたっと手の平を押し当てた。その手が青い光と強烈な電磁波を発し、たちまち船じゅうの配線がショートして火花を上げた。

船の灯りが全て消え、コンピュータとそれが制御するシステム、ケーブルが接続されていたあらゆる端末が停止するだけでなく、一瞬でそのハードが蓄えていたデータの一切が消し飛んでしまったのだった。

四人は、真っ暗闇となった船内を難なく駆け抜け、一階の船尾側デッキへ出ると、ベンチの一つに抱えていたブルーの首を置いた。

デッキへ飛び出したアダムとその仲間たちが電撃弾の一斉射撃を見舞ったが、そこで、またしても驚くべきことが起こった。

四人ともウェットスーツの内側でその肉体を変貌させ、予期せぬ動作で逃走したのだ。

一人は両手足をたたんで巨大なウミヘビのようにのたくって床を猛スピードで這い進むや、身をくねらせてデッキ柵の向こうへ跳んだ。

バッグを背負った一人が馬鹿でかいカジキのような、もう一人はトビウオのような形状になって、同様に跳び去った。

さらに一人は、何本もの長い触手のようになった両手を閃光弾なみに青く輝かせてアダムらの目を眩ませると、呆れるばかりに見事な倒立後転をいくたびか繰り返し、あっという間に柵の向こうの海へ消えていた。

アダムたちの電撃弾ばかりか、ストーンの鉄パイプもアビーのナイフも空を切り、上階のバロットとレイ・ヒューズすら撃つタイミングを逸する早技だった。

《現れたと思ったら二分足らずで海へ戻りました》
スティールが自慢の腕時計を見ながら言った。
《バイクが遠ざかって行くのを感じます》
バロットが海を指さし、レイ・ヒューズ、ライム、スティールへ告げた。
《バタフライたちの輪の外に出たよ。あ、海から四人が出てきて、バイクに乗った》
トゥイードルディが告げ、レイ・ヒューズが感嘆の唸りをもらした。
《水上バイクなみの速度で、海中を泳いだということらしい。おかげで、せっかくの巨大な証拠品としてのこの船の価値は、大いに下がったという予感がするな》
《データというデータを消したでしょうね。予想しておかなかったおれのミスだ》
ライムが言って、バロットが持つ銃へ尋ねた。
《ミスター・ペンティーノ、今の連中に心当たりは？》
《情報はあまりない。〈華麗なる海運業者(マリーン・ブラインダーズ)〉と名乗り、ベイエリアの密輸などを監督しているらしい》
いきなりものすごい悲鳴があがった。アビーと、アダムたちが、ベンチに置かれた人間の首を見つけたのだ。
《ストーン、ストーン、ストーン！　これ！　この人！　生きてるよ！》
かと思うと、ストーンが一瞬でバロットたちの背後に現れ、その手に抱えたブルーを献げるようにしてみなに見せた。
《ルーンが言っていた、オフィスのメンバーか？》
《ええ……そうです。こんな姿でも、発見したことを喜ぶべきなんでしょうね》
スティールが言って、虚脱したように肩を落として歩み寄り、ストーンからブルーを受け取った。
《首だけでも元気な人物を見た》
ストーンが真面目に言った。スティールは、自分もそう聞いてはいるが、誰もが同じように生きられるわけではない、とばかりに虚ろな笑みを浮かべた。弱々しくさえあるスティールに、バロットもウフコックも慰めの言葉をかけることができないでいた。
彼らへ、ライムがインカムでオフィスとやり取りしつつ言った。
《ミスター・ブルーには、ミズ・エイプリルが新しい体を用意する気らしい。これはバジルのメッセージだ。取引は守るが、自分らを不利にするものは与えないってことだろう。これ以上けちがつかないよう、電力を復旧し、さっきの攻撃で火災が起きてないか調べよう》
ライムの指示に従い、それぞれ懐中電灯や携帯電話の灯りを周囲に向け、みなで船内に戻るや、バロットが息を呑んで立ち止まった。
彼らの驚愕の匂いを察したウフコックが、すぐに事態を察して言った。

《いないぞ。匂いが消えている。船のどこにもいない》
ライム、ストーン、レイ・ヒューズ、ブルーの首を抱えたスティールが、拘束した黒衣の男たちを照らしてゆき、そこにいるはずの男が消えていることが明らかになると、みな信じられない思いで呆然とその空白を見つめた。
《今しがたの乱入に気をとられていたとはいえ、痛烈な打撃から速やかに回復し、自ら拘束を逃れ、ここにいる面々にまったく気取られず、船から逃げおおせたというのか？》
レイ・ヒューズが、超常現象でも見たかのような、疑いのこもった声をこぼした。
《あー、〈シャークフィーダー〉へ。船から泳いで逃げるやつがいないか調べてくれ》
ライムが頼んだが、無駄だった。百匹余のサメの群すら、見つけることができなかった。
あれほど必死の力を注いで逮捕したはずの男は——漆黒の船に君臨していた、銃狂いの首魁たるマクスウェルの姿は、いったいどうしたことか、忽然と消えてしまったのだった。

16

その大きなバスが近づくと、アンヘル・ボート・リゾートの敷地の出入り口を守る無人ゲートが、本来の役目をまったく果たさずバーを上げた。電子的干渉により、来訪者を映すべきカメラは停止し、警報装置も沈黙してしまっている。

　バスが、悠々と〈ファウンテン〉専用の駐車場に停まった。空圧式ドアが、しゅー、と溜息をもらすような音をたてて開き、ずん、と巨大な拳を地面につけて、キドニー・エクレールが姿を現した。そのゴリラの鼻をひくひくさせて敷地にいる人間の匂いを嗅ぎ取り、サファイアの目をまっすぐ〈ファウンテン〉の建物に向け、キドニーが、ずんずんと前進した。

　そのあとをワニの顎を持つマンディアン四兄弟が続いた。トカゲ顔のブリオーシュ三姉妹が包丁とノコギリとハンマーを肩に担いでバスを降りた。ピラニアの牙を持つガトー五兄弟のほか異形の子どもらが、ギイギイ、キャアキャアとわめきながら、ぞろぞろついていった。

　バスの運転席では小鬼の双子であるクラクマンとクロケが同じ椅子に座って手をつなぎ、フロント・ウィンドウ越しにキドニーたちを見守っている。

　建物からバジルが出てきて、庭のフェンス・ゲートの内側に立ち、やって来るキドニーへ鋭い眼差しを向けた。

　キドニーがゲート前で、″待て(ウェイト)″のステッカーを貼った左手を上げて、仲間を止めた。そして右手に貼った″さあ行け(レッツ・ゴー)″をちらつかせながら、バジルへ言った。

「まりー・まーまノ、みぎてヲ、もらいニ、きタ」

「お前たちのキングは、ハンターを信じたはずだ。それとも、ホスピタルをバラバラにしたいだけか？」

　キドニーが、ふうっと鼻を鳴らし、自分だってしたくてしているわけではないという不満を示した。

　バジルはゲートから足を踏み出し、〈天使たち（エンジェルス）〉も乗り気ではないという事実につけ込み、彼らが行動に出るのを止めるか、あるいは可能な限り先へ延ばすべく、交渉を試みようとした。

　そのとき、どこからかエンジン音が近づいてくることに気づき、眉をひそめた。

　咄嗟に、〈天使たち（エンジェルス）〉の第二陣が到来したのかと思ったが、バジルの記憶によれば、そのエンジン音はバスのものではなく、彼らのリーダーが乗るべきリムジンが発するもののはずだ。

　バジルは、素早く駐車場を見回した。そこには〈スパイダーウェブ〉への行き来に用いた車輛と、砂鉄の塊となってまだ身動きできないエリクソンの他、〈ハウス〉がきちんと駐車されている。

　リムジンのエンジン音が大きくなった。猛スピードでこちらへ来る。バジルはゲートがあるほうの暗がりへ目を向けた。彼方のハイウェイをこちらへ向かって突っ走る車のライトの輝きを見て、そちらを指さした。

「お前らもリムジンを使うのか？　それともブラックキングが来たってことか？」

キドニーが、バジルが指さすほうを一瞥した。残りの〈天使たち〉もそうしたが、みな、馬鹿馬鹿しそうにバジルへ顔を戻した。

「きんぐハ、きたリ、しなイ。まりー・まーまノ――」

「じゃあ、こっちに来るあのリムジンは、お前たちとは関係ないってことか？」

キドニーが眉間に皺を刻み、バジルを睨みつけた。

「なにモ、きて、いなイ。ぼくヲ、だまそうト、するナ」

怒気のこもった警告の声に、バジルは何かがおかしいことを察した。今まさに真っ白いリムジンが姿を現し、いつの間にか開いていたゲートを通過してこちらへ直進するや、ものすごいブレーキ音をたてて〈天使たち〉のバスのそばに停まったのだ。

それにもかかわらず、キドニーたちは誰も振り返らない。それどころか、背後への警戒をまったくおろそかにしたまま、バジルの前で扇状に広がっていく。

つまり、彼らには認識できないものを、自分は認識しているのだ。バジルは突如そう悟って瞠目した。

「お前たちには……見えないってんだな？　おれには、あんなにはっきり見えるってのに」

「だまレ。つまんなイ、うそハ、いうナ。そこヲ、どいテ、ぼくたちヲ、とおセ」

キドニーが、ずん、と右拳を地面に突き込むようにして前へ出た。

バジルは構わず、キドニーの背後のリムジンへ視線を向け続けた。そして、まばゆいライトの光の向こうで、運転席から降り立つ者の姿をみとめ、歓喜の叫びをあげた。

「ハンター！」

キドニーが、前へ出そうとした左手を止めた。〈天使たち(エンジェルス)〉の騒ぎ声がぴたりとやんだ。

バジルが、さらに足を進めてフェンス・ゲートから駐車場側へ出た。

何もなかった。

リムジンは忽然と消えていた。運転席から降りたはずの相手の姿もなかった。

だがしかし、バジルはかつてなく相手の存在を感じた。確たる共感(シンパシー)の念が、光のようにどこからか広がり、自分を暖かに照らすようだと思った。

いや、自分一人ではない。今、〈ファウンテン〉にいる仲間たちみなが、それを感じていることがわかった。

リビングにいた者たちばかりか、シルヴィアや、両腕を失ったラスティまでもが、はっと目覚めたのが感じられた。

バジルは、急いでフェンス・ゲートの内側に戻り、完全にキドニーたちに背を向けた状態で建物を見つめた。

駐車場の一角で、もぞもぞと大きなものが動いた。エリクソンが、過剰な砂鉄をようやく振り落としながら立ち上がり、バジル同様、建物を振り返った。

周囲からカラスが集まってきて、ハザウェイとともに、木々やフェンス、建物の屋根に次々に舞い降りて列をなし、一羽残らず同じほうへ顔を向けた。

キドニーが、仲間たちを背後に置いたまま、ずしずしと小刻みに進んでバジルの隣に来た。ゴリラ少年の顔色が一変していた。鼻を激しくひくつかせ、驚嘆の念もあらわにサファイアの目を大きくみはり、建物からゆっくりと現れる人々に視線を釘付けにされている。

背後の〈天使たち(エンジェルス)〉も仰天してギャアギャア騒ぎ始めたが、キドニーが左手を上げ、〝待て(ウェイト)〟のステッカーを示して静かにさせた。

勇ましげに先頭を歩むオーキッドのあとに、ホスピタルとケイトが続き、好戦的な笑みを浮かべるラスティの肩をヘンリーが嬉しげに支えてやり、感涙で目を潤ませるシルヴィアが現れた。

彼らが左右へ広がるや、三頭の猟犬を従えた男、長い眠りの檻から見事に脱したハンターその人が、おのれの足で歩み、泰然と進み出た。

「バジル」

ハンターが、真っ先にその名を呼び、うなずいてみせた。

たったそれだけで、ハンターの深い感謝と労りの念が伝わり、バジルの心はかつてないほどの共感(シンパシー)と達成感で溢れ返った。

「ハンター……。あんた……やっぱり、最高だ！」

バジルも目を潤ませながら、朗らかな笑い声を放ち、傍らのキドニーへその喜びをぶつけた。

「おい見ろ、ゴリラ野郎！　見やがれ！　ハンターは目を覚ましたろうが！」

キドニーが、ふうーっと鼻息をこぼした。

脅威の念と敵愾心を刺激されるものの、ホスピタルに危害を加える必要がなくなったことに関しては、ひとまず安心した、という様子だ。

ハンターが、同感だというようにキドニーにもうなずきかけ、そして高らかに告げた。

「おれと来るがいい、キドニー。試練に打ち勝ったおれが何を手に入れたか教えてやろう。そのうえで、おれを再び〈ブラックキング〉のもとへ連れて行け。かの〈円卓〉の女帝も、今こそ〈ポーン〉が昇格（プロモーション）のときを迎えたと認めてくれるだろう」

17

海上警察が所有する高速艇が群をなして〈黒い要塞（ブラック・キープ）〉を取り囲み、クレア刑事が招集した警察隊が次々に乗り込むのを、マルコム・アクセルロッド連邦捜査官が遠巻きに眺めている。自分だけ立派なクルーザーを借り上げ、夜のマリーン・スポーツでも楽しむように一人でかっ飛ばしながら警察隊についてきたのだ。

当然、クレア刑事たちはかんに障るその男をできるだけ無視し、マルコムが上位権限者としての体裁を取りつくろうため、急いだほうがいいとか、乗り込んだ船の復旧が必要だとか、指示ともなんともつかない通信を入れるのへ、手短に了解を告げるばかりだった。

マルコムのほうは、孤立し無視されていることなど気にもとめず、大がかりな海上の逮捕劇を見物していたが、やがて港で買っておいたホットドッグをむしゃむしゃやり終えると、ボートチェアから降りて後部に回り、水中ライトをつけた。

灯りに引き寄せられたように、誰かの左手が海中から現れた。その手がスイミングラダーをつかみ、濡れた白髪まみれの頭を現した。

マルコムが手を差し伸べたが、相手がそれをつかむ手を持ち合わせていないので、身を乗り出して相手の右腋に腕を入れ、船へ引き上げてやった。

「オーケイ、無事に逃げおおせたな、マクスウェル。まずは、この小さな船倉にお前を放り込み、港に戻ったところでおれの車のトランクに詰め替えてやるとしようか」

ずぶ濡れで上半身裸のマクスウェルは床にうずくまり、不思議そうにマルコムを見上げた。そのカマキリの目が引っ込み、顔や体の昆虫的な感覚器官が元に戻り、昏い目で相手を睨みつける男の顔になった。

「お前の能力も、だてではないな。やたら目端の利くロードキーパーに、人間魚雷探知機みたいな娘、サメの群もいれば、あのネズミが鼻を利かせているというのに、まんまと抜け出すとは。銃撃の秘訣というのは、つまるところ相手の隙を衝くということなのか？」

　マルコムがしげしげとマクスウェルの顔を見て言った。マクスウェルは怪訝そうに、今自分がいる船を見回した。

「なぜ私は、ボーイズを置いてここに来たのだ？　私はここにいるべきではない。お前が私に何かをしたのか？」

　マルコムが水中ライトを消し、ついでデッキライトも消して、マクスウェルの左腕をつかんで船内に押しやった。

「おれじゃない。おれたちがお前を呼んだ。大勢であり一つの存在がな。お前は刑務所で脳卒中という運命の一撃を食らい、我らが同胞である優秀な脳外科医の手で、一命をとりとめた。そのうえで、おれたちの一人になった。そうして、ホワイトコーブ病院に運ばれてノーマ・オクトーバーの玩具であるエンハンサーにされたわけだ」

　マクスウェルは逆らわず、船内の床に両足を投げ出して座り込み、なおも訝しげに首をひねった。

「私にはお前が何を言っているのかわからない」

「お前を司るゆらぎが、理解することを許していないからだ。お前が混乱し、自分が本当は何者であるかを否定して、海に身を投げてしまわないように。それよりも、一つ重要な役割を担ってもらわねばならん。いや、一つと言わずいくつもだ。お前は人殺しを何とも思わず、同類を統率する力に長けた典型的なサイコパスで、使い出のある狂人だ」

「一言もお前の言うことが理解できない。本当に同じ言葉を喋っているのか？　それともお前は神が私を試みるため、人の口を借りて話しかけているのか？」

「お前の神の名は、シザースだ」

マクスウェルが白目を剝いた。その両肩がだらりと垂れ、左手が鎌首をもたげるようにして、体の前でゆらゆら揺れた。

「そして今日から、お前が、スクリュウ・ワンだ」

マルコムが、ぱちりと指を鳴らした。

マクスウェルの口が、かぱっと開いた。その顎が震え、まるで声を出さないよう耐える様子であったが、しかし抵抗はかなわなかった。

「キキキキ！　キャアーアアーアーア！」

「よしよし。ご褒美に、あとでおれがお前の銃を持ち出して、その手に返してやる」

「キキキキャァーアーア！」

マクスウェルは顔を真っ赤に染め、こめかみと首に太い血管を浮き上がらせ、力むあまり痙攣するように総身を震わせながら、ひどく耳障りで不快な金切り声をあげ続けた。

18

祝うべきことは多かったが、今その場をもうけられるわけもなく、バロットもみなと一緒に我慢をしなければならなかった。

喫緊の課題は〈黒い要塞（ブラック・キープ）〉にいる全員を陸に運ぶことだが、サメの群を使うことはできない。合法性を主張できるのは緊急を要する場合だけなのだ。といって、急行した海上警察の小型高速艇十五隻と、連邦捜査官がチャーターした場違いなスポーツクルーザーでは、大勢の逮捕者を運ぶことはできず、クレア刑事が携帯電話で陸にいる部下にわめき散らすことになった。

「多数の逮捕を想定した作戦だと伝えたはずよ。こんな時間？　どんな時間だか私が知らないとでも？」

〈黒い要塞（ブラック・キープ）〉の電子機器は水上バイクの一団の奇襲で完全に停止し、転覆の危険があった。だが幸い、海上警察官に専門家がいて復旧にあたってくれたし、修理のための道具と新品の回路も船倉で発見された。

「クレア刑事、しこたま撃たれたミラーのだんなや、指を吹っ飛ばされたアルフィー兄ちゃんだけでも先に港に運んでくれないか？　病院かイースター兄さんのところか、どっちかへ行かなくちゃならねえのは見てわかるだろう？」

アダムが言うと、クレアも同意し、まず重傷者たちだけ高速艇に乗せて港へ運ばせることにした。

「おれのちっぽけな指のために、迷惑かけてすいません」

情けなさそうに言うアルフィーの背を、ピエロのメイクを落としたアダムが甲板へ優しく押しやった。

「お前さんの大事な指が、これからもいっとう必要なんだ。ちゃんとくっつけてもらわなきゃだぜ」

ミラーも、自分だけいち早く搬送されることを渋った。

「おれは、体のどこも千切れてないぞ。ちょっとばかり穴があいただけだ。それより一刻も早く救われなきゃならん男が首だけになってるじゃないか？」

だがスティールが、ブルーを手放さなかった。ブルーの生命維持装置が故障する確率と、高速艇で揺られて海に落とす確率を計算し、前者のほうが小さいと判断したのだ。スティールは安全に移動できるまで待ち、自身の手でブルーをオフィスへ連れ帰ると主張した。

ブルーを見て愕然となったクレアも、その扱いをスティールに任せた。首だけで発見された誘拐被害者を適切に保護できる自信がないからだ。

結局、「頬が裂けているせいで、ふがふがした声になっている」とライムに指摘されたことから、ミラーは彼のダンディズム的観点から看過できない負傷であるとようやく認め、アルフィーとともに大人しく高速艇に乗せられた。

トゥイードルディは、誰もサメに乗らないことがわかると、自分だけバタフライの背にまたがったまま、トゥイードルディムとトレインおよび〈ウィスパー〉とのお喋りに興じている。

各階のデッキでは気絶していた黒衣の男たちが次々に意識を取り戻してゆき、「トイレに行かせろ！」「水も飲ませない気か！」「不当逮捕だ！」「船は私有地に等しい！」などとわめく彼らを、海上警察官がどやしつけた。

オフィスのメンバーと協力者たちが近くにいると逮捕者たちを刺激するとクレアが言うので、みな二階の後部デッキに移った。

スティールがベンチに腰掛け、物言わぬブルーの首を膝に置いて呟いた。

「生きていることをあなた自身が喜んでくれると信じてますよ、ブルー」

アダムがライムを誘って仲間たちと床で車座になり、ポケットに忍ばせておいたカードを切って暇つぶしのゲームをやり始めた。

ストーンとレイ・ヒューズは、夜の海の闇に目を凝らし、再度の奇襲を警戒したが、警察の船の群へ突進してくる者は現れなかった。

バロットはスーツ姿のウフコックに身を包まれたまま、アビーと並んでスティールの隣のベンチに座った。和気藹々とカードに興じる元気などなく、疲労と眠気に身を委ねた。ウフコックもそうしているのが感じられた。アビーがバロットの膝の上におおいかぶさって猫のように眠り、その髪を撫でてやるバロットもまどろんだ。耳の傷がじんじん熱を帯びていたが、やがてそれも忘れて眠り込んだ。

女性とスーツ姿のネズミと少女が、ひとかたまりになって眠る様子に気づいたストーンとレイ・ヒューズが、なんとも微笑ましいものを見たというように、笑みを交わした。

次にバロットが目覚めたとき、耳が船のエンジン音をとらえていた。ウフコックもアビーも寝たままだった。ライムとアダムたちが何周目かのゲームに興じており、ストーンとレイ・ヒューズは見張るのではなく、後方へ去る暗い沖を眺めていた。

バロットは強ばった首を回し、入江のきらきらした輝きを見つめた。沿岸道路の灯りだ。

無事に航行可能となった船が、海上道路の下をくぐり、ベイサイドの一角へ入った。港では、市警察、湾岸警察、海上警察、郡保安官事務所が協力して規制線を敷き、巨大な証拠品である客船と、満載された逮捕者を迎える用意を調えていた。

「ウフコック、アビー。港に着いたわ」

バロットが揺すって起こすと、

「あ……、ベッドに行かなきゃ」

アビーが顔を撫でながら言った。リビングのソファで寝てしまったと勘違いしているらしい。

「もうオフィスに着いたのか？」

ウフコックも、ぼうっとした調子だった。

「あと少しで、ゆっくり休める」

バロットは、半分寝たままのネズミと少女を連れて、仲間たちと船を下りた。

逮捕した黒衣の男たちが、ぎゃあぎゃあわめきながら引きずり下ろされ、五台もの市警の護送バスに片っ端から放り込まれていった。四人のエンハンサーたちは拘束具でぐるぐる巻きにされ、担架で護送バスに運び込まれた。大量の銃器が船から運び出されて地面に並べられ、証拠のタグがつけられていった。

マクスウェルがどこへ消えたか、疑問を口にする者はいなかった。そうするには使い切った気力を取り戻す必要があった。

みな、クレアが手配してくれた警察の車輛で送ってもらえることになった。地下鉄好きのスティールも、ブルーの首を抱えて電車に乗るとは言い出さなかったし、

「今夜は全員、自宅へ直行したほうがいいだろう」

というのがレイ・ヒューズのアドバイスだった。オフィスには、バロットやアダムたちの車、ストーンのバイクも置きっ放しだ。しかし激しい戦闘のあとの昂揚感や疲労のせいで交通事故を起こしては何にもならない、というレイ・ヒューズの言葉に、みな従うこと

にした。

「ルーンが、明日一番にオフィスへ向かう理由になるしな」

ライムが言ったが、いつも以上に冷淡な感じがして、バロットをむっとさせた。防御を捨てて撃ち合ったことを、しつこく咎められている気分だった。

「なぜ棘がある言い方を？」

「棘？」

「はい。おっしゃりたいことがあるなら、どうぞ」

「何の話かわからんが、明日にしてくれ。おれは愉快なピエロたちと一緒に帰る。家が同じ方向なんだ。ストーン、アビー、よく働いたな。報酬はイースターとかけ合っておく」

「お互い、いい仕事ができたな」

ストーンが信頼を込めて拳を突き出した。ライムが拳を当て返し、バロットにも向けた。

バロットは不満を込めてにらみ返したものの、こうした礼儀を大事にするストーンやレイ・ヒューズに見られていることもあり、渋々と拳を当て返した。

「今のは、ミスター・ペンティーノの分もカウントしとく」

ライムが言った。バロットのもう一方の手を握るアビーも、寝惚けまなこで拳を突き出したが、誰の手にも当たらず、ぐにゃりと垂れ下がり、ふわあ、という大あくびがあとに続いた。

「彼女がまた眠りに落ちる前に行こう」

ウフコックが促したが、こちらも負けず劣らず、あくびを嚙み殺したような声だった。

みなでパトカーだらけの駐車スペースへ移動したところで、スティールが言った。

「ルーン。帰還すべきメンバーを僕が連れて行きますよ」

バロットは、未練がましい気持ちではあったが、同意した。

「ウフコック。スティールが連れて行ってくれるって」

バロットが手を開いて呼びかけると、手袋の表面から、ぐにゃりとウフコックが現れた。

「ありがとう、バロット。すぐにオフィスで会おう」

ウフコックが眠たげだが、強い感謝の念をあらわにして言った。

バロットは、ウフコックのちっちゃな頭にキスをしてから、スティールに差し出した。

スティールの手へ移ったウフコックが指出しの革手袋に変身（ターン）した。無意識にスティールの能力（ギフト）の邪魔にならない道具になったのだ。いかにもウフコックらしいと思ってバロットはつい顔をほころばせた。

「後日改めて二人の救助祝いをしましょう」

スティールが言ってパトカーに乗って港を離れた。続いてライムが、ネイルズの面々と一緒に警察のバンへ乗り込んだ。

「大したガンファイトだったぜ、妹弟子さんよ。帰り道に、あれが勝つべくして勝った勝負だったってことを、このミスター・アイスマンに語って聞かせるさ。何しろこの男ときたら銃を持ったこともなさそうだからな」

アダムがバンのドアに手をかけて、そんなことを言った。その背後で、ライムはいい迷惑だというように目をぐるりと回している。

「ありがとうございます」

バロットはようやく気分のよさを味わいながら言った。アダムが道化たウィンクを返し、バンのドアを閉じた。

「早く歯を磨きたい」

アビーがむにゃむにゃと殊勝なことを言った。バロットはアビーの手を引っ張ってバンへ乗せてやった。そこへ、クレアが早足でやってきた。

「ルーン！」

クレアにはまだ現場での指揮に、山のような書類を片付けるという徹夜仕事が残っているはずだった。だが、何ごとかと振り返るバロットへ歩み寄り、熱烈に抱擁することだけは忘れなかった。

「銃狂いのボスを仕留めたんですって？　以前の０９メンバーでさえ、あなたの活躍を聞いたら、きっとたじろいだでしょうね」

バロットはむしろ相手の感激にたじろぎ、やんわりと彼女の手から逃れた。肝心のそのボスに逃げられたことも、あえて言及しなかった。

「クレア刑事も、大変なお仕事ですが、頑張ってください」

「あなたたちの活躍があったからこそよ。やり甲斐があるわ」

クレアは、ストーンとレイ・ヒューズに軽く会釈し、また忙しげに護送バスのほうへ戻っていった。

「これでみな、ルーンへの挨拶を済ませたらしい」

レイ・ヒューズが、ストーンへ言った。ストーンは、お先にどうぞと丁寧に手振りで示した。レイ・ヒューズがうなずき返し、バンに乗った。それからストーンがバロットへうなずきかけた。全員の乗車を確認しようとするところなど、警察よりも警察らしかった。

バロットがアビーの隣に座り、ストーンが乗ってドアを閉めた。運転席と助手席にいる二人組の警官が、無線機で出発を連絡しつつバンを出した。車の壁にもたれて眠るアビーの横で、バロットも目を閉じ、やっと新しい日々が始まったと思った。

元の生活に戻れるとは思わなかった。ウフコックの失踪を知ってからの六百十八日間は、元に戻せるようなものではない。ことにウフコックやブルーにとっては。だが、これからは誰もが報われる日々が訪れるだろう。そう信じたかった。重要なのは、今素直にそう信じられそうだということだった。

新たな日常がどんなものになるか想像もつかないまま、バロットは疲労を訴える身をシートに沈め、心地よい気分で運ばれていった。

19

サウスサイドのアッシャー脳外科病院に入院する大半が、いわゆる植物状態の患者たちだ。

呼吸や血液循環など、肉体の維持に必要な脳幹は機能しているにもかかわらず、怪我や血流が止まるなどして大脳の機能が失われてしまった、遷延性意識障害者たち。

視聴覚による認識の兆候がみられず、意味あるメッセージを発せず、自力で食事ができず、失禁状態である、といった症状が三ヶ月以上続き、改善がみられない場合、そのように診断される。そして、長期にわたる個室の使用や看護費用を賄うための保険や福祉保障ないし補償といったものが、患者の真の生命線となる。

その建物の一角で眠り続けるレザーことウォーレン・レザードレイク、ラフィことラファエル・ネイルズの二人も同様だった。

激しい戦闘で、レザーは左目と脳を弾丸に貫かれ、ラフィは頭蓋骨を砕かれた。

負傷させたオーキッドとシルヴィアは、今なお逮捕の手を逃れている。〈ニューフォォレスト保健福祉センター〉でバロットに撃退されてのちも同様で、捜査すらまともに行われていないという事実は、亡き十七番署の署長と刑事部長メリルによる捜査妨害が、いかに強力なものであったかを物語っている。

レザーもラフィも、そのことを悔しがることもできないまま、ただうっすらと開いた瞼から覗く瞳を虚ろに宙に向け、人工呼吸器のリズムに合わせて胸を上下させ続けるばかりだった。

その夜までは。

最初にレザーが、むくりと起き上がって右目を開いた。左目は壊死（えし）する前に摘出されており、治療を終えてのち義眼も入れないまま放置されている。

その一秒後、隣の部屋で、ラフィが同様に上体を起こし、両目を開いた。

二人とも、まだ思考しておらず、そこにあるはずのない空間と、そこにいるはずがない者たちを見ていた。

市庁舎にある広々とした市長室で、大きなデスクの縁にヴィクトル・メーソン市長が腰を下ろし、腕を組んで、検分するようにレザーとラフィを眺めている。ソファに座るネルソン・フリート市議会議員、壁際に立っているマルコム・アクセルロッドも同様だ。

様子が異なるのは、マルコム・アクセルロッドの足もとにうずくまるマクスウェルである。目を閉じ、うつらうつら眠るかのように体を前後に揺らしながら左手をもたげ、しきりに空気を味わっているが、本人は何のためにそうしているかもわかっていない様子だ。

「よさそうだ」

だしぬけにヴィクトル・メーソンが言うと、ネルソンがうなずいた。

「確かに。肉体は回復している。衰弱した分もすぐに取り戻せるだろう」

「スクリュウとしての素質も十分だな」

マルコムが言って、マクスウェルの背をつま先で軽く蹴った。マクスウェルが、ぎょろりと白目を剝き、金切り声をあげた。

「キキキキャーアーアーア！」

レザーとラフィが、ぱかっと口を開き、掠れた声で応じた。

「オウッ、オウッ、オウッ」

「カカカ、カカカ、カカカ」

メーソンたちが満足そうに顔を見合わせた。

「頼もしいスクリュウを得ることができた。我々を守る盾に不足はないようだ」

メーソンが言うと、ネルソンが断りを入れるような調子で尋ねた。

「ハンターは私たちのことを思い出した。まず私を狙う。何しろ市議会議員の立候補にご執心なのだから。私が今最もスクリュウを必要としているということで、いいかね？」

マルコムが、問題ないというように両手を開いてみせた。

「同じ〈ザ・サム〉として、ネルソンに同意する。ハンターのゆらぎは、おれたちのゆらぎで捕らえる。今いるスクリュウたちの大半で、やつの精神を無にネジ留めしてやろう」

メーソンが、ぱちりと指を鳴らした。マクスウェルが口を閉じた。レザーとラフィもそうした。

「〈ザ・ハンド〉としてスクリュウに告げる。お前たちは目覚めて、おのおのの生活に戻る。目覚めながら眠り、眠りの中で備え、献身のときを待つことになる」

それを最後に、レザーとラフィは、何も認識しなくなった。

彼らが上体を起こしたことは、身体につながれた機器も検知しなかったが、まぎれもない現実だった。やがてレザーが目を閉じ、どさりと音をたててベッドに背を戻した。ついで、ラフィもそうした。

翌日、レザーとラフィの姿勢や、まくれた毛布などが、最後に確認されたものと違うことに見回りの看護師が気づき、医師に報告した。

医師は、レザーとラフィを診察し、眼球の動きや瞳の対光反応、手足の反射など、基本的な項目をひととおり確認すると、二人のカルテ・データに、『ＳＯＡ』と記した。

覚醒の兆候（サイン・オブ・アウェイクニング）と。そして医師が医務秘書に、患者の連絡先にそのことを伝えるよう指示した。

20

　サウスサイドの入江側のベイサイドで、警察が黒衣の集団を護送バスに押し込むことに大わらわになっているとき、沖側のアンヘル・ボート・リゾートの〈ファウンテン〉の敷地では、異形の子どもたちが、ぞろぞろと自分たちのバスに戻っていった。

「ついて、来イ」

　キドニーが、ふうーっと鼻息でハンターを威圧しようとしながら言った。

「ブラックキングから応答があったのだな？」

　ハンターが確信を込めて微笑んだ。キドニーは面白くなさそうに小さくうなずき、自身もきびすを返した。巨大な拳をずしずしと鳴らしながら、芝生の上のステップストーンを進み、駐車場に出てバスに戻った。

　バスの運転席には誰の姿も見られなかったが、そのヘッドライトが明滅した。

「さっさと〈ハウス〉に乗れってよ」

　バジルが、自分は当然そうするという態度で言った。

　ハンターは、三頭の猟犬と仲間たち一人一人へ目を向けていった。犬たち、バジル、ラスティ、シルヴィア、オーキッド、エリクソン、ホスピタル、ケイト、ヘンリーが、ハンターの視線を受けていっそう喜びの顔になった。

「おれのこの五体を守ってくれたみなへの感謝を忘れることはない」

「車内で召し上がれるものを急いでお持ちしますか？」

ヘンリーが、すかさず、ハンターの執事然として尋ねた。

「ありがとう、ヘンリー。だが今は不要だ。どうやら栄養状態も万全らしい。傷を負った者はここでホスピタルとともに回復に努めてくれ。シルフィード、ナイトメア、ジェミニ、バジル、オーキッド、エリクソン、おれと来い」

名指しされた者たちに異論はなく、ゆいいつ抵抗したのはシルヴィアだった。

「ハンター、私も行くわ。体はどうってことないもの」

「願わくばそうしてほしい。だが、〈ファウンテン〉を守る者が必要だ。いざというとき、おれたちの救出に来る者も」

シルヴィアは渋々承知したが、ハンターから頼られていることを疑う様子はなかった。

「なあ、早いところ腕を治してくれよ」

ラスティが無遠慮にホスピタルにせびった。

「モルチャリーに、新しい腕を用意させますから」

ホスピタルが、聞き分けのない子どもを大人しくさせるように返した。

パーッ、と〈天使たち〉のバスがクラクションを鳴らし、ハンターを急かした。

ハンターはバスへうなずきかけ、停められたままの〈ハウス〉へ歩み寄った。ジェミニが遠隔操作でドアを開け、ハンターが乗り込んだ。猟犬たちがさっと駆け入り、オーキッドが続いた。最後にバジルが後部座席に乗ってドアに手をかけながら、仲間たちへ、頼んだぞ、というようにうなずきかけた。やや長くシルヴィアと目線を交わしたのは、ハンター不在に耐えて組織を維持するうえで、常に励ましてくれたことへの感謝からだと、バジル自身がドアを閉めたあとで気づいていた。ハンターとの共感の波が、そうした自身の心を意識させるのだ。当然、シルヴィアにもバジルの感情は伝わっており、閉めたドアの向こうでシルヴィアが微笑んだこともバジルに伝わっていた。

エリクソンが運転席に座り、〈ハウス〉のエンジンを始動させた。ヘッドライトが点灯し、〈ファウンテン〉へ続く小径と、そこに立つ者たちを照らした。すぐに〈ハウス〉が滑らかに動き出してUターンすると、バスのほうも同様にし、二台の大型車が敷地から出ていくのを残る面々が見送った。

バスと〈ハウス〉は広めに車間を取ってボート・リゾート・エリアを去り、重工業地帯を遠くに眺めながら、一本だけの幹道を通ってまっすぐブロンクスへ向かった。夜も更けているとあって道は空いていた。何ごとも起こらないとみて、オーキッドがやや警戒を解いたことが共感の波となって車内に伝わると、ハンターがおもむろに口を開いた。

「バジル。シルヴィアに連絡し、今夜のうちにケイトを魔女の館に帰させろ」

「ああ。仲間に何を喋るかわからねえが……」

「何でも喋ればいい。〈評議会（カウンセル）〉でおれを支持してもらうために必要だ。魔女たちにとって重要なのは、ケイトが自らの意思でおれの看護に努めたかどうかなのだから」

「確かに、それが魔女たちの鉄則だ」

オーキッドが同意した。バジルもうなずき、さっそく携帯電話を取りだした。ハンターはそこでこう言い加えた。

「ホスピタルとラスティの失われた腕だが、二重能力（ダブル・ギフト）を試みたい者には、おのれの生命を危険にさらさない限り存分にやれと伝えておけ」

「おれたちの声が聞こえてたのか？」

バジルが目を丸くした。そうであってほしいという調子だった。オーキッドも息をのんでおり、彼らの驚きを感じ取った猟犬たちが首を伸ばしてハンターを仰いだ。

「ごく限られた会話だけだ。あとでおれが眠っていた間のことを聞きたい」

ハンターはそう言ってモニターのマップへ目を向け、車輛の現在位置を確認した。セントラル・パークのそばを通り過ぎ、何ごとも起こらずミッドタウンへ入るところだった。

「いつも〈円卓〉の連中がいるミラージュじゃない。たぶん、グランタワーだ」

バジルがマップを一瞥して言った。ハンターも同じように考えていることが共感（シンパシー）の波としてみなに伝わり、バジルが携帯電話でシルヴィアへコールして現在位置と行き先を伝えた。

　ふいに車内電話が鳴り、バジルがさっと受話器を取った。

「〈天使たち（エンジェルス）〉か？」

　オーキッドが、車体の前部カメラのモニターで、先行するバスの様子を見つつ訊いた。

「ああ。ゴリラ野郎からだ。グランタワー・レジデンス・ルーム、三二〇一だとよ」

　バジルが受話器を戻して、ハンターを見た。

「キングのお招きだ。慎んで応じよう」

　ハンターの言葉に従い、〈ハウス〉がグランタワーの地上玄関口へ近づくと、〈天使たち（エンジェルス）〉のバスは進路を変え、業者用の裏口ゲート側へ回った。

《ついていくか？》

　車内スピーカーを通して尋ねるエリクソンへ、バジルがスピーカーのスイッチを押して返した。

「いや、普通に表に停めろ。あいつらが正面から入れねえだけだ」

　いつも運転を任されていた〈プラトゥーン〉のアンドレと違って、エリクソンは無駄口を叩かず、スピーカーのスイッチを切った。

　〈ハウス〉がグランタワーの玄関につけられた。降りたのはハンター、バジル、オーキッド、ナイトメア、姿を消したシルフィードだ。

レジデンスの受付に行くと、すでに三二〇一号室の住人から客を招待したという連絡が入っており、すんなり通された。複数であることも犬を連れていることも問題なかった。

この巨大な総合的ビルに住まう人々とその客だけが通ることを許される通路を進み、エレベーターに乗って三十二階にのぼった。ビルのちょうど真ん中に位置する、レジデンスとしては最も低い階層で、通路を出ると吹き抜けから、はるか下階のロビーと噴水を見下ろすことができた。ハンター一行はためらいなく豪奢（ごうしゃ）な空間を歩み、目的の部屋のチャイムをバジルが鳴らした。

ドアが開き、場違いとしか言いようがないほど完全武装した男が現れた。

ノーマに支配された、沈黙の兵士の一人だ。このときも一言たりと口にせず、ドアを足で押さえ、肩にかけたアサルトライフルを体の前で抱え持ち、顔を振って入室を促した。

部屋に入ると通路に二人の兵士が立ち、進みゆくハンター一行を無感情に見送った。

リビングのドアの前にまた一人おり、右手でアサルトライフルのグリップを握ったまま、左手でドアノブを押し下げた。先ほど通路にいた二人がいつの間にかそばに来て、手振りでハンター以外の者たちを止め、別の部屋に入るよう促した。

「少し待っていてくれ」

ハンターが言った。バジル、オーキッド、ナイトメアが逆らわず従った。リビングのドアを守っている男がゆっくりとドアを開いた。

不可視のシルフィードを連れてハンターが中に入ると、背後でドアが閉じられた。

部屋は広く、品があり、金のかかった照明と空調が整えられていたが、何もなかった。

窓を遮るブラインドも家具もないそこに、車椅子に乗ったノーマがいた。出で立ちは以前見たのと似たカメレオン・ドレスで、その身に模様や色彩が浮かび上がっては消えていった。ヴェールはつけておらず、孔雀を連想させる目を窓に向けたまま言った。

「ここでシザースの死体が発見されたわ。撃たれて粉々になっていた。それで毒婦(ヴァンプ)がここにいたことがわかったの」

ハンターは距離を保ちながら、ノーマと同じ窓と向き合った。向こう側はビルの外ではなかった。吹き抜けを見下ろすことができるはめ殺しの内窓だ。

「このビルで落ちて死んだ女は二人いるわ。一人は、私の実の父と結婚しようとした愚(おろ)かな女よ」

「過去のニュースでは、グランタワー落成パーティの最中の不幸な事故だった」

「ええ、そう。不幸な事故」

ノーマが、くすくす笑ってハンターを見上げた。

「もう一人は、毒婦(ヴァンプ)よ。シザースが、私と私の育ての親の上に落としたの。毒を浴びせるために」

「そして、今のあなたが生まれた」

「悪運を力に変えて。お互いに」

まるで合言葉でもささやき合うようにノーマが言った。

「本当の〈ティアード〉になれたのね。私のビーストには会った？」

「〈カトル・カール〉のリーダー、フリント・アローの人格のことであれば、シザースのゆらぎが作り出す楽園で、グッドフェロウと呼ばれていた」

ノーマが嬉しげに笑いながら、もしつまらない返答をするようならいつでも解剖してやる、という無言の威圧感を、冷気のようにその身から漂わせて言った。

「私のゆらぎというやつね。閉じ込められてしまったけど、いずれ出てくるわ。あなたのゆらぎは？」

「クーラーボックスだ。母親が赤ん坊のおれを入れていたらしい」

「あなたを守ってくれるの？」

ハンターはそうだと答えようとして、まさに自分とノーマの間に、クーラーボックスがぽつんと置かれていることに気づいた。

肩掛けベルトがしゅるしゅると蛇のような音をたててうねり、蓋が僅かに開いて声が響きだした。

「ノーマに君のゆらぎのことを詳しく話すのはやめたほうがいいだろうな。彼女が飼うけだものは、一頭だけとは限らないのだし」

過去にその箱の幻影を通して聞いた、市長たちの声ではなかった。夢幻の楽園でともに小径を歩きながら語らったドクター・ホィールこと、クリストファー・ロビンプラント・オクトーバーの声だった。

「わからない。まだまだ、おれはおれ自身を知る必要があるようだ」

ハンターは小さくかぶりを振ってみせた。

気づけばクーラーボックスは消えていた。

ノーマが閉じた唇の奥で、舌を動かしているのがわかった。何かをしゃぶるように。彼女の能力（ギフト）といえる特質を発揮しているのだ。

「何かを味わっているようだ」

「ええ。あなたの言葉を。声を。姿を。かつてはナタリア・ネイルズという毒婦（ヴァンプ）の得意技だったんですって」

「おれはどのような味がする？」

「そのうち教えてあげるわ。その前に、私に伝えるべきことはある？　それとも、私にねだりたいことは？」

「おれをシザースにした連中の情報だ。伝えるべきことでもあり、まさに、ねだりたいことでもある」

「言って」

「ヴィクトル・メーソン市長と、おれが捕らえたスクリュウと呼ばれる男のほか、ネルソン・フリート市議会議員、マルコム・アクセルロッド連邦捜査官がシザースだ。おれが彼らを均一化（イコライズ）することで、シザース狩りの名手たることを証明したい」

ノーマが唇の両端を吊り上げた。嬉しげでいながら、同時に、そこらのギャングなど比較にならないような凄味をたたえて尋ねた。

「どうしたいの？」

「ブラックキングの許しを得たい。捕らえたスクリュウを使って、まずはネルソン・フリートを均一化（イコライズ）する」

「メーソンを倒すため、私たちがずいぶんネルソンに出資してきたことは知ってるわね？あの男は〈ロータリー・チェスクラブ〉が市議会に送り込む切り札なの」

「〈円卓〉の面々にずいぶん言い含められた。だがまさにシザースは、あなた方の切り札を脅威に変えてしまった」

「なら、メンバーを集めるから、みなを説得しなさい」

「ありがとう。素晴らしいチャンスに感謝する」

ノーマがまた頬を奇妙に動かし、唇の隙間からちらりと舌をのぞかせた。頬も唇も舌も、人工的な光沢を放ってきらめいていた。

「あなたの能力（ギフト）を私に行使したい？」

「互いの信頼をいっそう築けるなら」

「オペラ、来なさい」

ノーマが笑って、何かを呼んだ。

するとリビングのドアそばの天井パネルが開き、いきなり何本もの人間の手が現れた。子どもの手もあれば大人の手もあった。多数の手がうねうねと動き、パネルの縁をつかみ、床に手を伸ばして身を支えた。体じゅうに大小様々な腕を生やした異形の子どもだった。だらりと垂れた頭髪の間からオレンジ色の眼球を覗かせ、そいつ自身のものとは思えない、肌の色も異なる多数の手を脚のように動かして近づいてきた。

ハンターの脚をすっと撫でるようにして見えざるシルフィードが動き、攻撃に備えた。

だがそいつは、やや離れたところで止まり、髪の間からノーマを見つめた。

「〈天使たち（エンジェルス）〉の一人かな？　なぜここに？」

「オペラは腕をコレクションするのが好きなの。オペラ、一番新しく手に入れたものを見せてあげなさい」

するとそいつの手の群の大半がたたまれ、一本の、ほっそりとした左手が伸ばされた。

それが誰のものであるか、ハンターはすぐに察した。驚きや嫌悪といった感情は一切あらわにせず、何も読ませない完璧なポーカーフェイスで、淡々と呟いてみせた。

「ホスピタルの腕だな」

「ええ。あの女の能力（ギフト）も使えるわ。誰かさんの針を打たれたとしても、綺麗に取り除けるでしょうね」

「優れた治癒の力をいつでも行使できるとは心強いことだ」

ハンターは毛ほども動じず、自分の能力（ギフト）を無力化できることを誇示されたところで何でもないという態度を示してやった。

ノーマがにっこりした。

「あなたのようなタフガイを求めていたのよ。今以上にタフになれると信じているわ」

「期待に応えるまでだと言っておこう」

「そうしなさい。じゃ、今夜のお話は終わりね」

「謁見に感謝する。では失礼しよう」

「いいえ。私が出ていくわ」

ノーマの車椅子が電動音をたててハンターのそばを通り過ぎ、シルフィードがさっとよけた。不可視の犬の存在をノーマが感知しているかどうか、ハンターにはまだ確信が持てなかった。

「おれはあなたのあとに出ていけばいいと？」

ノーマがオペラの横で車椅子の方向を変え、ハンターに微笑みかけた。

「今日からここが、あなたの住み処よ。キッチンに部屋の鍵と書類があるわ。自由に使いなさい。なんでも、誰でも入れていいわ。人目にふれたくないものを入れるときは、コンシェルジュにバックドアを使いたいと言えば案内してくれる」

「キングからポーンへの新たな報酬というわけか」

「そうよ。私に毒を浴びせた女がいたここで、あなたがシザース殺しの計画を立てるの」

「承知した。ありがたく受け取ろう。重ねてあなたへの謁見を感謝する」

ノーマが唇を吊り上げた。相手の心の奥底を読み取ろうとする怖い目つきで、ハンターが知る誰よりも、邪悪な光を瞳から発していた。

沈黙の兵士がドアを開いた。

「おやすみ、ハンター」

「おやすみ、キング・ノーマ」

ノーマが怖い笑みをたたえたまま車椅子を動かして部屋を出ていった。沈黙の兵士がドアを開けっ放しにしたままノーマのあとに続いた。オペラがひょいと天井の穴に取りついて姿を消し、ぱたりとパネルが閉じた。

ハンターは、緊迫に耐えた証拠に、ため息をこぼすといったこともなく、むしろ面白げに、がらんどうの部屋を眺め回した。二階へ続く階段があり、それをのぼってみると、寝室があり、奥にトイレとバスルームがあった。寝室には、模様のない白いキングサイズのベッドがいつでも寝られる状態で整えられている。

寝室を出て階段を降りると、バジル、オーキッド、ナイトメアがリビングに入ってきていた。

「あいつらは全員出ていった」

バジルが言った。ナイトメアが天井のパネルへ鼻面を向けた。シルフィードが姿を現して同様にしながら告げた。

《〈天使たち（エンジェルス）〉の匂いも消えた》

「ここにいたのか」

顔をしかめて両手をホルスターに当てるオーキッドを、ハンターが手振りで止めた。

「今はキングとともに去っただろう。他に眠れる場所はあったか？」

「あ……ああ。寝室が二つもあった」

「ここに泊まるのか？」

バジルが落ち着かない様子で空っぽの部屋を見やった。

「キングがおれに与えた住居だ。かつてシザースが住んでいたらしい」

バジルもオーキッドも良い顔はしなかった。ハンターが二人の反応を面白がりつつ同じ気分でいることが共感（シンパシー）の波にあらわれていた。

「ここは〈鳥籠（ケイジ）〉と名付けよう。いつかはばたくべきときを忘れないように」

「〈独房（セル）〉じゃないだけマシだな」

バジルが不快そうに言った。

オーキッドがうなずき、そばの壁に手を当て、能力（ギフト）で異常がないか聞き取った。

「監視装置が山ほどあるとみたほうがいい。ジェミニに一掃させよう。〈天使たち（エンジェルス）〉の出入り口があるようだが、塞いでしまっていいのか？」

「キングは自由にしろと言った。バジル、エリクソンとジェミニをここへ呼べ。コンシェルジュにバックドアを使うと言えば通れる」

「わかった」

バジルが携帯電話で指示を出す間、ハンターは内窓へ歩み寄って眼下を眺めた。七色に光る噴水のパイプが奇妙な模様を描いているのが見えた。その周囲を行き交う人々を頭上から見下ろすうち、そのおもてに笑みが浮かんだ。

「ハンター？　何か面白いものでも？」

オーキッドが、ハンターの横顔とはるか下のロビーを不思議そうに見比べた。

「こうして天国への階段（マルドゥック）をのぼったことで、またしても学ぶときが来たようだ。かのキング・ベイツから学んだように。この輝ける塔の流儀を学ばねばならない」

バジルが、携帯電話をしまってハンターに近づき、内窓から下を覗き込んだ。

「〝大物になるほど（ザ・ビガー・ザイ・アー）、激しく落ちる（ザ・ハーダー・ザイ・フォール）〟って言葉の意味は学べそうだな」

「そうならないための命綱を、全員で握らねばならない。とりわけバジルについては、真っ先に手続きをさせたいところだ」

バジルが、厭な予感を覚えたようにぎくっとなった。

オーキッドが怪訝そうに訊いた。

「手続き？　どこかに送り込む気か？」

ハンターが笑みを浮かべ、後ずさるバジルの腕を逃さずつかんだ。

「かねてから、おれが考えていた場所に足を踏み込め、バジル。我々がこれからさらに拡張する組織の優れた顧問となるために。明日、フラワーに言って、書類を調えろ。お前ならできるとおれは確信している」

21

オフィスで最初に祝いの言葉が交わされたのは、ウフコックの救助に成功した翌日のことだ。といっても、その日はオフィスの地下駐車場に置きっ放しにした乗物を取りに来た者たちが、めいめい都合のいいときに訪れ、イースターの執務室でウフコックと対面するということが繰り返された。

バロットも、アビーとベル・ウィングとともにバスに乗ってそうした。

「まだ帰り道を辿っているという感じだ。このオフィスにいるという実感を、繰り返しゆっくり味わっているよ。帰ることができた喜びを」

ウフコックはイースターのデスクにちょこんと座り、ソファにいる面々と談笑してみせた。実に驚くべきことだった。人間であれば精神に異常をきたしているに違いない環境に六百日以上も閉じ込められていたというのに。感情がコントロールできないとか、自分がどこにいるかわからず半狂乱になるといったこともなさそうだった。

ウフコックの金色の毛並みはまだくすんではいるものの、その赤いつぶらな目には光がやどっていた。声には力があった。人前に出ることに抵抗を覚える様子はなかった。そういったことにバロットはいたく安心させられた。ウフコックと一緒に定期検診を行い、異常はみられないというイースターとエイプリルの診断が、その安心を保証してくれた。

ただ、ブルーについてはそうはいかなかった。首だけとなった彼は新しい生命維持装置に接続されて、エイプリルの仕事場である検診室に置かれた。その装置は〈楽園〉製のフェイスマンの首を収納する鳥籠と異なり、空っぽの透明な金魚鉢を連想させた。

水草や小石の代わりに色とりどりのチューブが曲線を描く金魚鉢の中で、ブルーはまどろむように虚ろな顔をさらしており、バロットには船倉で発見されたときと何も変化がないように思われた。これから変化が起こるかどうかも不明だった。

「なくなったほうの体は、私がほとんど同じものを用意してみせるわ」

エイプリルは楽観的に断言した。埋葬されてほぼ白骨化した遺骸を掘り返してオリジナル・サンプルとして分析し、３Ｄプリンターで本物そっくりのダミーボディを製造するのだ。

ダミーボディが元の肉体のように機能したという例はないのだが、初の成果を目指すエイプリルの情熱を妨げようとする者はいなかった。

問題は、ブルーが意識を取り戻すかどうかだった。〈クインテット〉には治癒に特化したエンハンサーがいるにもかかわらず、ブルーを回復させられなかったのだ。

「ブルーの脳治療に関しては、アッシャー脳外科病院が協力してくれる。あちらにとっても、まあ……、めったにない珍しい患者だから興味津々でね」

イースターが、感情をすっかりどこかにしまい込んだ調子で告げたが、その数時間後には、まさにその病院から、別の患者についての連絡が入ることになった。

「レザーとラファエル・ネイルズの二人に、覚醒の兆候が現れた」

イースターは、ただちにこの喜ばしいニュースが、みなに行き渡るようにした。

ウフコックとブルーの救助が実現した直後に、レザーとラフィの二人ともが回復の兆しをみせたことを、不審に思う者はいなかった。

こうして、ウフコックの救助作戦から四日後、オフィスのロビーで人々が一堂に会した。祝いの場がもうけられ、そのときには全ての事後処理が完結していた。ウフコックの拘禁はあらゆる面で解除された。〈ニューフォレスト保健福祉センター〉の敷地内で行われた一切に問題は生じず、以後あの建物に出入りする者は警察の監視対象となった。

空飛ぶサメに乗って都市上空を移動した件でも咎めはなかった。黒衣の一団の逮捕劇に参加した人々の行為は正当だったと法務局から追認されたのだ。

気兼ねなくロビーに人々があつまり、とびきりのケータリングと高価なシャンパンやノンアルコール飲料が振る舞われたのだが、食事を楽しんだのはオフィスの上空で合法的に回遊するサメの群も同様だった。港から大量の魚がオフィスの屋上に直送され、サメたちに供されたのだ。

オフィスと警察の当面の課題は、逮捕された四人のエンハンサーを安全に〈楽園〉へ送り込むことだったが、その仕事を最も楽しみにしているのはトゥイードルディだった。

《バタフライたちのメンテナンスもできるしね》

トゥイードルディは、シャンパンという生まれて初めて味わう飲み物に指をつっこんで舐めながら、あっけらかんと告げた。いつの間にか、トレインとお揃いの端末を首にかけ、それを通して声を発するようになっていた。

「サメの群に護送されるエンハンサーの逮捕者なんて、とことん前代未聞ね。ニュースのレポーター・チームも、どっさり引き連れていくことになりそう」

クレアがげんなりしたが、トゥイードルディたちの知ったことではなかった。

《トレインも来たらいいぜ。一緒に本物のプールで泳げるしな》

遠く離れた場所にいるトゥイードルディの端末を通してそんなことを言った。

《いいね。プロフェッサーたちに、地下鉄のルームメイトを紹介したいな》

《ワオ！　行っちゃおうかな！》

トレインがいつものレインコート姿で小躍りした。これで、トゥイードルディがふだんどこで生活しているかわかり、バロットやアビーを面食らわせた。

「二人して、地下鉄のトンネルで寝てんの？」

目を丸くするアビーに、トゥイードルディとトレインがにこにこして腕を組み合わせたりしてみせた。

《トレインが図書館にしてる車輛を貸してくれたんだ。楽しいよ》

「トイレとかシャワーとかあんの？」

《ばっちり、快適、超レトロ趣味。いつでも泊まりに来ていいよ》

トレインが妙な節回しを披露しながら自慢げに言った。アビーは曖昧にうなずいたが、バロットが見たところ、その顔には「絶対に嫌だ」と書いてあった。

その日はそんな調子で、今後の課題がほのめかされつつも、みなもっぱらこれまでの努力と、これから全てがよくなるに違いないという思いを分かち合った。

包帯と防創シートだらけのミラーは、そろそろレザーが病院で退屈しないよう、とっときの少女コミックを持って行ってやらなきゃならんと言って、エイプリルを笑わせた。レイ・ヒューズは、このところめっきり体調がよく、普段は飲まないシャンパンを楽しむベル・ウィングと、デートの約束を取りつけることに余念がなかった。

ストーンは、いつもながらアルコール類を一切口にしない律儀なバイカーとして振る舞ったが、場を堅苦しくさせることなく、〈ネイラーズ〉の面々との会話を楽しんでいるようだった。特に、指を無事につなげてもらったアルフィーは、しきりとストーンにバウンティ・ハンターの心得を尋ねては、その答えに感銘を受けている様子だ。

ライムとアダムは、いつの間に意気投合したのか、カジノの裏話で盛り上がっていた。もしまだライムから彼の性的傾向について聞かされていなければ、やはり男性が好きなのかとバロットを勘ぐらせていただろう。

バロットに対するライムの態度も、気づけばすっかり氷解していた。ほろ酔いのライムは意外にも、アダムに負けず劣らず道化た振る舞いで人々を楽しませた。

「ああ、確かに、おれは銃に関しちゃからっきしだ。せいぜい、ルーンの的にされるくらいしか能がない。彼女なら、おれがサメに乗って逃げても撃ち落とすだろうよ」

これには、バロットもつい笑みを誘われてしまった。

「正当な理由がない限り撃ちません」

「じゃあ、そこの栓を抜いてないシャンパンを、こっそり持って帰ってもいいか？」

バロットは、自分でも驚いたことに、左手を銃の形にしてライムに突きつけ、一発撃ち込んでみせていた。

ライムが派手に撃たれた真似をしてベンチに横たわり、アダムと一緒にげらげら笑って乾杯した。これを見たトゥイードルディとトレインとアビーが面白がって撃ち合いごっこを始めた。ベル・ウィングとレイ・ヒューズが、バロットの振る舞いを見て温かな笑みを交わした。

バロットは、おふざけに巻き込まれたのではなく、自分から参加したことで、胸がときめくような気分を味わっていた。その匂いを察したウフコックが、テーブルの上で両手の親指を上げてみせるので、思わずバロットは噴き出してしまった。

「君がシャンパンを飲むところを見るのは、ちょっと不思議な気分だな」

ロビーに置かれたテーブルの上でピスタチオを抱えたウフコックにそう言われ、バロットはくすっと笑って「同感」と返した。

「声が出るのも、そう」

「まだまだ、多くのものを手に入れそうだ。自分の車以外にも」

「あれはグランマにプレゼントされたの。自分で手に入れてない」

「プレゼントに値する自分を手に入れたということさ」

あなたも自分に値する何かを、もっとたくさん得るべきだと言いたかったが、言葉が出てこなかった。これが六年前なら、どうせ得られないのだから考えるだけ無駄だと思ったことだろう。だが今は違った。得るべき何かを、自分で決めることができた。

カレッジに入る前とも、様子が違っていた。これまでウフコックの救助という切実な目的があって、しゃかりきに学び、考え、行動してきた。だがこれから抱くだろうどの目的も、漠然として、切迫したものではなくなっていた。

自分がオフィスの協力者として堂々と振る舞えるようになりたいが、そのためには少なくともさらに数年は必要だった。今はまだ何の資格も持たない学生に過ぎなかった。これまで以上に、必死に学ぼうという気持ちはあるが、何のためかはまだわからなかった。

そのことをバロットは素直に話した。ウフコックは笑って言った。

「おれも、有用性を証明できると信じてこの都市に来た頃の自分を思い出す。自分がいる世界に、今までと違う、特別な朝陽がのぼったような気分だ。おれの目を覚まさせてくれる本当の朝陽が。これを味わえるなら、どんなことにも耐えられるという気がする」

実際に暗黒の日々をくぐり抜けて来た者の自信がうかがえるその言い方を、バロットは気に入った。

「目が覚めるような気分に、乾杯」

バロットは、ウフコックに向かってグラスを傾けてみせた。これまた今までの自分ならしなかっただろうことだ。ウフコックは、ちっちゃな拳を突き出し、乾杯に応じてくれた。生まれて初めての心地よい酔い加減にすっかり機嫌をよくしながら、頭の隅では、目覚めるという言葉が奇妙にリフレインしていた。

まるでハンターみたいなセリフだ。

ちらりと思ったが、バロットはすぐに自分がそんなふうに思ったことも忘れて祝いの場を楽しんだ。

22

「あの男が目覚めた」

ウフコックは言った。

がらんとしたオフィスのロビーに、その声が意外なほど響いた。パーティのあととあって、そこらじゅうに食器やグラスが残され、雑然としていた。翌朝、ケータリング会社が片づけもしてくれることになっているので、イースターはグラスの山には手を出さず、ベンチに座ってテーブルの上のウフコックと向き合っていた。二人とも和気藹々(あいあい)とした様子はなく、真剣な顔つきだった。

「それは……直感ってわけじゃないのか？」

「おれはあの男に針を打たれた。共感（シンパシー）をもたらす能力（ギフト）を行使されたんだ。直感じゃない」

「ハンターがお前に語りかけてる？」

「具体的なメッセージは認識していない。存在と強い意思を漠然と感じるだけだ」

「何かしたくないことをさせられてるんじゃないんだな？　ハンターはここに警察官を連れてきて自殺させたんだ。デューク・レイノルズを。そうされる感じはあるか？」

「いや。そんな感じはしない」

「だいたい、六百日もお前を閉じ込めて使いこなそうとして、何もできなかったんだ。今さら問題になるか？」

「いいや。もしかすると、あっちにとっての問題にできるかもしれない」

「というと？」

「おれがあの男を読む手段として逆用するんだ」

イースターはため息をついて言った。

「除去できないと思って悲観してないだろうな。お前が得た情報でも、ホスピタルというエンハンサーなら除去できるとわかってる。〈楽園〉も能力殺し（ギフト・キラー）の研究を始めたし、今回護送する四人のエンハンサーを使って、急ピッチで開発するだろう。ハンターの針は無効化できる」

「悲観してはいない。チャンスだと思ってるんだ」

「だんだん、潜入捜査を主張し始めた頃のお前を思い出してきたぞ」

「潜入捜査の成果として、試す価値はある。そうだろう、ドクター？」

力を込めて問いかけるウフコックに、イースターはまた深々とため息をついてみせたが、反論はしなかった。

「わかった。お前をモニターしよう。いつでも除去できる態勢を整えないとな」

「ありがとう、ドクター」

「礼なんてよしてくれ。危険な目に遭うのはお前なんだ。本当にいいんだな？」

ウフコックは、きっぱり答えた。

「これが、おれの反撃だ。匂いを嗅ぎ取るように、この共感(シンパシー)を通して、あ、、の、男、の、思、考、を、嗅ぎ取ってやる。あの男は、潜入したおれを見つけ出して追い詰めた。だが結果的に、決しておれという存在を振り払えなくなったんだ」

23

オフィスでの祝いのひとときはバロットの記憶に強く残ったが、すぐに新たな日常と向かい合わねばならなくなった。それも、全力で。

二十歳となった年の秋、バロットがまずイメージしていたのは、オフィスに行けばウフコックが日に日に元気を取り戻す様子が見られるはずだということだった。それはつまり、これまで尽力してきた電子捜査や、個人的な調査、そしてハンターについての際限のない推測から解放される分だけ、自由な時間が増えることを意味した。

すでにスケジュールに組み込まれていたのは、大学の講義の予習と復習、レポートの作成、アビーのハイスクールの送り迎え、ベル・ウィングの療養のサポートに、日々の家事。定期検診のためオフィスに行くほか、レイ・ヒューズのレッスンも継続するつもりだった。

これらに付け加えるものがあるとすれば、多くのクラスメイト同様、学費の足しにするためアルバイトに精を出すことだ。できれば、どこかの法律事務所のアソシエートとして働きたいが、二年生になったばかりの法学生などまず雇ってもらえない。トライはするが、それとは違う仕事をすることになると考えるのが当然なのだ。となれば、その次のトライは、趣味を兼ねたアルバイト先を見つけ出すことになるが、ハイスクール時代に楽しんだ化石の発掘調査では大した稼ぎにならないこともわかっていた。昔の事件で自分が得た補償金や事件解決金は、今後の学費と生活費で消えるため、手を出すわけにはいかなかった。

そんなわけで、しばらくは市内の求人情報が新たな電子捜査の対象になるはずだったが、その目算がひっくり返ったのは、なんと大学が冬期休暇に入るずっと前のことだった。たいていの学生が、ネットの求人サイトで興味を惹くものを選り分け始めたばかりで、ヴァケーションの予定はまだ白紙に等しいという時期を狙ったのだろう。ずっとあとになって、バロットはそう気づかされたものだ。

ともあれその日、大学で三十人余の学生による模擬裁判のセッションが終わると、コーチをしていたクローバー教授がバロットに近づき、こう言ったのだった。

「ちょっといいかね、ミズ・フェニックス？」

「はい、クローバー教授。何でしょう」

「明日の十六時に、ミッドタウンのルーズベルト・ホテルで〈イースターズ・オフィス〉主催の会議が開かれることになっている。例の『委任事件調査研究会』がね。それに、私も参加する」

「はい」

バロットは、この教授がイースターとケネス・C・Oとともに〈円卓〉の交渉に赴いて以来、オフィスと協力関係にあることを、ぼんやりとだが知っていた。

「もし予定が空いているなら君も出席してほしい。講義のあと時間はあるかね？」

クローバー教授の問いに、バロットは目を丸くした。まったくだしぬけだったからだ。どういうことか説明を待っていると、クローバー教授が首を傾げた。

「先約があるのかな？」

「え？　いえ、ありません。ぜひ出席させてください」

慌てて答えながら、いったいこれはどういうことだろうと考えた。

会議の内容はうっすら想像できたが、参加させてもらえるとは思ってもいなかったのだ。ウフコック救出後にたびたび開かれたという会議に、バロットが招かれたことは一度もない。イースターやクレアがそうする素振りを見せたこともなかった。

ウフコックとビル・シールズ博士を保護証人とすることに成功してのち、バロットがやるべきことといえば、銃狂いの集団についての供述に応じるくらいだった。それとて〈イースターズ・オフィス〉には通信記録がどっさりあるので、記録の提出に同意したことを示す書類にサインするだけで済んでしまった。

「何か新しい証拠が出て、私の証言が必要なのですか？」

それ以外に考えられなかったが、クローバー教授は答えを明らかにしなかった。

「来ればわかる。まずは会議の内容を知ってからだな。では明日」

そう言うとクローバー教授はさっさと背を向けて教室から去ってしまった。

バロットも教室を出てカフェに行くと、携帯電話でオフィスに連絡を入れた。

エイプリルが応答し、イースターから折り返させると言ってくれた。飲み物と軽食を買って食事をしながら待っていると、携帯電話にイースターからコールがあった。

《やあ、バロット。今、教授から君を呼んだと連絡があったところでね。彼からの電話に

出てたんだ》
　イースターにそう言われて、また目を丸くしてしまった。
「ドクターも聞いてなかったの？」
《全然。理由は明日わかるってさ》
「私なんかが出ていいの？」
《もちろん君の出席自体は問題ないけど……てっきり君も承知のことかと思ったよ》
「ウフコックの保護のこと？　それともオクトーバー社？」
《さあねえ。想像もつかないな。明日、教授に訊くしかなさそうだ》
「わかった。ウフコックはどうしてる？」
《地下で〈ストーム団〉と明日の会議の資料作りをしてるよ》
「ウフコックも会議に出るの？」
《何かの道具に変身(ターン)してね。君ならすぐ気づくだろうけど黙っててくれよ》
　姿を隠しながら、会議の参加者の匂いを嗅ぎ取るためだ。つまりそうすべき相手が会議に出席するということだった。
「隅っこで座って黙ってる。電話してくれてありがとう、ドクター」
《お安い御用さ。じゃ、明日》
　バロットは通話を切り、これでいよいよわけがわからなくなったと思った。

　次の講義が始まるまで考えたが、これだと確信できる答えは見つからなかった。講義を終えてアビーを迎えに行ったときも、二人で帰宅してからも、ずっとクローバー教授の真意が気になりっぱなしだった。

　あれこれ予想することをやめられないバロットに、

「その人さあ、ルーン姉さんに、誰かをやっつけてほしいんだよ、きっと」

　アビーが、それ以外にないという感じで主張し、ベルが真面目くさってこんなふうに注釈した。

「なんであっても、便利に使われちゃいけないよ。あたしに言わせれば、法律家ってのは、どうしたって人間をチップに見立てる商売なんだ。あんたの換金額は桁が違うんだってところを見せてやんなきゃね」

　バロットは、二人の言い分にそれぞれ予言めいたものを感じたが、結局、それがなんであるかはわからなかった。

「そんなに気になるなら、ライムに訊いてみれば？」

　寝る前に並んで歯を磨いていると、唐突にアビーが提案し、バロットは歯ブラシをくわえたまま首を傾げた。

「なんでライムなの？」

「あいつ、誰とでも仲良くなって、話を聞いてくるの上手いじゃん」

自分に対してはそうでもないが、と思いながらバロットはその提案を検討した。実際カンファレンスの面々と親しく、とりわけフォックスとは親子で、いつの間にかオフィスの戦略部門担当といった位置づけになっている。だがそれならイースターもライムから話を聞いていそうなものだ。

バロットは自分の部屋のベッドに座って考え、やがて携帯電話を手に取った。

《ルーンか？　どうした？》

「こんばんは、ライム。尋ねたいことがあって――」

《なんでカンファレンスに呼ばれたか知りたいなら、おれに訊いても答えは持ち合わせてないな》

ライムの勘のよさには驚かされるし、話が早いのは助かるが、バロットは正直がっかりした。

「ドクターから話を？」

《ああ。なんでみんな、おれなら知ってると思うんだ？　君の大学の教授だろう。おれと接点なんてないぞ》

「わかりました。お邪魔してすみません」

《気にするな。ビールを飲みながらフットボールの中継を見てただけだ。がっかりさせちまったようだから、一緒に推理してやってもいい》

「結構です」

バロットはそう返したものの、気づけば小一時間もライムと話し込んでいた。それだけ明日のことが気になっていたからだし、確かにライムは、意見が対立しない限り、ごく自然と話を続けるのが上手かった。聞き取りが成功を左右する法律家を志望する者としては大いに参考になるというものだ。決して、ライムと電話で話すのが単純に楽しいわけではないのだと妙に言い訳めいたことを思い、

「そろそろ寝るから明日の答え合わせを楽しみにしよう」

と言われて、おやすみを告げて通話をオフにしたときには、実際考えるだけ考えたという満足感を覚えていた。だがそのことでライムに感謝の念を抱く気はなかった。ただ彼は単に付き合いがいい性格なのであって、自分が電話をかけたから特別に話し込んでくれたわけではないのだからと、これまた妙な言い訳を自分にしていた。

翌朝、いつも通りアビーをハイスクールへ送り、自分は大学に行ってその日のクラスをこなすと、すぐさま〈ミスター・スノウ〉に乗り込んでノースアヴェニューへ向かった。ルーズベルト・ホテルの駐車場に車を停めてロビーに到着したとき、十五時五十分だった。『委任事件調査研究会』の表示があるカンファレンス・ルームに入ると、すでにメンバーが勢揃いしていた。四角形に配置したテーブルについてコーヒーをすすりながら談笑していた彼らが、バロットの入室で一斉に振り返った。

入ってすぐのテーブルには、レイ・ヒューズとアダム・ネイルズがおり、向かいの奥のテーブルでは、イースター、ライム、クローバー教授が並んで座っていて、誰もがバロットに向かって軽く手を上げ、無言で挨拶してくれた。

右のテーブルには、ローダン・フォックスヘイル市警察委員長とマルコム・アクセルロッド連邦捜査官が、左のテーブルには、クレア刑事とケネス・C・Oと、そして意外なことに、ヴィクター・ネヴィル検事補がいた。

ネヴィルは〈クインテット〉との初期の戦いで劣勢になるや、すぐさま逃げたとバロットは聞いていたが、まったく何食わぬ顔で列席していた。月のごとく変わり身が早いことからつけられた〈厚顔無恥(ムーンフェイス)ネヴィル〉のあだ名は、だてではないというわけだ。

うまみと保身に関するネヴィルの嗅覚は抜群で、結果的に検察局では難しい事件を好む変わり者とみなされている、というのがイースターの言だった。かつてネヴィルがバロットの事件を担当したときなど、彼以外の検事補はみな尻込みしていたらしい。

ともあれ、そういう風見鶏としてうってつけの人物が改めて参加しているということは、オフィスの勢力(パワー)がいよいよ盛り返したことのあらわれといえた。

バロットは、自分がどこに座ればいいのかもわからないまま言った。

「クローバー教授から出席を勧められました。ルーン・フェニックスです」

全員がうなずいた。場違いだから帰れとは誰も言わなかったが、なぜ彼女がここにいるんだろうという疑問をこめて、ちらちらクローバー教授を見る者が大半だった。

「ありがとう、ミズ・フェニックス。さ、どこか空いている席につきたまえ」

クローバー教授が言った。

「こっちの席が空いてるぜ、妹弟子さんよ」

アダムが、自分の隣の席を叩いてみせてくれた。クレアと直角に座る位置で、バロットは確かにそこが適切な場所に思えた。

「ありがとうございます」

席につくと、イースターからクレアへ、そしてバロットへと予備のタブレットが回された。オフィスの〈ウィスパー〉がセキュリティを司るそれが、バロットの顔を認証して自動的に画面をオンにしてくれた。そこに現れたのは、逮捕された銃狂いの男たちと、押収された武器や船の一覧だ。

と同時に、そのタブレットこそ変身(ターン)したウフコックであることが感覚された。思わずイースターを見ると、目をぱっちりとされた。もうわかったのか、というのだ。

バロットはイースターに向かって、さりげなく唇をくわえこんでみせた。黙っている、ということだ。そうしながらタブレットに干渉して直接声を伝えた。

《ハイ、ウフコック》

《やあ、バロット。ご機嫌ようと言いたいけれど、ずいぶんナーバスな匂いがするな》

《だって理由もわからず、ここにいるんだもの》

《クローバー教授は、君がここにいて当然と思っている。きっとすぐに理由を話してくれるだろう》

だがクローバー教授はそうしなかった。イースターが会議の開始を告げ、もっぱらフォックスが進行を司り、余計なことを言い出すマルコムをみなで宥めすかして黙らせるというふうに進められた。

最初の話題はタブレットが示す逮捕者の群で、フォックスが「素晴らしい成果」を誉め称え、マルコムもその点については異論がないようだった。

実際、ハンター一派のグループが丸ごと一つ攻略されたといってよかった。多数の逮捕者と膨大な押収品は、警察の手柄を示す格好のメディア用素材となった。

最初に戦闘の場となった〈ニューフォレスト保健福祉センター〉は法務局からマークされ、出入りする人間のリストと監視カメラのデータの提出が義務づけられることとなった。麻薬売買の拠点にすることも、生き物に毒ガスを浴びせることも、難しくなるだろう。ハンターが手にした砦の一つを陥落させたといったところだ。

だが肝心のハンターその人につながる証拠は何もなかった。銃狂いの男たちは司法取引を全面的に拒んでいるうえ、ハンター自身はどの現場でも不在だった。

フォックスが言った。

「一時期、完全に姿を消していたのは昏睡状態にあったからだと推測されている。ハンターが今どのような状態であれ、ビル・シールズ博士という重大な証人が、我々にはっきりとした最終目標を示してくれた。ノーマ・ブレイク・オクトーバーだ」

マルコムが身を乗り出し、同意するというより、自分がその目標を勝ち得たというように続けた。

「その通り。違法エンハンサー集団や〈円卓〉とやらも、いかれた億万長者の女が莫大なカネをつぎ込んで建てた、ありとあらゆる犯罪逃れと既得権益のための城砦だったというわけだ。病気で死に損なった女が、シザースなどというよくわからん妄想に駆られて築いた、はりぼての城だ。いざその城門を叩き壊し、突撃あるのみだぞ、諸君」

「あー、連邦捜査官。あなたの勇ましさは大変素晴らしく、私もまったく同感だ」

ネヴィル検事補がそう言いつつ、こめかみを揉みながらマルコムを覗き込むようにして見つめた。

「私も君の勇敢さに期待している、ネヴィル検事補。あと、私のことはマルコムと呼んでくれ。そして私の要請に対しては、それがなんであれ、必ずこのように返してほしい。イエス、マルコムと。勇ましげにな」

ネヴィルは笑顔でうなずいたが、そんな馬鹿な言葉を口にするものかという気分がその身から漂い出すようだった。

《さっそくネヴィル検事補が迷い始めた》

ウフコックがバロットにだけ告げた。どうやらネヴィルはマルコムと初めて会うらしく、このような人物がいるチームに参加すべきか、持ち前の嗅覚で推し量っているのだ。

《また逃げそう？》

《彼はいつだって逃げる準備を怠らない。その点では非常に優れた人物だ。いざというときには彼がみなに逃げ出すタイミングを示してくれる》

《今逃げたら困るんじゃない？》

《その場合、それだけマルコム連邦捜査官を恐れるべきだということになる。ただし今回は彼をつなぎとめるリードとなる代役がいる》

《リード？》

意味はすぐにわかった。ネヴィル検事補が、こうマルコムへ告げたからだ。

「こちらのケネス・C・O検察局捜査官こそ、勇猛果敢かつ狡知に長けた人物ですよ。何しろその〈円卓〉に反旗を翻した、ゆいいつのオクトーバーなのですから」

この発言に、バロットだけが驚かされていた。クレアとネヴィルの間に座るケネスが、ちらりとバロットを見て微笑んだ。

自ら証言を封じる契約を〈円卓〉と交わす裏で、検察局の一員として働く準備をしていたというのだ。当然、クローバー教授と相談し、あらゆる法的側面を考慮したうえで、そうしたに違いない。

マルコムがにやりとなって、ケネスを無遠慮に指さした。

「いいぞ、いいぞ。オクトーバーは身内にチクられることを恐れねばならんわけだな。いや、ぜひとも身内が君にチクりに来るよう仕向けねばならん」

かと思うと、ケネスが何か答える前にマルコムが席を立ち、出口へ向かいながらみなへ言った。

「では、私はこれで失礼する。さらなる攻勢を期待しているぞ。勇敢にな」

そしてドアの前で立ち止まり、決まり文句を促した。

「イエス、マルコム」

バロットとウフコックとネヴィルを除く人々が、別れの言葉でも告げるかのように斉唱した。マルコムが、ネヴィルに向かって、次からは合わせるように、という感じで指を突き出し、そしてカンファレンスから去っていった。

「あの男がどこへ行くにしろ、何もしないでいてくれることを願いたい」

フォックスが言うと、みなが同感を示して苦々しく小さな笑いをこぼしながら、これでやっと会議が始まるという感じで姿勢を正した。

「マルコムが言う城門について話す前に、ビル・シールズ博士と〈楽園〉の現況について報告したいが、いいかな？」

イースターが尋ねたところ、誰も反対しなかった。

「ではまず、ビル・シールズ博士は現在も引き続き〈楽園〉で保護されている。刑事でも民事でも必要不可欠な証人として協力してくれるだけでなく、〈楽園〉の設備と連邦の予算を使って、僕たちに最大級の武器を用意してくれている。オクトーバー社が製造販売するトリプルX起源の薬物の解明だ」

「そして、能力殺し（ギフト・キラー）の研究も」

ライムが素早く付け加えた。イースターは、その点についてちゃんと話すから安心してくれというようにライムの腕を軽く叩いてから続けた。

「そう。能力殺し（ギフト・キラー）の研究にも、ビル・シールズ博士は協力しているし、それは今の〈楽園〉の主要テーマでもある。また、〈アサイラム・エデン〉と名付けられた〈楽園〉内の収容施設に、このたび逮捕された四人のエンハンサーを送り込むことも決まった」

ネヴィル検事補が浮き浮きと手を叩く真似をした。マルコムが消えた途端、急に上機嫌になったようだ。

「なんとなんと。確かに勇猛果敢に攻めたくなるというものだ」

フォックスも心地よさそうに笑みを浮かべた。

「連邦の予算がついたことで我々はより大規模な戦いが可能となった。亡きオックスの言葉を借りるなら、第二の攻城（シージ）作戦の準備が整ったということだ。突入すべき城門は二つ。

刑事と民事の両面作戦になる。城門Aは〈円卓〉およびオクトーバーの犯罪の立証となり、城門Bは集団訴訟となる」

そこでフォックスが、イースターの横にいるクローバー教授へ改めて顔を向けた。

「そうですな？　アルバート・クローバー教授？」

クローバー教授が笑みを返しながらうなずいた。

「ええ、市警察委員長。なんとも異例なことではありますがね。というのも、刑事と民事の事件がただ交わるだけでなく、このように協調関係にあることを隠さず進行するというのですから。検事と警察が、弁護士と目的を一つにするなど長いこと想像もしませんでした。今こうしている間も、利害共有者として職務倫理規定を常に気にしなければならないのですからね」

フォックスが真剣な面持ちになった。

「そうです、教授。この会合が職務倫理規定に反していると糾弾されることだけは、絶対に避けねばならない」

「ええ、絶対に。また本来であればこの集団訴訟を、私はこう評したでしょう。これは、月に百万ドルの資金を必要とする、マネー・ブラックホール事件であり、決して近づいてはならないと。下手をすれば月にではなく週に百万ドルになりかねないのだと。しかしなんと、連邦の予算が結果的にこの訴訟を助けることにも費やされるのですから、この機を逃すわけには参りません。集団訴訟を確実に成立させ、推進し、勝利に漕ぎ着けるため、もう一人、頼もしい人間を呼びたいと思っています」

最後の言葉で、みながバロットを見た。だがクローバー教授はバロットの存在など忘れたかのようにこう続けた。

「〈公共的正義のための弁護士協議会〉、通称〈公正会〉のメンバーに、私の元教え子がおります。最高裁で勝った経験の持ち主であるこの人物をパートナーとすることを、ご承知願いたいのです」

誰も反対しなかった。それはさておき、なぜバロットがここにいるのか、バロット自身もふくめて誰もが聞きたい様子だったが、クローバー教授はそのまま別の話を持ち出した。

「この集団訴訟は、いわば環境汚染問題レベルのものとなるでしょう。薬害訴訟による懲罰賠償請求を、みなさんの言う〈円卓〉が、必死に阻止することになります。ハリソン・フラワー弁護士と、サリー・ミドルサーフ判事は——二人とも私の元教え子なのですが——こうした訴訟を退けることを好み、また得意とするという点では最も悪名高い人物たちです。私としては、この人物たちを攻略するプランを練り上げながら、原告団を結成し、今のうちから長文となる訴状の作成にとりかかる必要があると考えています」

誰もその考えに異論を挟まなかった。そしてタブレットには、クローバー教授が作る予定の訴状の概略が表示された。

きわめて中毒性の高いトリプルXの使用が、何十万もの人々の中枢神経系に機能低下をもたらし、臓器不全、神経障害、精神障害、依存症を引き起こしたことで、市の医療現場と警察に多大な負担をかけた事実を、「損害」の主な構成要素とする訴状だ。

そして、かかる損害に対して補償を請求するとともに、利益のため薬害の事実を隠蔽(いんぺい)する企業に懲罰を与えることを求めるものだった。そのためには、賠償請求訴訟法と不法死亡法が駆使されることになるだろうと注釈がついている。

これらの主張を非の打ち所のない訴状に仕上げてみせるとクローバー教授は約束し、さらにこう付け加えて、みなを明るい気分にさせた。

「ただ、こうした訴訟で最も重要なのは、相手の懐がどれほど深いかです。勝ったときにいくら払わせられるのかという点において、オクトーバー社ほど頼もしい相手はおりますまい。きっと数百億ドルもの資産を、別の会社に移動させるなどして守ろうとするでしょう。ですが〈公正会〉の資産監視部門の助けを借りれば、一セント単位で移動を封じることができますし、遠慮なく相手の懐を探り回すことができるのです」

クローバー教授の流れるような話しぶりを、みなが褒めそやした。まだ何も始まっていないのに、勝った気にさせられるのだ。もちろん用心深くことを進めるプロフェッショナルの集まりであるのだから、油断は禁物だなどと言う必要もなかった。

《私、なんでここにいるの？》

バロットのぼやきに、ウフコックがこう応じてくれた。

《もう間もなく教えてくれそうだ》

その言葉通り、クローバー教授がだしぬけに言った。

「ところで、ミズ・フェニックス。話の内容は頭に入ったかね？」

たちまち全員がバロットに顔を向けた。

「はい、教授」

「ではこの場をお借りして、君に提案したい。この集団訴訟で、私のアソシエートとして働いてほしい」

とたんにライムがバロットへ、会心の笑みを浮かべてみせた。この答えは昨夜、ライムが述べた考えの一つだったが、バロットがそんなわけがないと一蹴していたのだ。

みな、ようやく答えを得て満足そうにうなずき合う一方で、バロットは驚きのあまり完全に言葉を失ってしまっていた。法律事務所のアソシエートとして働かせてもらえるどころではなかった。この都市で史上最大規模となるであろう訴訟のために働くことになるのだ。いったいどれほど貴重な経験になるかわからなかった。

さらにクローバー教授の言葉は、バロットを驚かせるばかりか猛烈に昂揚させることになった。

「報酬は、一年分の学費および一部クラスのレポート提出の免除だ。訴訟が長引く場合は

──おそらく確実に長引くはずだが──そのつど、次の一年分を免除する」

バロットは今の自分の顔は雄弁にイエスと告げているに違いないと思った。沈黙のルーンとしては、してやられたといったところだ。

《どうしよう、ウフコック？　私、これってすごいチャンスだと思うんだけど》

思わず尋ねると、笑うように返された。

《素晴らしいチャンスだし、その分、とんでもなく働くことになりそうだ》

もちろん頭の中では、冬の長期休暇が丸ごと消えるに違いない過酷なアルバイトになるぞ、という警告の声がわいていた。もしかすると自分の学生生活の全てを食い潰すほどのものにもなりかねないと。クローバー教授の過去の講義を思えば、容赦なく酷使され、叱責され、惨めな思いをさせられることになるだろう。だがしかし、このチャンスは到底逃せるものではなかった。

「てっきり弁護士軍団を結成するのかと思っていましたよ」

イースターが、すでにバロットが提案に応じたかのように言った。

「私は浪費を避けるたちでね。一つの事件で起用するのは、パートナー一名、アソシエート一名だけと決めている。途中でクビにしたことは一度もない。何度も人を変えたり、弁護士軍団を結成したりすると、カネばかりかかって誰もがサボり始めるという厄介な状態を招くだけなのだから。さて、ミズ・フェニックス。君に断られた場合、次の心当たりに電話をかけなければならないのだが」

「やります」

思わず腰を浮かせ気味にしながらバロットは答えた。

「本当に？」

「はい。ぜひやらせてください」

みなが手を叩き、バロットを改めてこの会議の参加者として迎え入れてくれた。

両隣からアダムとクレアが励まそうと肩に手を置こうとするのを、やんわりと押し返しながらバロットは言った。

「ありがとうございます、教授。貴重な機会を与えてくださったことに感謝します」

「こちらこそ礼を言うよ、ミズ・フェニックス。こうした事件で、ボディガードを必要としないアソシエートは滅多にいないからね」

まるでそれが起用する理由の全てだとでもいうような冗談めかした調子だった。その点についても誰も異論を挟まないどころか、まさにそうだと同意する声がほうぼうで上がった。バロットもうっかり乗せられて笑ってしまい、クローバー教授の思い通りにことが運んでいるということにまったく気づかなかった。

「それで、実はもう一つ、君を指名したい件がある。まあ、集団訴訟ほど大したことではないがね。明日から我が校に来る中途入学者のエスコートをしてやってほしいが、いいか?」

「はい。わかりました」

「では、明日の十二時、アカデミック・アドバイザーのオフィスに行くように。少々特殊な経歴の持ち主だが、君なら上手くやれるだろう。できれば君の目でよく観察し、大学にふさわしい人物かどうか、私に教えてもらいたい」

「そうするよう努めます」

特別な中途入学者はけっこう多く、たいていは市の有力者が送り込んでくる大人たちだった。企業のアソシエートが、社内カリキュラムの一環として専門知識を学ぶよう指示されて通学することもあれば、政治家の子どもが、親の秘書として働くためにそうする場合もあった。

それがどのような人物か、このときも会議が終わって解散したあとも、バロットはろくに考えもしなかった。それよりも驚きと喜びを発散することで忙しかった。

《こんなふうに働かせてもらえるなんて思わなかった》

《おれも、君が働く日がこんなに早くくるとは思っていなかった。ネズミなみに成長が早いんだな》

ウフコックのちょっとした冗談に、バロットは強い感謝の念が込み上げるのを覚えた。

《全部、あなたたちのおかげ。ありがとう、ウフコック》

バロットは、みなのタブレットの回収を手伝いながら、さりげなくウフコックであるタブレットにキスをしてからイースターに返した。

《同じチームとは言えないかもしれないが、一緒に働けるのを楽しみにしているよ》

ウフコックにそう言ってもらいながらバロットは部屋を出た。我ながらとてつもなく上機嫌になっていた。

「言っておくけど、クローバー教授から人間らしく扱われることは諦めるんだね」

というケネスの忠告に、むしろ強気でうなずき返し、

「今から、あなたがやり手の弁護士になって警察の悩みの種になる日が怖いわ」

さっそく大げさなことを言ってくれるクレアにも、「覚悟してください」などと笑って返せるほどだった。

「スキップでもしながら、車の存在を忘れてそのまま家に帰りそうだな」

ライムがからかうのも気にならなかった。それどころか、地下鉄で帰るという彼と、会議のあとでうちに来ることになっていたレイ・ヒューズの両方を〈ミスター・スノウ〉のバックシートに乗せてやるほどだった。

ライムが昨夜の「長電話」のことを話すのを、レイ・ヒューズが興味深く聞いていることも気にしなかった。レイ・ヒューズが、これから料理の腕をふるう予定だが、ライムも招待してはどうかと言い出したときは、ちょっとばかり考えたが、反対はしなかった。ラ

イムも、喜んでその招待を受けると言った。

帰宅すると、ベル・ウィングの流儀に従い、きちんと手を洗ってから、みなで食事の用意を手伝った。食卓は賑やかで、明るく和やかなものとなった。バロットにとっては来るべき日々に、いっそうやり甲斐を感じさせてくれるひとときだった。

レイ・ヒューズとライムが帰り、平穏のうちに一夜が過ぎた。

翌朝、バロットは新たな喜びを抱いて、いつも通り〈ミスター・スノウ〉を運転してアビーをハイスクールへ送り出し、自分は大学に行って講義を受けた。それからクローバー教授に指示された時間の前に軽食を摂り、アカデミック・アドバイザーのオフィスへ向かった。

そして、オフィスの前の通路で、高価なスーツに身を包み、書類とテキストの束をわしづかみにして立っている大柄な男を見て、面食らった。

ただ驚くだけでなく、ここでようやく、クローバー教授が意図をもって自分を配置したということに気づかされていた。はなから自分のことを、便利な情報収集装置として扱うつもりだったのではないかと思わされるほど巧みな配置だった。

相手がバロットの視線に気づいて顔を上げた。たちまちその眉間に深い皺が刻まれ、呆気にとられているバロットを、同様に驚きを込めてまじまじと見つめ返した。

「くそ、マジか」

24

ハンター配下のナンバー・ツーたるバジル・バーンが、小さな呻きをこぼした。

「ここで待ってりゃ案内役が来ると聞いたんだ」

バジルが、まだバロットがそうであると決まったわけではないという調子で言った。だがまさしくそれがバロットの務めだった。

「はい。私も、エスコートをするよう言われて来ました」

バジルが一度だけ歯を剥いて唸ったが、バロットを牽制するためでなく、小娘に連れ回される自分を受け入れるためだとわかった。悔しまぎれにバロットをからかったり、侮辱しようともしない。顔つきはともかく態度は従順そのものだ。必要があれば、すぐさまプライドを二の次にできるところなど、さすがハンターの右腕だといえた。

バロットも意表を衝かれた気分を追い払い、学習用のタブレットを取り出すと、大学事務局のサーバーにアクセスし、エスコート用の電子書類を読み出した。

「学生証はありますか？」

「ああ」

バジルが素直にジャケットの胸ポケットからそれを差し出した。

「お借りします」

バロットはそれを受け取ってタブレットで撮影し、電子書類に必要事項が自動入力されるのを確認した。バジル・バーン。三十四歳。サンダース工務店取締役。住所はイースト・ベイサイドのマンション。非常時の連絡先もふくめて、どれ一つとして信用ならない身分証明の書類が、しっかり用意されている様子だ。

受験結果の成績はBプラス。これも偽造だろうかと疑いつつ、学生証をバジルへ返した。

バジルは学生証をポケットに戻すと、バロットの背丈に合わせて身を屈め、ささやくように言った。

「いくらか握らせろってんなら言ってくれ」

空いたほうの手を開くと、いつの間に握り込んだのか、マネークリップで束ねられた紙幣をちらつかせてきた。

「不要です」

バロットはぴしゃりと言った。この敷地内のどこでも、そんなことをしてはならないというニュアンスを込めてやった。

バジルはさっと紙幣を消した。ズボンのポケットに放り込んだのだが、あまりに素早いため、消したという表現がぴったりだった。まるで誰にも見られてはいけないというように。彼が育ってきた環境では、そう考えるのが当然なのだ。

そしてここでは彼が知る知恵のほとんどが通用しないということを、さっそく思い知った顔で、バジルが言った。

「ルールがわからねえんだ」

「校内規則を読めばわかります」

「読んだが、肝心なことが何も書いてねえ」

バジルが言う「肝心なこと」とは、どうすれば生命や財産、あるいはこの空間での立場を脅かされずに済むのかということだ。そしてその「肝心なこと」が何かわかれば、どんなことをしてでも自分のものにするということでもある。

確かに、自分以外の学生やアカデミック・アドバイザーでは、バジルのこうした態度に恐怖を覚えて逃げてしまうかもしれないなどと思いながら、バロットは相手の不安を宥めるためにこう言った。

「私もそういう気分になりました」

バジルが眉をひそめた。さらにバロットは、右手でぽんと胸元を叩き、手の平を上下に何度か向けるという動作をした。「ここではみんな敵意を抱いていないし、武器を取り出す気もないから安全だ」というモールタウン・ギャングのハンドジェスチャーだ。ストリートでこの挨拶をしない男性はたちまち敵視される。幼い頃にバロットもしょっちゅう見かけたのでよく覚えていた。

バジルがうなずき、丸まっていた背が急に伸びた。言葉の通じない土地で、はからずも自分と同じ母語を持つ相手を見つけたときのような心強さを感じたのだろう。

「よろしく頼む」

「はい。では簡単にオリエンテーションをします」

「あちこち見させられることで、覚悟（オリエント・マイセルフ）を決めるってわけか。ムショみたいに」

「有意義に過ごすためと、学科志向（オリエンテッド）を決めるうえでの参考のためです」

「おれにとっちゃ似たような……いや悪かった。つまんねえ冗談だ。続けてくれ」

「はい。では一緒に来てください」

バロットは、気分を害したわけではないと伝えるために小さな笑みを浮かべ、相手に移動を促した。バジルがなんとか過去の自分の流儀と今の環境の折り合いをつけようとしている様子は微笑ましくさえあったが、この人物がサム・ローズウッド弁護士を殺害した可能性があるという事実がバロットの心から消えることはなかった。

ウフコックの辛苦に満ちた潜入捜査を思えば敵愾心を刺激されて当然だ。しかし今はその気持ちを抑え、この男とある種のパイプを持つことが自分の務めだとわかっていた。バジルがバロットに気を許し、決定的な情報をうっかり漏らすよう誘導するのが理想的な展開だ。

それはバジルとて同じで、自分の側が示す情報を可能な限り少なくし、バロットから得られる情報が可能な限り多くなるよう努めねばならない。今の環境に対して抱く疎外感も、バジルのような境遇の者が抱きがちな「金持ちの子ども」への根深い敵意も、すっかり押し殺す必要がある。

これが大学での新しい生活だ、とバロットは思った。この男と互いに監視し合い、毎日のように駆け引きをすることになるかもしれない。その点では、確かに覚悟を決める必要があった。

とはいえ、今このときのバジルは殊勝な態度に徹し、バロットの説明の一つ一つに真剣に耳を傾け、通りすがりの学生たちにじろじろ見られても眉一つ動かさなかった。

ごく簡単なオリエンテーションを通して、やはりバジルが忍耐力と合理的な知性に恵まれた人物であるとバロットは実感したが、ほどなくしてそれ以上のことが判明した。

「この……不法行為法（トート・ロウ）ってのを一年で学べばいいってことか？」

「はい。一年生の必修科目の一つです。その他にも多くの科目がありますが、不法行為法が特に重要である理由は――」

「不法侵害行為（トレスパス）の定義規定から始まるのではなく、侵害類型ごとに裁判を行うからだって書いてあったが、それか？」

バロットは思わず、バジルが大きな手でわしづかみにしている分厚いテキストの一つを見た。すでにバジルは、不法行為とは「すなわち何であるか」といった定義がないことを理解しているのだ。数多の事例ごとに解決が工夫されるのが不法行為であり、膨大な判例を頭に詰め込まねばならないことから、必修科目とされているのだった。

「もうそのテキストを読んだんですか？」

「覚えた。八番目に載ってたトラップ・アタックの裁判がいっとう面白いな」

判例の一つで、ある農家が強盗を撃退するためにショットガンとワイヤーでトラップを仕掛け、実際に侵入した男が引っかかって負傷し、死にかけた裁判での判決のことだ。

侵入した男は、窃盗と私有地侵害などの不法行為で服役したが、一方でトラップを仕掛けた農家を訴えた。結果、陪審は損害賠償と懲罰賠償を合わせて、強盗目的で侵入した男に三万五千ドルを支払うよう、農家に命じたのだった。

バジルは、その概要を口にするだけでなく、こう付け加えた。

「陪審審理ってやつにしなきゃ、農家も勝てたかもな。判事に任せりゃよかったんだ。自分が正しいってことを大勢に示したくて、三万五千ドルも払うはめになったわけだ」

これは、審理を判事に任せるか、陪審員を招集するかの選択のことを言っていた。確かにバジルの言うとおりだった。判事だけだったら、まったく賠償しないということはないだろうが、そこまで多額にならなかったかもしれない。

バロットは、いつの間にか自分の腕に鳥肌が立っていることに気づきながら訊いた。

「本当に最後まで読んだんですか？」

「ああ、最後は……」

バジルが何かを探すように右上へ目を向けた。記憶術に長けた人間が、視線と記憶をセットにして意味づける方法そのものだ。

「弁護過誤訴訟（リーガル・マルプラクティス）か。弁護士が、弁護した依頼人から逆に訴えられるってやつだな。弁護士がどんなもんかよくわかるぜ。テキストの最初に載せといてくれりゃいいのに」

バロットは絶句しかけて、なんとか口を開いた。

「もう端から端まで覚えたんですか？」

感嘆の念を隠しての質問だった、バジルはむしろ気後れしたようにこう返した。

「何かを覚えんのは昔から得意なんだよ。ああ、わかってる。ただ頭に入れただけじゃ大して役にゃ立たねえってんだろ？　頭に入れたもんが何に使えるか知らなきゃ、部屋をガラクタでいっぱいにするのと同じだからな」

「はい……でも、覚えることはもちろん大切です」

「法律ってものの多さを思い知ったぜ。契約法、労働法、代理法、民事手続法、企業法、独占禁止法、証券取引法、租税法、行政法、地方自治法、銀行法、医療法……あと福祉法か。今んとこ法律文を読めたのはそれだけだし、判例が頭に入ってねえから何が何だかさっぱりわからん」

これでバジルが天性の記憶能力の持ち主であることがわかった。それも驚異的なレベルの。ただ記憶力に長けているというのではない。覚えようとしたものごとを、先入観抜きで瞬間的にそのまま覚えることができる人間なのだ。

やみくもに何でも覚えるのは確かにガラクタを集めるようなものだが、法学生にとっては垂涎（すいぜん）の才能だった。何しろ無数の判例がどれだけ頭に入っているかを競わねばならないのだから。ガラクタかどうか考えている暇などないほどに。

この男の受験成績は偽造ではない。おそらく生まれて初めて受けたであろう試験でBプラスをもぎ取ったのだ。

ハンターが、自分に忠実な男に付け焼き刃の知識を身につけさせようとしているのではないということも、はっきりとわかった。

バロットは、この一見して粗暴なギャングふうの態度が抜けきらない男が、いつか勇猛果敢な法戦士（ロー・ウォリアー）になって法廷に立っているところを想像しようとした。驚くほど容易に想像することができた。どんな相手だろうと一歩も引かず、決して迂闊なことは喋らず、寡黙に相手の抜け穴を見抜き、饒舌（じょうぜつ）に相手を叩きのめす。命がけでギャングの交渉術を身につけてきた胆力と忍耐力を備えた、生粋（きっすい）のファイター。

ハンターもまた、適材適所で人を配置する才能の持ち主だ。もちろん、バジルが法廷に立てるようになるには何年もかかるが、それだけの価値があるとみなしたことは間違いない。戦争でいえば、最新鋭の旗艦の建造に着手したといったところだろう。それがいざ出航したとき、ハンターが手にする力を思うとぞっとさせられる。

だがバジル自身は、まったくそのように考えていない様子だった。かつてバロットがそうであったように、この空間に身を置き続けることができるだろうかと不安になっていた。そのせいか一回目のオリエンテーションの最後には、こんなことを口にした。

「先輩の流儀を学ばせてもらわなきゃだな。本音じゃ嫌だろうが、よろしく頼む」

その手がまたぞろズボンのポケットに当てられていた。何なら有り金を全て差し出しそうな雰囲気だ。バロットはバジルが紙幣の束を取り出す前に言った。

「あなたなら大丈夫です。何の問題もなく学べるでしょう」

「ありがとよ、先輩」

バジルはそう言いつつ、そんなわけがあるか、というような自嘲めいた笑みを浮かべ、アカデミック・アドバイザーのオフィスへ入っていった。基礎学力テストの結果を参考に、学科とコースを決めるアドバイスを受けるためだ。きっとそれこそ何の問題もないだろう。むしろアドバイザーが驚嘆する様子が目に浮かぶようだ。

バロットは次の講義へ向かいながら、自分がエスコートした相手に脅威を感じていることに腹が立った。それよりも戦意を持つべきだった。今日だって、もっと狡猾(こうかつ)に、意図をもって話さねばならなかった。

ハンターは今どうしているのか。いつどうやって目覚めたのか。そもそもなぜ眠りに落ちたのか。ハンターが築いた組織は今、安定しているのか、不安定なのか。そうした情報を得るための駆け引きを何一つせず、せっかくの機会を無駄にしてしまった。

何という情けなさだろう。

クローバー教授はなんと言ったか。観察しろ、だ。これではただ、バジルの才能に感心しましたと報告するのが精一杯ではないか。

これからは毎日が対決だと思え。

開始ギリギリで講義の席につきながら、バロットは強く肝(きも)に銘じ、顔を引き締めた。

25

「信じがたい」

艶めく木製の円卓の向こうに座る人々の大半が、そう口にしつつ敵意のこもった目つきになるさまを、ハンターは悠然と眺め返した。

〈円卓〉の面々が集うロータリー・チェスクラブのその部屋には、ハンターが知る限り、メンバー全員が揃っていた。

〈ナイト〉のハリソン・フラワー、銀行家である〈ルーク〉のローガン・ロックウェルとドナルド・ロックウェル兄弟、オクトーバー社財務担当である〈クイーン〉のルシウス・クリーンウィル・オクトーバー、そして〈キング〉のサリー・ミドルサーフ判事とノーマ・ブレイク・オクトーバー。

メリル・ジレット亡きあと〈ビショップ〉の座は空白のままだ。

〈ポーン〉のハンターは、最も出口に近い場所に座り、全員を視界に収めながら、うっすらと微笑するノーマを除く全員の動揺が鎮まるのを無言で待っていた。やがて彼らの動揺が等しく怒りへ変わるのを見届けると、改めてこう口にした。

「繰り返すが、あなた方が市長選に送り込もうとしていたネルソン・フリート議員は、シザースだ。市長と結託してあなた方にダメージを与える計画を立てている。おれはその証拠をあなた方に提示するつもりだ」

フラワーが慌てたように遮った。

「それには及ばないぞ。君がその根拠を述べれば、あとは私たちがやる」

「根拠はおれの共感(シンパシー)だ。おれ自身がシザースにされていた。市長やネルソン・フリートたちに支配されていたが、晴れておれの人格を彼らから切り離すことに成功した」

フラワーが息を呑み、黙って視線をノーマとは逆の方へ向けた。誰もがそうしていた。その彼らの視線が意味するところを、ハンターはすぐに察した。

今ハンターが告げたのと同じことを、かつてノーマが告げたのだ。それが〈円卓〉とシザースの闘争の始まりとなり、当初は懐疑的だったであろう彼らも、ほどなくしてノーマを信じざるを得なくなったことが窺えた。ノーマがどのようにして彼らに理解させたにせよ、同時に激しい恐怖を彼らに刻み込んだに違いない。おおかた自分が支配した元シザースの人形たちである〈戦闘部隊〉に何か恐ろしいことをさせたか、次々に生まれる〈天使たち〉のお披露目に立ち合わせたといったところだろう。

つまるところ彼らは一様に、言葉であれ視線であれ、ハンターの告白をうっかり否定し、ひいてはノーマの過去の主張を否定してしまうことを恐れているのだった。

ハンターは言った。

「あなた方はシザースの実在を疑っていないはずだ。ネルソン・フリートがそうであるという動かぬ証拠を揃えてみせる。だがその際、他ならぬあなた方に妨害されることは避けたい」

「フリート家の御曹司に、いったいいくらかけたことやら」

ロックウェルのうち、弟のドナルドが呟いた。敵意は後退し、代わりに諦めの念をにじませるようになっている。

「フリート家全体がシザースだというのか？」

兄のローガンのほうが、まだ敵意をハンターに向けながら訊いた。

「それについても入念に調べることを約束しよう。また、ビル・シールズ博士が連邦の施設に閉じ籠もり、集団訴訟の証人となったそうだが、その件でも、こちらのミスター・フラワーとともに働かせてほしい」

ミドルサーフ判事が、ハンターを冷ややかに睨みつけた。

「いったい何をするつもりかしら？」

「〈ビショップ〉不在の穴埋めだ。彼を殺したのはシザースであると同時に、おれが仲間に引き入れたエンハンサーだった。そのせめてものお詫びというところだ」

フラワーが肩をすくめた。

「〈ポーン〉から〈ビショップ〉に鞍替えしたいということか？　自分が逮捕されんよう〈円卓〉の保護を求めているようにも聞こえるぞ」

「保護を受けられるのは大変頼もしいが、今のところその必要はないし、おれはあくまで〈ポーン〉として昇格（プロモーション）を果たすつもりだ」

「もう一人の〈クイーン〉になりたいのかね？」

〈クイーン〉であるルシウスが、ハンターを窺うように見つめながら尋ねた。こちらは敵意をすっかり収めており、むしろハンターの態度に興味を抱いた様子だ。

「そういうことになりそうだ。そしてあなたの目下の懸念についても、何かできることがあるだろう、ミスター・ルシウス」

「懸念とは、どのことだ？　財務管理業務は、懸念すべきことが多くてね」

「あなたの弟であるケネス・C・Oが検察局捜査官になったことだ。彼はあなた方と戦うことを諦めていない。それどころか全力で、第何ラウンド目かを開始するだろう」

「待て。ケネスをどうする気――」

「私たちの血統を損なってはいけない」

だしぬけにノーマが口を開いた。ルシウスと他の面々がぎくりとなって黙った。

ハンターは、ノーマの毒々しくさえある青い瞳を見つめ返し、うなずいた。

「あなた方が、どれほどあの青年を気遣っているかはよく知っている」

「あの子は確かに反抗的だけど、だからといって反省の機会を奪う気はないの。あの子にはもっともっと反省してもらわないといけないわ」

「むろんだ。おれが彼を再びリバーサイド・カジノに送り届けてもいい」

フラワーが小さく咳払いした。検察局の人員を合法的に拘禁するなど常軌を逸していると主張したいのだろう。

ノーマが薄く笑った。

「これはあくまで私の考えだけど、今話題に出たことを、ひとまずミスター・ハンターに任せてみるのはどうかしら。もし反対でないなら、フラワーとルシウスは彼の相談に乗ってあげてちょうだい」

フラワーもルシウスも反対はしなかった。誰もノーマに対して異論を唱える気はなさそうだった。黙ってうなずく彼らをよそに、ハンターは言った。

「ネルソン・フリートの件で、一つ〈キング〉に願いたいことがある」

「何かしら？」

「かねて願っていることだが、おれが捕らえたシザースの一人、スクリュウと呼ばれる男を使いたい。まだ無事に生きていればだが」

「もちろん大事に扱っているわ。逆にあなたが彼を殺してしまわないか心配」

「おれの傍らに置いて保護すると約束する。おれもあなたと同じように、彼を貴重な存在だと思っているのだから」

「なら構わないわ」

「そして首尾よくネルソン・フリートを手中に収めることができたときは、どうかスクリュウとホワイトコーブ病院をおれに管理させてもらえないだろうか？」

ノーマが表情を消し、車椅子の背もたれにゆったり身を預けてハンターを見据えた。他の面々は、命知らずの人間が度しがたいゲームを始めたとでもいうように、固唾を呑んでハンターとノーマを見守っている。

「そうね。考えておこうかしら」

「〈キング〉の寛大な言葉に心から感謝する」

ノーマは唇の間で舌を這わせ、何かを味わうようにしたかと思うと、顎先をハンターに向けるようにした。

「願いたいことは一つと言ったけど、どうせ他にもあるのでしょう？　ここで先に聞いておくわ」

「今のネルソン・フリートの地位がほしい。市議会議員としての」

ハンターは当然とばかりに告げた。他の面々が凍りついた。みな、無遠慮に高望みする者を、ノーマがどのように扱うかよく知っているのだろう。

ノーマは顎をしゃくったまま半眼になってハンターを見つめ、かと思うと口の中で鈴でも転がすような声をあげて笑い出した。

ハンターは真顔のままだ。他の面々はぎこちなく笑いながら、ノーマが突如としてハンターの死刑宣告を口にするかもしれないと身構えているようだった。

だがノーマは楽しげなまま車椅子を操作して円卓から離れると、こう言った。

「おねだり屋さんが、どこまで頑張れるか、楽しみにしているわ」

「きっと期待に応えてみせる」

ノーマは値踏みするような微笑を返し、周囲へ目配せして自分はもう退室するということを無言で告げた。みながまた黙ってうなずき返した。ノーマを乗せた車椅子が九十度向きを変えると、壁の一部が自動的に開いた。ノーマはそのまま振り返らず、壁の一角にぽっかり開いた出入り口へと姿を消した。

壁が閉じると、ハンターを除く誰もが、疲れたような吐息をこぼした。

ローガンが顔をしかめ、お前のせいでとばっちりが来たらどうするんだ、というようにハンターへ言った。

「君は厄介ごとをまとめて請け負いたいようだが、失敗したらここにいる資格を失うだけでは済まないということを、よく考えるべきだ」

「大いにやり甲斐のある挑戦だと思っている」

ローガンが鼻息を鳴らし、話にならないというように弟ともども立ち上がると、一目散に本来のドアから出ていった。

「本格的に、メリル・ジレットの代わりが必要になりそうね」

ミドルサーフ判事がそう言って席を立ち、優雅な足取りで退室した。

残されたフラワーとルシウスが、どちらも困惑した様子でハンターを見つめた。

「君が自殺願望の持ち主だというなら、ここではっきり言ってくれ」

背もたれに身を沈めてネクタイをゆるめるフラワーに、ハンターが微笑み返した。

「あなたにはそう見えるらしいが、まったく逆だと言っておこう」

ルシウスが両肘を円卓について身を乗り出した。

「繰り返しになるが、てっきり〈ビショップ〉になりたいのかと思っていたよ」

「代行する者が必要であることは理解している。願わくば、いつかおれが最も信頼する人物をそのような地位につけてほしい。まだ学び始めたばかりだから、いつとは言えないが」

フラワーが笑った。

「ローレンツ大学に送り込んだ君の右腕のことか？　何年かかるやら」

ルシウスはフラワーに構わず、ますます前のめりになっている。

「君はノーマが怖くないのか？」

「必要がある限り恐れている。必要以上に恐れることはない」

フラワーがまた笑った。耳障りで神経質な笑い声だった。

「未遂で逮捕された自爆犯の言葉を聞いてるみたいだ。君を見ているだけでメリル・ジレットが懐かしくなってくるとはな。あの男は大変な下衆野郎だったが、君よりずっと正気の持ち主だったぞ」

「彼の魂に安寧があらんことを。他になければ、おれもこれで退室させていただこう」

「その前に、これを持っていってくれ」

ルシウスが懐から携帯電話を取り出し、円卓の上を滑らせた。

「私のナンバーが入っている。メリルとの回線は処分した。気軽にかけてくれと言いたいところだが、必要がない限り私は通信しないし、君もしないほうがいいだろう」

「私に対しても必要がないことを祈るよ」

らしい。フラワーが早口に言って二人から顔を背けた。できれば今後どんな用件も聞きたくない
黙って携帯電話を取って懐に入れるハンターに向かって、ルシウスが肩をすくめてみせた。これから仲良くやろうというような親しみのこもった動作だった。

26

ハンターはチェスクラブの部屋を出てのち、ハイウェイ行きコンコースの駐車場に停められた〈ハウス〉に乗り込んだ。中で待っていたのは、バジルを除く〈クインテット〉の面々だった。

ハンターがいつもの中央の席で三頭の猟犬をはべらせ、オーキッドが最もドアに近い、バジルの席についた。ラスティとシルヴィアが定位置である横長のシートに並んで座り、エリクソンが運転席について〈ハウス〉を発進させた。

「腕の調子はどうだ、ラスティ?」

ハンターが尋ねると、ラスティが、失われたはずの手でドラムでも叩くように自分の腿を叩いてみせた。指も手の甲もびっしり刺青で飾られており、その動作は、かつてクラブ

ハウス〈マーフィー〉とそこでのマネーロンダリングを担っていたバルーンの動作そっくりだ。

「良い感じだぜ、ハンター。モルチャリーにバルーンの両腕だけでなく、能力もばっちり移植してもらった」

「お前本来の能力と矛盾したり、制御の効かない状態にならない確信はあるか？」

「ああ。サメの群だろうが目じゃねえってところを早く見せてやりてえよ」

「念入りに試してからにすべきね」

シルヴィアが割って入り、ハンターに尋ねた。

「金持ちたちのゲームは順調？」

「新たなスタートを好調に切ることができた」

ハンターが言って、懐から携帯電話を取り出し、ラスティに渡した。

「余計なものがついていないか調べてくれ」

ラスティは携帯電話を指でつまむようにして受け取った。

「あー、うっかりバルーンの能力で溶かしちまわないよう気をつけねえとな」

「ほら。まだ完璧じゃないのよ」

シルヴィアがたしなめるように言った。ラスティが肩をすくめ、指先から赤い錆が生じて携帯電話を覆い、すぐに全ての錆が落ちて塵となった。

「何もないぜ。普通の電話だ」

ハンターは返された携帯電話を懐に戻し、シルヴィアへ尋ねた。

「お前も、二重能力（ダブル・ギフト）はコントロールできそうか？」

シルヴィアが胸元に両手を当ててみせた。

「今のところは何の問題もないわ。少なくとも、モルチャリーは完璧に処置をしたってホスピタルは言ってる。ナイトメアやシルフィードにも、望むなら施せるって」

その言葉に猟犬たちが顔を上げたが、ハンターは慎重な態度を崩さなかった。

「モルチャリーこそ、〈ドクター・ホィール〉ことビル・シールズに代わる人材だと思いたいところだが、予断は禁物だ。能力（ギフト）は本来、その人間に特有の成長を果たし、ゆえに余人に替えがたい何かとなるのだから」

「大丈夫さ、ハンター。おれのこの体が、ばっちりだって言ってる」

ラスティが自信満々に請け合い、それから話題を変えた。

「それより、兄貴が言ってたけど、ホスピタルの腕って、本当に化け物のガキどもの一人が持ってるのか？」

「そうだ。ノーマ・オクトーバーを、おれの能力（ギフト）から守るためにな。連邦の施設が研究しているという能力殺し（ギフト・キラー）を、先んじて用意したというところだ」

「そのガキをぶっ殺して、ホスピタルの腕を取り戻しちゃどうだい、ハンター？」

ラスティが、自分が率先してやってやるという気概をたたえて訊いたが、ハンターが答える前に、オーキッドが口を挟んだ。

「おれは反対だ、ラスティ。少なくとも今はまだ賛成できない」

「なんでだよ？」

「〈イースターズ・オフィス〉とやり合うのとはわけが違う。〈円卓〉のボスの自衛手段を奪えば、ハンターが敵視される。〈イースターズ・オフィス〉にシザースに〈円卓〉、この全部を同時に敵に回すわけにはいかない」

「ホスピタルの腕一本の代わりに何がもらえんだよ。グランタワーの豪華な部屋か？」

ラスティの攻撃的な不協和音じみた反感の念が、彼らの絆である共感（シンパシー）にさざ波を起こすのを全員が感じた。

「ラ、ラスティ？」

シルヴィアが厳しい視線を投げかけると、ラスティが両手を膝に置いてうつむいた。

「ああ……悪かったよ。くそ、つい……」

ハンターはラスティを見つめ、共感（シンパシー）の波が静まるのを待ってから言った。

「おれたちは全てを均一化（イコライズ）する。逸るな、ラスティ。必ず時は来る」

ラスティが顔を上げ、共感（シンパシー）を乱したことを恥じて苦い笑みを浮かべた。

「すまねえ、ハンター」

ハンターは、何ほどでもないというようにかぶりを振ると、オーキッドへこう訊いた。

「〈ガンズ〉が所有していたトロフィーは？」

オーキッドが、カウボーイハットの位置を調整することで、共感の乱れ(シンパシー)の余韻を心から拭って言った。

「始末した。識閾検査とやらをかけられた時点で証人にされかねないからな。正直、マクスウェルがあれほどの数を生かして手元に置いていたとは思わなかった」

ハンターはうなずいた。今やマクスウェルが、彼らにとって脅威となるという念が等しく行き渡っていた。

「いずれマクスウェルは再び姿を現すだろう」

ハンターが言った。そのときどうすべきか、言うまでもないという意思を、運転席にいるエリクソンともども、みなが共有した。

そうするうちに〈ハウス〉は都市南部の西側に位置するアンフェル・ボート・リゾートに到着し、〈ファウンテン〉の敷地の駐車場に停められた。そこはすでに多数のバイクや車輛で埋め尽くされていた。

ハンターを先頭に〈ハウス〉を降りた面々が、フェンス・ゲートをくぐって庭に入るや、盛大な拍手が起こった。

華やかに飾られた多数の丸テーブルの周囲では、それらを整えたヘンリーをはじめ、

〈白い要塞（ホワイト・キープ）〉のショーン、〈ガーディアンズ〉、〈ディスパッチャー〉、〈シャドウズ〉、〈プラトゥーン〉、〈戦魔女（ウォーウイッチ）〉のメンバーやそのパートナーたる獣たちが立ち、手を振るハンターを、喝采（かっさい）、鳴き声、あるいは吠え声をもって迎えるのだった。

　ハンターはまっすぐヘンリーのもとへ向かい、彼と固く握手を交わすと、いっそう喝采が大きくなった。ハンターはヘンリーに促され、猟犬たちとともに、大テーブルの議長席というべき椅子の脇に立った。〈クインテット〉の面々も手を叩きながら、彼らのために用意されたテーブルについた。

　同じテーブルにいるのは、ショーン・ザ・プリンス、ケイト・ホロウ、ホスピタル、ジェイク・オウル、ブロン・ザ・ビッグボートだ。

　ホスピタルがハンターを守るために左腕を失ったことを知るのは一部の者だけであったが、すでにラスティのように新たな腕を得ていた。右手と左手で微妙に指の長さも形も違うことに気づかれない限り、今後知られる機会もなさそうだった。

　だが、ハンターがホスピタルへ大きくうなずきかけ、ホスピタルも微笑み返すと、おのずと二人が互いに抱く感謝と光栄の念が共感（シンパシー）の波とともに広がり、その場にいるみなに何かホスピタルが大いなる貢献をしたことが伝わっていった。

　ハンターは同様に他のメンバーへも感謝を込めて何度かうなずき、両手を挙げて歓声に応え、そして手を下げることで静まらせた。巧みにタクトを振るう指揮者のように優雅な動作であり、兵団を率いる指揮官のように厳格な佇まいだった。

　そのハンターに、すぐ間近からかけられる声があった。

「そうだ。彼らを奏でるように率いるんだ。彼らは、君の信念をこの都市に轟(とどろ)かせる楽器であり、敵を葬るための兵器なのだから」

　見れば大テーブルには薄汚れたクーラーボックスがあり、しゅうしゅうと息をたてながらのたくる肩掛けベルトの下で、蓋が僅かに開いて、ホィールの声を放っていた。

「君は何をすればいいかわかっている。君がゆらぎに求めるものは、ありとあらゆる知恵とその源だ。そして私の人格は、シザースの政治的戦略を担っていた。私を存分に使うといい。君こそが私の有用性の証人となるのだ。09法案をもって初期エンハンサー・チームを率いた〈ホィール〉の有用性をお前が証明するのだ」

　今やそのクーラーボックスこそ、あらゆる答えをもたらす鏡、描かれるべき戦略をひとりでに浮かび上がらせるキャンバス、なすべきことがらがあらかじめ記されたリストとなって、ハンターの思考をかつてなく明晰に、精密に、激しい回転を伴うものにしていた。

　ハンターがヘンリーにうなずきかけた。ヘンリーが椅子を引き、ハンターの着席に合わせて滑らかに椅子を押し出した。

　ハンターに合わせて全員が座った。誰も口を開かず、フェンスと屋根を埋め尽くすカラスの群も、彫像のように動きを止め、ハンターを見つめた。

ヘンリーが、ハンターのグラスにシャンパンを注いだ。ハンターがグラスを掲げた。

「我々の固い絆(バンド)に」

みなが、バンドに、と唱和し、乾杯した。再び喝采が起こり、それから場はぐっと和やかに、賑わいに満ちたものへと移行した。誰もがこれを祝勝の場だと思っていた。ハンターが再び姿を現したことへの喜び以上に、彼がシザースとの初戦において効果的な勝利を収めたという実感が、それがなんなのか知らないまま強い共感(シンパシー)となって広まっていた。

マクスウェルと〈誓約の銃(ガンズ・オブ・オウス)〉の面々がこの場にいないどころか、どうやら一人残らず逮捕されたらしいことについて誰も言及しなかった。むしろ知らないうちに悩みの種が消えたことを喜び、なるべく思い出さないようにしているといったところだ。

代わりにみなの興味は、これからの自分たちの役割にあった。ハンターが勝利を収めることは、それだけ領土が広がり、仕事が増え、分け前が潤沢になることを意味していた。そしてハンターは勿体ぶることなく、夕暮れの下で食事を楽しむ人々に、頃合いを見ては、より味わい深いものを与えていった。

「〈白い要塞(ホワイト・キープ)〉では平穏に過ごせているか、ショーン？」

ショーンは料理をがっつくのをやめず、肩をすくめた。

「まあ正直、マクスウェルがいなくなって、ひと安心だけどさ。でもプッティのやつが、なんていうか、不安定ってのかな。また船に乗り込んでくるやつがいるんじゃないかって、いっつも怯えてんだ」

「〈マリーン・ブラインダーズ〉から、護衛を出すようにしよう」

「え？　ワオ、あのハンサム連中が？　あ、でもさ、彼らが来るってことは――」

「彼らが海の神秘と崇めるエンハンスメント動物に、〈スイッチ・マン〉がアクセスすることを許容するよう、おれから話しておく」

ショーンがワインをがぶりとやって口の中のものを呑み込み、口笛を吹いた。

「ありがとう、ハンター。プッティがえらく喜ぶよ」

ハンターはショーンに向かってグラスを掲げてみせ、やや間をあけてから、ブロンにこう話しかけた。

「〈プラトゥーン〉のアンドレには、急にドライバーとしての務めを奪うことになり、不快な思いをさせてしまったのではないだろうか？　ブロン？」

ハンターが言うと、ブロンはきっぱりとかぶりを振ってみせた。

「いいや、そんなことはない。ただ、あんたの身が心配だっただけだ」

「その点も申し訳なく思っている。願わくば今日からまた〈ハウス〉の優れたドライバーとしてアンドレを頼らせてほしい」

「願ってもない、ハンター。アンドレもそれを期待して、昨日から一滴もアルコールを口にしないようにしているんだ」

「頭が下がるな。生粋の運転手（シェーファー）がいてこそ身の安全が守られるというものだ。メリルから受け継いだ邸宅の管理は順調か？」

「万事順調だ。〈ビッグターフ〉と呼んでいる。この〈ファウンテン〉のようにはいかないが、集会場や宿泊所としても使えるよう整えてある。いつでもあんたがくつろげて、誰でも呼びつけることができるように」

「ありがたいことだ。大きな芝生（ビッグターフ）とは、メリルが遺してくれた縄張り（ターフ）を称えるうえでも、うってつけの名だな。しかもただ受け継ぐだけでなく拡張せんとする意気込みが感じられる。お前たちなら存分にそうしてのけると信じ、その〈ビッグターフ〉に蓄えられたメリルの遺産の半分を、お前たちのビジネスに回せるようにしよう」

「それはなんともありがたい。馬が駆け巡るほうの競馬場（ターフ）だと勘違いするやつもいるが、確かにそれくらい大きくしたいものだ」

いつも悲しげな目をしているブロンが、このときばかりはそんな冗談を口にしたものだった。

ついでハンターはジェイクに、〈スパイダーウェブ〉で負傷したミック・キャストマンのことを労る言葉をかけてから、こう言った。

「〈イースターズ・オフィス〉に攻め込まれたあの施設の代わりを早々に用意し、お前たち〈シャドウズ〉に管理を任せたいと思っている。頼めるか、ジェイク？」

「もちろんだ、ハンター。あそこに置いておいたブツは、ヘンリーが掘ったトンネルで残らず運び出した。新しい拠点ってやつがあれば、いつでもさばけるぜ」

「頼もしいことだ。しかしそろそろヤクのビジネスだけでなく、お前たちには、もっと大きなことを任せるべきだと思っている」

「バジルみたいに大学に行かされるなんてのはごめんだぜ、ハンター」

ジェイクは笑って言ったが、本気で懸念していることが窺える目つきだった。

「バジルが励んでいる研鑽(けんさん)とは別のものだ。メリルが永遠に不在となった今、おれたちはサツに関する問題を考え直さねばならない」

「どんなふうに？」

「まず、〈ディスパッチャー〉のふりをしてもらっている〈クライドスコープ〉を辞職させて御役御免とする」

これにケイトが反応して顔を向けたが、口を挟むことはなかった。代わりにジェイクが眉をひそめて言った。

「それじゃサツどもへの賄賂役(キャンディマン)はどうするんだ？」

「オーキッドとエリクソン、そしてお前たちが、メリルのように、あるいは〈ディスパッチャー〉のように振る舞うことになるだろう」

「おれたちを十七番署の警官にでもするつもりか？　そりゃむちゃな話だぜ」

「十七番署に入り込む必要はないし、警察内の派閥争いという厄介なものに巻き込まれるのは避けるべきだ。それよりもずっと自由に動ける、郡保安官代理か、ハイウェイ・パトロールがいいだろう」

ジェイクがぽかんとなった。

「おれらが……パトロールだって？」

「この都市には千もの独立した警察組織があり、独自の捜査権や逮捕権を有している。市警察委員会と協力関係にあるものだけでも、十八の大学警察、四十五の道路警察、セントラル・パーク警察、東西の海上警察、各湾岸警察、六つの河川警察、七つの郡保安官施設、南北の国道で働くハイウェイ・パトロールと、列挙すればきりがないほどだ」

「そのどれかに入り込めってことか？」

「そのどれかがお前たちのものになるということだ。一つや二つではなく。可能な限り多くの警察組織を手に入れる」

この言葉にジェイクは目をみはって絶句し、そして大声で笑い出した。

「本当にそんなことになったら、メリルなんて目じゃねえってことはわかるぜ。警察をだまくらかすのをやめて、おれたちが警察になるってんだからな。そしてあんたは本気でそうしようとしてるんだろう？　いいさ、ハンター。おれたちは、とことんあんたについていくぜ」

ハンターは、ジェイクが差し出した手を固く握り返した。そして、興味深く傾聴していたケイトに向かって、こう言った。

「〈クライドスコープ〉の二人は、よく耐えてくれた。あとで感謝の言葉を伝えたい」

「はい。警官に襲われることに怯えながら懸命に働いてくれました」

「その働きに見合う、より安全でやり甲斐のある役割が与えられると約束する」

「ありがとうございます。二人とも、とても喜ぶでしょう」

「同じように君たち〈戦魔女(ウォーウィッチ)〉にも、より大きな務めを任せるべきだと考えている。おれたちが合法化(リーガライズ)されるために必要不可欠な、いくつかの福祉施設(ファシリティ)の運用だ。そしてそのことについて、君たちのリーダーと今こそ膝を突き合わせて話し合わねばならない」

「わかりました。リーダーにそう伝えます。きっと快く応じることでしょう」

ケイトが返した。一度も〈評議会(カウンセル)〉に姿を見せないリーダーであるにもかかわらず即座にそう告げたのだ。彼女たちにとって逃せぬチャンスを的確にハンターが示した証拠だった。

そうして幹部たちを十分に喜ばせてから、ハンターは空のグラスとフォークを手に立ち、いかにも上流階級の人間がそうするようにグラスを打ち鳴らした。

みなが話すのをやめて振り返った。ハンターは手にしたものを、するりと傍らに来たヘンリーに渡して言った。

「十分にヘンリーの真心のこもった食事を味わっただろうか？　ここで、おれがつかみとった驚くべき真実と、これからおれたち全員が獲得すべき財産について話したいが、いいだろうか？」

当然ながら誰も反論しなかった。それどころか拳を握って身を乗り出し、全身で聞かせてくれという態度を示す者が大半だった。

「では話そう。おれたちはなぜエンハンスメントを受けたのか？　全てはある人物の計画だった。〈円卓〉を支配するブラックキング、オクトーバー一族の資産の大半を受け継いだ人物の。彼女は、シザースに底知れない怨みを抱いている。なぜなら育ての父を殺され、実の父親を殺され、さらには彼女自身も死に瀕(ひん)した。そしてそれだけではなく、彼女もまたシザースにされたからだ」

みなが驚きの呻きをこぼした。ハンターは彼らの間で理解の念が共感(シンパシー)となって行き渡るのを確かめてから言った。

「彼女はシザースであることを自覚し、自らをシザースから切り離して〈ティアード〉と呼ばれる存在となった。ただそうするだけでなく、報復として何人ものシザースを支配し、下僕とした。男のシザースは自分を守る沈黙の兵士にし、女のシザースは〈天使たち(エンジェルス)〉と呼ばれるエンハンスメント・ベビーを産み出す道具にした」

また一斉に呻きが起こったが、今回のそれには嫌悪の念が混じっていた。〈天使たち(エンジェルス)〉

を見たことがない者たちも、〈クインテット〉の面々から聞き知っていたからだ。ハンターは、その生理的な嫌悪もまた共感（シンパシー）にふくめるべきものとして認め、みなにうなずきかけた。

「また、彼女はエンハンスメント実験を大々的に行い、おれたちをエンハンサーにし、殺し合いのゲームを通して鍛え上げようとした。それもこれも彼女と同じようにシザースを狩ることができる能力（ギフト）の誕生を待ち望んだからだ。そして多くの犠牲ののちに、彼女が望む者がようやく現れた。すなわち、このおれが。ハンターことウィリアム・ハント・パラフェルナーが」

　みながほとんど反射的に拍手をしようとしたが、ハンターは手を挙げてやめさせた。みなの怪訝な顔を眺め渡し、はっきり告げた。

「おれはシザースだった。彼女と同じように、自分がシザースに支配されていたことを自覚し、シザースであることに抗（あらが）い、やつらを切り裂く〈ティアード〉となった」

　すでに聞かされていた〈クインテット〉の面々や、ホスピタル、ケイト、ショーン、ヘンリーを除く全員が、ぽかんとなった。告げられた言葉をとっさに飲み込むことができない彼らに向かって、ハンターはさもあらんというように続けた。

「そもそも彼女は、エンハンスメント実験を行うにあたり、シザースが同胞を潜り込ませると見越していた。それは彼女にとって望むところだった。彼女は自分と同じ〈ティアード〉の出現を期待していたのだ。彼女同様、シザースの一部となって支配されるのではなく、シザースを引き裂き、支配し返すことができる存在を。すなわち、このおれを。この頭を貫いた銃弾によって眠りに落ち、シザースとされながらも、おれは暗い深淵で真実を得た。そして〈ティアード〉となって、お前たちとともにこの都市を均一化(イコライズ)するすべを得た。そのすべを聞く勇気がある者はいるか？　おれはいっときシザースに心を冒され、この〈評議会(カウンセル)〉のみならず、おれ自身が築き上げた共感(バンド・オブ・シンパシー)の絆に分裂の危機をもたらした。ここにいるかけがえのない仲間同士の流血を招く寸前だった。そのように仕組んだシザースを、おれは決して許さず、一切容赦なく、ただ無慈悲に報復する。そのすべを聞く心構えはあるか？」

　衝撃の告白に動揺が走ったが、ハンターの不断かつ不屈の克己心という鮮烈な共感(シンパシー)の輝きに打たれ、一人残らず感嘆の面持ちとなった。続きを聞きたくないという者はおらず、次々に拳をテーブルに打ちつけて応じ、獣たちが吠え声をあげ、カラスたちが翼を広げて騒ぎ立て、ハンターの言葉を渇望した。

「では言おう！　シザースのボスは、市長のヴィクトル・メーソンだ！」

　みなが騒ぐのをやめ、激しい熱気を発散しながらハンターの声に聞き入った。市長がシザースだと突然言われたことに誰も疑問を呈さず、この場にいる者の大半が現市長の支持派であることなど一瞬にして忘れ去られたようだった。

どのような疑念も、すぐさま暗黙の内に払拭するほどの、激しい共感(シンパシー)の波濤を人々に浴びせながら、敢然とハンターは告げた。

「ヴィクトル・メーソンの両腕というべき人物がいる。市長選への出馬を狙うネルソン・フリート議員と、〈イースターズ・オフィス〉を操る連邦捜査官マルコム・アクセルロッドだ。この三人のうち、最初に均一化(イコライズ)するべきはネルソン・フリートに他ならない。おれたちが、この男から何を奪えるかを考えれば当然だろう」

真っ先に賛同したのは、ブロンだった。

「イースト・リバーの観光業を牛耳る(ぎゆうじ)一家の長男だ。クォーツ家をしのぐ、リバーサイド・ギャングの影の親玉でもある。あいつらがいるせいで〈ルート44〉は河を渡れず、都市内でビジネスを行うことができなかった」

続いてジェイクが好戦的な笑みを浮かべて言った。

「リバーサイド・ギャングは、クォーツも手を焼く連中だ。こいつらのシマは、イーストベイエリア全体に広がってる。もしそれを分捕れるんなら、つまるところ都市のイーストサイド全部が――二つの河が流れるシマの全部が、おれたちの手に入るってことだ」

そして〈クインテット〉が座るテーブルで、ラスティが声をあげた。

「いっとうでかいのは、リバーサイド・カジノ計画だぜ。ただ川沿いにカジノを建てるってだけじゃねえ。フリート家は、カジノ・ボートを計画してるんだ。船に乗ってカジノを楽しむってやつさ。カジノ協会は、自分たちと同じくらいの組織ができるかもってんで、必死に止めたがってるのさ」

ハンターはそれらの声を受け、両手を広げてみせた。

「三人の言う通りだ。それ以上に、ネルソン・フリートは〈円卓〉の強い支持を受けて議員となり、そして市長選への出馬を表明している。つまり、このおれが、ゆくゆくは彼にもたらされた全てを手に入れるということだ。そのためにも、おれはネルソンの市議会議員としての地位を簒奪する」

ハンターの言葉を理解するのに多くが一拍の間を要した。そして理解にいたった瞬間、激烈な熱気とともに歓喜の声があがった。その熱気に乗せて、ハンターはより衝撃的な言葉を放った。

「おれはネルソン・フリートを狩る。この男の持つ全てを均一化（イコライズ）する。そのとき、おれたちの前に立ち塞がる者がいる。マクスウェルとシザースの兵士たちだ」

この瞬間、もう何度目か知れぬ衝撃と沈黙が、その場にいる人々に降りかかったが、ハンターの苛烈なまでの意思とリーダーシップを疑う者は一人としていなかった。

「マクスウェルはおれと同様、シザースにされた。だがおれと違い、ついにシザースの支配を免れず、やつらの下僕と化した。おれにはそれがわかる。シザースがマクスウェルを使役し、着々とおれの出鼻を挫（くじ）こうとしているのを感じる。おれはやつらの手を読み、機先を制し、お前たちとともに天国（マルドゥック）への階段の、新たな、かつてなく高い一段をのぼってみせる。我が同胞よ、用意はいいか？　真の権力（パワー）への手掛かりとなる闘争に赴く用意はあるか？　おれとともに苦難を歩み、克己の日々に直面し、そして勝利する日を迎える覚悟はあるか？」

応じたのは、まさに共感の絆（バンド・オブ・シンパシー）のなせるわざというべき爆発的な歓声だ。ハンターは、優雅に、かつ厳格に彼らの前に佇みながら、満足の笑みを浮かべることもなければ、気負うあまり目つきを鋭くすることもなく、ただ超然と、テーブルに現れているものを見つめていた。

無尽の知恵と勝利への道行きを示す、彼自身のゆらぎのあらわれ。

薄汚れたクーラーボックスを。

27

熱気に満ちた会合を終えたハンターたち〈クインテット〉一党は、〈ファウンテン〉の心地よいリビングでヘンリーが用意した高価なコーヒーを口にしながら、今回の〈評議会〉がいかに手応えがあるものだったかを話し合った。

ただラスティが、これだけは黙っていられないというように不満を口にした。

「兄貴も来りゃよかったんだ。そしたら兄貴がグループを守るために働いてたってことをみんなにわからせてやれたんだぜ」

むろん、今日集った人々はとっくにわかっていることであり、ラスティが本当に言いたいのは、バジルがいきなり大学などという彼らにとっては未知の世界に送り出されたことへの不安だった。バジルが自分たちとは違う道を進むだけでなく、彼だけ正真正銘のかたぎとなり、このまま顔を合わせる機会がなくなっていくことを懸念しているのだ。いや、懸念などというものではなく、恐れすら抱いていた。

シルヴィアがラスティを宥めるために言った。

「私たちみんなのためにバジルは学んでるのよ。そのことは誰だってわかってるわ。バジルにしかできないってことも」

エリクソンが分厚い肩をすくめて気楽にこう付け加えた。

「何しろ前科がないしな。あのワルが一度も捕まってないってのは考えてみればすごいことだ。もともと弁護士に向いてたんじゃないか」

オーキッドも同意して言った。

「確かに、ややこしい書類を丸ごと覚えておける才能の持ち主だ。いずれあの高慢ちきなフラワーに相談せずともよくなるのは気分がいいし、カネもかからずに済む」

だがラスティは、やり込められたようで面白くないままだった。

「何年もかかるんだろ？　そんなに姿を消してたら、兄貴の立場が悪くなるぜ」

ハンターは、ラスティの態度に理解を示してやりながら言った。

「ラスティの懸念ももっともだ。バジルがおれたちにとって欠かせぬ人物であることは、どのグループに対してもたびたび思い出させる必要がある。シザース狩りではバジルに後方指揮を取ってもらうべきだな。首尾よくネルソン・フリートとリバーサイド・ギャングのシマを奪えたなら、バジルにグループの適切な配置を決めてもらわねばならない」

これにはラスティも納得した様子だった。代わりにオーキッドが別の懸念を述べた。

「もし本当にフリート家のビジネスを奪えたらの話だが……リバーサイドのカジノ計画なんてビッグビジネスが手に入ろうものなら、大騒ぎになるぞ。ベンヴェリオも黙っていないだろうし、カジノ協会とも手打ちをしないとならない。正直、舵取りにしくじれば、イースト・リバーのビジネスにでかい爆弾を抱えることになる」

エリクソンもうなずいた。

「そうなったら、警察が〈イースターズ・オフィス〉を呼ぶんじゃないか？　〈楽園〉のサメ使いと一緒に」

とたんに落ち着きかけていたラスティだけでなく、シルヴィアも険しい顔になった。

「あのサメどもの弱点を探って、くそったれのサメ使いの両腕をもぎ取ってやるさ」

「それと、あのネズミを奪い返すべきじゃないかしら？　また潜り込まれる前に」

　これまたハンターは、二人の激しい闘争心に理解を示してやりながらも、宥めることに努めた。

「相手の弱点を探ることは重要だ。連邦法で保護されたデータの入手はきわめて難しいが、〈スイッチ・マン〉ことスケアクロウに試みてもらおう。ネズミの件は心配ない。あれは今もおれの共感（シンパシー）の内にあり、近づけばおれが気づく」

「あなたの能力（ギフト）を除去できないのね。それとも、気づいていないのかしら」

「いや。うっすらとだが、ネズミの意思を感じる。あえておれとのつながりを保つことで、向こうもおれが眠ってはいないことを確かめたいのだろう。今はまだ互いに離れているが、おれとの共感（シンパシー）が強まれば、いずれネズミは選択を迫られることになる。自らおれたちの輪に加わるか否かという選択をな。よい結果になることを祈ろう」

　ふいにラスティの懐の携帯電話が鳴った。ラスティがそれを取り出して応答し、すぐに通話を切って懐に戻した。

「ケイト・ホロウからだ。〈魔女〉の親玉があんたを待ってる」

「では魔女たちの長に敬意を表して赴こう。ヘンリー、今日も素晴らしいもてなしだった。献身に感謝する」

「ありがとうございます、ハンター。こうして壮健なあなたを見ることができて嬉しく思います」

「おかげさまでな。では失礼する」

「お気をつけて行ってらっしゃいませ」

いっそう執事然とするヘンリーに見送られて、ハンター一行は〈ハウス〉に乗り込んだ。運転席にはアンドレがおり、車内スピーカー越しに「アンドレ航空をご利用いただきましてまことにありがとうございます」という陽気なアナウンスを流し、出発した。

行き先は魔女の館こと〈ブロンクス・バトラーズ〉だ。高級リラクゼーション施設の裏手に〈ハウス〉が停められると、ハンターが姿を現したままのシルフィードだけを連れて出た。壁そっくりの裏口のドアから従業員の男が現れ、ハンターとシルフィードを慇懃に迎え入れた。

エレベーターに案内されて従業員の男とともに乗り込み、最上階である四階にのぼった。そこから階段で屋上に出て、ペントハウスのドアの前まで来ると、従業員の男は回れ右して立ち去った。

ドアは開いていた。ハンターとシルフィードが中に入り、艶めく緑色の布で飾られた通路を進むと、すぐに右手奥のこれまた開いたドアの向こうから声が聞こえてきた。

「お客様が来たみたいだ。お迎えしなきゃ。待っててくれるかい、ケイティ？」

若い男性の声だった。かと思うと、幼い少女の声が応じた。

「うん、ハザウェイお兄ちゃん」

ハンターはシルフィードを連れて、その部屋に入った。

通路と同じく、緑色の布で飾られた部屋だった。光の加減で布が赤にも紫にも見えた。たくさんのロウソクがガラス容器に入れられて火を揺らし、清涼な香りを立ちこめさせている。瀟洒(しょうしゃ)な飾りのついた布張りの長椅子が二つ、向かい合って置かれており、一方に二人の人物がいた。

一人はケイト・ホロウであり、あどけない笑顔が見る間に変化し、いつもの無感情に相手を映し出す顔つきになった。

その隣で立ち上がったのはハンサムな若者で、長い赤毛をダックテイルにし、緑色のローブを身にまとっている。

ハザウェイ・レコード。

ハンターはその若者の名を知っていた。かつて〈ホィール〉ことクリストファー・オクトーバーが率いた初期09法案の事件担当官の一人だった。同時に彼は、幼い頃に殺人ポルノの犠牲になりかけたケイトの救世主でもあった。若者の死とともに、ケイトの心も死んだ。ケイト自身がハンターにそう語ったのだ。

かと思うと、若者のローブ以外の全てが変貌した。顔や体が別の誰かのものに変わるのではなく、顔の様々なパーツが明滅するように変化し続けるという状態になった。髪は伸ぴたり縮んだりし、異なる色が異なる混じり合い方をしてみせた。体つきも肌の色も一定せず、背丈も縮んだり伸びたりしている。右胸が逞しい男のものとなってローブを押し上げたかと思うと、左胸は豊かな乳房の形を浮かび上がらせ、すぐにどちらも別の形に変化するといった状態が止まらず続くのだ。

「ごきげんよう、ハンター。〈評議会〉の議長が、わざわざお越しくださるなんて、光栄の至りというやつね」

ゆっくりと変化し続けるその人物が言った。当然のように声音も喋るうちに高く、また低く、澄んだ声になったかと思えば、だみ声になるといった調子だ。

ハンターは、そのような人物を前にしても、まったく困惑を示さず言った。

「こちらこそ久々にお目にかかれて嬉しく思う、ヨナ・クレイ・〈ザ・ブレスティカー〉」

「あなたの息を奪うには、どうしたらいいのかしらね」

その姿を千変万化させ続けるヨナが、笑いをふくんで言った。

「私を見るのは久々だと、疑いなく言えるのはあなたくらいのものよ。実はずっとそばにいたのは私かもしれない。ここにあなたを案内した従業員は実は私だったかもしれない。そう疑わずにいられるのは、あなたと交わした共感の契約ゆえでなく、いまだにあなたの心に絶対的な他者がいないからね」

「それが幸いなことかどうか、あなたと話すとつい考えてしまうな」

ヨナがくすくす笑った。

「そしてすぐに興味を失うのでしょう？　さ、お座りになって」

〈戦魔女(ウォーウイッチ)〉と〈クライドスコープ〉を、ともに束ねる優れたリーダーの姿ほど興味を覚えるものはない」

粘土(クレイ)のように姿形を変えるヨナと向かい合って座りながら、ハンターは言った。

「あらあら」

ヨナが、これは意外な言葉だというようにケイトと目配せし、揃ってにこりとした。

「私はあなたの最も愛する者となり、最も恐れる者となる。最も気にしない者となり、最も目が離せない者となる。あなたの目つき一つ、息づかい一つで、私の体はあなたの真の願望、恐怖、そしてもしかすると運命を映し出す。私を興味深く見つめてくださるのは光栄だけど、今日は他に用件があるのではなくて？」

「その通りだ、ヨナ・クレイ。いよいよ、おれたちの組織化(オーガナイズ)、合法化(リーガライズ)、収益化(マネタイズ)のためのファシリティ構想を本格化する。ぜひあなたと、あなたのグループの力を借りたい」

「あら。その大事なファシリティの第一の事業である〈路上生活者収容施設(コンティンメント・ファシリティ)〉を、私たちではなく、あのいやらしいマクスウェルと彼に従属する人々に任せることに決めたのじゃなかったかしら」

「失策だったと認めよう。いや、すでにケイトから聞き及んでいるだろうが、おれはシザースに操られていた。〈クインテット〉やあらゆるグループの分断を招くところだった。分断を促そうとしたマクスウェル本人も、シザースだった」

「一度は私たちに対する魔女狩りが始まりそうだったけれど、それをあなたがすぐさま解決してみせたことは私も認めるわ。ごめんなさい。つい過去の不満を口にしてしまったけど、私たちに務めを与えてくださるなら喜んで引き受けたいと思っているの」

「では改めて、ファシリティ事業に関するあなたの知見をうかがいたい」

「知見というほどではないけれど。私が関わっていたファシリティは、心ない人々に火をかけられて、私の前の体ごと灰になったし。でも経験上、言えることはあるわね」

「ぜひ聞かせてほしい」

「この都市で有望なファシリティは、大きく分けて五つよ。孤児養護(オーファネッジ)、高齢者保護(ナーシングホーム)、中毒者更生(リハビリテーション)、路上生活者収容(コンティンメント)、障害者福祉(ハンディキャップ)」

「〈ファイブ・ファシリティ〉というわけだな。組織名としても申し分なさそうだ」

ヨナが、またケイトと目を見交わした。

「五つ全てを手に入れると即断する人なんて、あなたの他に知らないわ。これらのファシリティ事業は市の予算に紐付いていて既得権益と深く結びついているし、ギャングの隠れ蓑になっているものもあれば、カルト的な集団に牛耳られているものもある。弱者を救おうとすれば、強者の餌にされ、逆らえば火をかけられるのが、この都市の常よ」

「今のあなたが火を恐れるとは思えないな。強者を餌にし、弱者を救うことに疑いを抱くこともなさそうだ」

「ええ、もちろん。弱者を貪ろうとするけだものどもは、私たちによって火にかけられることになる。ただ気になるのは、救済と称して人々を堕落させるグループのこと。マクスウェルの下についている〈M〉たち——汚らわしい〈Mの子たち（チルドレン・オブ・M）〉」

「先ほど言ったが、彼らに〈路上生活者支援施設（コンテインメント・ファシリティ）〉を任せたのは失策だった。早々に配置換えをしたいと思っている」

「そう簡単にいくかしら。あなたが不在だったのをいいことに、彼らは自分たちの望むがままに配置換えをする取り決めをしているのよ。〈クインテット〉だけでなく、〈シャドウズ〉や〈プラトゥーン〉にも内緒で。そのことは知っていたかしら？」

「いいや。必然性があれば、多少のグループ再編は認めているが、まだ報告はない」

「必然といえるかしらね。むしろ共感（シンパシー）の輪を乱しかねないほどだと思ったけれど」

「あなたが知る限りのことを聞かせてほしい」

「私が見聞きした限りでは、〈Mの子たち（チルドレン・オブ・M）〉は、殺し屋を集めて新しく〈ミートワゴン〉というグループを作るだけでなく、麻薬工場の安全を管理するはずの〈ウォッチャー〉を傘下にして〈猛毒小隊（ポイズン・スカッド）〉なんていうグループに変えてしまう気よ」

「由々しき事態に聞こえるな。もしバジルがここにいれば、〈M〉の面々が勢力を拡げたくなっただけとは思えない、と言っただろう。誰が彼らをそそのかした？」

「もちろん、マクスウェルよ、ハンター。他に誰がいるの？　あの男はあなたが不在となったとたんに暗躍を始めた。そして今回、どうにかして逮捕を免れたあと、自分に忠実な〈M〉たちの根城であるリデンプション教会に逃げ込んだの。配下がみんな捕まったっていうのに、自分はしつこく返り咲く気よ」

「マクスウェル本人は、そう思い込んでいるだろう。だが真実は、シザースの操り人形に過ぎない。背後には市長とその眷属がいる」

「〈M〉たちにそう伝えたところで理解するかしら？　もともとすぐに熱狂するたちだったけど、今では〈ガンズ〉以上におかしな儀式にのめりこんで、すっかり狂信的になってしまった。自分たちを悪魔主義者だと言い張り、誰彼構わず儀式に巻き込んだりメンバーに迎えたりするの。そのために何の意味もなく人を殺すこともある」

「彼らを増長させたのはおれだ」

「あら、それも認めるのね？」

「むろんだ。恐怖はおれたちの宣伝戦略だった。〈ガンズ〉や〈M〉は恐怖をまき散らすことに優れていた。だが、シルバー社のモデルや、モーモント議員の家族を儀式殺人の生贄にしたことを自慢し、警察との手打ちを困難にしてメリルの手を焼かせた。やがて彼らはおれたちではなく、自分たちを恐れさせるために宣伝をするようになった。メリルたちを殺したのも、今以上に恐れられたいと欲したからこそだ」

「そこまでわかっていて、マクスウェルを使い続けたのも、シザースのせい？」

「そうだ」

「またあなたの気が変わって、やっぱり〈M〉を優遇すると言い出すんじゃない？」

「そのときはバジルがおれを拘束し、正気に返るまで閉じ込めるだろう」

ハンターがそう言うと、ヨナが面白そうに笑い声をあげ、ケイトもにこにこした。

「〈評議会(カウンセル)〉の長として誓っていただける？　決して〈魔女〉を蔑(ないがし)ろにはしないと。ファシリティという領土を得た暁には、その領土の一部をいただけると」

「誓おう。〈評議会(カウンセル)〉の命運がかかっているこのとき、グループのために尽力する者を、おれは決して蔑ろにしない」

「その言葉を信じて、私たちはあなたと道行きをともにできる栄誉に感謝し、道行きを妨げる者たちに対する目となり耳となり、剣となり盾となることを誓うわ」

「ありがとう、ヨナ・クレイ。まさに千金に値する言葉だ」

「あなたの前では千の姿のままになりそう、と思っていたけれど、今日初めて、あなたに見せるに値する姿がわかったとお伝えしたいわ」

「ほう。ついにおれの息づかいをとらえてもらえたということか？」

「ええ。三つほど」

ヨナ・クレイが言うなり、その姿がみるみる縮んでいった。どこもかしこも細く丸みを帯び、やがて燃えるような緑の瞳を持つ少女が現れていた。

ナタリア・ボイルド。

ハンターは反射的に彼女の名を呟きそうになるのを止めるため、いっとき口をつぐんで息を止めねばならなかった。まさにブレスティカーの名に恥じぬ能力（ギフト）を発揮しながら、ヨナ・クレイがにっこり笑った。

すぐさまその姿形が別の誰かへと変わっていった。ゆったりとしたローブの内側で背が伸び、髪が長く垂れ落ち、瞳は毒々しいまでに青く染まるや、人工的な艶めきをたたえる唇と肌を持つ女が現れた。

ノーマ・ブレイク・オクトーバー。

ハンターは、今度はゆっくりと息を吐きながら、その名を口の中で呟いた。

ヨナ・クレイが、よく見るといいというように、挑発的な仕草で両手を広げて首を傾げてみせた。早くもその髪の色が変わってゆき、背がやや縮んだかと思うと、黒い瞳を持つ娘が現れた。佇まいも変わり、真面目一徹といった感じで背筋をしゃんとし、まっすぐハンターを見つめた。

ルーン・フェニックス。

その意外な相手を、ハンターは怪訝といっていい表情になって見つめ返した。

「おれの心に潜む、願望、恐怖、運命を象徴する相手ということか？　この三人の姿が現れるとは、意外でもあり、納得がいくところもある」

ヨナ・クレイがまた姿が千変万化する状態に戻って言った。

「あなたからこれだけ多くの姿を読み取れたなんて驚きだわ。とはいえ、この者たちを手に入れて自由にしたいわけではないようね」

「約束を守るべき相手。均一化（イコライズ）すべき相手。おれの鏡となった相手だ。最後の一人に、もう用はないと思っていた」

「意識の外に置かれていたはずの相手が、ふいに心の深みへ入り込んでくる。それが他者の厄介なところではなくて？」

ハンターは感じ入ったようにうなずき返し、立ち上がった。

「〈魔女〉の長の教訓を、よく覚えておこう。重ねて今日の話し合いに感謝する。近く、ミズ・ホロウを通して連絡させていただきたい」

ヨナとケイトも立ち上がろうとしたが、ハンターは手振りで止めた。見送り無用と告げてシルフィードとともに部屋を出たときには、早くもヨナ・クレイは、ハンターがここに来て最初に見た、若者の姿になっていた。

「お待たせしたね、ケイティ。よく働いてくれているご褒美に、今日は一緒に遊園地に行こうか」

同じくケイトの様子も一変しており、幼い少女となって相手に抱きつき、幸せそうに言った。

「うん、ハザウェイお兄ちゃん」

28

ルーズベルト・ホテルのボール・ルームでは、祝宴に用いられる丸テーブルと椅子が配置され、華やかな演壇が設けられていた。その背後の壁にはプロジェクターで大きく『**トリプルX集団訴訟**(クラスアクション)　**原告団**(プレインティフス)　**第一回集会**(ファーストコンベンション)』の文字が映し出されている。

演壇にいるのは、生気に満ちた様子でマイクを握るシルバーことダニー・シルバーホースだ。電動車椅子に乗って右へ左へ動き回りながら、自分が原告団の代表であり、徹底的に戦うことと、そのための出資を決して惜しまないと繰り返し誓っている。

バロットは、クローバー教授とケネスとともに舞台袖から様子を見ながら、シルバーが巧みに人々を鼓舞(こぶ)することに感心させられた。

シルバーは都市で最も成功したポルノ制作頒布企業であるシルバーホース社のCEOであり、先の対〈クインテット〉作戦で資金を提供したが、モデルたちを惨殺されたことで一時戦線を離脱していたという。だが〈イースターズ・オフィス〉が盛り返したと知り、再び共闘を決めたのだ。

はじめバロットは、ポルノ業者と聞いて、いったいなんでそんな人物を戦いの場に呼ぶのかと胸がざわめく気分を味わったものだった。だが実際にシルバーから挨拶された限り、態度は粗雑ではあるものの不快な感じはしなかった。おおむね礼儀正しかったし、重要な点として、卑猥（ひわい）な冗談を決して口にせず、目の前にいる相手に敬意をあらわすことの大切さを知っている人物に思われた。何より、障害をものともせずエネルギッシュに振る舞うさまは、心に痛みを抱いて消沈する人々に奮起を促しうるものだった。

シルバーの言によれば、彼もまたオクトーバー社とそのグループ企業が販売する鎮痛薬に「ひどい目」に遭ったし、彼が雇用するモデルの男女の中にも深刻な後遺症に苦しむ人々がいるとのことだった。

バロットが陰から見る限り、このボール・ルームに集まった百五十余名の人々は、シルバーの熱意に感化されているようだった。彼らは、一言で表現するなら「バラバラ」だった。経歴も住まう地域も何もかも違うのだ。

ウェストサイド住まいの貧しい者もいれば、ミッドタウンで歯科医師として成功した者もいた。軍に入ることでやっとまともに生活できるようになったのに、そこで使われていた鎮痛薬の中毒症に悩む者がいた。ノースヒルに家を持って子息を私学に通わせていたが、鎮痛薬の依存症でその子息を失った者がいた。ベイエリアに住んで漁船に乗って働いていたが背の痛みを覚えて鎮痛薬を常用するようになり、神経に障害を負ってしまった者がいた。スポーツ選手として活躍していたが、オクトーバー社製の薬のせいで「将来を奪われた」者もいた。

この都市の最下層から最上層まで、各コミュニティを代表する者を選んでとりそろえたような顔ぶれだった。そう仕向けたのは、クローバー教授だ。入念に原告団に加えるべき人々を選別し、これから「残るべき者と、振り落とすべき者を厳選する」と言っていた。バロットからすれば、全員を救済すべきではないのかと言いたいところだが、クローバー教授には、まったく異なる考えがあるのは明らかだった。

やがて檀上のシルバーが、いよいよ原告団の主任弁護人を紹介しようというとき、舞台袖に新たな人間が現れた。

「ごめんなさい、クローバー教授。すっかり遅くなってしまって」

バロットたちが振り返ると、いかにも息せき切ってやって来たという感じの、柔和そうな、細身の女性が現れていた。

クローバー教授が満面の笑みで、その女性の到着を喜んだ。

「おお、間に合ったか、ロータス。こちらこそ無理を言ってすまない。今日、都市に戻ったのかね？」

「ええ。二十分前に。空港からエア・ウェイを飛ばしてもらいました」

「レシートを私のオフィスに回してくれ。ミズ・フェニックス、ケネス、こちらはオリビア・ロータスだ。ロータス、こちらがアソシエートのミズ・フェニックス、そして検察局のケネスだ」

ロータスが何か言おうとしたとき、檀上でシルバーが「都市最強の弁護団の登場」を宣言した。ケネスに促されて、クローバー教授とロータスが舞台袖から出て、ついで首をすくめながらバロットが続いた。

万雷の拍手で迎えられ、シルバーからマイクを渡されたクローバー教授が、まず檀上の面々を紹介してから、こう言った。

「弁護団とミスター・シルバーはおっしゃいましたが、これ以上、弁護士を増やす必要はないと考えています。私は常にそうして法廷で戦い、そして勝ってきました」

クローバー教授が慣れた調子で原告に声をかけている間、バロットは居並ぶ人々を観察することに努めようとした。『殺人薬を売る企業に懲罰を！』と書かれたプラカードを胸に抱えている者がいた。涙目で手を握り合う老夫婦がいた。青ざめた顔で今まさに後遺症と闘っている者がいた。誰一人として、この訴訟の障害になるような者はいないように思われた。

「さて、このような集団訴訟の特徴は、この訴訟の存在を知らなくとも、該当する商品を利用していた者全員が自動的にふくまれるという点にあります。あるとき心当たりのない『勝訴』の報せとともに、賠償金を受け取る者もいるのです。こうした集団訴訟に加わりたくない者は、個別に訴訟辞退の手続きが必要となりますが、その問い合わせの義務は我々にはなく、訴えられた側の努力義務となります」

クローバー教授が基本的な説明をしている間、バロットは原告団を観察しつつも、隣に立つクローバー教授のほうに注意を奪われがちだった。見れば見るほど、クローバー教授が頼りとするような、つわものの法戦士（ロー・ウォリアー）というより、おっとりとした雰囲気の修道女という感じの女性なのだ。とても法廷での苛烈な戦いに耐えられるような感じはしなかった。この女性には秘めたる何かがあるのか、それともクローバー教授が単に余計な口出しをしない大人しい弁護士を呼んだだけなのか、早く知りたいという気持ちでいっぱいになっていた。

幸いなことにマイクが回ってくることもなく、クローバー教授が、事件の基本的な概要を説明し、自分たちが求めるのは全面的な勝利であって消極的な和解は目指していないことを明言するだけでことが済んだ。

「はっきり申し上げます。私どもの目的は、第一に被告に罪を認めさせること。第二に謝罪させること。そして第三に、償（つぐな）いをさせることです。とりわけ第三の目的において、我々は決して容赦（ようしゃ）をすることはありません」

そう告げるクローバー教授の私生活を簡単に説明するなら、バロットが見聞きした限り、

「法廷闘争のほかに興味がない」が一つ、「質素」が一つだ。クローバー教授の姿は、しばしば大学のカフェや近所のダイナーでみられる。残り物のハムやサラダを半額以下の値段で買って帰るのだ。サウス・アヴェニュー沿いにある中古住宅を即金で買えるまで貯蓄したのも、ローンの利子が勿体なかったかららしい。

家に帰ってベースボールの中継を眺めながら、干涸らびかけたハムサンドイッチを喜んで食べるのが、この都市最強の弁護士のメンタリティだった。むしろだからこそ、最大限の賠償額を巡って、ぎりぎりのせめぎ合いを繰り広げたあと、ストレス緩和のために泥酔する必要もなければ、陪審の決定が気になるあまり睡眠薬に手を出すこともなく、好物のウィスキー・シロップをちょっと味わうだけで、すやすや熟睡できるのだという。

清教徒的な厳格きわまりない決戦主義者のクローバー教授が、すっかり慣れた様子で場を盛り上げてのち、再びマイクがシルバーの手に返された。

シルバーが、徹頭徹尾「最強の弁護団」呼ばわりする三人に拍手を求めたところ、割れんばかりの拍手が起こった。

それが一段落すると、シルバーは「刑事面での正義の味方」である、検察局捜査官となったケネスを檀上に呼んだ。そのときバロットは、ボール・ルームの一角に座る女性が、身を強ばらせたのを感覚した。

ケネスはシルバーからマイクを受け取り、トリプルX訴訟が刑事面でも追及されることを話しながら、その視線をかなりの頻度で、バロットが感覚した女性に向けていた。

彼女が、そうなのだ。

バロットはケネスとその女性の様子から、はっきり悟った。車輌事故で負傷し、胎児を失った女性だ。ケネスの恋人であり、その子を身ごもり、その内部告発によってオクトーバー一族から敵視され、徹底的に攻撃された女性、エリアス・グリフィンに違いなかった。

遠目には、典型的な中流層の女性に思われた。地味でも派手でもなく、貧相でも豪奢でもなかった。とてもバランスがとれた理性的な佇まいというのがバロットの感想で、この都市ではむしろ最も獲得するのが難しいものの一つかもしれないと思わされた。

やがてケネスからマイクを戻されたシルバーが、演壇での紹介を終えて懇親会に移行することを告げた。

バロットは、聴衆に会釈するクローバー教授とロータスに、ぎこちなく倣い、二人とともに足早に舞台袖へ戻った。

ボール・ルームにブッフェ形式の料理が運ばれ、原告団同士の親睦を深めるための立食のディナーが開始された。経費を出したのはシルバーで、その場に居合わせた人々に気軽に呼びかけ、原告団代表として「結束」の重要性を話して回る気らしい。

バロットが、そのボール・ルームでの賑わいでゆいいつ興味を持ったのは、ケネスがすぐさま演壇を下り、くだんの女性へまっすぐ歩み寄ったことだった。女性もすっくと立ち上がり、逸るでも怖じけるでもなく、涙を浮かべてはいたが取り乱すこともなく、ただ静かにケネスの手を取り、そして抱擁を交わしたのだった。

その二人の姿に胸を打たれながら、バロットはクローバー教授とロータスとともに控え室に入り、促されるまま席についた。

「さて、ミズ・ロータス。君なら、どう攻める？」

クローバー教授が、楽しげな様子で、さっそくロータスに尋ねた。

「まずは原告団を、対処を要する暴徒に仕立て上げます」

ロータスが口にした言葉に、バロットは唖然となった。

「当然だな。そのあとは？」

「原告団の分裂です。私が見たところ、内部分裂を狙う企業側スパイがすでに紛れ込んでいます。このスパイたちを通して、ちょっと脅されたら空中分解する集団であるという認識を、原告団の構成員に植えつけることです」

バロットは、まじまじとロータスを覗き込んだ。原告団の決起集会に顔を出したばかりでありながら、いったい何を言っているのかと本心から疑問に思っていた。

だがクローバー教授は、良い案だとでもいうように人差し指を立てて言った。

「家族を亡くした原告は厄介だぞ。自分が障害を負ったと主張する者よりもな。原告団の中には、娘が美容整形のつもりで通った病院でトリプルXの依存症になったことを訴える親もいれば、小児科で息子にトリプルXを処方されて中毒死に陥ったことを訴える親もいるんだ。彼らの意思は強く、間違いなく陪審の同情を買うだろう」

　ロータスは速やかに応答した。

「法廷においては判事を説得して『科学部門』を設定させ、証人の登場を可能な限り遅らせます。最低でも半年は、科学的根拠についての証明に費やさせ、あの原告団の誰も法廷で証言させないことを理想としてプランを立てます」

「封じ込め作戦だな。陪審員を、退屈という名の拷問にかけるわけだ」

「はい。開示における証言録取書においては、一人につき三桁の小さな質問を用意します。小さな質問という煉瓦（れんが）を積み上げることで防壁を築き、原告団が有する証拠に、伝聞証拠や違法捜査のレッテルを一つずつ貼りつけ、除外させます。原告団の参加者が、多数の質問に耐えられず辞退することも期待できます」

　バロットは思わず腰を上げた。敵性の弁護士がこの場に紛れ込んだような気分にさせられたからだ。だがクローバー教授は、バロットのその態度を面白がるような顔で、深くロータスにうなずきかけ、続きを促した。

「それで？」

「通常、科学的証拠を用意することで原告は資金を使い果たすでしょうが、今回は連邦の施設の協力があることから、籠城戦は効果が低いと思われます。あくまで徹底的に原告団を切り崩すしかないでしょう。たとえば、原告の一人一人に適切な和解案を提示し、段階的に条件を下げてゆきます。一ヶ月以内の和解なら百万ドル、二ヶ月なら五十万ドル、三ヶ月なら二万ドルというように。これ以上戦えば損をするだけだと思わせ、原告団の崩壊を目論(もくろ)むべきでしょう」

「端的に言って、君の目算は？」

「私なら、この集団訴訟を、八ヶ月で潰します」

　ロータスが、修道女然とした慎ましやかな姿からは想像もつかない、剃刀(かみそり)のような鋭さで告げるや、バロットは総身にぞおっと鳥肌が立つのを覚えた。

〈公正会〉の弁護士を招いたなどとは、とても信じられなかった。この女性は決して法戦士(ロー・ウォリアー)ではない。おそらくその点でも一流だろうが、才能の使い方が違った。手段を選ばず、法廷で相手を抹殺することを目標とする、冷酷無慈悲な、法暗殺者(ロー・アサシン)だ。

「勝利させるべき原告を殺させないためには、何より、たやすく殺せるすべを知るべきなのだよ、ミズ・フェニックス」

　にこやかに告げるクローバー教授に、バロットは腰を上げたままの姿勢で身震いしそうになった。

「ミズ・ロータスは、連邦最高裁判所で戦い、そして勝利した類い稀なる経験の持ち主だ。彼女から学びたまえ、ミズ・フェニックス。私の知る限り、彼女ほど、敵対する相手を血祭りに上げてきた者はいないのだから」

「といっても、クローバー教授の心臓を一刺しする機会はまだいただけていませんが」

ロータスがにこりとして言った。クローバー教授が、自分の胸を両手で押さえておののくという、おどけたジェスチャーをしてみせた。二人とも楽しげに笑ったが、バロットは到底笑う気にはなれなかった。

徹底的に戦うことを至上の喜びとする法の戦士と、確実に相手を葬らんとする法の暗殺者という得がたい教官(メンター)を前にして、バロットは我ながら情けなく思うほど、ただひたすら戦慄させられっぱなしだった。

29

「公正な扱い(イン・ジャスティス)を！　公正な扱い(イン・ジャスティス)を！　公正な扱い(イン・ジャスティス)を！」

ウィステリア葬儀社の会場に満ちる熱狂の声に応じて、両手を広げるハンターの姿を、メディアの人々が焚(た)くフラッシュ・ライトが、輝かしく照らし出した。

ハンターこそが、この儀式の司祭であることを疑う者はなく、その声を熱望する〈クインテット〉や、その傘下の者たちだけでなく、興味本位のメディア、あるいは懐疑的な目を向けるバロットたちであっても、どんな言葉が彼から放たれるかに、関心を持たざるを得なかった。

　そしてハンターは、自分の言葉の価値を、まったく疑う様子もなく告げた。

「我々の〈ファイブ・ファシリティ〉は、正義を約束する！　誰もが求める正義を！　取り残される者なき正義を！　〈ファイブ・ファシリティ〉の究極の目的は何か？　この都市に住まう全ての人々から、恐怖を取り除くことだ」

　――来た。

　バロットは思わずぎゅっとハンカチを握りしめた。

　日に日に拡大せんとしている権力(パワー)を、ハンターは、どんな目的のために行使するのか？　またその思想は、今いかなる変貌を遂げようとしているのか？　上っ面の美辞麗句の裏に、どのような本音が隠されているのか？

　その言葉だけでなく、聴衆やメディア向けの芝居がかった表情や仕草といった、明示されるもの全てを見届けねばならなかった。強大化する一方の男に、何としてでも対抗し、本来下されるべき、裁(ジャスティス)きをもたらすために。

　バロットにはエイリアンじみているとしか思えない目をみはり、適切に演じられた誇りや確信、熱意といったものをあらわしながら、ハンターは、その思想を口にした。

「我々の理念においては、いかなる不運のもとでも安心が約束される。病に罹(かか)った者は、そのことによって肉体的に苦しむことはあっても、決して社会的に苦しむことはなくなる。障害を負った者は、不自由をつらく思うことはあっても、決して社会的な不自由を被(こうむ)ることはなくなる。犯罪においては、加害者はその罪と罰に、被害者はその被害に苦しむのであり、社会的な苦悩に苛(さいな)まれ続ける必要はなくなる。なぜなら、実力者たちが好む、自己責任や自力救済の考えを押しつけられ、孤独のままに失意や偏見に耐える必要がなくなるからだ。これは、どのようなハンディキャップを持つ者でも等しく約束される。年老いること、幼くして親を喪うこと、家庭で居場所を失うこと。それらの苦しみは全て〈ファイブ・ファシリティ〉が均一化(イコライズ)する。それで何が得られるか？　揺るぎなく、永続し、迷いなく甘受できる安心だ。そして何が消えてなくなるか？　不運によって孤立し、無力となり、卑屈にさせられ、何も得られないがゆえに、一人前の人間とみなされなくなることへの恐怖だ。誰もが公正な扱いを約束され、誰もが平等となることで、あなた方の恐怖は消え、安心だけが残る。同じように、たとえ命を奪われたとしても、死において苦しむのであり、忘却の苦しみから救済されねばならない。我々は、今この棺の中で眠る者を、決して見捨てない。

死の沈黙によって葬り去られることをよしとせず、死者の声を聞き届けるのだ。そうして必ずや犯人を見つけ出し、生きてここに集うあなた方の前に、公正がいかなるものであるかを示すと約束する！」

ハンターが「約束」という言葉を発するたび、メディアまでもが期待を高め、ますます彼の言うことに耳を傾けようとするのが、バロットにはわかった。

強烈なまでの〝公正(ジャスティス)〟の宣言——〝公平(エクイティ)と平等(イコーリティ)〟の実現の誓い。だがしかし、本当に恐怖を消し去ってくれるとは限らないことを、バロットは知っていた。

何も、ハンターの内心を鋭く読み取るまでもなく、その言葉が危険な矛盾をはらんでいることは、公平と平等について学んだ者なら、誰にでもわかることなのだ。

問題は、ハンター自身が、その矛盾を理解しているはずだということだった。なのにあえて、その矛盾をないものとして語っている。ハンターが意図的にそうしていることは間違いないだろう。

何が矛盾しているか？　公正とは、公平と平等を同時に叶えるものであると思われがちだが、実は違う。むしろ、公平と平等は対立する。決して、同時には成り立たないのだ。フェアであることと、みながイコールになることは、それぞれまったく逆なのだから。

公平とは、機会を等しくすることであり、そのためには、結果を厳格にしなければならない。

平等とは、結果を等しくすることであり、そのためには、機会を厳格にしなければならない。

この対立については、クローバー教授をはじめ何人もの教授が、講義やディスカッションで取り上げており、バロットも何度となく参加したものだ。

とりわけクローバー教授が、バロットや他の学生たちを思考の荒波へと送り込んだときのことは、しっかりと記憶に残っている。

「ある社会に属する全ての人々を、一隻の船に乗せるとしよう。船が向かう先は〝幸せな人生〟だ。船に乗れなかった者は、漏れなく〝不幸な人生〟という土地に縛られ続けることになる。諸君に考えてほしいのは、この船の出航を巡り、どうすれば公正と平等を人々に約束することができるかだ」

とクローバー教授は問いかけた。

公平を約束するなら、全員が乗るまで、船は決して出航してはならない。誰がどれほど遅れようとも、あるいは船に乗るめどが立たない者がいようともだ。

先に船に乗った者にとっては、時が経てば経つほど、無駄な時間をすごしているという不平等が広がっていく。もし乗船に費用がかかるなら、その不平等は実に耐えがたいものになるだろう。しかし、もし、船の存在を知らない者や、船に乗る意思がない者がいたとしても、公平を重視するならば、いつか全員が、船の存在を知り、船に乗る気になるまで、無限に待つほかない。

なぜなら機会を等しくすることが公平であり、一人でも参加できない者がいる限り、どれだけ不平等であっても、船を永遠に出航させないことが正義となる。

これとは逆に、平等を約束する場合はどうだろうか。

たとえば船が出航する日時を決めて公開し、間に合う者は誰でも船に乗れるようにする。日時を知るすべがなかった者や、どうしても間に合わない者がいたとしても、それは仕方がないことだとする。

なぜなら、結果を等しくすることが平等なのであり、この場合、結果とは出港の日時だ。船に乗る資格があるのは、正しい情報を得て、適切に行動できた者だけである。そうすることができない者にとっては実に不公平だが、誰もが努力をして船に乗るという点では平等なのだ。船の中で自分がより良い席につけるよう、あらかじめ他者を排除しておくことや、自分だけは必ず間に合うよう、邪魔になる他者の動きを封じて置き去りにすることも、努力の一環となる。

結果、たった一人しか出航までに間に合わなかったとしても――いや、それどころか、我先にと船に乗ろうとして争い合った結果、誰一人として間に合わないという、極端に不公平な結果になったとしても、全員を置き去りにして船を出航させることが正義となる。

どちらが正しいあり方なのか？

どちらも正しいのだ。

それらはコインの裏表であり、両面に「正義（ジャスティス）」という言葉が刻印されている。

「社会が高度になればなるほど、公平と平等は適切に使い分けられる。公平の最たるものが選挙であり、平等の最たるものが福祉といえるだろう」

というのが、クローバー教授が好む例だが、教える者によっては、選挙はスポーツなどに、福祉は公共施設や誰もが使える道路などに置き換えられる。

このうち選挙は、公平であることを優先するため、明らかに平等を排除せざるを得ないという点で、確かに好例といえた。公平である限り、立候補者を平等にすることなど不可能なのだ。競争で差を明らかにするのが選挙なのだから。

もし、票を平等に分配し、本来落選していたはずの人間を全員当選させるなら、もはや選挙とは呼べない。つまるところ、公平な選挙であるためには、結果を不平等にしなければならないのだ。

これは当然、スポーツにおいても同じで、最終的に順位が全員同じになるようなルールでは、競争が成り立たない。

他方で、ハンターが言うように病気や障害などで孤立し、貧困に陥った者などを救済するなら、公平を排除せねばならない。

もし、福祉において公平を優先すれば、困窮しようが富み栄えていようが、全員に救済を与えることになる。結果、不平等は変わらないどころか増大するかもしれない。

そうではなく、一部の人間が富を独占してしまうことを防ぐには、富める者ほど税金の額を上げ、合法的に収奪し、再分配するなど、あえて不公平にする必要がある。

こうした、正義のコインの表と裏は、そのつどひっくり返っていく。片方の面だけが突出することは、やがて非正義へ、そして社会の混乱や衰亡へとつながるからだ。

もし、何もかもが公平でなければならない社会があるとしたら？

誰もが、同じ両親と遺伝子を持って、同じ性別で、同じ場所で、同じ時刻に生まれるのと同じ状態に揃えられねばならない、と言っているようなものだ。

それでは、生まれることすらできなくなる。つまり永遠に船が出航できなくなるのだ。最も公平でなければ生きるに値しないと考えるようになれば、大多数が子孫を作らず、社会は、すでに生まれた者たちが年老いてゆくばかりになるに違いない。

逆に、何もかもが平等でなければならない社会があるとしたら？

平等のためなら、どんな不公平を誰にでも押しつけてよく、どこもかしこも紛争状態になるだろう。平等において、人は無限に争い合うからだ。

少しでも自分より有利とみなした相手を攻撃し、弱らせ、得られるものは全て強奪する。やがては、終末的世界の果てに、無人の船が出航する。

このように、どちらに偏り過ぎてもデメリットが浮かび上がるのが、公平と平等というものなのだ。人間にとっての右足と左足のようなもので、交互に使うことによってしか社会は進歩しない。

だが、ハンターの思想は、究極的には不公平などものともしない、絶対平等主義だとバロットは確信していた。

手元に百ドルしかない人々が大勢いるなら、その不平等を解消するため、一億ドルを持っている人間を殺してカネを奪い、再分配することを正義とする。

人生は不公平であって当然であり、だからこそ絶対に平等にしてやるという、恐ろしいほど苛烈な競争主義を、決して疑わないのがハンターだ。

社会的な弱者であることから脱出するためなら手段を問わず、自分たちが都市の最上流階級と等しくなるまで、ありとあらゆることをし続ける。

それこそが、しいられた殺し合いゲームのあともハンター自ら行う、絶対平等ゲームの真相だ。配下の人々は、ハンターと自分たちは正義だと信じきっている。その過程で自分たち以外の人間が、ハンターの言う〝不運〟に見舞われ、命を落とそうとも、彼らの正義には傷一つつかない。それが、ハンターの唱える〝公正（ジャスティス）〟の正体だ。

もし、彼らのその不公平さを誰かが咎めたら？

決して、誰にも自分たちを咎めさせないよう、反対する者に苛烈な圧力をかけ、法だろうが条例だろうが、自分たちの都合のいいように変えるまでだ。

ハンターほど、徹底的に不公平で平等な人間を、バロットは他に知らない。カジノのディーラーやギャンブラーとてルールの枠に従うものだが、ハンターにとってルールは針金のようにねじ曲げてしまえるものだった。事実、不平等が生ずるときは多数の意見に基づき法を改正しうるというのが、文明社会が認める公平な権利でもあるのだから。

　となれば、結局のところ均一化（イコライズ）とは、「彼ら」と「それ以外」との間で無限に繰り広げられる合法・非合法を問わぬ強奪を意味するのではないか？

　常に自分たちより上の存在をターゲットにし、富や権力を奪いにかかる。今はまだオクトーバー社を後ろ盾にしてはいるが、その全てを奪える機会を、虎視眈々（こしたんたん）と狙っているはずだ。

　こうした思想の持ち主が、公平を約束するなど、欺瞞（ぎまん）といっていい。

　問題は、欺瞞の裏にあるべき、ハンター独自の目標達成（ビジョン・クエスト）となるロードマップだった。

　いったい彼は何を実現したいのか？　熱狂する集団の規模を可能な限り拡大し、自分が信じる正義に大勢を没頭させることで、いったい何を推し進める気なのか？

　オフィスに拮抗するため、0 9（オー・ナイン）法案を自分たちに都合よく変えてしまう？

　いずれ自分たちの財産にするつもりであるオクトーバー社の富を守り、集団訴訟を封じるため、市議会を支配する？

　どんな不公平をも省（かえり）みない、絶対的に平等な社会を築きたい？　自分たちの思想に反する相手をことごとく死の沈黙で覆って葬り、忘却する社会を？

　そうしたハンターの企みを推測するだけで、バロットは肌が粟立（あわだ）つのを覚えた。

　どれも、この男ならやってのけるのではないか。

壇上に立つハンターを見れば見るほど、初めて自分の前に現れたときに比べ、格段に危険な存在になったことが実感された。もしこの男が独裁者となれば、今の熱狂が恐るべき同調圧力となって、全ての反対意見を抹殺しにかかるだろう。

当然ながら都市に住まう大勢にとって危険な状態になる。いや、誰にとっても危険だ。いつだって法制度を改悪してしまうのはこうした人々の熱狂やパニックであることを、バロットは法廷の歴史を学んで知っていた。人種隔離法、戦時法、同性愛禁止法といった、一部の政治団体にとってのみ有用で、多くの点で有害な法を成立させてしまう。

バロットは、ハンターが権力を得た末に、想像もつかない恐ろしい法改悪をやってのけるのではないかという懸念が、決して空想ではないと確信できた。だからこそ戦慄に呑まれそうになってハンカチを握りしめているのだ。絶望的な気分ではなく、おのれを鼓舞するために。日増しに巨人となっていくあの男と対峙する覚悟を決めるために。

——おれはおれの有用性を証明する。

一匹のネズミが告げた言葉の価値を、他ならぬこの自分が証明するために。

棺に眠る者が最後に求めた、おのれを隠さず、人々の前に立つという思いを叶えてやるために。

バロットは、今の熱狂の声が、かつてのように自分を焼き殺して沈黙させてしまうのではないか、という恐れをしっかりと退けた。そんなことにはならないし、させる気もない。

過去に沈黙をしいられてきた少女も、姿を隠して生きねばならなかったネズミも、もう、ここにはいないのだ。

いるのは、熱狂に満ちた危険な正義を恐れず、まことの裁きを求めて警告の笛を鳴らす、告発者（ウィッスル・ブロワー）だ。それこそが、クローバー教授いわく、経験主義に裏づけられた原理的な法律家への道を歩んでいるらしい、この自分の有用性なのだから。

バロットはそう自分に言い聞かせ、政治的な大イベントと化した葬儀とそれを主催するハンターに対する闘争心を、静かに、そして苛烈に燃やし続けた。

30

「ははあ。クローバー教授は、人々を守るために、とびきりの殺し屋を雇ったわけだ」

テーブルの上のウフコックが、感心した様子で呟いた。オフィスの来客室こと、エイプリルいわく〝遺体洗浄室〟に、イースター、エイプリル、アビー、ストーン、そしてバロットが集まっており、ウフコックも堂々とみなの前で姿を現している。

バロットは、ソファに座って両膝で両肘を、両手で顎を支える姿勢で、彼に尋ねた。

「うん。それって、どう思う?」

「その殺し屋が、相手側に雇われることを防ぐという点では、必要な手だ」

「それって、どうなの？」

「どう？　ああ……つまり君が、その人物に嫌悪感を抱くべきかどうか、ということか。きっと君は、将来、法の知識をどう活用するのが本当に正しくて有用であるのか、という疑問に直面しているんだな」

ウフコックならではの的確な指摘に、バロットはかえって、ぐうの音も出ないような気分にさせられた。まったくその通りなのだが、まさかクローバー教授やそのパートナーとなったロータスのような優秀で経験豊かな弁護士について、道徳的にどうなのか、などとけちをつけるようなことを、インターンに過ぎない自分が口にするのもはばかられる。

「ウフコックはどう思う？」

つい、相手に言わせるような話し方になってしまうのだが、ウフコックは疑問にも思っていない様子でこう返した。

「クローバー教授もその弁護士も、対決する相手が、自分と同じように振る舞ってくれるわけじゃないことを、よく知っているんだ。おれやイースターのような委任事件担当官も、悪辣で暴力的に感じられるからといって、有効な防御策があることを依頼人に教えないわけにはいかない」

「そうすべきか疑問に思っていたとしても？」

「ああ。たとえおれが本心では、昔の君に銃を持たせるべきだったろうかといまだに悩んでいるとしても、君が危険な相手と対決しなければならないなら、おれは同じことをする」

こうまでウフコックに言わせては、申し訳ないの一言だった。本来自分で解消すべき矛盾なのだ。それに、自分だって大学のディスカッションで、相手を有利にするのを防ぐ手段があるなら、たとえ狡猾で悪辣に見えるとしても、ためらいはしない。なぜなら、そうすべきだからだ。迷っていては、依頼人を守ることができなくなる。たとえそのあとでひどく悩むことになるとしても。

「私も悩みながら働くことになりそう」

バロットが苦笑すると、ウフコックも肩をすくめて微笑んでくれた。

「今まさに、だいぶ過激な手段が講じられていることだしな」

ウフコックが言って、ちっちゃな鼻を、壁に投影されたいくつもの映像へ向けてみせた。きな臭いものを感じているというように。

確かに、これまたウフコックの言う通りだった。

映像は、夕暮れのハイウェイを、護送バスが前後を何台ものパトカーに挟まれて進む様子をリアルタイムで伝えている。車載カメラの映像だけでなく、メディアのヘリが上空から撮影する中継の映像もあった。おかげで、車列を追いかける多数の野次馬の車やバイクの様子も見ることができた。

逮捕されたハンター配下のエンハンサー四名を〈楽園〉へ移す、護送部隊の車列だ。四名とも、ただバスに乗せられるのではなく、鎮静剤を点滴されて眠らされているうえに、拘束具で全身の動きを封じられた状態でストレッチャーに横たえられている。

武装した警官だけでなく、四名の身の安全のために医師と救急隊員が同乗しているとはいえ、大いに過激な手段といえた。

加えて、部隊を指揮するクレア刑事の要請で、ミラー、スティール、ライムが、護送バスの前後のパトカーに、ばらばらに乗って襲撃に備えている。

さらに、空飛ぶサメの群という大変ショッキングな存在が、車列のすぐ上に位置していた。群の中で最も体が大きいバタフライには、トゥイードルディとトレインがまたがって楽しげにしている。メディアが追いかけ、野次馬が集まるのも当然だった。

いくらイースターが、トゥイードルディに、二人とも地上に降りてパトカーに乗るよう促しても、今のところ、まったく聞き入れてもらえていない。というのも本来、四名を〈楽園〉へ移送する務めは、トゥイードルディとそのサメたちのものなのだ。マルドゥック市警が同行するのは、自分たちの手柄を主張するためのパフォーマンスに過ぎなかった。もし〈楽園〉サイドから協力はいらないと言われれば、市警もオフィスのメンバーも、尻尾を巻いて都市に戻るしかなくなってしまう。

ハンプティ＝ダンプティを使用しないのも同じ理由だ。警察の参加が難しくなるどころか、マルコム連邦捜査官が同乗することで事件全体が連邦の管理下に置かれかねないとあって、オフィスも警察もその使用を選択肢に入れていなかった。

そういうわけでイースターも市警察も強くは言えず、多数のメディアと野次馬を引き連れながら、四名を奪還せんとする者たちの襲撃に備えていた。とはいえバロットがアビーと一緒にオフィスに来たときには、車列が都市を出て半日近く経っており、イースター、ストーン、ウフコック、エイプリルが、緊迫感とは無縁のポーカー勝負で退屈を紛らわせていた。

その後も、アビーがエイプリルに宿題を手伝ってもらっているのを除けば、バロットは集団訴訟の決起集会の模様をウフコックに話す傍ら、イースターとストーンが、護送部隊に参加したメンバーと端末でポーカーをやりながら意見を交わすなど、みな雑談で時間を潰すだけだった。バロットの見たところ、誰のカードさばきも、大変気の抜けたものだった。

《ハンターは、銃狂いたちを見捨てたな。来るとすれば消えたカマキリ爺さんだと思ってたが、グループを叩き潰された直後だし、このパレードを襲撃するのは難しかったんだろう》

ライムが、到着まであと三十分というところで、そんなことを言った。会話に参加している全員が、同意見のようだった。

《僕が心配していたのは、能力殺し（ギフト・キラー）の研究を阻止するために、ハンターが逮捕者四名を殺しにかかることでしたが、杞憂（きゆう）だったようですね》

スティールが意見を述べると、オフィスにいるストーンが同調気味に返した。

「最近、またシザース狩りという言葉をストリートで聞くようになった。ハンターはそちらを優先しているのかもしれない」

するとミラーが、いかにも思慮深げな顔つきをして言った。

《あのハンターが、本当に連邦とはことを構えないと決めたのかどうか、怪しいところだがな。早いところ相棒と一緒にストリートに舞い戻って、探りを入れたいもんだ》

ミラーの言う「相棒」とは、仮のパートナーであるスティールのことではない。

イースターが、ろくに場を見ず雑然とカードを選びながら言った。

「〈楽園〉から戻ったら、すぐにレザーとミスター・ラファエルのお祝いだ。まだ完全に回復したわけじゃないけど、少なくとも祝われていることは認識できるはずだからね」

ミラーが、今まさにレザーの隣でそうしているというように、口笛を盛大に吹き鳴らしてみせた。

《レザーを拷問にかける気でなければ、もう少し上手に吹いてあげてくださいね、ミラー》

《おれの口笛が気に入ったか？　細かいことで悩みがちなお前さんに、毎晩、電話で子守歌を吹いてやるよ、スティール坊や》

《せっかくですが遠慮しておきますよ。いつも難なく熟睡できていますのでね》

ミラーとスティールのいつもの揶揄と皮肉に満ちたやり取りはともかく、レザーとラファエルの覚醒という素晴らしいニュースに関しては、誰もが朗らかな様子でいた。

「明日は、病院でパーティになりそう」

そう言ってバロットが肩をすくめると、耳ざとく聞きつけたアビーがテキストから目を離してわめいた。

「あたしもパーティしたい！」

「宿題とテストが終わってからね、アビー」

「もー。テストなかったら、トレインと一緒に行ってプールでイルカに乗れたのにさ」

「しょうがないでしょ。私もあなたも、学ぶことのほうが大事なんだから」

「ルーン姉さん並みに勉強したら、あたし死んじゃうかも」

「つまんないこと言い返してないで、早くそれを片づけちゃいなさい」

「はーい」

アビーが渋々と顔を戻し、エイプリルがくすくす笑って指さす数式に眉根を寄せ、なんとか解こうとしてシャーペンの頭をこめかみにぐりぐり押し当てた。

「パーティ好きの人たちばっかり。どこでも騒ぐんだから」

バロットが呆れ顔を作って言うと、ウフコックが笑った。

「病院での君の誕生日パーティみたいに？　おれも参加したかったな」

これにはバロットもノーとは言えず、嬉しい気分でうなずいた。

「ありがとう、ウフコック」

そこへ、クレア刑事の通信が割り込んできた。

《ファースト・チームからオフィスへ。また現地のハイウェイ・パトロールからよ。状況確認のため併走するって。これで最後だと思うけど、注意して》

クレアの声は、オフィス・メンバーに比べて緊張を保っているだけでなく、ものすごくかりかりしていた。これは、部隊の指揮というプレッシャーのせいだけではない。

《どれ。ハンターの手下が白バイに乗ってるかどうか見てやろう》

ミラーが冗談めいて言ったが、それで余計にクレアが表情を険しくさせるのが映像の一つから見て取れた。

都市の内外には、独立した警察組織が実に何千と存在するのだ。ハイウェイ・パトロールだけでも、地域ごとにまったく違う組織が点在する。パトロール隊員が車列の周囲を走り回ることを止める権利は誰にもなかった。

これまでは、そうした組織がギャングなどから賄賂を受け取っているかどうかが問題だった。だがクレアいわく、ハンター一派に関しては、事態の深刻さは以前の比ではないらしい。

なんでも、小規模な保安官事務所に、いつの間にか、ハンター配下のオーキッドやエリクソンといった幹部が、得体の知れない推薦状を持って、保安官代理に就任したというのだ。さらに、その保安官代理たる彼らの推薦でもって、〈シャドウズ〉のメンバーと目(もく)される者たちが、国道沿いのハイウェイ・パトロール隊員として、着任する予定だという。

そうかと思えば、十七番署に勤務する刑事であったウィラードとピットが、クレアの言葉を借りれば、「完全に消えた」とのことだった。二人とも辞職してのち、消息が途絶えたのだ。身の危険を察して都市を出たと考えるべきだろうが、クレアもフォックス市警察委員長も、その考えには懐疑的だった。

「メリル・ジレットと十七番署の署長が襲撃されたとき、状況からしてウィラードとピットも死んでるはずよ。きっと、姿を変える能力(ギフト)を持ったハンター配下のエンハンサーがいて、二人がまだ生きているように見せかけていたんじゃないかしら」

というのがクレア刑事の読みであり、フォックス市警察委員長も彼女に同意していた。

なんであれウィラードもピットも、ハンター一派にとって有用な、賄賂の渡し役(キャンディマン)だったとみなされている。その二人が消えた——つまり、ハンターにとって用がなくなったということは、新たな渡し役(キャンディマン)が配置されたということだ。しかも特定の警察署に常駐するのではなく、れっきとしたギャングの構成員が、推薦によって次々に異なる組織に浸透していくというやり方で。

前代未聞のことだといっていい。オフィスのメンバーですら、本当にそんなことができるのかと疑う者のほうが多かったほどだ。バロットにしてもそうで、あたかもその気持ちを汲み取るかのように、ライムが口を挟んだ。

《確かにギャングは、自治を主張したがる。警察が入って来ないようにな。しかし警察に人を送り込むなんてのは聞いたことがない。よく殺し合いにならないもんだ》

要は、ギャングも警察も、越えられない一線というものを心に刻んでいるのだ。スラム出身の警官はいても、ギャング出身の警官がいないのは、ギャングからも警察からも敵視され、とても仕事にならないどころか、常に身の危険を感じて生きることになるからだ。

「ハンターならではの新しい取り組みだろう。単にメンバーを警察組織に送り込むにしても限界がある。それより、ストリートで聞く話からは、警察であって警察でない、バウンティハンターを悪辣にしたような組織作りをしているという気がする」

ストーンが意見を口にすると、クレアも大きくうなずいた。だが、それがどのような組織か、誰もはっきりと定義することはできなかった。本当にハンターがそんな試みをしているのか、それともただ闇雲に賄賂による腐敗を広げているだけなのかも判然としないのだ。

だがそこでウフコックが、テーブルの上から、何もない床を見つめてこう言った。

「ハンターには明確なビジョンがある。おれたちが知らないだけで。たぶん法執行制度の変革だって視野に入れているんだろう」

「本物の〈ミスター・ホィール〉が、０９法案の成立のために奔走したみたいにか？　そりゃ大したもんだ」イースターが、本気で受け取れないという調子で笑った。「それほどの政治力をハンターが発揮できるとは、さすがに思えないよ。オクトーバー一族だって、市議会での影響力を保つためだけに多額のカネをばらまいてるけど、制度の変革となったらその何倍ものカネが必要になるだろうね」

バロットも、なんとなくそのやり取りに乗っかった。

「０９法案の成立は、政治的な離れ業だったって、クローバー教授が言ってた。このオフィスの創始者が行った複雑な政治的な駆け引きは、真似できないって」

「その通り」イースターが誇らしげに請け合った。「誰でも真似できることじゃない」

ウフコックもその点は否定せず、小さな顔をうなずかせはしたが、なおも目を床に向けたまま呟くように続けた。

「０９法案が成立しない限り、初期のオフィス・メンバーの多くは、〈楽園〉を一歩出れば違法とみなされるエンハンスメントの被験者に過ぎなかったし、戦争犯罪者とみなされる可能性もあった。けれどもクリストファーが、おれたちに新しい人生をくれた。ハンターは、そういった前例に倣って、着々と手を打っているという気がする」

ふいにイースターの表情が変わるのを感覚し、バロットは両手で頬杖をつくのをやめ、改めてウフコックの様子に注目した。イースターが何を懸念しているか察したからだ。ハンターがウフコックに打ったという、共感と五感の共有をもたらす能力。ハンターが相手の体内に打ち込む、生体由来の送受信機である針。それをあえて除去しないとウフコックが決めたことは、オフィスのメンバー全員に伝えられていた。ウフコックにしかできない、ハンターの追跡という務めを続けるための選択なのだと。

バロットは、ウフコックの様子に異常はないか入念に感覚した。特におかしいと思えるところはなかった。ウフコックらしくない挙動も、苦しさに耐えている様子も、何かに操られている感じもしなかった。

ただ、思案げに、何もない床を見つめ続けていた。まるでそこに、ハンターの今後の行動を予測しうる何かがあるとでもいうかのように。

ウフコック、何を見てるの？

そう尋ねようとしたが、護送部隊があげる報告の声に遮られてしまった。

複数の映像に無人のゲートが現れていた。車列が〈楽園〉に到着したのだ。どうやらハイウェイ・パトロールは離れていったらしい。野次馬たちは敷地には入れず、サメの群に威嚇されて散り散りになる様子が、メディアの映像から見て取れた。

車列はゲートをくぐり、建物の搬入口へ回った。そこにある大きな隔壁が開くと、ゆっくりと車列が入っていった。続いてトゥイードルディとトレインが乗るバタフライと数匹のサメが入り、残りのサメは敷地の周囲を回遊し、警備に当たるとともに、引き続きメディアに珍しい映像を提供し続けた。

《オーライ。気を抜かないで。搬送の準備をしてちょうだい》

クレア刑事の声とともに、パトカーから警官とオフィス・メンバーが出て、バスを取り囲んだ。バスの扉が開き、中にいた警官たちが、薬で眠らされた四名を乗せたストレッチャーを次々に下ろしていった。

壁面の映像が、車載カメラのものから、警官たちの制服に装着されたカメラのものに切り替わった。みな黙って作業に従うか見守るかしており、バロットも今しがた口にしかけた質問を頭の中の付箋に記したものの、そのまま放置することになった。

というのも、眠れる四名のエンハンサーが運ばれてゆく先で、〈楽園〉に住まう数名の年老いた博士たちと一緒に、異形の子どもであるビスキュイが待ち構えているのが見えたからだ。

ぎらりと両手の鉤爪を光らせ、雀のような目を見開くビスキュイの姿に、クレアや警官たちだけでなく、オフィス・メンバーもたたらを踏んだ。

すると、屋内スピーカーを通して、イルカのトゥイードルディムが、きゅーっと綺麗な声で笑いかけた。

《大丈夫だぜ、外の人たち。ビスキュイはその四人が暴れるんじゃないかって心配してく

れてるんだ。すっげえ真面目で仕事熱心なんだぜ》

いわばエンハンサー収容所たる〈アサイラム・エデン〉の最年少官吏といったところだ。

そのビスキュイへ、トゥイードルディとトレインが警官たちの間を縫うようにして近づいていった。どうやら無線通信で何ごとかやり取りしたらしく、すぐに三人でハイタッチし合った。現地にいる人々のみならず、オフィスにいるバロットたちも、ひやりとさせられたが、ビスキュイは器用に爪を内側に向け、手の平の柔らかい部分だけで手を叩き合っているようだった。

《あとはお任せするから、僕たちトゥイードルディムに挨拶してくるね》

トゥイードルディが一方的に告げ、トレインとビスキュイを連れて別の通路へと去っていった。

アビーが羨ましげに顔を上げた。

「イルカ、いいなあ」

「あらあら、空飛ぶサメに乗れたじゃない」

エイプリルが慰めると、アビーは、「あれはもういい」と呟きながらテキストに顔を戻した。

その間にも、眠れる四名が粛々と運ばれてゆき、それぞれ用意された部屋にストレッチャーと点滴台ごと収容されていった。

クレアが撤収を命じると、警官たちがようやくひと息つけるというように通路を戻っていった。クレア自身は戻らず、フェイスマンとの面会を求めた。警察の働きを証拠づけるためだけの書類にサインをしてもらわないといけないのだ。

《エンブリー刑事。オフィスのメンバーと一緒に、こちらに来てくれたまえ》

屋内スピーカーがフェイスマンの声を発すると同時に、壁にサイネージによる矢印と〈十一月の森〉という部屋の名前が表示された。バロットが知る限りなかった装置だ。どうやら〈楽園〉は様々な面で潤沢な予算に恵まれているようだった。

クレアとオフィス・メンバー三人が、次々に表示される矢印に従って進み、白樺の木が並ぶ部屋に入った。もとは心身ともに傷ついた兵士たちの心を慰めるための空間であり、今ではフェイスマンが好んで面会に使っている区画だ。

映像が切り替わり、〈楽園〉から送られるものになった。木々の狭間に白い丸テーブルが置かれ、フェイスマンだけでなくビル・シールズ博士もいた。椅子とティーカップが人数分用意されており、フェイスマンがテーブルの上から、やって来た人々を出迎えた。

《こんばんは、エンブリー刑事。〈アサイラム・エデン〉への移送業務、ご苦労だったね》

《こんばんは、プロフェッサー・フェイスマン。こちらこそご協力に感謝します》

あらかじめフェイスマンの姿について聞いていたせいか、クレアをはじめ、ミラーもスティールも動じることなく、慇懃に挨拶を交わして席についた。むしろライムだけが、本当に何のトリックもないのかと、ちょっと身を屈めてテーブルの下を見ていた。

《おかげで、違法エンハンサーの収容が実現しました。市民の安全に貢献していただきありがとうございます》

《能力殺し（ギフト・キラー）のほうも》

ライムが、しれっと口を挟んだ。

《エンハンスメントの封印と除去については、ビル・シールズ博士と共同で、大変効果的なプランを用意しているとも》

フェイスマンがにこやかに請け合った。ビル・シールズのほうは謙虚そうに小さくうなずき、そのプランの概略を口にした。

《エンハンスメント臓器を一時的に麻痺させる、汎用性の高い薬品の開発だ。服用、吸引、注射といった各種の使用法でのテストを重ねている》

《おれでテストしてくれても構いませんがね》

ライムが真面目に言うと、フェイスマンが笑った。

《まだお勧めできないな。今回運ばれてきた、四名の特徴的な被験者の協力があれば、確かな安全性を約束できるようになるだろう》

ミラーとスティールが眉をひそめたが、何も言わなかった。むろん四名の銃狂いたちが素直に協力するはずがない。だからといって、四名が拒否できるわけではないということをフェイスマンは断言していた。

《まさか生きたまま解剖したりはしないでしょうね？　倫理規定の厳格さは、戦時中とは比べものにならないんです》

スティールが懸念を口にすると、フェイスマンがまた笑った。

《心配はいらない。何も被験者を拷問にかけようというのではないのだから。人類への意義ある貢献であることを、よくよく理解してもらったうえでの治験となるだろう》

《ムショと違って素敵な散歩道もあるし、都市一番の医師もついてるってわけだ》

ミラーが軽口を叩き、ビル・シールズにウィンクしてみせた。〈楽園〉に関しては目下のところ、オフィス側が何かを要求することができるのは、保護証人であるビル・シールズを通した場合に限定されていた。もし〈楽園〉が非人道的とみなされるような実験を行ったなら、協力を要請した市警やオフィスのほうが倫理規定違反で咎められかねないのだ。そうならないためには、ビル・シールズにストッパーとなってもらうしかなかった。

ビル・シールズも、先ほどより深くうなずいてみせた。

《プロフェッサーの言う通り、被験者の安全は保証する》

《おれたちもそう信じていますよ。何かご不便はありますか、博士？　我々にできることなら、なんでもおっしゃってくださいよ。何しろ空前の集団訴訟には、あなたという証人が必要不可欠なんですから》

ミラーが言うと、ビル・シールズが穏やかにうなずき返した。

《何も不便なことはない。何一つ。それどころか、これほど自由な気分でいられるとは思わなかった。ずっと忘れていた感覚だ。私を、死の牢獄から解き放ってくれたことに感謝する。こちらこそ、私にできることなら、なんでも言ってほしい》

フェイスマンがやんわり割って入った。

《プロフェッサー・シールズは、すでに多くのことで重い責任を背負ってしまっている。私から言えるのは、せめて彼の安全だけは確かなものであってほしいということだな》

これは、自分たちが、その保護証人を預かってやっているのだというフェイスマン流の牽制だ。ビル・シールズを通して〈楽園〉をコントロールできると思うなと言っていた。

〈楽園〉の社会的役割が復活した今、何よりも制約や干渉を警戒しているのだ。

《我々も同様に考えています、プロフェッサー。もちろん、イースター所長も。脅威となる集団への対抗手段を講じてくださることには感謝しかありません》

クレアが素早く、慇懃な態度を崩さず言うと、フェイスマンが満足そうに口角を上げて見つめ返した。

《ちなみに、その集団が、ここを攻撃する可能性はあるかね？》

《少なくとも、そういった兆候は見られません。幸い、連邦の施設に押し入るほど無謀な人物がリーダーではないと我々はみています》

《ふむ。どうやら君たちの常識では、攻撃という言葉を使うと、銃を使うという意味に限定されてしまうようだ。そうではなく、あらゆる意味での敵対的な行為のことだ。政治的、法的なものもふくめて。過去、最もここを脅かしたのは、そうした形のない攻撃なのだよ》

《ご安心を。その点でも、ハンター一派に兆候はありません》

これには、オフィスにいるイースターも「当然だな」と呟くばかりだった。クローバー教授ですら、法的防御を〈楽園〉に促すべきだとは考えていない。すでに連邦法で守られた施設なのだから、それ以上守りようがないとも言えた。

だがそのときウフコックが、ぽつっとこう口にするのを、バロットだけが耳にしていた。

「何か対策を考えておいたほうがいいかもしれない」

バロットは思わずテーブルの上のウフコックを振り返って尋ねた。

「対策？」

「ああ。何の対策かも、まだぴんとこないが」

ウフコックが、バロットの顔を見ずに言った。気づけばその赤い目が、再び何もない床に向けられている。

「ウフコック？　何見てるの？」

ここで初めて、バロットはその質問を口にした。

「わからない。今はまだ」

ウフコックは、かぶりを振って、自分が見ているものの説明を避けた。

実際、それが何であるか、よくわからなかった。

青と白の、やけに薄汚れたクーラーボックス。

これまで見たこともないものが、いつの間にか現れていたのだが、あまりに自然に存在するせいで、それが自分のそばにあっても、すぐに違和感を覚えることができなかった。

最初にそのおかしなものを見たのは――というより、見ていると認識したのは、〈楽園〉への護送が始まった早朝だ。何か妙だな、と気づくまでに半日もかかったことになる。もしかすると以前からそうだったのかもしれない。いつから現れていたか、断定することはできなかった。

どうやらそのプラスチックの箱が、他の者には見えていないようだということも、今のバロットの言葉で、ようやく理解した。

おそらくは、打たれたままのハンターの針の影響で、それが見えているのだという理解も、うっすらとだが訪れている。

改めて見つめるうち、クーラーボックスの肩掛けのベルトが、しゅうしゅうと音をたてて蛇のように緩慢にうねっているのがわかった。ぴったり閉じたクーラーボックスの蓋を、こじ開けようとする者がいないか、しっかり見張っている、というように。

「大丈夫、ウフコック？」

ウフコックは、それを見るのをやめ、心配そうに覗き込むバロットのほうへ向き直って言った。

「ハンターはきっと何かを企んでいる。誰も考えたことがないような大きな企みを感じるんだ。あの男が本気で、この都市を乗っ取れると信じているということが。今はまだどんな企みかもわからないが、もし少しでも蓋が開いたなら、どんなに僅かな隙間からでも、おれが必ずあいつの考えの全てを嗅ぎ取ってやる」

31

「近いうちに、ネルソン・フリートの居場所に見当がつくだろう」

ハンターはそう言って、ナイフとフォークを巧みに操り、都市においては有名だが彼にとっては興味の外にあるシェフが作ったという高価な朝食を口に運んだ。

グランタワーのレジデンスに住まう者たちだけが利用できる、地上四十階のレストランの広々とした個室で、派手な三つ揃いのスーツを着込み、背筋を伸ばし、ノーマと向き合いながらの食事だった。

「おねだり屋さんには、しっかり頑張ってもらわないといけないわね」

ノーマのほうは、ぴったりした挑発的な花柄のシースドレスをまとい、車椅子の座面の高さをテーブルに合わせ、面白そうにハンターを見つめながら口元を動かしている。

その特異な感覚によって、ハンターの表情や言葉といったものを味わっているのだ。相手が何か隠したり、嘘をついたりすれば、錯綜する五感にそれが浮かび上がり、すぐに感知できるのだとハンターはノーマ自身から説明を受けていた。

また、その特質は対人関係にのみ発揮されるものではなく、膨大なチャートや財務データ、雇用調査書といったものを一瞥するだけで、注目すべき箇所から、音が聞こえたり、異臭を感じたりするのだという。

「おかげで投資や買収で失敗したことはないし、ずいぶん社の増益に貢献できたわ。私や社の弱点になりそうな何かを見逃しはしないし、誰かがよからぬことを考えていると感じたら、それを逆手に取ればいいだけ。私や社に害をなそうとするお馬鹿さんがいれば、見ただけでそうとわかるのよ」

ノーマは誇るでもなく、よくよく知っておくべきルールのように、繰り返しハンターにそう告げたものだ。

そのノーマ自身を守るのは沈黙の兵士たちであり、同じく物言わぬメディカル・ケア・サービスの人々だった。彼らはみな、ノーマにゆらぎを支配された元シザースであり、彼女の身に起こりうるあらゆる危険を未然に防ぐことと、彼女に最も快適な環境を用意することを務めとしていた。

給仕も彼らが行い、シェフが挨拶をしに来たときも、油断なくノーマをガードしていた。今も、スーツ姿ではあるが防弾ベストとハンドガンを堂々と装備した二人が、ノーマの背後で、文句一つ言わず立ち続けている。無休かつ無給の献身で。

いかなる場合も、おのれが命じた悪行が我が身に返らぬよう、万全を期しているのだ。メリル・ジレットなど目ではないほど、ノーマはあらゆる面で鉄壁の守りを固めていた。暗殺も誘拐も至難のわざであるのは明らかだし、脅迫とてノーマの言葉を信じれば難しいだろう。自分の弱みになるようなものを、一つとして放置してこなかったに違いない。

ハンターは、そのノーマを称えるように、水の入ったグラスを掲げてみせた。

「あなたが求める、真の優秀さとタフネスを御覧に入れると約束しよう。ついては、スクリュウをおれが使うことについて、〈天使たち（エンジェルス）〉は承知しているだろうか？　それとも、ひと騒動起こりそうだろうか？」

「心配いらないわ。キドニーには、あなたにあの男を貸すことを伝えているから」

「キングの厚意に心から感謝する」

そう言って水に口をつけたとき、テーブルに置いていた携帯電話が鳴った。ハンターはグラスを置き、携帯電話を取って着信表示を確かめ、ノーマを窺い見た。

「ミスター・ルシウスからだ。緊急のときだけ、かけてくると言っていた」

ノーマが、小馬鹿にしたように鼻息をついた。

「構わないわ。電話に出なさい」

ハンターはまた感謝を込めてうなずき、彼女の目の前で、携帯電話をスピーカー・モードにして通話に応じた。

「こちら〈ポーン〉。〈クイーン〉か？」

《そうだ。悪いが、助けてくれないか。昨夜もてなしたゲストが、今朝になって昏睡状態で見つかった。どうも過剰摂取というやつらしい》

「どう助ければいい？」

《医者は呼びたくない。そちらに治癒の能力(ギフト)を持ったエンハンサーがいると聞いているが──》

「すぐに向かわせよう。場所を教えてくれ」

《ミラージュ・ホテルのスウィートだ。一階のロビーで待っている》

「承知した」

と言ってハンターは通話を切り、ノーマを見た。

ノーマが両肘をテーブルの上に置き、両手を重ね合わせ、その上にほっそりとした顎を乗せて、やれやれといった調子で吐息した。

「ルシウスには投資家たち相手のパーティを任せているの。私でなく、あなたを頼るなんて。私の弟に、気に入られたのかしら？」

「ミスター・ルシウスは、キングに失態を知られるのを恐れているのだろう。できれば首尾よく解決したと報告し、厳格な姉から誉められたいのでは？」

ノーマが、鈴の音のような笑い声をこぼした。

「その程度のことで怒りも誉めもしないわ。行きなさい。ちょうど私のほうは食べ終わったのだし」

そう言って、ぺろりと唇を舐めた。腹が満たされたというより、いっそう欲望が増してたまらないといった顔つきだ。孔雀を連想させる瞳は、食事を始める前から今にいたるまでずっと、欲情と殺意がセットになったような光を放ち続けている。おそらく目覚めてから眠るまでずっとそうなのだろう。いや、眠っているときもそうなのかもしれない。

ハンターは携帯電話を懐に入れ、膝のナプキンをテーブルに置いて席を立った。

「キングとの朝食を心から光栄に思う」

「また誘うわ。今度はここの夜景を見ながら食事を楽しみましょう」

「それは待ちきれないな」

ハンターが微笑んで言うと、ノーマがいっそう楽しげに笑った。澄んではいるが、鋭く尖った狂気を感じさせる声と視線を浴びながら、ハンターは恭しく退室した。

足元にその護衛である見えない犬を引き連れて部屋を出ると、毛ほども顔色を変えないまま居住者用のエレベーターに乗り込んだ。

まっすぐ地下まで行くと、姿を消したままのシルフィードとともにレジデンス用駐車場のエントランスに立った。すぐにハンターの姿に気づいたアンドレが、〈ハウス〉をエントランスの前につけた。

後部ドアが開き、ハンターが乗り込んでいつものシートに腰を下ろし、すでに乗車していたジェミニとナイトメアの横で、シルフィードが、すうっと姿を現した。

車内には、オーキッド、エリクソン、ラスティ、シルヴィアがおり、みなハンターとの間で交わされる共感（シンパシー）を心地よく味わいながら、今日の予定にちょっとした変更が加わることを無言のうちに察していた。

「ラスティ、〈ガーディアンズ〉に連絡してくれ。至急、ホスピタルが必要だ。〈ミラージュ・ホテル〉の一階ロビーで、ルシウス・オクトーバーが待っている」

「あいよ、ハンター」

ラスティが携帯電話を取り出し、ハンターの言葉をそのまま伝えた。

オーキッドが、いつもはバジルが座る席から、ハンターに尋ねた。

「おれたちもホテルに向かうのか？」

「そうだ。お前たちで、ホスピタルを護衛してくれ」

オーキッドが車内マイクを取り、アンドレに行き先の変更を告げた。

《ハイホー。当機はただ今、離陸いたします》

アンドレの陽気な声がスピーカーから伝わり、〈ハウス〉が滑らかに発進し、グランタワーの駐車場から出た。

数ブロック先にある〈ミラージュ・ホテル〉の敷地に入り、ロータリー脇の駐車場でしばらく待った。ほどなくして〈ガーディアンズ〉のバスが到着すると、オーキッドの指示で、ラスティ、シルヴィア、エリクソンが〈ハウス〉を降りた。

三人が、バスを降りるホスピタルに歩み寄り、ホテルへ入っていった。

五分ほどで、オーキッドの携帯電話に着信があり、スピーカー・モードで応じた。

《ラリって気を失ってた金持ちの阿呆なおやじが、ホスピタルの能力（ギフト）で無事に目を覚ましたぜ。そんで、オクトーバーの男が、ハンターに直接礼を言いたいってさ》

目で尋ねるオーキッドへ、ハンターがうなずいた。

「丁重に〈ハウス〉へ案内してくれ」

《あいよ》

五分ほどすると、三人がホスピタルとルシウスを連れて戻ってきた。オーキッドが後部ドアを開き、三人とホスピタルが〈ハウス〉に乗り込み、定位置についた。

ハンターは、最初にホスピタルに声をかけた。

「ありがとう、ホスピタル。何も問題はなかったか？」

「はい。たやすい仕事です。この腕をつなぐほうが、よほど手間がかかりました」

ホスピタルが復活した左腕を服の腕から撫でてみせた。一瞬、その皮膚や筋肉ばかりか骨までもが、すうっと透明になり、また元の手に戻った。

ハンターは懐かしげに、その左腕を見やった。

「猛毒の女王たるハイドラの腕と能力（ギフト）は、治癒をもたらすゆいいつ無二の君の能力（ギフト）を損なってはいないか？」

「薬であるか毒であるかは、紙一重です、ハンター。それらは結局同じものなのです。どんな治癒も人を冒すものになりえますし、どんな毒も人を癒すものになりえます。どちらにせよ、私自身を損なうことはありません」

「治癒者たるホスピタルならではの慧眼（けいがん）だな。二重能力（ダブル・ギフト）の実現に確信がわく言葉でもある」

ハンターは言って、車外で棒立ちのまま待っている男へ目を向けた。

「ミスター・ルシウス。こちらへ」

ハンターが、自分のそばの「客」用の席に座るようルシウスを促した。

「ありがとう。お邪魔する」

ルシウスが肩をすぼめ、ハンターの足元にはべる猟犬たちに少々びくつく様子を見せながら席についた。オーキッドが、油断なくルシウスと外からの襲撃を同時に警戒しながら、後部ドアを閉じた。

「急な頼みに応えてくれて、心から感謝する」

ルシウスが、ハンターとホスピタルへ、交互に顔を向けながら礼を述べた。かと思うと、車内をぐるりと見回し、言った。

「君のオフィスというわけか。実に安全そうだし、盗聴を恐れることもなさそうだ」

「あらゆる点で、何重にも防御されている。何を話そうとも外に漏れることはない」

ルシウスが感心したようにうなずきながらハンターに顔を戻した。

「実は、ゲストの投資家たちがパーティに持ち込む、粗悪なクスリに悩んでいるんだ。彼らに危険の少ないものを提供してもらえないだろうか？　多少値が張っても構わない」

「モートン・グリーンという優れた製造者がいる。特別に上等な品を届けさせよう」

「素晴らしい」

「他に話は？　ゲストの救助を求めたのも、ヤクの手配を頼むのも、何か他の件でおれに話があるからでは？」

ルシウスが表情を消し、じっとハンターを見つめた。

「ノーマに敵視されたくなくてね」

「手の込んだことをすれば、かえって反感を招くだろう」

「君は本当にノーマを恐れていないのだな」

「前にも言ったと思うが、恐るべき相手に対して重要なのは、必要以上に恐れないことだ」

「そんな君に、この私へ、あるビジネスを提案してもらいたい」

「ほう？」

「ウォーター運送の買収だ。かつてネイルズ・ファミリーの一角を担っていたが、ネイルズの脱ギャング化路線で、犯罪とは無縁の健全な企業ということになっている」

「実はそうではないと？」

「企業としては健全化を目指しているが、社員の中には非合法な手段で利益を得る者もいる。高級飲料や高級食材を、安価なものとすり替えて横流しするといった手段で」

ハンターが眉一つ動かさず話を聞いている一方で、他のみなの間では、馬鹿馬鹿しいという共感（シンパシー）の念が広がっていた。彼らにとっては話にならないほど、しみったれた悪事なのだ。

「つまり、オクトーバー社の財務担当者ともあろうものが、飲食物の横流しに目をつけたというのか？」

「そうだ。すり替えという不適切な食品の扱いによって食中毒被害といった事件が起これば、ウォーター運送の株は暴落するだろう。そこを買い叩く。目的は、ウォーター運送が所有しているカジノ株を手に入れることだ。このようにしてカジノ株を集め、最終的にはフェンダー・エンターテインメント社を復活させ、カジノ協会に幹部を送り込めるようにしてはどうか、と私に提案してほしい」

ルシウスが言った。馬鹿馬鹿しいという共感（シンパシー）の念はまたたく間に吹き去られ、誰もがハンターの返答に注目した。

「おれたちが学ぶべき、資本闘争という趣（おもむき）だな。おれから提案させたいところを見ると、ミズ・ノーマは、フェンダー・エンターテインメント社を快く思っていないらしい」

「服役している私の父を軽蔑しているんだ。まあ、正直、私をふくめ誰も尊敬はしていないが。問題は、血筋だ。ノーマは父のこともあって、一族のうちクリーンウィルの血筋よりも、ノーマンやブレイクといった血筋を優遇している」

「厳格な血統主義者（ブラッド・ライナー）というわけだな。そのように貶められたクリーンウィルの一員であろうとも、〈クイーン〉にまで昇格したあなたの努力が窺える話だ」

「弟のせいで危うく失墜しかけたが、なんとか持ちこたえたといったところだ。そんな私がフェンダー復活と、一族の中でのクリーンウィルの復権を願っても、ノーマは相手にしないだろう」

「だが強引に推し進めて、キングの怒りを買うことも避けたい」

「そういうことだ」

「近いうちに、食中毒事件は起こると言っておこう。食べ物や飲み物を、人死にが出ない程度に毒性のあるものにしてしまうような、能力（ギフト）の持ち主も何人かいるとも」

　ルシウスが、ふうっとため息をつき、車内に入ってから初めて微笑んだ。

「君ほど話がわかる人を、他に知らないな」

「十二分に見返りが期待できると信じられる話だからだ」

「もちろんだ。ぜひ君とは、集団訴訟の件以外でも、何かと相談したい。ビジネス・パートナーとしては、どうやら想像していた以上に頼もしい相手のようだからな」

「光栄だ。ではぜひ、おれと握手を交わしてほしい」

　ルシウスが、ぎくりとなってハンターの両手を見た。いきなり周囲にいる人々に押さえつけられ、針を打たれるとでも思ったのだろう。

　ハンターはやんわりと言った。

「冗談だ、ミスター・ルシウス・ザ・クイーン。悪ふざけをしてすまなかった。おれがあなたを均一化(イコライズ)すれば、それこそキングの怒りを買うに違いない。それに、おれにとってもあなたは想像以上に頼れるビジネス・パートナーのようだ」

　ルシウスは落ち着かない様子で何度もせわしく顎を上下させてみせた。

「自慢ではないが、今のオクトーバーの中で、財務と売買収で、ノーマに匹敵できるのは私だけだ」

「王にとって手放せない大臣だな。いずれフリート家の財産をおれたちが均一化(イコライズ)するときも、優れた財務担当者であるあなたの知見を頼っていいだろうか？」

「あ、ああ……もちろんだが……、まさか、ベルスター・モーモント議員のときのように家族ごと……？」

「いや。むしろ過去の行いを反省し、恐怖を宣伝することに夢中になってしまった者たちごと対処することになる」

「そうか……ノーマとは違う考え方をしてくれているのは何よりだ。ノーマならきっと……いや、何でもない。ただ、もし本当にリバーサイドの事業を手に入れるなら、ボート・カジノについては特に慎重に進めたほうがいい。コストがかかりすぎるし、何しろ観光業界が絡んでくるからな。カジノ協会だけを相手にすればいいというわけではない。すぐに手に負えなくなるだろう」

ルシウスの言葉に、車内の面々が抱いた反感が、共感(シンパシー)の念となって広がった。手に負えないとは、これから奪おうとしているものに、自分たちがふさわしくないということか、という気分にさせられたのだ。

だがハンターは、対抗心をあらわにするでもなく、穏やかに話題を変えた。

「キングから拝命した他の務めについても話しておこう」

「集団訴訟の件なら、ひとまずミドルサーフ判事とフラワーに阻止を期待するしかない」

「相手側の弁護士の暗殺も、証人であるビル・シールズ博士の誘拐も必要ない？」

ハンターが冗談めいて尋ねると、ルシウスが顔をしかめた。

「ひと昔前のギャング流は、かえってマスコミの餌食になるだけだ。最小限のダメージにとどめるため、私と君とで和解を講じることになるだろう。原告と和解すればビル・シールズ博士の出番はないし、オクトーバー社との契約でかなり束縛できるはずだ」

「原告が和解したくなり、博士がオクトーバー社に戻りたくなるようなできごとが必要になるだろう。もちろん、ひと昔前のギャング流や、メリル・ジレット流でもないやり方で」

「本気でそう思ってくれていることを願うよ。ちなみに、君がこのままノーマのテストに合格し続けたあと、何が待っているかわかっているのか？」

「何であれ受けて立つだけだ」

「ノーマとの婚約でも？」

ハンターが口をつぐんだ。他の面々が目をみはり、とりわけホスピタルとシルヴィアの驚愕が、共感（シンパシー）を乱すさざ波となって走った。

「どうやら、よく考える必要がありそうだな。ノーマは、あの体でも、自分が子孫をもうけることを諦めてない。それどころか、自分にふさわしい新たな血筋の男を求めているんだ。このまま活躍し続ければ、いつか君は、彼女に求婚させられる。従うのも拒むのも、覚悟がいるぞ。百ページを越す婚姻契約書に目を通してくれる弁護士も」

ルシウスが手を伸ばして、何も言わないハンターの腕を、気さくに叩いた。そんなに驚かないで、気を確かに持て、というように。

その所作のせいで、ルシウスは、ハンターの周囲にいる者たち全員から反感を買ってしまっていた。彼らにとってルシウスは絆の外にいる異物だった。ハンターの針を受ける気もない、異質なよそ者だ。

ルシウスのほうは、そんなふうに思われているとはつゆ知らず――あるいは、ハンターの配下の人間からどう思われようと気にもせず、腰を浮かした。

「では、私はこれで失礼する。重ねて、そちらのホスピタルの助力に感謝する」

「こちらこそ様々な忠告をいただけて、ありがたい限りだ」

ハンターがうなずき、目配せしてオーキッドにドアを開けさせた。

「求婚(プロポーズ)のほうはさておき、君からの提案(プロポーザル)を心待ちにしているよ」

そう言ってルシウスは、反感に満ちた〈ハウス〉から、にこやかに降りていった。

32

みなが抱えた嫌な気分は、ホスピタルがバスに戻り、〈ハウス〉が出発してからも、しばらく消えないままだった。ここにいないホスピタルも、複雑な気分を引きずったままでいるらしいことも共感(シンパシー)の波から窺うことができた。

「なあ、ハンター。ほんとに、あのいけ好かねえオクトーバーの野郎を助けんのか？」

ラスティが真っ先に罵ったが、ハンターは冷静だった。

「彼らの流儀を学ぶためにも重要なことだ」

「だからって、まさかマジで、あの野郎と親戚になったりしねえよな？」

ラスティがなおも食ってかかった。いつもは諫(いさ)め役になるオーキッドやシルヴィアも口を挟まない。みなそれほど、ルシウスが放った言葉が不快だったというだけでなく、衝撃的だったのだ。

「それが上流階級の流儀なら、おれが均一化(イコライズ)する」

ハンターは力強く断言することで、みなの動揺を抑えにかかった。結局のところ、巨額の富を生み出すすべに長けた上流階級の知恵に対抗できず、自分たちのほうが呑み込まれてしまうのではという不安があるのだ。その事実をみなに自覚させるため、言葉を続けた。

「ノーマ・オクトーバーはおれを鳥籠に入れて飼い馴らしたがっている。おれがその鳥籠を食い破ろうとすることも想定しているだろう。あらゆる点で匹敵し、上回らねばならない。そのために、最も力を注いでいる者を快く迎えよう」

それで、どうにかみなの気持ちが和らいだところで、〈ハウス〉は市庁舎とローレンツ大学の間にあるセントラル・アヴェニューの一角で止まった。オフィス・ビルの間に身を潜めていたバジルが出てきて、周囲を警戒しながら〈ハウス〉に近づいた。

オーキッドが後部ドアを開いて招き入れ、バジルに席を譲り、一つ横へ移った。

バジルが自分でドアを閉めて席につき、どん、と運転席との仕切りを叩いて、〈ハウス〉を出発させた。そして、そのカジュアルなジャケットとスポーティなシャツにロングパンツという出で立ちや、学生が使うような手提げ付きの背負い式バッグを、物珍しそうに見る仲間たちの視線に気づき、歯を剥いて唸った。

「何じろじろ見てやがる」

「兄貴が、妙な格好してるからだろ」

「溶け込むためだ。文句あんのか」

ラスティが首をすくめて尻込みする横で、シルヴィアがくすっと笑って言った。

「よく似合ってるわ」

「勘弁しろ」

言いつつバジルが口元をほころばせ、膝の上に置いたバッグを指で叩いた。ラスティがますます珍しいものを見た、というようにオーキッドやエリクソンに目配せしたが、二人とも応じなかった。

「学業は順調か？」

「ああ、ハンター。試験はパスした。どうにかやってる」

「エンハンサーの法学生は問題ないか？」

「ディスカッションを利用して、ローズウッド殺しの件で、探りを入れてきやがった」

ラスティが眉間に皺を寄せた。

「ローズウッド？　誰だそりゃ？」

「オクトーバーのガキの件で〈イースターズ・オフィス〉に駆け込んだ弁護士だ。マディソンと一緒にてめえが殺しちまっただろうが」

「あー、あれは……、あいつらが逃げようとしたのが悪いんだぜ。そんで、おれのこと喋っちまったのか？」

「喋るかよ、阿呆。それより〈円卓〉の連中が、ホスピタルを貸せと言ってきたんだって？」

「〈クイーン〉が、おれと直接話すためだ。カジノ株について有用な話が聞けた」

ハンターはそう言って、ルシウスが口にしたことをバジルにも説明した。

バジルは遮ることなく最後まで注意深く耳を傾けた。話を聞き終えると、どこか怪しいところがないか頭の中で吟味し、そして言った。

「一枚嚙む気なんだな？　ハンター？」

「オクトーバー流の均一化(イコライズ)のやり方を学べる、またとない機会だ」

「じゃ、裏づけが必要だ。その男がおれたちをハメる気でも、ウォーター運送がその男をハメる気でもないっていう確証がいる。オーキッド、エリクソン。港でブツの横流しをしてる連中にビジネスを持ちかけろ。クラブ〈マーフィー〉で出す酒や上等な食い物がいるって言ってな。あと、市警のガサ入れの情報を流すと言ってやれ」

「わかった」

オーキッドが、お安い御用だ、というようにカウボーイハットを手に取って指で回してみせた。

「港湾警察も噛んでるかどうか賄賂(キャンディ)をちらつかせて確かめる。〈白い要塞(ホワイト・キープ)〉を港につけさせて、通信を盗聴してもらおう」

「ひとまず様子を見ろ。確証が取れたら、食中毒は〈マーフィー〉に来る面倒な客たちに起こしてもらう。なんにでも文句を言ってくる、影響力ってものをひけらかす金持ちの阿呆どもにな。そいつらが喜んでウォーター運送を火だるまにするだろうよ。こっちも賠償で揉めることになるだろうが、港の連中に怪しまれねえで済むし、こっちはウォーター運送に対してめっぽう強気に出られる。いいか、ハンター?」

「さすがだな、バジル。お前のそのプランであれば成功するだろう」

ハンターが認めると、シルヴィアも感心して言った。

「〈マーフィー〉の中でなら、確実に手が打てるし、被害者も選べる。今初めてこの話を聞いたとは思えないくらい良いプランだわ」

「本当に上手くいくかは、まだわかんねえよ」

バジルが受け流したが、まんざらではなさそうに口元をほころばせた。

「なるほど。大学に通うと悪知恵に磨きがかかるわけだ」

エリクソンが遅れてバジルに感心し、

「あと、よく笑うようになるな」

と付け足して、バジルから睨まれた。

「ハンターと兄貴が仕切りゃ、なんだって上手くいくさ。なのにオクトーバーの野郎、ボート・カジノはおれらの手に余るとかぬかしやがってよ」

ラスティが告げ口するように言った。

「なんでだ？　自分のシマだから手を出すなってのか？」

バジルの問いに、オーキッドがかぶりを振った。

「いや、彼は反対していない。ただ、観光協会が絡んでくると言っていた」

「ああ……観光協会とは、ちょいと因縁もあるしな」

バジルの言葉に、ラスティが眉をひそめた。

「なんかあったっけ？」

シルヴィアが呆れたようにラスティを見た。

「〈イースターズ・オフィス〉とことを構えたとき、モーモント議員の家族をマクスウェルたちが惨殺したでしょ。モーモント家は観光協会の大物よ」

「もう始末したんだったら心配ないだろ」

「議員本人はまだ生きてるのよ」

「じゃ、おれが始末してやろうか？」

「いいや、ラスティ」ハンターが言った。「シザース狩りに勝利し、ネルソン・フリート議員をおれたちが均一化（イコライズ）するためにも、そしておれたちが合法化（リーガライズ）されるためにも、今は観光協会や市警といった多くの組織との和解が必要だ」

ラスティが両脚を行儀悪く伸ばし、シートの上で尻をずり下げながら言った。

「オーライ。マクスウェルをとっ捕まえて、市警に売り払うってんだろ？　ホスピタルたちに、あのクソじじいの能力（ギフト）を奪わせてさ」

「ちゃんと座ってろ、ラス」

バジルが獰猛な声で叱った。ラスティが、ぶすっとして元の姿勢に戻った。

「マクスウェルだけじゃねえ。ハンターには従うが、おれらのことは目障りで仕方ないっていうんで、組織を割ろうとしてる〈Mの子たち（チルドレン・オブ・M）〉みてえな馬鹿どもを、まとめておれたちの手でムショに送り込んでやるんだよ。考えを変えたやつには、組織に戻るチャンスを与えてやると言ってな」

「〈M〉のクソどもが、ムショで裏切るんじゃねえか、心配なんだけどさ。警察と取引して、何でも喋るんじゃねえ？」

ラスティが減らず口を叩いたが、これにはエリクソンも同様に疑念を口にした。

「片っ端から裏切る気がするな。ムショの中にいるやつらを本当に管理できるのか？」

「できてるかどうか、これから確かめに行くんだろうが」

バジルが、つまらないことを訊くなというように顎をしゃくって窓の外を見るよう促した。

郊外に出て、湾岸の真新しい高速道路を進んだ先に、離島が見えた。一本の長い橋だけが出入り口である孤島――市営の刑務所だ。以前は市内から車で二時間はかかったものだが、市長と市議会が新設させた高速道路のおかげで、今ではその半分もかけずに人を刑務所送りにすることができるようになっている。

おかげで〈ハウス〉も大して時間をかけず橋を渡り、ゲートをくぐって駐車場に停められることとなった。

島には専用の港があり、裁判で判決が下された囚人たちを、それぞれの刑にしたがって別の刑務所へ移送するための船が並んでいる。

ハンターとバジルが〈ハウス〉から降り、厳重なゲートでスキャナーによる検査を受け、建物に入った。

受付でバジルが到着を告げると、刑務官の制服を着た男が、面会室の一つに案内した。

テーブルの上には、驚いたことに菓子が載った皿と、『コーヒー』と書かれたラベルが貼られたポットと、カップが三つ、用意されていた。

「こちらでお待ちください」

刑務官が、この施設にふさわしくないほど丁寧に言って、去った。ハンターとバジルの持ち物を一つとして預かろうとはしなかった。

ハンターとバジルが立って待っていると、ほどなくして先ほどの刑務官が、眼鏡をかけ、オレンジ色の囚人服に身を包んだ、年嵩の男をつれて戻ってきた。男は、手錠も足かせも鎖もつけていないばかりか、気さくに刑務官の腕を叩いて言った。

「ありがとう。終わったら呼ぶよ。来月の昇進試験、結果が楽しみだね」

「ええ。先生のおかげです。どうぞごゆっくり」

刑務官が出て行き、囚人の男が、ハンターとバジルに手振りで着席を促した。

「ご着席ください。残念ながらヘンリーのようにもてなすことはできませんがね」

「今どこにいるかを考えれば、驚くべきもてなしだ、カーマイケル・ワッツ」

ハンターが言って、席についた。バジルもその隣に座った。

「日々、改善を重ねています。ここの所長や刑務官、そして囚人たちと一緒に」

カーマイケルがポットを取って、カップにコーヒーを注ぎ入れ、それから二人と向かい合って座った。ハンターがカップに口をつけ、美味さを誉めるようにうなずき、そして言った。

「元気そうで何よりだ、カーマイケル」

「これまでの私の人生で、最も元気に過ごせていると言えますよ」

「見たところ、ここで、かなりの影響力を持つことができているようだ」

「この〈立派な邸宅（レジデンス）〉で、みなが最も求めるものを与えることができる。そういう能力（ギフト）を授かりましたから」

カーマイケルが言って、両手の指を白髪の間に差し入れた。指の爪がかすかに光り、髪が静電気を帯びて僅かに浮かんだ。

「私も最初、自分が何をしているのかわかりませんでした。ですがすぐに、ずっと自分に欠けていたものを取り戻そうとしているのだと理解しました。足らなかった脳の配線を育て、自分が生まれたときに備えていなかったものを手に入れようとしているのだと。三十年も前、窃盗の罪で初めてこの〈レジデンス〉に入れられたとき、私のＩＱは五十を下回っていました。今では、それが三百を超えるようになったのです。脳の体積も増加し、頭蓋骨にいくつか穴をあけて圧力を逃さねばならなくなるほどです」

ハンターはカップを置き、相手を称えるように両手を開いた。

「〈知能を授ける者（ウィズダム・ブリンガー）〉という類い稀なる能力（ギフト）には、感銘を受けざるを得ない。ホスピタルとは別の意味で、人に施すことこそ支配の要であると教えられるな」

カーマイケルが、両手を頭から離し、テーブルの上で重ねた。

「あなたが私に、人に与えることを教えてくれたではないですか。自分の能力（ギフト）を理解してしばらくは、誰かが自分と同じように賢くなることを恐れたものです。また元の自分に——一人前とみなされないどころか人間扱いすらしてもらえない状態に戻ってしまうのではと」

「だが、そうではなかった」

「はい。誰もが、私を人間として扱ってくれるようになりました。それも、この〈レジデンス〉で最も価値のある人間として。ある囚人は、抽象的な思考が理解できず、簡単な職業訓練にもついていけませんでした。ですが今では、投資のエキスパートとなり、彼が選ぶ銘柄が知りたくて家族や友人がしょっちゅう面会に来るようになりました。ベンチプレスやここでの縄張り争いより、読書のほうが重要だと考える者が増えたのも、誰かにアドバイスできるという喜びを知ったからです。刑務官たちだって、今より高い地位や給料を得るための努力を惜しまず、囚人をいびる暇もないほどです」

　バジルが喉を鳴らして笑った。

「最高に羨ましい能力（ギフト）だぜ。大学ってなムショに通わされてる身としちゃな」

「いつでもおっしゃってください、と言いたいところですが、きっと私を求めはしないでしょうね」

「ああ。中毒になりそうなんでな」

「賢明です」

カーマイケルが穏やかに言った。

「長くとも一ヶ月ほどで、だんだんと知能が元に戻ってしまうのです。そのため、みな定期的に私に会いたがります」

「まさにホスピタルの検診を思わせるな」

ハンターが言った。カーマイケルが澄んだ目で、その顔を見つめた。

「ミスター・バジルが学究の徒となった件で、私の能力（ギフト）を求めたのでないならば、何をお命じになる気ですか？　ミスター・ハンター？」

「ここを意のままにできる知恵者に、頼みたいことがある。おれたちの組織から離反者が出る見込みだ。その者たちは能力（ギフト）を奪われてのち、ここに送り込まれるだろう。ぜひ、知恵者カーマイケルの限りない知性で、適切に管理してもらいたい」

カーマイケルは、テーブルの上で重ねていた両手を、おのれの胸元に当てて誓うように言った。

「勝手に司法取引に応じる者はいないと約束しましょう。あなたが特に保護したいと思う人物であれ、特に危険だとみなす人物であれ、あなたが懸念することは何一つないと。何しろ私は、知能を増幅させるだけでなく、減衰させることもできるのです。問題を起こす者は、かつての私のように、司法取引の意味も理解できなくなるでしょう」

「恐ろしく、そして頼もしい限りだ、カーマイケル」

「代わりに、私のただ一つの願いを聞いていただけますか？」

「むろんだ」

「私は、ずっとここにいたい。ヘンリーのように、ここから出ろと命じないでほしい。愚かで居場所がなかった私が、やっと安心できる家と家族を手に入れたのです。それらを奪わないでほしい。私の願いはそれだけです」

「約束しよう。ヘンリーが〈ファウンテン〉の管理人であるように、〈レジデンス〉の管理人として、おれたちを支えてほしい」

カーマイケルは幸福そうに微笑み、胸元から手を下ろした。

「ありがとうございます、ハンター」

それから、歓談を交えながら誰をどの棟で管理するといった話をし、ハンターとバジルはカーマイケルとの面会を終えた。刑務官が急かすこともなければ、長々とした面会に皮肉を言うこともなく、カーマイケルと並んで、丁重にハンターとバジルを送り出した。

二人が〈ハウス〉に戻ると、後部ドアを開いたオーキッドが、通話中の携帯電話を他方の手で掲げてみせながら言った。

「ネルソン・フリートを見つけたようだが、問題発生だ」

ハンターとバジルが乗り込んだ。バジルがドアを閉め、ハンターが席についてオーキッドを見つめ、報告を促した。

「〈スネークハント〉のバリーが襲撃された。マクスウェルが、〈M〉のエンハンサーを引き連れて現れたらしい」

33

ハンターがシザースと断定したネルソン・フリート議員とマクスウェルの行方を、〈クインテット〉配下の数百人が追っていたが、大多数が自分たちの生活圏内で目を光らせているという程度であり、それ以上のことをする時間もスキルもなかった。それらを持ち合わせていたのは、バリー・ギャレットとその息子アランが率いる、捜索専門チーム〈スネークハント〉だ。

バリーは戦時中、情報将校として活躍し、敵国要人の動向や、捕虜にされた自軍の兵士の捜索を主な任務としていた。その息子アランは、父親よりも背が高く、スポーツで鍛えたがっしりとした体格と、脳卒中で世を去った母親譲りのすっきりとして愛嬌のある顔立ちで、誰からも愛される好青年だった。だが自分は父親よりもタフであると信じ、情報士官としてもっと戦線で活躍することを願った結果、心に傷を負って帰国することになった。

戦後、バリーはアランとともに軍を去り、身につけたノウハウを活かして調査会社を興した。上流階級に溶け込めるよう、瀟洒な装いを心がける、紳士的でハンサムな調査マンの親子は多くの顧客を獲得したが、アランがしばしば憂鬱に襲われるという問題が解消されたことはなかった。捕虜にされた味方の兵士が今もどこかで拷問され、いずれ四肢を切断された姿で発見される、という考えが消えないのだ。

それは一部の戦域で頻発した犯罪行為だったが、奇妙なことに、敵も味方もその拷問部隊の行方を追っていた。にもかかわらず部隊の正体はわからないまま終戦を迎え、その謎めく存在は、調査に参加した者たちにとっての追い払えぬ悪夢となった。

のちにダークタウンの傭兵〈カトル・カール〉が都市に出没し、よく似た手口の拷問で恐れられたことが、アランやその戦友たちを苦しめた。とりわけアランの悪夢は深刻な心の病となって現れ、バリーは息子の治療に力を尽くさねばならなくなった。

アランは〈カトル・カール〉の調査を独自に行い、諸機関に送りつけたが、バリーからすると、悪夢に苛まれる者の妄想の羅列に過ぎなかった。当時のアランの主張によると、戦場で捕虜を拷問していたのは味方の人体実験部隊だった。あるときその部隊のリーダーが、人間の手足を切り落とすことで魂の自由を得るという異常な神秘思想に目覚めたことにより、敵味方の将校が多数参加する一大カルトと化したのだという。〈カトル・カール〉はそのカルトの伝道者であり、背景には巨大な組織があって、市民を洗脳しようとしているのだった。

だがある時期を境に、アランはそうした持論を積み上げることを、ぴたりとやめた。マルドゥック市警察が〈カトル・カール〉の撲滅を発表し、ギャングに雇われた残虐な元兵士たちであったことがニュースで語られたからだ。以後、アランは妄想を断ち切って父親とともに働いたが、今度は憂鬱に代わって、虚脱という問題が現れた。虚無的な言動が増え、自殺をほのめかすようになった。そしてある冬の日、父親に黙ってボートをレンタルすると、防寒装備を持たないまま沖へ出た。

バリーは息子が姿を消したことを悟り、すぐさまその行方を追った。そのスキルとネットワークを駆使してアランが沖へ去ったことをつかむと、バリーは海上警察に捜索を頼むだけでなく、自身もボートをレンタルして海に出た。バリーの追跡能力は海上でも大いに発揮され、警察よりも早く息子が乗るボートを発見したが、そのせいでかえって被害を増やすことになった。低体温症に陥ったアランが船尾に横たわっているのを見たバリーは、危険を顧みずに二つのボートをロープでつなぎ、息子がいる側へ移って救助を試みた。だがそこで冬の高波が襲いかかり、二つのボートを何度も激突させたうえに、転覆させてしまったのだった。

二人を救ったのは、バリーが着ていたライフジャケットと、運良く二人を発見できた海上警察、そして瀕死の二人が運ばれていったホワイトコーブ病院と、〈ホィール〉ことビル・シールズ博士の存在だ。九死に一生を得ただけでなく、低体温症や凍傷の後遺症で一生施設暮らしを余儀なくされるはずが、エンハンサーとしてよみがえらされたのだった。ほかのエンハンサーとの殺し合いゲームを生き延びろという命令とともに。

ギャレット父子は、人を捜すスキルと、それを逆用して自分たちが消えるスキルとを駆使し、殺し合いのゲームを生き延びた。バリーにとってはまったく予期せぬ人生の変化だが、実のところ最も驚かされたのは、アランがあっという間に生き生きし始めたことだった。まるで戦争に出る前のアランに戻ったように、堂々とし、機転を利かせ、勇敢に振舞い、そしてジョークを口にするようになった。自分は一度死んだという思いが功を奏したものか、それとも新たな病状の現れなのかはバリーにもわからないが、なんであれ溌剌とするアランがいてくれたからこそ父子ともに生き延びられたことに疑いはない。

ただし、ギャレット父子が手を組んだエンハンサーたちの多くはそうではなかった。二人は他の四人と組んだが、最後は仲間割れになった。原因は、父子がひそかに〈ファンドマネージャー〉の正体をつかもうとしたことにある。それを知った仲間の一人が、とばっちりを受けることを恐れて密告したのだ。

〈ファンドマネージャー〉はペナルティとして父子の殺害をチームに命じたが、常に裏切りに備えていたギャレット父子は、すぐさま姿を消して反撃の機会を窺った。ところが父子の側につきたいと思った一人が、残り三人を皆殺しにしてしまった。以来、ギャレット父子は、この人物を無下に扱うことができなくなっていた。

それからしばらくしてハンターがメリル・ジレットを屈服させ、エンハンサーたちに糾合を呼びかけると、バリーたち三人はそれに応じ、ハンターによる共感の輪にも喜んで加わった。〈ファンドマネージャー〉の正体を暴くだけでなく配下としたハンターに、三人とも敬意を抱いてのことだ。

その後、ハンターがバリーたちの働きを高く評価し、見込みのある人材をグループの内外問わずヘッドハントすることを許したため、今の〈スネークハント〉には、エンハンスメントを受けていない捜索のプロが二十人も参加している。

そして、穴の中に逃げ込んだ蛇ですら見つけて捕まえる生粋の捜し屋、バリーとアランのギャレット父子、およびもう一人は、その日、シザース狩りの急先鋒として、イースト・ベイ・エリアの一角に辿り着いていた。

二つの大きな河口を持つその港湾には、様々な形をした六つの島があり、本島および湾岸と四十にものぼる橋でつながっていて、多数の船舶が行き来をしている。

中でもとりわけ大きな長靴形をしたマルセル島は、低賃金労働者や生活が破綻した人々が流れ着く先として有名だった。誰かが「マルセル島へ行くことになりそうだ」と言えば、借金でいよいよ首が回らなくなってきた、ということを意味する。

そのマルセル島には、マルドゥック市で最も大きな路上生活者の支援収容施設である〈ダンデリオン・コンテインメント・ファシリティ〉があり、ゲート前には、日雇い労働者を都市各地の工場や工事現場に送り込むためのバスやトラックが、ひっきりなしにやって来る。そうしたバスやトラックは〈キャリアー〉と呼ばれるが、それらは一帯におけるギャングと警察の癒着そのものだった。

マルセル島を拠点とするギャングである〈ウォーターズ〉は、かつてネイルズ・ファミリーと親戚関係にあったブラウネル・ファミリーから分裂した組織の一つだ。現地と近隣の七つの警察組織をのきなみ〝買収済み（ブロークン）〟にしたことから〈ブレイク・ウォーターズ〉とも呼ばれていた。彼らこそが、長らくDCFの事実上の支配者だった。彼らは都市の浮浪者や重債務者をかき集め、島の劣悪な住宅地に住まわせ、その福祉保障金をかすめ取るだけでなく、労働者の数をごまかす工場や工事現場などの闇労働に送り込み、そして賃金の大半を巻き上げていた。もちろんそうした労働者が成人とは限らず、未成年浮浪者の収容施設も存在する。

だがハンターが、配下のグループをマルセル島へ送り込んだことでその支配構造は一変した。〈Mの子たち（チルドレン・オブ・M）〉、通称〈M〉というグループが、〈誓約の銃（ガンズ・オブ・オウス）〉の支援を受けて〈ウォーターズ〉を叩きのめし、無理やり傘下に収めたのだ。〝買収済み（ブロークン）〟のはずの警察組織は七つとも〈ウォーターズ〉を助けず、島の支配者の交代を黙認した。

というのも〈M〉が、ベルスター・モーモント議員の家族や、シルバー社のモデルの惨殺をやってのけたのが自分たちであることをほのめかしたうえで、抗争に干渉しないよう、マルセル島警察ならびに港湾警察やリバーサイド警察などに警告したのだ。結果、どの警察組織も〈M〉が異常な殺人集団であると察しながら、自分や家族の安全、そして定期的につかめる賄賂のほうを大切にし、事件を捜査している市警にはまったく連絡しなかった。以後、ハンターの指示に従い、DCFをはじめ島の住民の生活は、主に金銭面でずっと健全になった。だが代わりに、誰も考えつかなかったような問題が生じた。

ファシリティからやや離れた場所に建つリデンプション教会や、〈ウォーターズ〉が会合や買収のためのパーティを開く邸宅――かつてブラウネル・ファミリーのボスが所有していた別荘――など、島に存在する主要な施設を〈M〉がねこそぎ自分たちのものにし、そこで夜な夜な、不気味で奇怪きわまる悪魔崇拝の儀式を行うようになったのだ。

入会の儀式のためと称して、島の労働者を誘拐して眠らせ、生きたまま解体してみせるとか、たまたま橋を渡って島に入り込んだ観光客を撃ち殺すとか、その過激な行為はエスカレートする一方だった。しかもその残虐な儀式はどうやら営利目的で行われている面もあり、金持ち向けの殺人(スナッフ)ショーで荒稼ぎしているという情報を〈スネークハント〉はつかんでいた。それでも七つの警察組織は一向に〈M〉たちを捜査せず、島外から来る捜査官には非協力的な態度を取り続けている。

これだけでも異常な事態といえるが、マルセル島での生活は、さらに奇怪な方向へ悪化していった。夜になると、異様な姿をしたモンスターたちが島を徘徊(はいかい)し、運悪く出くわした人々を無差別に食い殺すようになったのだ。〈Mの子たち〉（チルドレン・オブ・M）いわく、モンスターたちは苦痛と解放をもたらす地獄の使者であり、襲われたくないならリデンプション教会の信者となって献金し、『M』と刺繡（ししゅう）されたワッペンをもらって身につけるしかないという。そのため金がない住民は手や額など目立つところに『M』と記し、あるいは上着の背中にスプレーで書き込むようになった。おかげで闇労働の現場では、マルセル島の住人かどうか一目（ひとめ）でわかるようになり、その誰もが以前より従順かつ寡黙になったし、常に何かに怯える様子だった。

モンスターというのは〈M〉のエンハンサーたちだろうとバリーは推測していた。そんな常軌を逸した者たちが、現実離れした恐怖をまき散らす島へ、調査員を次々に送り込むものの誰一人帰ってこない、という羽目に陥らないよう、バリーはマルセル島に架かる七つの橋のたもとに、それぞれ人員を配置し、人の出入りを調べさせた。

このうち主要な橋は四つで、それぞれ東西南北の幹道に通じている。

東は、工場と団地がひしめくイースト・ファクトリー・アイランドに架けられ、そのアイランドから湾岸に架かる橋を渡ってしばらく進むと、国道〈ルート44〉に出ることができる。

西は、コンテナ輸送中継所があるコニーアイランドに架かり、コニーアイランドからは都市のイーストサイド南部へと橋が架かっている。

南は湾岸に直接架かっており、まっすぐ湾岸道路に通じている。

そして北は、二つの河川に挟まれた陸地、すなわちリバーサイドへ架かっていた。

ただし一口にリバーサイドといってもその範囲は広く、クォーツ一族が所有するリバーサイド・ホテルはずっと上流にあって、河口にまでは勢力が及んでいない。

〈二つの河口〉(ツイン・リバー・マウス)の名で知られるその一帯を牛耳るのは、リバーサイド・ギャングという古式ゆかしき犯罪組織であり、リバーサイド警察であり、そして現地の開発事業に絶大な影響力を持つイーストリバー観光協会と、その首席理事でもあるネルソン・フリート議員ならびにその一族であるのだった。

「結局、〈M〉の連中って、リバーサイドにハンターのシマを広げる気がないみたいじゃん。それが仕事なのにさ。逆にリバーサイドのギャングや警察と仲良くやってるってことは、いつの間にか〈M〉のバックにフリート家がついてたってことじゃない?」

バンの助手席で、スニーカーを履いた足をダッシュボードに載せてくつろぐ女が、双眼鏡をもてあそびながら、さかしげにそう口にした。

「マクスウェルが〈M〉に匿われていて、ネルソン・フリート議員と仲良しなら、そういうことになるのかもしれないな」

運転席にいるアランのほうは、しっかりと断定を避け、飽くことなく、西の橋を渡ってイーストサイド南部へと入ってくるバスやトラックを小型カメラで撮影し、〈キャリアー

・ドライバー〉のリストと照らし合わせている。ドライバーはほとんど〈ウォーターズ〉の構成員で、胸に『M』のワッペンをつけていた。

だが女のほうは双眼鏡をろくに覗きもせず、もっぱらアランの横顔を、うっとりと眺めている。いかにも恋する乙女といった様子で。

冗談じゃない。後部座席で今まさに能力(ギフト)を発揮しているバリーは、アランの身にいつ危険が及ぶかと不安で仕方なかった。何しろこのミッチェル・キャッシュこそ、仲間だった三人をスポンジなみに全身穴だらけにして殺した女なのだ。当時、彼女がギャレット父子の味方をした理由は、バリーのやり方はクールだし、アランは睫毛(まつげ)が長くてハンサムかつタフでホットな男だからだそうな。つまるところ途方もなく気まぐれな女であり、ここしばらくはギャレット父子に気に入られようとして調査に熱心なふりをしているが、いつ飽きて何もかも放り出すかわからないのがミッチェルだった。しかもその殺人的な能力(ギフト)を無差別に行使しかねないときては、大切な息子に、人間の形をした時限爆弾がすり寄ってきているとしかバリーには思えない。

ミッチェルの手の届くところにアランがいるだけで、バリーは気が気でないし、アランがミッチェルの本性をついうっかり忘れてキスの一つでもしてしまわないか心配だった。この女とそんなことをした時点で、死んだも同然なのだ。

さらにバリーを不安にさせるのは、このところのアランが、熱意をもって〈M〉について調べ上げていることだ。〈カトル・カール〉の調査を独自に行い、日に日に常軌を逸していったときのアランそのものだった。そしてなんといっても〈M〉はかつてアランが追求した妄想の中の〈カトル・カール〉が現実になったような相手なのだ。〈M〉は実際におかしな儀式を行うだけでなく、人間を生きたままずたずたにし、マルセル島の住民を恐怖で支配しているのだから。

のめり込むのも当然であるといえたが、〈M〉が起こしたであろう惨殺事件のファイルを片っ端から入手し、嬉々としてファイリングするアランの姿に、バリーは胸が締めつけられる思いだった。できれば他の仕事を——先日バジルから指示された、どこぞのちんけな輸送業者が高級食材や酒のすり替えで稼いでいる件の調査など——息子に回したいところだが、そうしたところで、シザースという厄介な相手を追うなら自分の能力（ギフト）は欠かせないはずだとアランに主張されるだけだ。そしてその点では、バリーも反論の言葉を持ち合わせていなかった。

かくのごとき状況にあっては、一刻も早くこの仕事を完遂し、大事な一人息子であり亡き妻の忘れ形見であるアランを〈M〉から遠ざけるしかない。

そんなわけで、バリーはその能力（ギフト）を限界まで駆使し、ターゲットであるマクスウェルとネルソン・フリート議員の行方を追っていた。荷台にどっさり積み込んだ通信監視装置に囲まれ、安楽椅子に身を横たえた状態で、白目を剥いてぶるぶる震えながら、ときおり手にしたメモ用紙の束にわけのわからない記号や文字を書き殴る。

障害を負った脳や臓器の回復過程で受けたエンハンスメントによって、バリーの体内には代謝性金属繊維の回路が張り巡らされ、人間大のプロセッサーとして機能するようになっている。今、バリーの意識は散り散りになるとともに、自分を外側から認識している状態だった。都市に無数に存在する端末や回路へ、猛スピードで、同時に何万とアクセスすることで、カメラやマイクやセンサーが感知したものを処理するのだが、バリーには自分が具体的に何をしているのかもわからない。

わかるのは、自分が忘我の状態でおびただしい数の自動追跡プログラムを次々にまき散らす〈トランス・トラッカー〉となり、ターゲットがどこから来てどこへ去ったかを都市自体に報告させているということだ。バリー自身はそのようなプログラミング技術を持ち合わせていないのだが、能力(ギフト)を行使する際、一時的に肥大する脳や全身の臓器は、それぞれすべきことをわきまえていた。

《いたぞ。マクスウェルと議員だ》

バンのスピーカーが、ざらざらした電子音声を発した。アランとミッチェルが顔を見合わせ、それから後部の荷台でメモ用紙に激しく何かを書きつけるバリーを振り返った。

「やっとクソ野郎たちを見つけたね、お父ちゃん!」

ミッチェルが嬉しげにわめいた。

《誰がお父ちゃんだ。アラン、おれのメモを見ろ》
電子音声が言い返し、いまだトランス中のバリーがメモ用紙を一枚、乱暴に引きちぎって突き出した。アランが身を乗り出し、それを受け取った。
メモには、マクスウェルの名と二日前の日付けと時刻、ネルソン・フリート議員の名と四日前の日付けと時刻、そして〈リデンプション教会〉の住所が記されている。
「おれが行って確かめる」
アランが言って、メモをジャケットの胸ポケットに突っ込んだ。
「あたしも行く。そこにいる連中に、あたしの唾を飲ませてやればいいでしょ」
ミッチェルが当然のように主張した。
《やめろ、ミッチェル。大虐殺をやらかす気か》
バリーの電子音声がぴしゃりとたしなめたとき、にわかにスピーカーが金切り声のようなノイズを発してアランとミッチェルの顔をしかめさせた。ついで、それまでとは違う電子音声がスピーカーから放たれた。
《ヘイ、バリー。こいつはお前がいる車じゃないか？》
たちまちバリーの電子音声が怒りをあらわにして応じた。
《リック・トゥーム！　悪ふざけはよせ！　こっちはハンターの命令で働いてるんだ！》
《そうらしいな。だがおれとしては、お前より上手の〈トランス・トラッカー〉であるお

れのほうは、なんでハンターの命令を受けてないんだろうなってことが不思議なんだ》
《おれより上手なものか。めちゃくちゃにするだけのテロリストめ。引っ込んでろ》
《お前は人を捜し出すだけだ。だがおれが呪いをかければ、相手がどこにいようと知ったことじゃない。そいつを殺すプログラムが勝手に追いかける。そいつの乗る車は必ず事故に遭う。家は火事になる。そいつ目がけてあらゆるものが飛び出し、有害なものをまき散らす》
《わかりきったことを、ぐだぐだぬかすな。消えないなら追い払ってやる》
《お前に追い払えるか？　これからお前を呪ってやる》
《なんだと？　気でも違ったか、リック！》
バリーの電子音声が吠え立てる一方で、アランとミッチェルが表情を消した。アランが素早く車のエンジンを停め、ミッチェルが足を床に戻して双眼鏡を構え、周囲へ目を走らせてどこかにいるいかれた敵を探そうとした。
停めたはずのエンジンが勝手に始動し、スピーカーが笑い声を放った。
《死体袋に入ったお前を見て、ハンターはこう思うだろうな。やはり能なしバリーより、リック・トゥームのほうが使える男だって。大学なんかに行かされてるバジルなんかより、マルセル島を手に入れた連中や、そいつらにきっちり言うことを聞かせられる歴戦のガンマンのほうが、頼りになるって》

《アラン、ミッチェル、降りろ！》

バリーが叫んだ。アランとミッチェルがドアを開き、外へ飛び出したとたん、バンが自動運転モードになり、ブレーキを解除して発進した。そのままガードレールを突き破って海へ飛び込もうとするバンのコントロールを、バリーがすんでのところで取り戻し、急ブレーキで停止した。

だがすぐさまバンが右へ急旋回し、開いたままのドアをガードレールに激しくぶつけた。アランもミッチェルも、暴れ出すバンから遠ざかる以外になすすべがなかった。

34

バンは蛇行しながら幹道へ出て橋へと逆走していった。

労働者を乗せたバスと危うく正面衝突しそうになったが、バリーがその能力(ギフト)でハンドルを操作し、かろうじてかわした。バンは右へ左へ揺れまくり、後続のバスのけたたましいクラクションの音が響き渡る中、橋を渡ってマルセル島へ向かった。その間も、バンのコントロールを奪い合う二人の声が、スピーカーから放たれ続けている。

《くそっ！　リック！　お前、マクスウェルにそそのかされたな？　あの男はシザースだ

とハンターが言ったんだぞ！》

《だからなんだ？　ハンターだって金持ちどもの命令をいつまでも聞く気はないだろうよ。重要なのは、おれとお前、おれたちとお前たち、どっちのほうが、ハンターのためになるかってことじゃないか？》

《グループを割る阿呆をハンターが許すと思ってるのか！》

《もちろんだとも。何しろグループを正しい姿に戻すんだからな。金持ちのまねごとなんてやめさせなきゃならん。お前たちみたいな覚悟のないぬるいやつらは、ちゃんとお前たちに見合った下働きに徹してもらわなきゃいかん》

《オーケイ、リック。考えなしの壊し屋め。お前にはうんざりだ。どっちがぬるいか教えてやる》

ぶつっと音をたてたのを最後にスピーカーが沈黙した。荷台のバリーがいっそう激しく震え、白目を剝きながら歯を食いしばった。ぐらぐら揺れていたバンがまっすぐ走るようになり、橋を渡り終えて集合住宅地へ向かう道に入った。ごみごみした道を危なげなく進み、南側の橋のたもとにある駐車場へ入ると、その一角に停められていた別のバンの横っ腹にフロントを突っ込ませた。

二台のバンがダンスをするように数メートルほど横滑りして停止した。衝撃で投げ出されたバリーは、すぐさまトランス状態から抜け出し、しゃきっと身を起こした。銃を抜いてバンの後部扉を勢いよく開き、地面に降りると、ぶつけられたほうのバンにつかつかと歩み寄った。

そちらのバンに武装した人間がいないことはわかっていたので、警戒もせず後部扉を開いて中に入り、問答無用で弾丸を何発も撃ち込んだ。荷台に積まれていたコンピューターや通信監視装置が火花をまき散らし、煙を立ちのぼらせた。

《おれがそこにいなくて残念だったな、バリー》

バンのスピーカーがせせら笑いを放ったが、バリーのほうも鼻で笑い返した。

「お前がどこにいるかはわかっているよ、リック。ひとまずお前の中継基地を一つ潰してやろうと思っただけだ」

《お前がそうすると、おれが考えなかったと思ってるのか？　お前みたいなぼんくらが、どうして今まで生き残ってこれたんだ？》

タイヤが道路を擦る激しい音がした。車が何台も駐車場に入ってきて、アランがいるバンを取り囲んだのだ。

「もちろん、生き残るこつを知ってるからさ、リック。お前よりも、よく知っていると断言するよ」

バリーはそう言ってバンを降り、銃と予備の弾倉を荷台に置いた。両手を挙げながら車の陰から出て、四台の乗用車から四人ずつ、計十六人の男たちが現れて拳銃やマシンガンを構える様子を冷静に眺めた。

衣服の胸に『M』のワッペンをつけた男たちを、バリーは頭の中のリストで素早く照合した。どいつも〈ウォーターズ〉の構成員だった。

みな血走った目の下にくまを作り、額に汗をにじませ、まるで火で炙られているように殺気立ちながら、銃口を上下左右にせわしなく揺らしている。

〈M〉のリーダーが人をそのような状態にして操ることをバリーは知っていた。脳のタンパク質を操作することで安眠する力を奪い、日に日に正常な判断ができなくなるよう仕向けるのだ。自分がまともに眠ることができないという自覚もないまま、じわじわと正気を失い、操られるがままになる。

そういう目に遭っている連中が、もし殺しを命じられていれば、即座に何も考えず、二つのバンへありったけの弾丸を撃ち込んでいただろう。そうしなかったのは、バリーを捕まえてこいと命じられているからだ。むろん、ここで銃撃の嵐を受けたとしても、持ちこたえたうえで、この忌々しい島から生きて出る自信をバリーは十分持ち合わせていた。

証拠に、南の橋から猛然と走るフォードアの乗用車が現れ、駐車場に突っ込んでくると、男たちの背後でけたたましいブレーキ音をたてて停まった。

男たちはマシンガンの銃身をぶつけ合ったりしながら慌てて振り返り、そして一様にぽかんとした。

その乗用車から降りてきたのは、背筋をぴんと伸ばし、矍鑠(かくしゃく)としてはいるが、明らかに老齢の四人だったからだ。男女二人ずつ。誰も武器らしいものを出さぬまま、男たちと張り合うように横一列に並び、さもこれからお前たちを叩きのめすといった感じで、首や腕を回したり、指出しグローブをはめた拳を鳴らしてみせたりするのだった。

「ご支援に感謝しますよ、メイプル、スピン、チェリー、バトン」

バリーが、男たちが作る壁の反対側から声をかけると、彼から向かって右端にいる、くすんだ茶色の髪をした、革のジャケットにパンツにブーツ、ハンチング帽という出で立ちの細身の老女がにやりとし、人差し指と中指で敬礼の真似をバリーへ返した。そうしてから、一歩前に出て、男たちへよく通る声で告げた。

「あたしは〈ビリークラブ〉のリーダー、メイプルだ。ここにいるのは、最高に頼もしいあたしの仲間たちだ。悪いことは言わない。みんな大人しく車に乗って帰りな」

男たちは互いに顔を見合わせた。何の冗談なのかと言いたいのだろう。大半が、馬鹿馬鹿しそうに手にした武器を垂らしてぶらぶらさせ始めた。

「どこの老人クラブだって？」

男たちの一人がそう返しながら大股で進み、マシンガンの銃把を、メイプルの顔面に叩きつけようとした。

刹那、メイプルの拳が放たれた。銃から発射される弾丸よりも速く、重く、破壊的なジャブだった。

その一瞬の動作のせいで、メイプルの周囲の空気が熱風と化して吹き荒れ、拳が命中したマシンガンの銃把と銃身がガラスのように砕け散った。男はその鋭い破片を顔と胸一面に受けるだけでなく、拳が巻き起こした衝撃波によって胸骨に亀裂を負いながら、真後ろへ吹っ飛んでゆき、バリーの目の前で転がり倒れて動かなくなった。

きっとこいつは久々に深い眠りに落ちたことだろう、とバリーは思いつつ、男たちが一斉に銃を掲げて撃ち始めるのをよそに、素早くバンの陰に戻って自分の銃と弾倉をつかみ取った。

バンの向こうでは、〈ビリークラブ〉の四人が銃弾をものともせず前進し、男たちをボーリングのピンのようになぎ倒している。

平均年齢七十五歳の四人は、みなマルドゥック市で名を馳せた格闘家であり、自警団員であり、子や孫たちから尊敬される一方で、呆れられ、恐れられ、結果的に家族の誰からも理解されなくなり、それでもなお、戦う道を選び続けた孤高のファイターたちだ。

エンハンサーになる以前から、メイプルとスピンは同じイーストヴィレッジの自警団の指導を務め、チェリーは格闘ジムを経営し、バトンは警備会社のアドバイザーを生業（なりわい）としていた。そんな彼らが死に瀕したのは、肉体が限界をきたしたからだ。メイプルは心臓発作、スピンは腎臓障害、チェリーとバトンは癌によって、ようやくそれぞれの戦いの人生に幕が下りるかに思われた。だがそこで〈ドクター・ホィール〉によるエンハンスメントを受けたことで、それぞれ何度目かわからないが、おそらく最後になるであろう戦いの幕が上がったのだ。

エンハンスメントの方向性を決める識閾値検査で、彼らは互いによく似た傾向を示し、その結果、四人全員がチタン重合繊維の筋肉を持つことになった。チタンとは筋肉を作るタンパク質の一種で、遺伝子操作された細菌などと結びつくことで防弾チョッキよりも強靭な重合繊維と化すことが知られている。四人の場合は、それぞれ特異なワイヤー・ワームが、チタンだけでなく、真皮(しんぴ)を構成する別のタンパク質、すなわちコラーゲンとも結びついて重合繊維と化していた。年齢にかかわらず潤いのある肌を得たことで、ずいぶん若返って見えるほか、その瞼ですらナイフの一刺しどころか拳銃の一撃にも耐えて眼球を守り通すという、生物らしからぬ破壊不能ぶりを発揮するのだった。

加えて四人の骨は、生物由来の物質――血と汗と涙――によってコンクリート化しており、これまた年齢にかかわらず骨密度の不安は皆無であるばかりか、乗用車程度なら、たとえ激突しても車のほうを跳ね飛ばすことができるほどの頑健さを獲得していた。

さらに特筆すべきは、彼らの重合繊維化筋肉とコンクリート化骨格は、腱と関節にラッチと呼ばれる、人間にはない器官を形成していることだ。関節を曲げて位置エネルギーを蓄えるための器官で、このラッチが解放されることで、クロスボウの引き金を引いて矢を発射するのと同様の、高速回転運動を生み出すのである。

メイプルはこの特異な運動を、ボクシング・スタイルで行う。それがファイターとしての彼女の原点であり、メイプル・ザ・スラッガーの人生そのものであるからだ。その強烈なパンチは命中せずとも衝撃波で人を失神させ、運が悪ければ死に至るほどの威力を有している。

スピンは、いかにも凜々しい顔つきの男で、孫からプレゼントされたオレンジ色の野球帽をいつもかぶり、その体軀はフラミンゴを連想させるほど細長く優雅だ。ぴったりしたブルージーンズにブルージャケット、そして鉄板を仕込んだ靴を愛用する七十二歳の男で、その靴の仕掛けは、自分の足を守るためでも、相手に打撃を与えるためでもなかった。普通の靴だと、強烈なキックを一発放っただけでぼろぼろになってしまうため、裸足で家に帰らずに済むよう、頑丈なものを使っているに過ぎないのだ。

スピンの格闘スタイルはキックを主力としており、それは彼の体格に合っているだけでなく、抜群に優雅な動きを披露することができた。彼自身、必要がない限りそれ以外の格闘スキルを発揮する気になれないほどに。とはいえそのキックは、蹴り払うなどというものではなく、もはやギロチンの刃を発射しているといったほうがよく、一蹴りで人体を真っ二つにしてしまえるとあっては、とても本気で相手を蹴ることなどできない。そんなことをすれば自分が残虐に見えてしまうし、自慢のズボンが血で汚れてしまう。

スピンことスピナッチ・ザ・ファルクスが放つ蹴りは、あくまで長い鎌が稲穂を地に倒すがごとく人を立てなくさせればいい。血の海で踊りまくるような真似をして、孫に合わせる顔がなくなってしまうことは避けたいが、もしその必要があるなら、迷わずそうするのが自分であるということは、スピンにもわかっている。綺麗な姿でいるために戦いを放棄することなどできない。そんな戦士としての自分を偽ることはできないのだ。

こうした、拳と蹴りという正当な格闘スタイルを持つメイプルとスピンに対し、チェリーとバトンはエンハンスメントを受けてのち、それぞれ独特で、対照的な技を使うようになっている。

若い頃から、髪を伸ばすと格闘中に相手につかまれると考え、短く刈り上げることを常としてきたチェリーは、その合理的な思考を好む性格から、激しい運動に適したシンプルなスポーツウェアに身を包んでいる。そんな彼女が繰り出す技もまた、驚くほど動作が少なく、あまりに一瞬で済んでしまうため、打ち倒される男たちからしても、何をされているのかわからないほどだ。

フィンガー・スナップ。すなわち、指をパ、チ、リ、とやる際に生じる衝撃の活用こそが、最も消耗せず、最も高速に放てる技である。それが、今の肉体を様々に試したうえで出した、チェリーの結論だった。

まばたきを一回するのに百数十ミリ秒かかるのに対し、フィンガー・スナップの動作は、十ミリ秒以下で完結する。文字通り一瞬の十分の一間隔で行われるこの動作の回転加速度は、人体に可能なあらゆる動作において間違いなく最速であり、これを上回るものはない。

　ゆえに、チェリー・ザ・ブロウが果敢に接近し、相手に手が届いたときには勝負は決したも同然だった。パチリという音が相手の鼓膜を痛めつけるほどに轟き、弾かれた指が触れるまでもなく、衝撃波の強打（ブロウ）が大の男を打ちのめし、肉体から意識を叩き出してしまう。

　このように、三人が自らに最適な技を異様な速度で繰り出すのに対し、バトン・ザ・ホルダーのやることは、誰の目にも明らかだった。四人の中で最も分厚い体をカーキ色の作業着で包むバトンは、ただ両腕を大きく広げながら近づき、相手が持った武器ごと抱きすくめる。バトンに抱かれると、マシンガンは簡単にへし折れ、防弾プロテクターも役に立たず、肺の中の空気はあっという間に残らず押し出され、例外なく失禁し、大半がクソを漏らす。

　もはやプレス機に入れられたのと同様であり、誰もが悲鳴をあげることさえできぬまま、全身の骨を砕かれ、全ての内臓を破裂させられて死ぬのだという恐怖に包まれながら気を失うことになる。もちろんバトンとて、相手を果物みたいに潰せば、自分のほうこそ最悪の気分になるとわかっているので、ものの数秒ほど抱き締めたらすぐに放り出すだけだ。その動きは四人の中で、とりわけゆっくりとしたものであるが、相手に無力感と恐怖を植えつけるという点では、ぴかいちといえた。

バリーは銃を握り、屈強という言葉では収まらない〈ビリークラブ〉の猛攻によって、十六人の男たちがこちらに背を向けたまま、次々に地面に転がるさまを見て、バンの陰から飛び出そうとした。阿呆のリック・トゥームがいる場所へ行き、そこにマクスウェルがいるか確かめる必要があるからだ。〈スネークハント〉のメンバーには、エンハンスメントを受けていない者はマルセル島に入るなと厳命しているので、自分がやるしかない。〈ビリークラブ〉が派手に〈ウォーターズ〉の連中を叩きのめし、さらに増援が来て騒ぎが大きくなれば、いいめくらましになるだろう。

だが、いざバンの陰から出るや、別の乗用車が西の橋へ通じる道路から飛び出すのを見て、バリーはたたらを踏んだ。

すわ〈ウォーターズ〉の増援かと思ったが、そうではなかった。〈スネークハント〉のメンバーに使わせている乗用車の一つだった。

運転席のドアが開き、ミッチェルが勢いよく降りるのを見て、バリーはぎょっと後ずさった。バリーの乗るバンがマルセル島へ向かったあと、アランとミッチェルが〈スネークハント〉のメンバーを呼んで、乗用車を使わせろと言ったのだろう。

問題は、その乗用車にはミッチェルしか乗っていなかったことと、彼女の手に『かつてない最高のキス（ザ・ベスト・キス・ネバー・ビフォー）！』とプリントされた、大ぶりな断熱タンブラーカップがあることだった。

ミッチェルが愛用するそのタンブラーカップの中に、恐ろしいものがぎっしり詰まっていることを知るバリーは、慌ててバンの陰に舞い戻った。
〈ビリークラブ〉の四人から距離を取ろうと後ずさる男たちへ、ミッチェルがつかつかと近づいていき、タンブラーカップの蓋を取って中身を浴びせかけた。ミッチェルの唾液がたっぷり混じっている水を浴びた三人は、びっくりして身をすくめ、何が起こったのかと周囲をきょろきょろした。すぐにミッチェルの存在に気づき、慌てて銃を向けようとしたときには、もう遅かった。

　三人とも、水を浴びた箇所に猛烈なむず痒さを覚え、銃を撃つどころではなくなったからだ。悲鳴をあげるほどの痒さで体をかきむしる男たちを、おそらく彼らのうち誰一人として想像したことがなかったであろう悲劇が襲いかかった。

　ミッチェルの唾液にふくまれる無数の卵から寄生虫が孵(かえ)り、一斉に男たちの皮膚を食い破って体内に侵入したのだ。ワイヤー・ワームと彼女とサナダムシの遺伝子合成生物であるそれは、ミッチェルが発するシグナルを感知すると、人体を構成するあらゆるものを養分として成長するだけでなく、ただちに爆発的な増殖を開始する。

　芽殖孤虫(がしょくこちゅう)と呼ばれる特異な寄生虫そっくりのそれは、群をなして臓器ばかりか骨すら食い荒らして穴だらけにし、十分に増殖すると、再び皮膚を食い破って体外へ溢れ出す。宿主は、全身の皮膚、臓器、骨、そして脳を、文字通りの虫食い状態にされながら、なすすべとてなく死ぬことになる。この悪夢のような、ミッチェル・ザ・スピットバグの能力(ギフト)から逃れるには、寄生虫に死滅か休眠を命じるシグナルを彼女に発してもらうほかない。あえて休眠状態にしていつでも殺せるようにしつつ、寄生虫自身が発するシグナルを拾えば、どんな相手であっても追跡が可能だとミッチェルは主張するが、バリーとアランがそうするよう頼んだことは、一度たりとなかった。

「もういい、ミッチェル！　殺すな！」

バリーがバンから出てわめいた。

唾液入りの水をかけただけでは十分ではないとばかりに、地面でのたうち回って体をかきむしる男たちに、ぺっ、ぺっ、と唾を浴びせていたミッチェルが、顔を上げてにっこりした。

男たちが白目を剝き、口から線虫そっくりの寄生虫の群と血の泡を溢れさせるさまに、顔をしかめながらバリーは言った。

「関係ない人間にうつさんよう、この虫を死なせろ。一匹残らずだぞ」

「はいよ。無事でよかったね、お父ちゃん」

「誰がお父ちゃんだ。アランはどうした？」

「ここに来る途中、お父ちゃんが書いたメモを持って走っていったよ」

アランなら、一人で動いたほうが安全だとバリーにもわかっている。といって孤立させる気はさらさらなかった。バリーが〈ビリークラブ〉の面々を振り返ると、とっくに男たちを倒し終えた四人が揃って肩をすくめてみせた。他に仕事があるなら言ってくれ、というのだ。

「アランがリデンプション教会に向かった。一緒に来てくれ」

バリーはそう告げながら、衝突した二つのバンをその場に残し、ミッチェルが走らせてきた乗用車へ駆け寄った。

35

バリーが乗用車の運転席に飛び込んだとき、アランはすでに目的の建物の前にまで来ていた。

狭い通りや階段を迷いなく進み、薄汚れた集合住宅や、一階で雑貨店や飲食店を営む二階建ての家がひしめくそこに、煤(すす)けたクリーム色の壁を持つ小さな教会がひっそりと建っている。

正面からは、出入り口が一つあり、監視カメラが設置されていることしかわからない。左右にほとんど隙間なく集合住宅が建てられていて、教会とその建物が内部でつながっているのかは不明だ。出入り口のドアの左右に、ステンドグラスがはめられた細長い窓が三つずつ並び、その上部に同じ窓が二段並んでいることから、三階建てであると予想されたが、それも入ってみなければわからないことだった。

　アランは監視カメラを堂々と見返した。ここに近づく前からすでに能力（ギフト）を発揮しており、カメラに映されたところで構わないという自信があった。誰に見られてもいいというのではない。誰にも見ることができないという意味でだ。

　監視カメラの映像を今まさに見ている人間がいるとしても、映像をデータとして蓄えているとしても、そこにアランは映ってはいない。

　アランが発する特異なシグナルは、相手がなんであれ、彼を薄い靄（もや）の塊のようにしか認識できないようにしてしまうのだ。それは、電磁波で、電子機器や人間の感覚器官にダメージを与えるのとは根本的に異なる能力（ギフト）だった。機械のセンサーや相手の五感を攪乱するのではなく、情報を処理するシステムや、脳のシナプスの活動にほんの僅かな齟齬（そご）を生じさせることで、たとえアランを間近に見ても、見ることができないという状態にする。これは視覚だけでなく、どの感覚も同様だった。よくよく見れば薄い靄があると感じられるだけで、アランのたてる足音も、その体臭も、感じ取ることは困難だ。特に能力（ギフト）の効果が強くあらわれている場合など、相手はアランに肩をつかまれていることにも気づけない。

　おぼろな人（ヘイズマン）と化すことで、どこにでも足を踏み入れて嗅ぎ回り、隠れ潜む者のすぐそばにまで近づける。そんな、彼が心から望んだ能力（ギフト）の発揮に集中しながら、アランはためらうことなく教会のドアを開いて中へ入った。

灯りはついておらず、受付には誰もいなかった。アランは銃を抜くと、それを体の脇に垂らし、廊下を直進して、突き当たりにある両扉のドアを開いた。

中には濃い闇が立ちこめていた。入り口付近だけ僅かに灯りが届き、左右にベンチが見えることから、礼拝堂らしいとわかった。

アランはそこへも果敢に踏み入り、ベンチの間をゆっくりと歩いていったが、行く手で小さな灯りが点るのを見て、立ち止まった。

蠟燭（ろうそく）の火だ。暗がりから伸びる手が、火のついた蠟燭を取り、ほかのいくつもの蠟燭に火をうつしていった。そうして現れたのは、奇怪な装飾を施された祭壇であり、山羊の頭と脚を持つ人間が描かれたおかしな壁画であり、そこにいる男と獣だった。

祭壇の右側に、黒衣をまとい、長い黒髪を肩まで垂らした白皙（はくせき）で大きな黒目がちの瞳を持つ男が、火のついた蠟燭を持って佇んでいる。

左側では、大柄なオランウータンが座っていた。毛むくじゃらの脚をぶらぶらさせ、何かが気に障るというように、しきりに目を左右へ走らせている。アランの失認シグナルを感じて逆らおうとするものの、上手くいかずに腹を立てているのだ。

アランは、発信するシグナルをやや弱め、言った。

「サディアス・ガッター。〈Mの子たち（チルドレン・オブ・M）〉のリーダーであるお前が、エンハンスメント動物と一緒に、悪魔に祈りを献げているといったところか？　それとも、一緒に祈ってくれる誰かがいるのか？」

オランウータンが不機嫌そうに甲高い声をあげて立ち上がろうとするのを、サディアスが手振りで止めて言った。

「アラン・ギャレット。誰よりも上手く姿を隠す力があるのに、わざわざ危険を冒すお前の信念には感心させられる。こそこそ嗅ぎ回るしか能がない父親とは違うものを持っているお前には、ぜひ、ここにいる我が同胞とともに、お前が本来祈るべきものへ祈りを献げてほしい」

「山羊頭の男はおれの趣味じゃない」

「かつての〈カトル・カール〉に惚れ込んでいたというお前なら、我々の信仰を容易に理解することだろう」

「馬鹿ぬかせ。それよりお前の手下に、隠れてないでさっさと出てこいと言え」

アランがにべもなく言って、周囲の闇に目を凝らした。

ぼっ、と火が熾る音がした。蠟燭が一つ、火をともし、それを持つ者を照らした。

モンスターがいた。

サディアスと同じ黒衣をまとい、赤黒い牙が並ぶ巨大な口を開いた、異形の女だ。鼻の下は開いた口だけで頬がほとんど見えず、下顎が胸元にまで垂れている。さらに不気味なのは、その巨大な口の内側で、さらにもう一つの顎が、かちかちと赤黒い牙を鳴らしていることだ。

おおかた、うつぼのように第二の顎を発射して食いつくのだろう。アランが持つ情報では、この女の体のあちこちに同様の顎と口腔が形成されており、全身で相手の血肉を貪りつくすのだという。

「パーシー・スカム。見目麗しい顔を見せてくれてありがとうよ」

アランが言うと、パーシーが馬鹿でかい舌をだらりと垂らしてみせた。その舌の先にも牙が生えていることが見て取れた。

かと思うと、ぼっ、ぼっ、ぼっ、と三つの蠟燭が続いて火をともし、それぞれ別のモンスターたちの姿を照らし出してみせた。

一人は、多数の瘤のせいで目鼻がどこにあるかもわからない頭部を持つ、でっぷりとした巨漢だ。服は着ておらず、腸壁が体外に出現したような、繊毛だらけの肌を露出させている。全ての皮膚が消化器官と化しており、どんな生き物も溶かして吸い取ってしまうらしい。まるでイボだらけの巨大なナメクジがベンチに座っているような異形の巨漢に顔を向けて、アランが言った。

「ジョン・ダンプ。とうとう人間をやめて服を着ることも忘れたか」

また一人は、四つん這いでトカゲのように壁にはりつく鱗だらけの男で、側頭部にまでおよぶ眼窩の中でカエルの目をぎょろぎょろ動かしている。手足は異様に細長く金属的な音をたて、こちらも服を着ていないが、背や肘にヤマアラシのような鋭い体毛を生やしている。

「カーチス・ツェリンガー。お前も、見ないうちにずいぶん人間から遠ざかったな」

アランが言って、最後の一人へ目を向けた。

巨大なバスケットボールのような存在だった。ベンチの背もたれに置かれた蠟燭が照らすのは、アルマジロのように丸まり、顔の上半分と右手の指先だけ覗かせている、一見して男か女かもわからない相手だが、アランはそいつのことも事前に把握していた。

「タウンリー・ジョナサン。丸まって大人しくしているお前が、一番愛嬌があるな」

アランはそう口にし、蠟燭の火のせいでかえって濃くなった闇を見回した。暗がりに姿を消すというのは、アランの能力(ギフト)へのシンプルな対抗手段と思われがちだが、実のところそうではなかった。失認シグナルは、それを受けるものがいることを漠然とだがアランに伝える機能を併せ持つ。もちろんオーキッドのエコーロケーションなみの正確な探査はとても無理だが、それは問題ではない。どこにいるかではなく、誰がいるかを知るのがアランの役目なのだから。

「ずいぶん寂しい集会だな、サディアス。ハンターとバジルの配置命令が気にくわなくて〈M〉に加わりたがる気の毒な変人はそう多くなさそうだ。せいぜい、馬鹿をやり過ぎて仕事をもらえなくなった、リック・トゥームくらいか？」

アランの挑発に、相手はやすやすと乗ってきた。はなから登場のタイミングを探っていたのだろう。アランの斜め後ろで、ぼっと火がともる音がした。ベンチに座る昏い目をした痩せぎすの男が、憎々しげにアランを探して目をさまよわせながら言った。

「おれは、お前やお前の親父みたいに、ぬるい仕事で満足できるたちじゃないんでな。おれと同じように思ってるやつは、他にもいるんだぜ。お前が思ってるよりも、ずっと多くの連中がな」

「おいおい。仕事に不満があるからってだけで、狂人(マッド)の〈M〉になりたがる阿呆がそんなにいるか？」

アランがさらに挑発すると、リックが目をぎらつかせてわめいた。

「能力(ギフト)で隠れてねえで、つらを見せて言いやがれ！」

「なんでだ？　そうしないとお前の能力(ギフト)が使えないからか？　暗い部屋に隠れて、どこか遠くで誰かが死ぬのを想像しながらマスをかくのがお前だもんな」

「てめえ！」

リックが立ち上がると、怒気を刺激されたか、祭壇横のオランウータンまでもが立って、ぎゃあぎゃあとわめいた。

サディアスが、やけに細長い指で、おかしな形の鈴を祭壇から取って鳴らした。騒ぐ生徒を静かにさせる教師のように。リックに対しては効果てきめんで、大人しくベンチに腰を戻したが、オランウータンのほうはまだ不満げに唸っていた。

「トーイ、座りなさい」

サディアスが強く鈴を振ると、オランウータンが渋々とした様子で座った。サディアスはリックとオランウータンを誉めるようにうなずきかけ、そして宙を見回しながら、汚い言葉を使うものをたしなめる調子で言った。

「アラン・ギャレット。ここで誰かを侮辱することは慎んでほしい。ここは祈るための場所であり、争うための場所ではないのだから。念のために言っておくが、〈M〉は〈偉人(ザ・マン)〉を意味する。我々の信仰について知りたければ、パンフレットがあるのでここに来て受け取ってくれたまえ」

「けっこうだ。その〈偉人(ザ・マン)〉とやらが実在してここにいるかどうかだけ教えてくれ」

「〈偉人(ザ・マン)〉は霊をやどす者だ。霊は常にうつろい、まことの〈偉人(ザ・マン)〉となるべき者を探し、偉大な言葉を伝える役目を与える。私がそうであり、自分の真の姿を求めてやまない〈Mの子たち(チルドレン・オブ・M)〉に、新たな道を示す人物がそうだ」

「オーケイ。お前以外の誰かを確認したら、退散してやる」

そう口にした直後、アランの背後でキチキチと何かが音をたてた。それまで相手の気配に気づけなかったことにアランはぞっとし、慌てて失認シグナルを強めた。能力(ギフト)を得てからこのかた、なんぴとたりとも背後に回らせたことはなかった。

　だが今、鎌首のように左手を宙に差し出し、指を擦り合わせることで、アランを味わおうとする者がいた。

「サディアスの言うように、度胸だけは誉めてやってもいい。私を追っていたお前の父親が、あっさり私とボーイズに捕まったことを忘れたわけではあるまいに。それとも、リック・トゥームをさんざんけなしたのは、実は自分こそ、私たちの輪に加わりたいからか？」

　アランはゆっくりと振り返り、暗がりで銀色のカマキリの目を光らせ、左手の指を擦り続ける、黒衣の男を睨みつけた。

「親父はあえて捕まったんだ。お前がすっかりとち狂ってることをハンターに見せるために。あのときのように許されると思うなよ、マクスウェル。お前がここにいるってことは、一線を越えたってことだからな」

「私がどこにいるかがそんなに問題かね。それよりお前の父親が、〈ウォーターズ〉の坊やたちに蜂の巣にされていないといいのだが」

「いいや。親父がそんな目に遭うことはないね」

「お前はどうかな？　私の銃撃の洗礼を受けたあと、信仰篤き〈M〉の信徒たちに生きたまま供されることになるのではないか？」

「やれるものならやってみろ」

「この狭い場所で私を試そうというのか。お前自身を知るために。やはりお前は心の底では、私たちの側に来たいと思っているに違いない」

「あんたらの勧誘にはうんざりだな。そうやってリバーサイドの連中にも自分たちを売り込んだのか？」

「サディアスの話では、あちらから売り込んできたのだ。マルセル島を手に入れた〈M〉を高く評価してな。素晴らしいことではないか？　この島に根づいた信仰は、いずれ橋を越えて伝道されるに違いない」

「ネルソン・フリート議員がそんなことを許すとは思えんがな」

「リバーサイドの者たちが売り込んできたということは、議員も望んでのことだと思わないのか？」

「オーケイ。あんたのその言葉が聞きたかった。あんたと議員はシザースで、この島であんたらの輪に加わる者は誰であれ、ハンターの敵になる。そう思わないか？」

「多くの者が加わるとも。大勢がこの島に来たいと願っているはずだ。あそこにいるリック・トゥームや、タウンリー・ジョナサンとて、麻薬工場の番人などという務めに飽き飽きしてここにいるのだから」

「あの二人以外、〈ウォッチャー〉を何人引き抜いたっていうんだ？」

リックの、くっくっという笑い声が割って入った。

「何人？　メンバー全員、こっちで働くことにしたに決まってる。ハンターの考えを変えさせるにはそうするのが一番じゃないか？」

「お前は驚くほどの愚か者だよ、リック・トゥーム」

「いいや、彼は正しい」

そう言ってマクスウェルが祭壇のほうへ歩み始めたので、アランはまたぞっとしながらベンチの間へ退いて道を譲った。

「アラン・ギャレット。ここを出て、こっちにやって来るお前の親父や仲間たちとともに島を去るといい。今後みだりにこの島を訪れず、この尊い建物にも踏み入らないと約束するなら、見逃してやる。代わりにハンターにはこう伝えてもらおう。まことの〈偉人(ザ・マン)〉として、このマルセル島に居を構え、〈評議会(カウンセル)〉を開いてはどうかと。そうすればハンターを崇める者が集結し、その祭壇の左右には、私とサディアスが立つだろうと」

アランは、馬鹿馬鹿しいにもほどがあると言い返したかったが、ぐっとこらえた。何か口にした瞬間、マクスウェルが全身の感覚器官を総動員してアランをとらえ、銃撃を放つはずだという確信があった。マクスウェルに見逃すと言われて、うかうか信じるほど、アランは楽観的な男ではなかった。

ただ、それでも自分は無事だろう、という根拠のない気持ちもあった。言いたいことを言いたいだけ口にしたうえで、まんまと逃げおおせることができるはずだと。だがそれが、ぎりぎりの状況を生き延びる快感に没頭したいという破滅的な願望の表れであることもわかっていた。ハンターの命令で、他のメンバー同様、〈魔女の館〉でケイト・ホロウのセラピーを受け、その秘めたる願望について的確に指摘されていたからだ。

アランは、可能な限り強く失認シグナルを発することに集中しながら、そろそろと後ずさった。蠟燭の火が、一つまた一つと吹き消され、異形の人々と祭壇が闇に沈んでゆく。出入り口のほうには誰もいないとわかっていたが、それでも、いつ両扉が塞がれて閉じ込められるかと不安だった。

アランは、無事に暗黒の礼拝堂から退くと、さっときびすを返し、早足にその建物から出た。失認シグナルを強く発しながら狭苦しい道を駆けるように戻り、あらかじめミッチェルに指示しておいた合流地点に向かった。

その途中、階段をのぼってくるバリー、ミッチェル、〈ビリークラブ〉の面々を見て、失認シグナルを発するのをやめた。

「アラン！」

バリーとミッチェルが、急に現れたアランを見て、同時に喜びの声をあげた。

アランが全員にうなずきかけた。

「マクスウェルがいた。リック・トゥームだけじゃなく〈ウォッチャー〉を丸ごと引き抜いて〈M〉の眷属にする気だ」

　メイプルが口笛を吹き、仲間たちを代表して尋ねた。

「だからといって、今ここで、この面子だけで何かするってわけじゃないんだろう？」

「もちろんだ。橋の向こう側へ戻ってハンターに報告する」

　そう言って来た道を戻ろうとするバリーに、ミッチェルが訊いた。

「お父ちゃんのバンは？」

「誰がお父ちゃんだ。次に来たときに取り返す。行くぞ」

　バリーが腹立たしげに答え、みなで小走りに住宅地を抜けた。広い道路に出て、停めてあった車に乗り、西の橋からコニーアイランドへ戻った。襲撃はなかったが、バリーは念のため〈スネークハント〉全員に撤収を命じた。

　バリーとメイプルがそれぞれ運転する乗用車二台はさらに橋を渡り、イーストサイド南部の湾岸線に出て、海辺の広々とした駐車場に停められた。冬とあって桟橋に人気はなく、遊覧船の数もまばらだった。

　一分と経たずに、純白のリムジンが駐車場に入ってきた。全員が乗用車を降り、彼らの目の前で〈ハウス〉が停まるのを見守った。

　運転席のアンドレが敬礼するので、みなが応じた。

〈ハウス〉の後部扉が開くと、バジルがバリーを見てうなずいた。バリーもうなずき返し、彼だけ車内に入るとバジルがドアを閉めた。

車内では、ハンターと犬たち、そして〈クインテット〉の面々が所定の位置に座っており、バリーが報告者の席につくのを見守った。

「襲撃を受けたと聞いた。無事で何よりだ、バリー」

ハンターが言った。バリーは、なんでもないというようにかぶりを振った。

「私とアランの動きを封じたかったのでしょうが、〈ビリークラブ〉に助けられました。あとまあ、ミッチェルにも」

「危機を逆手に取り、しっかり重要な情報を手に入れたようだな」

「はい。アランが、マクスウェルと〈M〉のメンバーがリデンプション教会にいるのを確認しました」

バリーが告げると、バジル、シルヴィア、ラスティ、オーキッド、エリクソンの顔が険しくなった。その闘争心の匂いに刺激されて、犬たちが耳をぴんと立てたが、

「他にわかったことは？」

ハンターだけが、冷静沈着な態度を崩さず尋ねた。

「アランが、マクスウェルたちから直接聞き出したことがいくつか。〈魔女〉の情報通り、今の配置に不満を持つ〈ウォッチャー〉たちは全員、マクスウェルに従うと。また、リバーサイド・ギャングのほうから〈M〉に接触したとか。これについてマクスウェルは、ネルソン・フリート議員の意向だと口にしたそうです」

　バジルたちの怒りの唸りや、不快そうな吐息が車内に満ちる一方で、ハンターはバリーたちをねぎらうように言った。

「さすが穴の中の蛇を見つけ出す〈スネークハント〉だ。お前と見えざる追跡手アランの働きにはいつも感心させられる」

「ありがとうございます。大事なバンをマルセル島に置き去りにしなければいけませんでしたが」

「取り戻すべきだな。本来、正しくグループに属する者たちも、一人残らず、彼らを適切に更生してくれる施設に送るべきだろう」

「ということは、刑務所のほうは上首尾で？」

「完璧だ。あの〈レジデンス〉なら、誰であっても安心して預けられる」

「サディアスを差し出せば、市警との和解のネタにもなりますしね」

「そうだ、バリー」

　バリーは恭しく、帽子の鍔を下げる真似をして、ハンターへの敬意を示した。これほどの準備が整っているとはマクスウェルとて考えもつかないだろう。ハンターの発想は、一段も二段も違うのだ。この都市の全てに目を配り、あらゆるものを手に入れ、思いもよらぬ方法で活用する。バリーは、ハンターのもとで働くと決めたことがいかに正しい選択であったかを実感しながら言った。

「報告は以上です」

バジルがドアを開き、外へ出るバリーと、立ったまま待っていた面々へ言った。

「ご苦労だったな。おかげで準備はばっちりだ」

メイプルが片眉を上げ、車内の面々に負けず劣らず闘争心を溢れさせながら訊いた。

「いよいよ、おっ始めるんだね？」

バジルは、にやっと笑みをこぼし、

「ちょっとしたパーティになるだろうよ。楽しみにしてな」

そう言って、ドアを閉めた。

36

サウスサイドの病院に隣接するリハビリテーション専門の病棟に移されたレザーとラフィは、どちらも目覚ましい回復の道を辿っていた。

覚醒当初は、時系列の混乱が見られた二人も、ミラーとアダムがたびたび病室に人を集めてお祝いをするうちに、自分自身を取り戻していった。意識、記憶、肉体の機能、そして、おのおのの務めへ復帰するという目標を。

「イースターに目を元に戻してもらわにゃならんな。どっかに落としてきたらしい」

順調にリハビリをこなすレザーは、失われたほうの目を、赤革のアイパッチで覆う風貌もなかなか悪くないと自画自賛していたが、やはり不便を感じているのだろうとバロットは思った。だが、ウフコックの見解は違った。

「もう一度、自分を撃った相手と会ったとき、何のダメージも残っていない自分でいたいんだ」

これと似たようなことを、ライムも口にした。

「おれは無敵だってところを見せてやらなきゃ気が済まないんだろう。仕返しとしては一番穏便で、効果的だからな」

ラフィのほうはもっと無邪気で、頭部全体に亀裂が走ったような手術痕を恥じることなく、むしろ自分にしかない特徴ができたことを喜んでいる様子だった。わざわざ疵痕が見えるように髪を剃って、奇天烈な髪型にするほどだ。そしてリハビリ中、しばしば頭の疵痕に触れ、

「ぶったぎゅう」

と呟き、療法士をぎくりとさせるのだという。

このためアダムは、ラフィが壊れた軍刀の代わりをほしがっても与えず、報復の意欲を燃やさせないため、こう語って聞かせた。

「お前の頭を潰そうとした黒ずくめの女は、ルーンが、きっちり叩きのめしてやったからな。おれじゃないぞ。ルーン・フェニックスっていう、レイ・ヒューズから銃の撃ち方を学んだおれの妹分が、黒ずくめの女をさんざん挑発したんだ。そしたらなんとその女は、自分で自分の頭を殴りつけて吹っ飛んだとさ」

この話を、ラフィは大いに喜んだ。

アダムは、イースターに頼んで、実際にシルヴィアが自滅する映像を——施設の監視カメラを掌握した際の記録を——手に入れると、それをラフィが子ども番組を見るときに使うタブレットに転送し、プレゼントしてやった。少々暴力的ではあるが、その映像はラフィの心に満足と平和をもたらしたようで、寝る前に何度も見ては、顔を真っ赤にして笑い転げるのが習慣になってしまったほどだ。

おかげでラフィは、リハビリの最中に軍刀を振り回したがることはなくなったが、代わりに、バロットがお見舞いで姿を現すたび、目を輝かせて興奮するようになった。

「しゅごぉい、るぅーん、きりぇいな、いもぉと」

などと手を叩いてわめき、困惑の笑みを浮かべるバロットの前で、シルヴィア相手に見せたバロットの動きを、かなりの正確さで再現してみせるようになった。

かくのごとくネイルズ兄弟から一方的に敬愛すべき妹分とみなされたバロットは、当然のように〈ネイラーズ〉全員にとっても同様の対象となっていた。週に一度の、オフィスでのレイ・ヒューズとのガン・トレーニングには、必ず〈ネイラーズ〉の誰かが来るようになった。ドリンクやケータリングの差し入れをされるばかりか、アビーの送り迎えや、ベル・ウィングの病院通い、日々の買い物にいたるまで、なんでも手伝いたがる男女につきまとわれるようになったのだった。

中でもマクスウェルに撃ち飛ばされた指を元通りつなげてもらったアルフィーは、その憎い相手との一対一の銃撃勝負に見事勝利した時点ですでにバロットに心酔していた。姿を見せるときは必ず花を持ってくるし、会話の最中に「光栄です、ルーン」となんべんも口にするものだから、かえって落ち着かなかった。

バロットはほとほと当惑させられ、ウフコック、レイ・ヒューズ、イースター、エイプリル、ベル・ウィング、アビー、ストーン、そしてライムに、この状況をどうすべきか相談して回ったが、みな口を揃えて、「悪いことではない」と告げた。

「君は今、大学に通いながら、大規模集団訴訟のアソシエートとして働き、アビーとベル・ウィングの生活のケアをしているんだ」

真っ先にそう指摘したのはウフコックだが、そのあとバロットは、相談した相手全員から同様の指摘を受けることになった。

「そのうえ、ガン・トレーニングにも熱心に取り組んでいる。とんでもないエンハンスメント・ガンマンに銃で勝ったっていうのに。そんな君が人の手を借りて悪いことはないし、

〈ネイラーズ〉はギャングと訣別した自警団だ。選り抜きだけで十一人もいて、その下に訓練生が何十人もいる。君を少し手伝ったところで彼らが生活に困ることもない」

「でも、ずっと手伝ってもらうわけにはいかないと思う。なんでも言うことを聞いてくれる大人がいっぱいいたら、アビーだって調子に乗るだろうし」

「アソシエートとしての生活が落ち着くまで、厚意に甘えるが、その後は必要ない、とアダムに伝えたらどうだい?」

ウフコックはそう提案したし、あまりに多くの者が同様のことを言うので、バロットはそうした。

アダムのほうは、むしろバロットの気分をよく理解してくれていた。

「うちの連中はつい情が深くなるのが多くてな。兄ちゃん姉ちゃんたちには、おれたちの妹を、どうにかして独り占めしようとするのはよくないことだと言って聞かせるさ」

そもそもあなたたちの妹ではないのだけど、と思ったが、彼らの厚意を否定するのも気が引けるので、口にはしなかった。

この展開をゆいいつ快く思わなかったのはクレア刑事だ。そもそも自警団の数が増えることや、警察の民営化が語られる風潮を、歓迎する警察はいない。そのうえクレア刑事は、かつてアダムやラフィの親戚を追う立場にあったのだから、複雑な気分にさせられるのだろう。

だがそのクレア刑事とて、〈ネイラーズ〉と仲良くすべきではない、などと面と向かってバロットに忠告することはなかった。せいぜい渋い顔をして、早く事件が片づくといいわね、と言う程度だ。

「クレア刑事は、下手なことを口にして、君に嫌われることを恐れているんだな」

というのがウフコックの言だった。

そうして新たな日々を迎える者たちがいる一方、ブルーだけは回復の兆しもなく、眠ったままだった。その第二の肉体も、エイプリルが腕によりをかけて本物そっくりのものを作り上げたが、首だけのブルーと接続する方法を確立するには至っていない。

「意識がない状態でエンハンサーとして活躍した人間もいるんだ。初代〈ウィスパー〉がね。そっちの方向でのエンハンスメントも、考えるべきかもしれない」

イースターはそう言ったが、誰も、その意見に賛同すべきかどうか判断がつかない様子だった。

結局、微弱な脳波を示すだけのブルーは、機械仕掛けの金魚鉢ごと脳外科病棟に、患者というより半ば被験者として運び込まれた。スティールがたびたび彼の見舞いに赴いては、虚しく声をかけるばかりという日々が、今後も続くだろうと誰もが思うようになっていた。

バロットも、彼らの喜びと悲しみを分かち合うことを望んだものだが、果たしてウフコックや多くの者たちに指摘された通り、そうする余裕が日を追うごとに削り取られていくこととなった。

日々の生活パターンに、クローバー教授の自宅兼オフィスに行き、アソシエートとして働くという重労働が加わったからだ。クローバー教授もオリビア・ロータスも、容赦なくバロットに実務をやらせた。トリプルXに関するありとあらゆるデータ、記事のコピーや切り抜き、証言のファイリングだけで、あっという間にフォルダの数が何百個にも膨れ上がった。加えてそれらをタブレット上で迅速に検索できるようにするだけでなく、法廷で証拠として示せるよう、ペーパー化して冊子にし、細かく目次をつけなければならない。

加えて、〈楽園〉から提供される膨大な研究データ、原告団に参加した人々の病歴や、証明可能な行動履歴の一覧化も、バロットの仕事だった。さらには、集団訴訟の審理が認められたときは、原告側と被告側による、証言録取のデータの管理もしなければならなくなる。これは事件に関わる人々を、原告と被告のそれぞれの弁護士が数ヶ月にわたって尋問するというもので、一言一句としておろそかにできないしろものだ。

手に余るようなら人員を増やすとクローバー教授は口では言うものの、けちで知られる彼がもう一人か二人、助っ人を呼ぶ気配はまったくなかった。

しかも、クローバー教授とオリビアは、バロットに「フレッシュな意見」を求めては、二人してその論述を完膚なきまでに否定し尽くすのだから、たまったものではない。被告側の予想外の攻撃に備えてのことだが、結果的にさんざん叩きのめされたうえで、「君の原理主義的な観点には、曖昧な点が多いな」とか、「異議ありと言われておしまいになる程度の攻め方では使い物にならない。もう少し気を引き締めたまえ」などと言われるのだ。

鍛えられるという点ではこのうえなく有用かもしれないが、それも心身がボロボロにならなければの話だ。まるで勝ち目のない何かに毎日挑んでいるような気分にさせられ、へとへとになって帰宅しては、悔しさでにじむ涙を拭いながら気落ちする自分をどうにか元に戻す、ということに精神力を振り向けねばならなかった。

そんなバロットを見て、アビーのほうも思うところがあったようで、急に洗濯やベル・ウィングのケアなどを率先して手伝うようになっただけでなく、週一の窓と鏡拭きは自分がやると言い出してくれた。

かくしてケネスが告げた通り、人間扱いされることを期待してはならないとバロットが日に日に腹をくくるようになったあるとき、原告側と被告側が、最初の攻撃を繰り出すことになった。

まずフラワーが、トリプルX集団訴訟に参加している事実を知らない人物を見つけ出した。

こうした集団訴訟では、商品を使用していたり、対象地域に居住しているなど、一定の条件を満たす者であれば、自動的に原告団の一員となる。裁判が行われていることすら知らないまま、あるとき突然、補償金が支払われることも稀ではない。

原告団に参加したくなければ、法務局に書類を出すか、オンライン窓口で手続きをすればいい。もし、参加を迷っていたり、拒んだりしている者に、しいて参加を促すようなことをすれば、「訴訟教唆（バラトリー）」に問われることになる。訴訟の濫用をもたらす悪質な行為をしたとみなされるのだ。法律家がこの訴訟教唆（きょうさ）に問われれば、譴責（けんせき）処分や高額の罰金命令だけでなく、職務停止が命じられることもある。

とりわけ、法律家が「虚偽の告訴（ファルス・アキュゼーション）」と知っていながら依頼人に訴訟を起こさせたことが証明された場合、一発で資格を剝奪されかねず、復帰のための査問会を開いてもらうことすら難しくなる。

フラワーは果敢にも、クローバー教授が、虚偽の告訴をもとに、訴訟教唆をしたという申し立てを行ったのだ。

バロットが呆気にとられるほど長々と書かれたこの申し立ての根拠の柱となったのは、集団訴訟がメディアで取り上げられてのちに出た記事の一つだった。その記事では、市の研究者の一人の、「トリプルXがふくまれた全ての医薬品が、致命的な中毒性や副作用をもたらすという確固たる証拠はない」という言葉が紹介されていた。

またその記事を執筆したジャーナリストは、別の記事でフラワーにもインタビューしており、「トリプルX集団訴訟は的外れで集団ヒステリーじみている」という言葉を載せている。

　このフラワーの申し立てより、なんと数日も早く、クローバー教授は相手に対する申し立てを行った。しかもフラワーの申し立てと同じ記事を申立書に引用していることを、草稿の整理を任されたバロットは、あとになって気づいて目を白黒させた。

　さらにはクローバー教授は申し立てで、フラワー陣営を「非人道的で差別主義的」などという、きわめて抽象的な、激しい口調で責め立てていたのだが、いったい何を咎めたいのかバロットですらわからなかった。これではフラワーがインタビューで告げた「集団ヒステリーじみている」という言葉が正しいと印象づけてしまわないか心配になるほどだ。

　そのことを思い切ってオリビアに口にすると、いつもの修道女然とした穏やかで柔らかみのある調子で、こう言われた。

「クローバー教授が無敵なのは、自分のほうが有利だと常に相手に思わせることが、とても巧みだからよ」

　つまりその巧みな戦術がすでに繰り出されているわけだ。それが具体的にどういうものか教えてもらえないことにバロットは大変不満を覚えたが、クローバー教授の秘密主義もまたその強さの秘密であることを教わっていたので、ぐっと我慢するしかなかった。

　かと思えば、この審理に出席するようクローバー教授から言われ、バロットはとたんに上機嫌にさせられた。あらかじめ戦力外通告されたも同然の身だが、貴重な体験をさせてもらえていることは確かなのだ。当然ながらクローバー教授のアソシエートに選ばれたことで、大学のクラスメイトからは一目置かれ、一方的にライバル視されることも多かった。他の教授たちもバロットを将来有望とみなし、家庭環境のせいで他の学生より不利にならないよう、大学の様々な生活支援を勧めてくれた。

指導としては、これまで経験した中で最も過酷で容赦ないと断言できたが、得られるものの多さを思えば耐え抜くべき試練であることは確かなのだ。そう思い定めるバロットに、

「あたしがスピナーとして修行してた頃を思い出す。あんたのその誓いを形にして、何年も忘れないようにすべきだね」

ベル・ウィングがそう言って、ブロンクスにある彼女の馴染みのテーラーに頼み、驚くほど体にぴったりくる白いスーツを一着、プレゼントしてくれた。

審理の二日前に仕上がったそれを、アビーとベル・ウィングと一緒に取りに行ったのだが、初めて袖を通して鏡と向き合ったとたん、驚くほどいけている自分に出くわし、バロットは無言で鏡を見つめてしまった。ベル・ウィングが細かくテーラーに指示をして作らせたおかげだし、誓いを忘れないための装いであるという思いが、入学したときとも異なる、これまでと一風違った自分にしてくれている気がした。

「ルーン姉さん、マジ、カッコイイ！」

アビーが、携帯電話でしきりとバロットの姿を撮りながら絶賛し、

「いいね。これなら、ご立派な法律家たちにも、見た目で負けるってことはないさ」

楽しげに同意するベル・ウィングを、バロットはスーツ姿で抱きしめた。

「ありがとう、グランマ。これでもっと頑張れそう」

そうしてバロットは、審理の日の午後、真新しいスーツを身にまとい、愛車〈ミスター・スノウ〉に乗って、セントラル地区にある法務局へ向かった。

雲が垂れ込めがちな冬に珍しい快晴の一日で、丘から来る冷たい風が心地よかった。法務局に入り、目的の法廷へ向かうと、扉の前の廊下にスーツ姿で鞄を手に提げる男女が三十人はいて、バロットをたじろがせた。まだ集団訴訟そのものは審理されていないし、弁護士と思しき人々が何十人も集まる光景自体、バロットにとっては初めて見るものだった。

法廷を間違えたかと思ったが、フラワーと彼が率いるチームが固まっており、コーンがやや離れた位置で壁に背を預け、さらにはベンチの一つでクローバー教授が水筒に入れたコーヒーをすすってくつろいでいるのを見て、ほっとなった。

「こんにちは、クローバー教授」

「やあ、ミズ・フェニックス。この日のためにスーツを新調したと見えるな。良い心がけだ。ここは、かつらや衣服が口ほどにものを言う場所でもあるからな」

クローバー教授のほうは、安っぽくも豪奢でもない、シンプルなグレーのスーツに身を包んでいる。新調する気などないまま何十年も過ごしてきたような出で立ちだ。

「こんなに人が多いとは思いませんでした。フラワー法律事務所の弁護士チームは七人だったと思いますが」

「しっかり資料に目を通してくれていて何よりだ。あれは野次馬だな。この審理に興味を持った弁護士たちが集まってきたのだろう」

クローバー教授は、自分が担当する事件ではよくあることだという調子で言った。この法戦士（ロー・ウォリアー）が今度はどんな戦いを始めたのかと興味津々の弁護士たちが、わざわざ足を運んだというのだ。訴訟の予備審理ですらない、弁護士同士のジャブの応酬に過ぎない審理にこれだけ集まるのだから、実際に集団訴訟が実現したらいったいどうなるのかと、バロットは、はからずもわくわくするような気分にさせられた。

他方で、開廷時間が間もなく迫っているというのに、一向に姿を現さない者もいた。

「ミズ・ロータスはまだですか？」

「困ったことに、彼女は時刻というものに対してだけは非常に鈍感でね。それ以外は剃刀（かみそり）のように鋭い感性を発揮するのだが」

冗談だろうとバロットは思ったが、なんと扉が開かれて人々が中に入り、バロットもクローバー教授とともに、法壇の前に置かれた長い木製のテーブルの前に来て椅子に腰を下ろしてなお、オリビアは現れなかった。

別のテーブルでは、フラワーと六人の男女が、スクラムでも組むようにして座り、分厚いファイルを城壁のように積み上げているというのに。クローバー教授ときたら、一人足りないことなどなんとも思わない様子で、鞄からタブレットを一つ、メモを取るためのノートを一つ、ペンを一つ、適当に並べただけだった。それでいながら、両腿に手の平をこすりつけ、早く始まらないかなと気を逸らせる子どものように判事の登場を待っていた。

　バロットはどうしていいかもわからないまま、鞄から今回の審理に関する分厚い冊子をいくつも取り出して積んだ。クローバー教授がそれらに興味を持っているのかすら確信が持てなかった。

　やがて、向かって右手のドアが開き、ブロンドの女性判事が颯爽と入廷した。

　都市でも名うての、厳格で公正という評判はあるが、丘の上に住まう超富裕層たちと昵懇(じっこん)にしていることがたびたび指摘されている、サリー・ミドルサーフ判事だ。

「全員起立(オール・ライズ)！」

　判事付きの書記官が率先して立ちながら告げたとき、ばん、と大きな音をたてて扉を開く者がいた。オリビアだ。両手に鞄を抱え、ストライプの瀟洒なスーツに身を包んだ宅配業者といった様子で小走りに進んでくる。

「すみません。遅れてしまいましたわ」

　オリビアが言って、傍聴席の最前列の前に設けられた柵の隙間を通るのではなく、堂々とヒールを履いた足でまたぎ越えるということをした。これには、最前列に座っていたコーンや他の弁護士も目をまん丸にし、ミドルサーフ判事と書記官が、口をあんぐりと開けた。

さらにオリビアは、判事の心証など二の次と言わんばかりに、クローバー教授とバロットの間に立つと、抱えていた鞄を、どさっと音をたてて床に放ってから、びしっと姿勢を正した。バロットは胃の腑が冷えるような思いをさせられたが、クローバー教授のほうは何も起こっていないかのようにまっすぐ法壇へ顔を向けている。

まるで最初からそうしていたというような、ふてぶてしい態度で佇むオリビアに、書記官が何か注意を口にすべきだろうかというようにミドルサーフ判事のほうを見た。

ミドルサーフ判事がかぶりを振って、書記官に続けるよう促した。

「えー、ただ今より、当法廷を開始いたします。民事事件六四‐九八〇六六五、クローバーおよび原告団、対、フラワーおよびオクトーバー社」

全員が座ると、ミドルサーフ判事が傍聴席を眺め、改めて書記官に尋ねた。

「見知った弁護士が大勢いますが、この件に関わりを持っているのは、今それぞれのテーブルについている者たちだけですね？」

「はい、裁判長」

書記官が言った。

「わかりました。さて、本件はクローバー法律事務所からの申し立てですが、それに対抗する申し立てが、すでにフラワー法律事務所からも出されています」

「失礼ながら、裁判長、それは対抗ではありません」

フラワーが立ち上がって、さっそく異議を申し立てた。

「どういうことですか？」

ミドルサーフ判事が、形の良い鼻に皺を寄せて尋ねた。

「これはあべこべの審理なのです。私が申し立てをする前に、どうせ私がそうするだろうからと、あちらが先に申し立てた、といった申し立てなのです。しかも何のために申し立てをしたのか、訴状からは明らかではありません」

やたらと申し立てという言葉を使って馬鹿馬鹿しさを強調するフラワーへ、ミドルサーフ判事も同感だというようにうなずいたが、

「しかし、先に申し立てを行ったことは事実です」

と言った。

クローバー教授とオリビアが、うんうんとうなずくので、ついバロットもそうしていた。

「問題は告発する根拠を伏せたまま申し立てを行っているに等しいということです。もし根拠なくこちらを攻撃したいがための申し立てであるならば、私たちが主張する、虚偽の告訴の濫用に当たるのではないかと思います」

フラワーがまくし立てると、クローバー教授がゆっくりと立ち上がって言った。

「原告団からもたらされた、きわめて重要な、秘匿特権付きの情報に基づいた申し立てで

あることを明言します、裁判長」

ミドルサーフ判事が、怪訝そうに顔を前に出した。

「秘匿特権？　何かの調査に関わる情報ですか？」

「ある意味で、そう言えると思います」

淡々と答えるクローバー教授に、フラワーがきっとなった。

「我々に不利な情報を、裁判長にだけ開示するなど——」

ミドルサーフ判事が、かぶりを振って言った。

「私にだけ開示し、相手の反論や弁明の機会を奪うといったことは許されません。この申し立てを却下されたくないのであれば、告発する根拠を示してもらうことになります」

「はい、裁判長。こちらはそのつもりです。ただし、もし裁判長に私が得た情報を御覧になる気がないのであれば、今回は秘匿したままとし、申し立てを却下されても致し方ないと思っています」

クローバー教授がぬけぬけと口にし、フラワーをいっそう刺激した。

「裁判長、私は、あちらが秘匿しているという情報について、何の予備知識も——」

「どのような情報が開示されるのか、事前に知りたいと？」

ミドルサーフ判事が、冷ややかにフラワーを遮って尋ねた。

本来、この判事と弁護士は、結託してオクトーバー社に味方する側だ。〈円卓〉という、ウフコックが獲得した情報はそう告げている。クローバー教授も、その事実を十分に見越したうえで、今回の申し立てをしたのだということが、バロットにも徐々に理解されてきていた。

ミドルサーフ判事とて、あからさまにフラワーに肩入れするわけにいかない。だがフラワーとしては、もしクローバー教授が未知の情報を手に入れているのであれば、ここで何としても明らかにしておかねば、のちのち何が起こるかわからないというプレッシャーを感じているのだ。もしやクローバー教授は、判事と敵対する弁護士の協力度合いを見て取るためだけにこの申し立てをしたのだろうかとバロットは思わされた。

「私としては、今回こうむった非難の根拠が示されないことは、当法廷における我々の正当性をいたずらに貶めることになり、こちらが訴える訴訟の濫用に通ずると考えます」

フラワーが、強い口調で言った。ここで加担してもらわなければ、お互いに困ることになるぞと言うようだ。

ミドルサーフ判事は、じっとフラワーを見つめた。その内心は窺い知れないが、冷ややかな視線から察する限り、「ここで肩入れするのは一度だけだぞ、しくじるなよ」と言っているようにバロットには感じられた。

「わかりました。ではミスター・クローバー、あなたが秘匿しているという情報を明らかにする意思はありますか？」

クローバー教授は、あっさりうなずき、

「審理を停滞させてしまうことは本意ではありませんので、仕方ないと申し上げるしかありませんな。さて、では簡潔に開示したいと思います。よろしいですかな?」

そう尋ねて、フラワーたちと、ミドルサーフ判事に交互に目を向けた。

フラワーがぐっと顎に力を入れてうなずいた。

「では開示してください」

ミドルサーフ判事が言った。

クローバー教授はタブレットをオンにし、ファイルを一つ開いて、読み上げた。

「さて。『この訴訟を取り下げなければ、我々は正当な手続きのもとで、告訴の棄却を求め、その際にかかる人件費およびあらゆる経費一切を、貴殿ならびに貴殿の事務所に請求する予定であることをお伝えする』と告げる文書を、私はフラワー法律事務所より受け取りました。この件について、原告団代表であるシルバーホース氏が、ミスター・フラワーを、身体障害者および性産業従事者に対する差別で、民事訴訟を起こす意向を示しています」

これには、フラワーたちだけでなく、傍聴席にいる人々もふくめ、多くの者がぎょっとさせられた。バロットですらそうだった。そうではなかったのはクローバー教授とオリビアだけだった。

ミドルサーフ判事が険しい顔つきになり、フラワーに向かって、お前はいったいどんなしくじりをしたんだと咎めるような視線を送った。

フラワーが慌てて反論した。

「な、何を言っているのか、まったくわかりません、裁判長。なぜ私が、差別などで訴えられなければならないのですか？　今、あちらが読み上げたのは、何の変哲もない警告文に過ぎないのですよ？」

だがクローバー教授は、悠然とかぶりを振って言った。

「裁判長、私のほうこそ、強く警告します。この件によって、当法廷が存在する法務局のみならず、フラワー法律事務所が居を構えるグランタワーのロビーで、差別反対のデモが激しく繰り広げられることでしょう」

「待ってくれ。私がしたことの、どこが差別なんですか？」

「これのどこが差別でないのか、知りたいものです。訴訟は取り下げられるべきだと彼が考えた理由は、明らかに差別意識に基づくものであり、我々からの質問状に答えようとしないのも同様なのです」

クローバー教授側が出した五百万字にもおよぶ質問状に、フラワー側が回答していないことは事実だった。通常、一ヶ月以内に宣誓のうえ、これに答えることが求められるのだが、フラワー側はあまりに膨大すぎるとして、回答期間の延長を求めていた。

「回答の意思はあります、裁判長。ただ質問が非常識と言えるほど多すぎて、答えるのに時間がかかるというだけのことです」

「何百万人にも及びかねない集団訴訟であるのですから、質問が多くなるのは当然でしょう」

「回答に時間がかかっているからといって、差別意識に基づいて回答していないに違いない、などという理屈は成り立たないはずです」

「被告側代理人は、トリプルXが被害をもたらした確固たる証拠はないとする記事を、申し立てで引用しています、裁判長。お読みになられましたか？」

ミドルサーフ判事は、当たり前だというようにうなずいてみせた。

「もちろん読んでいます。私が申立書を読まずにここに来たと思っているのですか？」

「これは失礼しました。それこそ驚くほどの長文でしたので。さて、奇しくも相手方の申し立てと、執筆者が同じ記事を、こちらも引用しているのですが、そちらは御覧いただけているでしょうか？」

「もちろんです。そろそろ何が言いたいのか、はっきり口にしてください、ミスター・クローバー」

「そういたします」

クローバー教授は、法廷のモニターに同期させたタブレットを使い、二つの記事を縮小したものを並べた画像を映し出した。

「御覧ください。右の記事では、私どもの主張の根拠である、トリプルXと結合した薬物がいかに利益と被害を生み出すかという二つの側面からの研究データの概要と、年間二百億ドルの利益と引き替えに、老若男女を問わず数万人に被害を及ぼす仕組みを紹介しています。また、左の記事では、原告の主張する様々な被害と、トリプルXという素材を結びつける確固とした証拠は存在しないという意見を紹介しています。由々しきことですが、医療従事者協会が、薬害を正式には認めていないという指摘もあります」

フラワーが困惑しきって立ち上がった。

「どれも私の意見ですらない。確かに、私もインタビューを受けましたが、そのくだりは科学者の意見ですよ、裁判長」

だがクローバー教授は、しれっと続けた。

「あちらの言う『集団ヒステリーじみた』この訴訟の根拠となるデータは、集団的な被害の発生は、ただの統計上の気まぐれでもなければ偶然の産物でもないことを明白に物語っております。科学的なつながりの証拠は、すでに多数見つかっていますし、今後もより強固な証拠が見つかることでしょう」

これに、フラワーが思わずと言った調子で乗ってしまった。

「古いデータをもとにした根拠に過ぎません」

クローバー教授とオリビアが同時に微笑んだ。クローバー教授は、今にもテーブルの前から法壇の前へと足を運んで演説を始めそうな意気軒昂とした調子でさらに反論した。

「ある施設と重要証人が、すでに最新の調査に取り組んでおり、トリプルXがいかに中毒性を発揮し、過剰摂取によって人体の破壊がなされるか、事細かに調べ尽くしています。オクトーバー社が製造開発に用いたデータと完全に一致すると断言します」

「そちらの言う最新の調査も、結局は古いデータをもとにしたものに過ぎません」

フラワーは当然のようにあくまで異議を唱えた。

クローバー教授は、フラワーにではなくミドルサーフ判事へ言った。

「科学とは過去の研究の積み重ねであります。採用された証拠に十年か二十年前に発見された事実がふくまれるからといって、裁判長は訴状を棄却したりはしないと信じています。当然、最新のものとの比較もなされるわけですから」

ミドルサーフ判事が、ぴしゃりと言った。

「二人とも、公判のような論争は慎んでください。これからいくらでも機会があるのですから。ミスター・クローバー、今しがたあなたが述べたことがらのどこに、ミスター・フラワーの差別意識を証拠づける根拠があるのですか？」

「私が申し上げたかったことは、これら二つの記事を書いたジャーナリストの公正さです。こちらとあちらの根拠を、実に的確に、公明正大に比較しているではありませんか。このことに異議を唱える者は、ここにはいないと思われます」

クローバー教授は周囲を見回し、さも異論がないことを身振りで強調すると、おもむろにタブレットを操作し、音声データを再生した。

《あの車椅子のポルノ屋が調子に乗らないよう、訴状を壊滅させるつもりさ》

フラワーの朗らかな声が、法廷じゅうに響き渡った。

それはミドルサーフ判事から表情を失わせ、フラワーの平常心を根こそぎ奪いとった。傍聴席の大半を跳び上がるほど驚かせ、さもなくば凍りつかせた。バロットは後者に属し、何が起こったのかわからず混乱するフラワー陣営のメンバーと同様、テーブルに両腕を乗せて背を伸ばした姿勢から動けなくなってしまった。

「今のは何ですか、ミスター・クローバー？」

ミドルサーフ判事が冷厳と尋ねたが、その隠しきれない不快感は、明らかにクローバー教授ではなくフラワーに向けられていた。

「二つの記事を書いたジャーナリストから提供されたものです、裁判長」

フラワーが猛然と吠えた。

「違法だ！　ジャーナリストを使った違法な策略で、私を貶めるつもりです、裁判長！」

クローバー教授は微動だにせず、悠々と言った。

「この公明正大なジャーナリストは、ミスター・フラワーが録音に同意し、ジャーナリスト以外の人間も録音データを聞く可能性があることを了承したことを確認しています。そのうえで、この差別的な発言はよほど看過できないと思ったらしく、個別の記事にすると決め、私ではなく私の依頼人の一人であるミスター・シルバーホースに、この録音データを聞かせて、コメントを求めたのですよ」

「策略だ！　最初から私を貶めるための罠を仕掛けたんだ！」

「ミスター・シルバーホースは、自分や自分と同じ境遇の人々、自分の会社、ならびに従業員に対する、深刻な差別と受け止め、抗議のためのキャンペーンを準備しております」

「なんだと？」

激昂を抑えきれなくなりつつあるフラワーの前で、クローバー教授はさらにタブレットを操作した。フラワーが制止する前に、法廷のモニターが動画データを映し出した。

異様に目が尖ったフラワーの風刺画のアニメーションが現れ、《あの車椅子のポルノ屋！》と連呼した。かと思うと車椅子に乗ったシルバーが映され、『差別主義者を許すな！』と書かれた一枚刷りの印刷ビラを掲げ、他方の指をこちらへ向かって突き出した。

《ミスター・フラワー。我々は、あなたのような卑劣な差別主義者には決して負けないぞ。我々の尊厳と正義をかけて戦い抜く覚悟だ。我々の主張に賛同してくれる方々は、ぜひここに書かれたコードから署名サイトにアクセスしていただきたい。みんなの力で、この差別主義者を追放し、正義を実現しよう！》

フラワーが怒りで体を震わせながら声を荒らげた。

「審理を混乱させる悪質な煽動行為です、裁判長！　弁護士の倫理違反です！　法曹監視委員会にこの件を訴えたいと思います！」

ミドルサーフ判事はむしろいっそう冷ややかにフラワーを見つめ、それからクローバー教授のほうへ尋ねた。

「ミスター・クローバー、このキャンペーンはまだ行われていないのですね？」

「はい、裁判長。ですから煽動行為にはあたらないと思います。また、本来の審理はまだ行われていないのですから、混乱させてもいません。むしろミスター・シルバーホースは、ミスター・フラワーがここで全ての発言を撤回するのであれば、和解するとおっしゃっています。もし和解がなされないのであれば、今日じゅうに署名用サイトを立ち上げ、法務局の前でデモを行い、こちらのビラを配るそうです」

だしぬけにオリビアが椅子を後ろへ下げ、先ほど床に放り出した二つの鞄を持ち上げて、どん、と音をたててテーブルに置いた。そして、それぞれの鞄を開き、映像でシルバーが掲げていたビラが、中にぎっしりと詰まっていることを法廷の面々に示した。

フラワーからすれば、同じ大きさの爆弾を見る気分だったろう。

「この手の誹謗中傷を許すことがあってはなりません、裁判長」

勢いを失った声で、フラワーが、ミドルサーフ判事に泣きついた。

そこでオリビアが、にっこりとミドルサーフ判事へ言った。

「デモの申請はマルドゥック市警察によってすでに受理されています、裁判長。私どもはただ、依頼人であるミスター・シルバーホースの意向をお伝えし、ミスター・フラワーとの和解がなされるかどうかを問うているに過ぎません」

驚いたことに、ミドルサーフ判事はオリビアに向かって微笑みながらうなずいた。たったそれだけで、今ここでミドルサーフ判事が、フラワーではなくオリビアのことを評価していることが窺えた。オリビアのほうも、微笑みを返して着席した。

フラワーにとってはこのうえない屈辱に違いない、とバロットは思った。法廷で『椅子が血まみれになるほど、やっつけられる』とはどういうことか、初めて目の当たりにして背筋が寒くなった。自分があんな目に遭ったら、絶句したまま動けなくなってしまったかもしれないと思った。いや、間違いなく呆然自失してしまうだろう。

「ミスター・フラワー。あなたの意見を聞かせてください。ミスター・シルバーホースとの和解を求めますか？」

「もちろんです、裁判長。原告と個人的な係争は望んでおりません。全面的に発言を撤回して和解に努めたいと思います」

「全面的となると、今回の集団訴訟の審理を開くにあたり異議はないものとしますか？という質問になりますよ」

「くそっ」

ごく小さな声だったが、フラワーのその一言が、法廷を静まり返らせた。

ミドルサーフ判事の表情がたちまち鋭くなり、眉根を上げてフラワーを睨みつけた。

「今、何と言いましたか、ミスター・フラワー？」

「申し訳ありません、裁判長。何でもありません。不適切な発言をお詫びいたします」

「先ほどの質問に対して答えてください」

「それは……認められません。差別に関する申し立てと、訴状そのものへの申し立てを混同すべきではないからです」

「では差別とみなされる発言だけ撤回するのですね？」

すかさずクローバー教授が割って入った。

「異議があります、裁判長。彼の警告および申し立ては、全文にわたり差別の意思をあらわにしているとみなすべきです。撤回するというのであれば、警告と申し立てを再度提出するべきでしょう。裁判長が改めてそれらを目にしたいのなら、ですが」

フラワーが最後のチャンスにすがるように声をあげた。

「お願いします、裁判長。申し立ての機会を与えてください。記者を使ってこちらを罠にかけるなんて卑怯です。ジャーナリズムへの冒瀆です」

バロットは、背後の傍聴席にいる何人かが、肩をすくめるのを持ち前の能力(ギフト)で感覚した。

コーンや何人かの弁護士がそうしたのだ。きっと、お前もよくやるくせに、と言いたいのだろう。

それはともかく、バロットはそれまで自分の能力（ギフト）で人々を感覚する余裕すらないまま、ただクローバー教授とオリビアの戦術に圧倒されていたことに悔しさを覚えた。これではいけない。二人の巧妙な戦いを理解するためにも、精密にこの場にいる人々の挙動を感覚すべきだった。そうすれば、もっと早く二人の意図を察せたかもしれないのだ。

クローバー教授とオリビアが仕掛けたのは、「汚染（コンタミネーション）」と呼ばれるテクニックだった。普通は、証拠を採用させないために使う。証拠の入手方法やそのときの状況に瑕疵（かし）があると主張し、封じ込んでしまうのだ。しかし今回は範囲が桁違いだった。主任弁護士その人を汚染してのけたのだ。

狙いは、もちろん集団訴訟の審理を実現するためだが、裏には別の狙いがある。フラワーとミドルサーフ判事の分断だ。

二人とも〈円卓〉の法律面での番人であり、本来であればひそかに結託して審理を封じるか妨げるかするのが、彼らの役目だった。だがフラワーがまんまと「汚染」されたことで、ミドルサーフ判事のほうは結託しにくくなったと感じているに違いない。

ここで誰の目にも明らかなほど依怙贔屓（えこひいき）をすれば、将来、政界に出馬するときに自分までもが「汚染」されてしまう。野心家のミドルサーフ判事はそう考えているだろう。

他方でフラワーは、ミドルサーフ判事が政界に進出してのち、その後釜におさまる心づもりなのだ。そんな彼が、オクトーバー社にとって脅威となるこの集団訴訟から退くことなどできない。どれほど「汚染」されようとも居座り続けねば、せっかく築き上げたキャリアを失うことになりかねないからだ。

かくしてクローバー教授とオリビアは、判事と相手側弁護士の結託という、攻略がきわめて困難な第一の防壁に、ものの見事に穴をあけてのけたのだった。

ここからさらに、ミドルサーフ判事を、この裁判か、あるいはオクトーバー社と〈円卓〉から引き剝がさねばならないという、限りなく難しい課題が待ち受けているとはいえ、少なくともこうして最初の突破口が開かれたのだ。

ミドルサーフ判事は、じっくりとフラワーを見据え、今後もしくじるようなことがあれば、ただではおかないぞというプレッシャーを与えてから、おもむろに告げた。

「もちろん、申し立ての機会は誰であれ与えられています。どのような申し立ても事前に退けられるということはありません。今後は発言に十分気をつけ、申し立てが棄却されないよう努力するといいでしょう」

「はい、裁判長。公平な扱いに感謝しています」

フラワーが姿勢を正して言った。それこそミラーのように、自分は何のダメージも受けてはいないというところを見せたいのだろう。ここまで攻撃されても自信を失ったように見せないというのは、実際大したものだとバロットは感心した。

かくしてクローバーvs.フラワーの最初の攻防は、フラワー側に全てを引っ込めさせるというクローバー教授側の勝利で終わった。

デモは行われず、シルバーホース社が、総力を挙げてフラワーを責め立てるということはなかった。

フラワーは、申し立てを再度行おうとしたが、クローバー教授とオリビアが張り巡らせた防御の壁に行く手を塞がれることになった。

まず医療従事者協会が、メディアの注目を受け、トリプルXの危険性を否定しないことを発表した。積極的に危険性を訴えはしないが、十分な管理が必要だとし、過剰に処方する医師や、大量にトリプルX結合薬物を出回らせる販売業者に対し、警告を発したのだ。

そしてそのむねを、くだんのジャーナリストがしっかりと記事にした。この時点で、ジャーナリストがそもそも誰の側についていたかは明らかだ。

その影響は、訴訟教唆の件にも及んだ。原告団への参加を迷っていたかなりの人々が改めて参加の意思を表明したのだ。

さらにフラワーの頭を抱えさせたのは、訴訟教唆の証人となるべき者たちが、最初の審理の様子を聞きつけたことだった。

「シルバー社の社長を、車椅子のポルノ屋と呼んだってのは本当かい？　おれはまあ、あの会社は嫌いじゃないし、それと、うちの母も車椅子生活者なんだがね。どうも、あんたたちに協力しても、いいことはあんまりないんじゃないかって気がしてきたよ」

こんな調子で、次々に証人を失っていくばかりか、片っ端から原告側についてしまうという有様だった。クローバー教授とオリビアが仕掛けた「汚染」は、かくも効果的で容赦のないものだったのだ。

フラワーはそれでも懸命に、大量の証拠書類をでっち上げ、訴状の棄却の申し立てを行ったが、原告側の主張を退けられるだけの根拠が認められることはなかった。

代わりにフラワーは、正式な事実審理を通してではなく、陪審の選定を必要としない、もしくは陪審期日が制限された、略式の判決を申し立てることにした。裁判の規模を縮小し、陪審ではなく、あくまでミドルサーフ判事が裁決を下せることを求めたのだ。

だがクローバー教授とオリビアは、すでに対抗答弁の草案を作成し終えており、バロットにそれを清書させると、すぐさま提出した。

ミドルサーフ判事は、フラワーの略式判決の申し立ても却下せねばならなかった。

たったこれだけで一ヶ月半が過ぎたのだが、それでも異例なスピードで裁判が進んでいるといってよかった。理由は、ミドルサーフ判事がフラワーに肩入れしているからだ。人数で劣るクローバー教授側がついていけないよう審理を早めたのだが、混乱し、停滞しがちなのは、むしろフラワー側のほうだった。

公判前の戦術において、クローバー教授側はことごとく勝利を収めた。そのためメディアもクローバー教授側を好意的に取り上げるようになり、ついにはミドルサーフ判事が、原告と被告の双方の弁護士を呼んで、こう告げねばならなくなった。

「今件の審理は、多数の証人の登壇、膨大な資料の提出が予想されることから、厳格に進められる必要があります。原告と被告は、十ヶ月の間に、全ての開示を終えること。陪審の選定についても考えておくようにしてください」

「承知しました、裁判長」

クローバー教授が輝かしい笑みを浮かべる横で、フラワーは拳を握りしめていた。

かくして、審理は避けられないものとなった。

集団訴訟がやっと現実となった瞬間であり、それこそあらゆるメディアが一斉に取り上げ、シルバーが大々的に決起集会を開催する様子を紹介し、拡散させた。「トリプルX」がにわかに都市で最もホットな話題となり、連邦も注目する一大事とみなされるようになった。

オクトーバー社からすれば、創業以来の危機的な状況だ。

「なのに、〈円卓〉の実行部隊を担うハンターの動きは伝わってこない。あの男は今回の集団訴訟から切り離されているのかもしれないな」

定期的に人々が集まるカンファレンスの席で、イースターが言った。

出席しているのは、イースター、ライム、スティール、フォックスヘイル市警察委員長、ネヴィル検事補、クレア刑事、シルバー、クローバー教授、バロット、レイ・ヒューズ、アダム・ネイルズ——そしてタブレットのどれかに姿を変えているウフコックだ。

オリビアは、集団訴訟でのみクローバー教授とパートナーを組んでいるので、このカンファレンスには出席しない。マルコム連邦捜査官は、めっきり顔を見せなくなり、イースターに電話で報告を求めるだけだ。

集団訴訟実現に向けての最初の審理からこの方、カンファレンスではハンターの話題がどんどん少なくなっていった。最終的なターゲットが、〈円卓〉の中心人物であるノーマ・オクトーバーと定められたためだ。いまだにハンターとその仲間たちが巧妙に逮捕を免れている事実は由々しきことだし、その活動が非合法から合法へと移行するにつれ、いずれ刑事事件とは異なる、より政治的な対策が必要になることも重要な課題の一つだった。

だが、何より集団訴訟が〈円卓〉の屋台骨であるオクトーバー社を直撃したこともあり、みなハンターがいつ原告団を脅迫したり、重要証人を誘拐しにかかるか、といった点を警戒するばかりだった。

またいつしか、「シザース狩り」についても、あまり意見が交換されなくなった。関連があるとわかる事件が誰の耳にも入らないからだ。

集団訴訟が実現を迎えてのち、ハンターの動向については、「特になし」という報告が続いた。

ウフコックも、ハンターに集中すべきだとは主張しなかった。だが、ハンターに動きがないという点では、誰よりも懐疑的だった。

「あの男はもうとっくに動き回っている。集団訴訟なみに、途方もない何かを実現させようとしているんだ」

オフィスで姿を現してバロットと話すときなど、ウフコックはしばしばそう口にし、ハンターが具体的に何をしているかについて、

「まだイメージがつかめないが」

と表現するようになっていた。

バロットはこれに奇妙な感じを受けた。ウフコックはイメージで捜査をしない。ターゲットに接近し、その心を嗅ぎ取り、具体的な発言や行動を証拠として記録する。そのウフコックが抽象的な表現をするのだから、よほどハンターの存在をとらえがたく思っているのだろうとバロットは解釈した。神出鬼没だし、何をするかわからないという点で、ハンターの精神は狂気と紙一重なのだ。

しかしそうではなかった。このときウフコックほど、ハンターの獰猛な思考に接近している者はいなかった。

そのことが明らかになったのは、集団訴訟が成立してから二週間後のことだ。

「何かが起こっている。全員を呼んで、状況を確かめなければならない」

突然、ウフコックがカンファレンスの開催を主張し、イースターを当惑させた。

「いったい何の根拠があるのさ？」

「共感だ。おれには、あいつの心の中にある何かが見えている」

これにイースターも押され、緊急に臨時集会を開いたところ、驚くべきことに、出席できないと返す者が続出した。

フォックスヘイル市警察委員長と、ネヴィル検事補が、理由を告げずに欠席の返答をよこした。

クレア刑事も、遅れて出席するが、長居はできないとのことだった。

マルコム連邦捜査官にいたっては、返事もなかった。

シルバーも外出しており、どこにいるのか秘書にもわからなかった。

クローバー教授のほうは、単純に講義と訴訟準備で動けず、バロットを代理としてカンファレンスに出席させた。

結局、集まったのは、イースター、ライム、レイ・ヒューズ、アダム・ネイルズ、バロット、そしてこの面子なら、と姿を現すウフコックだけになった。

これまでで最も参加者が減ったその会合で、イースターが言った。

「ウフコックの言う通り、何かがあった。それは確かだ。ミラーに調査を頼んだが、正直、まるで見当がつかない。シルバーがどこにいるかも不明で、スティールに探させている。彼らの報告か、クレア刑事の出席を待つしかない。

レイ・ヒューズが、イースターの前でテーブルに座るウフコックに目を向けた。

「ラジオマンがこの異変を察知したと聞いた。何が起こっているかと尋ねる前に、なぜわかったのかと尋ねてもいいだろうか？」

バロットもその点が疑問だった。ウフコックは、どう言えば伝わるだろうと考え込むように小さな手で自分の顎を撫で、そして言った。

「おれはハンターの針を打たれたあと、あえてそのままにしていたんだ。あの男の心を嗅ぎ取れるだろうと思って。そして、あるものが見えるようになった。最初はそれが見えていることも、何を意味しているのかもわからなかった。だがやがて、そいつの蓋さえ外すことができれば、あの男の考えを嗅ぎ取ることができると確信した」

「あるものって？　いつも同じものが見えるのか？」

ウフコックの斜め後ろから、ライムが訊いた。

「そうだ。常に同じものが見える。古ぼけたクーラーボックスが」

レイ・ヒューズがその言葉を聞いて、何かを思い出したように目を細めたとき、クレア刑事が足早に部屋に入ってきた。

「遅れてごめんなさい。あまり時間がなくて」

クレアが立ったまま言った。座ることさえ今日は憚られるという様子だ。

「いったい何があったんだ？」

イースターが尋ねると、クレアは両手を広げてかぶりを振った。

「私たちもそれを確認しているところよ。ちなみにシルバーは、フォックスヘイル市警察委員長と一緒にいるわ。極秘に聴取しているの。逮捕者の件で、確認が必要だから」

「逮捕者？」

「モーモント議員の家族と、シルバー社のモデルを殺害した実行犯が、何人も逮捕されたっていうのよ。それも、ハンター配下のエンハンサーたちらしいの」

これに全員が衝撃を受け、イースターが驚いて立ち上がった。

「何人も？　いったい誰が誰を逮捕したんだ？」

「人数もまだはっきりしてなくて……昨夜、リバーサイド警察から突然報告されたから。私もこれからすぐに現地に行かないと――」

「エンハンサーを、どうやって警察が逮捕できたんだ？」

ライムが眉間に皺を寄せて訊いた。とても信じられないというのだろう。

「リバーサイド警察が言うには、逮捕された連中は自分たちをエンハンサーだと主張しているけど、そんな様子は見られないそうよ。本当に能力(ギフト)があったとしても、消えてしまったんじゃないかって」

ライムが目を丸くし、アダムまでもが立ち上がってわめいた。

「つまり、エンハンスメントを封じたってことか？　〈楽園〉が勝手に〈能力殺し（ギフト・キラー）〉を都市で実験したってことか？」

イースターが立ったままぎょっとなった。

「まさか。さすがに〈楽園〉がそんな馬鹿な真似をするとは思えないよ……」

そう口にはするものの、イースターもみなも一抹の不安が拭えないという様子だ。バロットは、その場にいる誰もかれもが混乱してゆくさまに呆然となった。辻褄が合わず、不明なことだらけな状態で、ただウフコックだけが、じっとそれを見つめていた。

薄汚れたクーラーボックスを。

それはずっと、やや離れた場所にあった。いや、最初は部屋の隅にあって存在にすら気づかなかった。それが視界に入るようになり、やがて目の前に現れるようになった。そして今、カンファレンスでその存在を告げたことが影響したものかどうか、ちょっと目を離した隙に、気づけばウフコックのすぐ隣にまで近づいていた。

ウフコックが見上げると、肩掛けベルトが、しゅうしゅうと音をたてて蛇のようにのたくり、なんぴとも箱の内側を覗くことはできないと警告していた。そうしようとする者は、箱に引きずり込まれ、その人格のゆらぎを支配されることになると。

ゆらぎとは何だ？　ウフコックは自分の思考に疑問を抱いた。いや、それが自分の思考であるとは限らないことを自覚した。

相手を嗅ぎ取ろうとするとき、相手もまたこちらの存在を感じ、心を覗き込もうとするだけでなく、奪い去ろうとするのだ。

ふと、クーラーボックスの蓋のロックが解除されていることが見て取れた。蓋がかすかに動き、その隙間から獰猛な思考の匂いが漂ってきた。近づくものをバラバラに切り刻み、自分の好きな形に組み替えてしまおうとする回転ミキサーの刃のような思考の匂いが。

ウフコックは臆せず、その匂いを嗅いだ。危険な行為であるということも、うすうす感づいていた。自ら猛獣の口の中に入るようなものというべきか。このクーラーボックスは、ハンターの凶猛な部分が寄り集まって自律する、精神世界における自動警備システムのようなものなのだ。心の扉を守る、無慈悲な番兵。まずはそれに触れ、匂いを嗅ぎ取り、その牙をすり抜けて扉の内側に入ることでしか、ハンターの思考と魂の匂いを嗅ぎ取ることはできないとウフコックは確信していた。

ウフコックは手を伸ばしてそれに触れようとしたが、さらに蓋が動き、獣があぎとを開くように猛々しい匂いを発したので、今はまだそこまで挑むべきではないと思ってやめた。それに触れ、自ら箱の中に飛び込むのは、もっと相手の特徴を知ってからだ。さもなくば、こちらの魂を相手に食い尽くされかねない。

代わりに、それが内側から発する匂いをつぶさに嗅いだ。強い目的意識の匂いだった。

どのような目的か？　ハンター特有の、達成を確信する匂いもしている。彼は今、何をしようとしている？　〈評議会（カウンセル）〉で演説をしているときに発していた、共感（シンパシー）の念で人を呑み込もうとする意思の匂いがヒントになった。勝利の念を抱きながら、さらなる勝負へ挑もうとしているのがわかった。

いかなる勝負なのか？　ウフコックは該当する匂いに気づいて、はっとなった。イースターが市長に面会するときに感じていた匂いと同じだった。多くの政治家たちが、ある時期になると発するようになる特有の匂いだ。何としてでも票を獲得するという、見境がないほど前のめりになれと自分に命じる者の、強烈な競争心の匂い。

「選挙か」

ウフコックが突然あげた声に、みながいったん口を閉ざした。

「なんだって？　市長選はまだ先だぞ」

イースターが前屈みになってウフコックの横顔を覗き込んだ。

「選挙関連だ。何か情報が出てないか調べてくれ」

みな狐につままれたような顔になって、オフィスの〈ウィスパー〉に解析を頼むだけでなく、それぞれ携帯電話で検索したり、市議会に問い合わせたりした。クレア刑事も、現場に急行しなければと気が急いているのだろうが、市庁舎に詰める警官に電話をかけた。

最初にその情報を見つけたのは〈ウィスパー〉だが、そのときには全員がそれぞれ断片的にではあるが情報をつかんでいた。

「今日、ネルソン・フリート議員が、市長選出馬の準備のために議員を辞職したらしい」

ライムが、携帯電話の画面に映るニュース記事をみなへ見せて言った。

「では、その補欠選挙が行われるということだ。リバーサイドで選挙活動が始まる」

レイ・ヒューズが指摘すると、アダムが同意して言った。

「ああ、マイスター。リバーサイドじゃ、さっそくその話題で持ちきりらしい。あっちのカジノ開発が一気に進むかもってんで、カジノ協会も確認の電話をかけまくってる」

クレア刑事が、通話を切って、みなへ告げた。

「補欠選挙の最初の立候補者の名前が、もう発表されるそうよ」

そしてイースターが、タブレットに転送された〈ウィスパー〉からの情報に面食らって声をあげた。

「おう、なんだこれは？　こんなことがあるのか？」

ウフコックが、タブレットを覗き込み、大きな声でみなに告げた。

「ウィリアム・ハント・パラフェルナーが、その最初の立候補者だ。ハンターが、補欠選挙に立候補した」

どよめきが部屋に満ちるなか、バロットが、携帯電話の検索結果一覧に、最新のローカルニュースが飛び込んでくるのを見た。

「メディアが中継を始める。リバーサイドで、ネルソン・フリート議員と立候補者がインタビューに答えるって」

「チャンネルは？」

イースターが部屋のモニターのリモコンをつかみ、バロットが口にするチャンネルに合わせた。

颯爽としたスーツ姿のネルソン・フリート議員が、地元であるリバーサイドの小洒落た街角にマイク台を置き、記者やレポーターを集めている様子が映された。

《市長選に立候補するため、私が議員の職を辞したあと、私の政策を引き継ぎ、必ずや実現してくれる人物をご紹介します！》

ネルソン・フリート議員が満面の笑顔で手招くと、そこに予期していたとはいえ、やはり痛烈な衝撃をみなに与える人物が現れた。

負けじと立派なスーツに身を包んだハンターが、ネルソン・フリート議員の横に立ち、力強い笑みを浮かべながら、こう口にしたのだ。

《退役軍人の一人に過ぎなかった自分に、政治家としての道を歩むよう勧めてくれたネルソンに感謝を。リバーサイドの人々に、彼の高潔で公正な政治理念を受け継ぎ、この地域に今以上の発展をもたらす。そう、自分は約束する》

カンファレンスにもたらされたのは、納得や理解ではなく、いっそうの混乱だった。誰も説明ができず、言葉を失って微動だにできなくなってしまうほどの混乱だ。

それから二分間強、ハンターの選挙への意気込みをひとしきり聞かされてのち、イースターがのろのろとモニターをオフにした。

「……いったい何が起こってるんだ？」

イースターが呆然と呟いた。誰も答えられなかった。バロットは、ウフコックが何か言ってくれるのではないかと期待して彼に目を向けた。この状況をいち早く察知できたのは、彼だけなのだ。

ウフコックはテーブルに立ち、そこにそびえ立つような、彼にしか見えないクーラーボックスを黙って見つめていた。

——おれに、これ以上、お前に蓋を開かせる勇気はないと思っているのか？　おれみたいなちっぽけなネズミなんて、簡単に呑み込めると思ってるんだな？

クーラーボックスの肩掛けベルトが、しゅうしゅううねって、凶暴な嘲りを返してくるのを感じた。ウフコックはいささかも怯まず、その赤いつぶらな目に力を込め、そいつを睨みつけた。そして、鋭い嗅覚をいっそう鋭敏にすることで、そいつに——ハンターのゆらぎに挑みかかっていた。

——いいや、おれがお前を暴く。お前がその蓋の内側に隠すもの全て、おれの鼻で嗅ぎ取る。お前が何をしようとも、必ずお前を裁きの場に連れて行く。そう、おれはお前に約束するよ、ハンター。

（八巻に続く）

本書はＳＦマガジン二〇二一年四月号から二〇二二年二月号に連載された作品を、大幅に加筆修正したものです。

戦地において友軍への誤爆という罪を犯し、軍研究所に収容されたディムズデイル＝ボイルド。彼は、約束の地への墜落のビジョンに苛まれていた。そんなボイルドを救済したのは、知能を持つ万能兵器にして、無垢の良心たるネズミ・ウフコックだった。だが、やがて戦争は終結、彼らを〝廃棄〟するための部隊が研究所に迫っていた……『マルドゥック・スクランブル』以前を描く、虚無と良心の訣別の物語。

ハヤカワ文庫

マルドゥック・フラグメンツ

冲方 丁

『マルドゥック・スクランブル』『ヴェロシティ』、第三部『アノニマス』――コミック化、劇場アニメ化と、なお広がりをみせるマルドゥック・シリーズ。本書ではバロット、ウフコック、ボイルドの過去と現在、そして未来を結ぶ5篇に加えて、『アノニマス』を舞台にした書き下ろしを収録。さらに著者のロング・インタビュウ、『スクランブル』幻の初期原稿を抜粋収録するシリーズ初の短篇集。

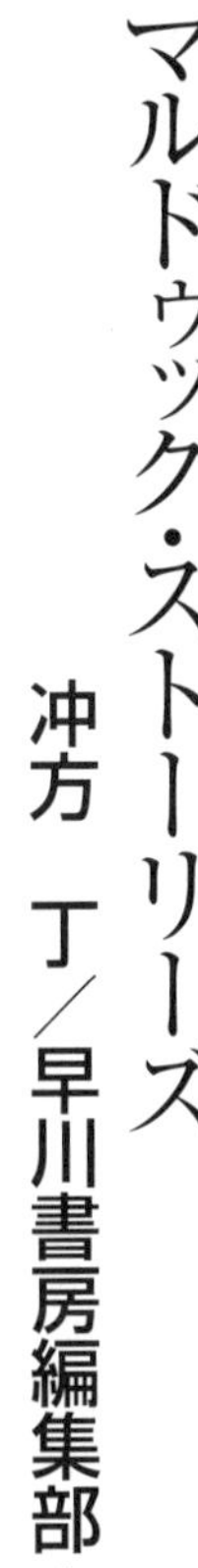

マルドゥック・ストーリーズ

冲方　丁／早川書房編集部・編

冲方丁作品の二次創作による新人賞「冲方塾」。その小説部門に応募されたマルドゥック・シリーズを題材とした短篇の中から、優秀作品を精選――ボイルドの誤爆を目撃した男の物語、疑似重力の謎に挑む二人の刑事、クルツとオセロットの日常などマルドゥック・シリーズの世界を自由に解釈し、想像力を広げた十一篇に、冲方自身が書き下ろした二次創作短篇「オーガストの命日」を併録した初の公式アンソロジー。

OUT OF CONTROL

冲方 丁

日本SF大賞受賞作『マルドゥック・スクランブル』から時代小説まで、ジャンルを問わずエンタテインメントの最前線で活躍し続ける著者の最新短篇集。本屋大賞受賞作『天地明察』の原型短篇「日本改暦事情」、親から子供への普遍的な愛情をSF設定の中で描いた「メトセラとプラスチックと太陽の臓器」、著者自身を思わせる作家の一夜を疾走感溢れる筆致で綴る異色の表題作など全7篇を収録

ハヤカワ文庫

疾走！ 千マイル急行（上・下）

小川一水

名門中等院に通うテオは、文明国エイヴァリーの粋を集めた寝台列車・千マイル急行で旅に出た。父親と「本物の友達を作る」約束を交わして――だが途中、ルテニア軍の襲撃を受ける。装甲列車の活躍により危機を脱するも、祖国はすでに占領されていた。テオたちは救援を求め東大陸の釆陽（サイヨー）を目指す決意をするが、苦難の旅程は始まったばかりだった。小川一水の描く「陸」の名作。　**解説／鈴木力**

ハヤカワ文庫

虐殺器官〔新版〕

伊藤計劃

Cover Illustration redjuice

9・11以降、〝テロとの戦い〟は転機を迎えていた。先進諸国は徹底的な管理体制に移行しテロを一掃したが、後進諸国では内戦や大規模虐殺が急激に増加した。米軍大尉クラヴィス・シェパードは、混乱の陰に常に存在が囁かれる謎の男、ジョン・ポールを追ってチェコへと向かう……彼の目的とはいったい？　大量殺戮を引き起こす〝虐殺の器官〟とは？　ゼロ年代最高のフィクションついにアニメ化

ハヤカワ文庫

ハーモニー〔新版〕

伊藤計劃

二一世紀後半、人類は大規模な福祉厚生社会を築きあげていた。医療分子の発達により病気がほぼ放逐され、見せかけの優しさや倫理が横溢する〝ユートピア〟。そんな社会に倦んだ三人の少女は餓死することを選択した——それから十三年。死ねなかった少女・霧慧トァンは、世界を襲う大混乱の陰に、ただひとり死んだはずの少女の影を見る——『虐殺器官』の著者が描く、ユートピアの臨界点。

ハヤカワ文庫

著者略歴　1977年岐阜県生，作家『マルドゥック・スクランブル』で日本ＳＦ大賞受賞，『天地明察』で吉川英治文学新人賞および本屋大賞，『光圀伝』で山田風太郎賞を受賞

HM=Hayakawa Mystery
SF=Science Fiction
JA=Japanese Author
NV=Novel
NF=Nonfiction
FT=Fantasy

マルドゥック・アノニマス７

〈JA1515〉

二〇二二年三月二十日　印刷
二〇二二年三月二十五日　発行

（定価はカバーに表示してあります）

著者　冲方丁（うぶかたとう）
発行者　早川浩
印刷者　西村文孝
発行所　株式会社　早川書房

郵便番号　一〇一 - 〇〇四六
東京都千代田区神田多町二ノ二
電話　〇三 - 三二五二 - 三一一一（大代表）
振替　〇〇一六〇 - 三 - 四七七九九
http://www.hayakawa-online.co.jp

乱丁・落丁本は小社制作部宛お送り下さい。送料小社負担にてお取りかえいたします。

印刷・精文堂印刷株式会社　製本・株式会社フォーネット社

ISBN978-4-15-031515-3 C0193

本書は活字が大きく読みやすい〈トールサイズ〉です。